Miguel Ángel Asturias

MULATA DE TAL

Mulata de Tal
Miguel Ángel Asturias

Primera edición en F&G Editores

© Herederos de Miguel Ángel Asturias, 1963
© Esta edición, F&G Editores
© Ilustraciones, F&G Editores

Ilustración de portada: Mayro de León: *Abstracto*. Óleo sobre tela,
45.7 x 61.0, 2011.
Retrato de Miguel Ángel Asturias: Mayro de León: *Miguel Ángel
Asturias*, óleo sobre tela, 81.28 x 48.26 cm, 2010.

Cuidado de la edición:
José Luis Perdomo Orellana y Raúl Figueroa Sarti.

Impreso en Guatemala
Printed in Guatemala

F&G Editores
31 avenida "C" 5-54 zona 7,
Colonia Centro América
Guatemala
Telefax: (502) 2439 8358 – 5406 0909
informacion@fygeditores.com
www.fygeditores.com

ISBN: 978-9929-552-69-2
Biblioteca Miguel Ángel Asturias, 5

Guatemala, abril de 2013

I

Brujo Bragueta le vende
su mujer al diablo de hojas de maíz

¡Ardiloso! ¡Lépero! ¡Cochino! ¡Jugar a vivo entre gente senci-
lla, llegada de campos y aldeas a gozar del bullicio de la feria,
que no era feria, sino furia de bienestares tempestuosos, ya
que, aparte de cumplir con la iglesia y vender o mercar animales, abundaban los guarazos con amigos, los pleitistos hechos
picadillo con machete o puyados con puñal, y la arrimadera
de racimos de ojos encendidos a hembras tan rechulas, tetudas y de buena anca que más que abuso eran demasías de la
naturaleza!

¡Relamido! ¡Reliso! ¡Remañoso! ¡Resinvergüenza! ¡Hijue-
sesenta mil! Casado y, a juiciar por su bragueta parpadeante
como mampara de fonda, en busca de una de esas que andando paren y dicen que son doncellas o, dicho a lo decente, que
andan por pares y dicen que son docenas! Así iba y venía en
la Feria de San Martín Chile Verde, tal y como anduvo en la
feria de San Andrés Milpas Altas y en la del Santo Patrono
de San Antonio Palopó.

Gentío y entre el gentío este zutano con un desmán de
bragueta que abriendito se le cerraba y cerrandito se le en-
treabría, como hecha con botones de hueso de muerto de risa
y ojales de ábrete ciérrate sésamo... ¡ojalá te abras, ojalá te
cierres!...

Las mujeres de edad, sin darle mayor importancia, lo
tomaban por descuido o bolencia, ¡ojalá te cierres, ojalá te

abras!, algunas lo censuraban por abusivo, otras lo perdonaban por bobo, mientras éste hurtaba los ojos a las miradas iracundas de los hombres que lo desafiaban por andar poniéndolos en ridículo, ¡ojalá te abras, ojalá te cierres!, sonreía a las veinteañeras que lo miraban a hurtadillas, chistido y chistido de codorniz de agua, ¡ojalá te cierres, ojalá te abras!, o reía de frente a las guerreadoras que le tosían al paso como diciéndole: ¡fíjate en nosotras que estamos en la Feria de San Martín Chile Verde, para desbravar braguetudos y desbraguetados!

Esto en la plaza principal, donde se apiñaban comercios y diversiones y donde, al cabo, qué no era permitido; pero aquel ojalá te abras, ojalá te cierres, en la iglesia no podía ser.

En la iglesia, en el templo que se derretía al sol cegante, cómo un inmenso mazapán blanco que sostenía el cimborio y los campanarios azules, colores heredados del naufragio de los tiempos de la leche gorda y el palo de añil, hermano del palo de bálsamo que tundía el aire de un olor opresivo y tan antiguo como los santos de estuco de los nichos frontales, desaparecidos bajo los adornos fiesteros de hojas de pacaya, gallos vegetales de cresta roja, cordones de hojas de encino, collares de manzanillas, oriflamas, faroles y banderitas de papel.

Y mientras el zutano aquel llegaba a la iglesia con su desmán de braguetа, quedaban atrás el olor a fritanga y chicharrones, las moscas que se pegaban a las sienes de los que engullían de buena mañana hojuelas con miel, el frescor que comunicaba el aroma de las piñas, y las músicas de la feria que parecían aumentar el calor del cercano mediodía.

Ya en el atrio, subidas las siete gradas pespuntadas de hombres y mujeres parados o de rodillas, candela encendida en mano, oyendo la misa mayor, el devoto que cuidaba de la venta de estampas, cirios, rosarios exvotos y libros de misa, un viejito cascarrabias, vino a soplarle al oído: "¡Compadre, ciérrese el ojo del macho!...", alusión que aquel agradeció, apresurado, persignándose la bragueta, sin cerrársela, a sabiendas de que así, desabotonado, tenía que entrar al templo, restregándose de frente con el mujerío amapolado por el calor de la hora, el resplandor caliente de las llamas de las velas, sebo, estearina, cera quemándose, la aglomeración de feligreses, hembrerío color de chocolate de canela que soltaba el olor del pelo enmantecado, más negro que carbón, de la carne de los escotes, del destilar de las axilas, olores que congeniaban con el aroma del incienso, del agua bendita, las flores del adorno, las maderas creosotadas, el aceite de banana en que se disolvió el polvo de oro de los altares y la fragancia embriagadora de las caobas de confesionarios, escaños, barandales y reclinatorios.

Y así volvió de la Feria de San Martín Chile Verde, en un caballo que parecía salir de su bragueta abierta, su caballito ganoso, clinudo y con los cascos como tacones de zapatos viejos. ¡Qué va el caballo del compadre Timoteo Teo Timoteo! Daba angina de pecho verlo pasar, levantaba polvo con las patas delanteras y ni bien se le había acercado la espuela, ya estaba parado en las patas traseras, andando como persona totalmente desbragueteada.

Lo único en que Celestino se fijaba, tan obsedido volvía de la feria, donde de buena gana hubiera hecho las del caballo del compadre Timoteo Teo Timoteo, con tal de llamar más la atención.

Y la alegadera se armaba, como siempre, al volver a Quiavicús, aldea que coronaba un monte, como la emplomadura de una muela.

El compadre Timoteo Teo Timoteo, barrigón de como y tomo, le reclamaba su mal proceder.

—¡Un vecino de Quiavicús, como usted, mi compadre, ponerse en evidencia, por no cuidar de su bragueta! ¡Abotónese después de hacer aguas! ¡Y si no va y está en la feria correcto, pues no vaya, hombre de Dios, no vaya, porque eso de ir a poner en ridículo a la aldea, es criminal!

Lo que Celestino pensaba, mientras hablaba el compadre Timoteo Teo Timoteo, es que éste le tenía envidia, dado que nadie ponía los ojos en él, pulido, rimbombante, en garañón con freno y retranca, con el estreno de casimir.

—¡Qué insensatez, compadre Celestino! ¡Quién me lo aconseja tan mal, es lo que yo quisiera saber! Su mujer, pobrecita mi comadre, ya no quiso acompañarlo a San Martín Chile Verde, por las vergüenzas que pasó en la feria de San Andrés Milpas Altas, donde anduvo usted en las mismas y donde le confieso que yo le saqué el cuerpo, no fueran a creer que era mi compadre. La pobre diz que sudaba frío y le daba de codazos, en la iglesia, para que se abrochara, y usted de frente con la botica entreabierta. Esta vez, su mujer, es chisme, pero bueno, señor, que lo sepa, dijo que no iba con usted a pasar vergüenzas y no fue, la prueba es que no fue.

Celestino Yumí oía a su compadre, Timoteo Teo Timoteo, sin contestar, silencio que obligaba a aquél a sacudirlo para que despertara en él la persona de buenas costumbres, temeroso de que algún brujo, tantos hay y algunos tan malos, le estuviera borrando el bautizo.

—¿Por qué, Celestino Yumí, mi compadrito, no se me desabrocha aquí en la aldea y anda dándose aire si eso le gusta? En Quiavicús no somos muchos y ya todos nos conocemos por delante y por detrás, dado que nuestras más caras necesidades las hacemos al aire libre. ¿Por qué esperar las grandes festividades, las aglomeraciones de gente? ¡No, compadre, no tiene nombre, para mí, no tiene nombre! Allí donde todos van a lucir lo mejorcito... ¿Vido la exposición agrícola, en San Martín? ¡Qué va a ver usted! ¡A usted lo ven! ¡Usted va a que lo vean con la jaula a medio abrir! En esa exposición, Quiavicús presentó una papa enorme, dos mazorcas gigantes, todo producto de mis desvelos, mis semillas y mis terrenos, y de qué sirvió, de qué, me pregunto, si usted con su bellaquería lo echó a perder todo, y todos al leer el cartelito de nuestro stand que decía "Quiavicús", se echaban a reír, porque de Quiavicús era el bobo de la bragueta.

Y tratando de persuadirlo:

—¡Prométame algo, Celestino, no se me vaya sin prometernos a su mujercita y a mí... —de por detrás de unos petates dispuestos como pared, escapó un ruido de fustanes y asomó la mujer de Celestino, llorosa, desencajada—, que el año que viene, si Dios nos tiene vivos y sanos, irá a la feria de San Martín Chile Verde, como la gente.

Celestino Yumí lo prometió y todo fue prometerlo, como echarse en sus brazos la Catalina Zabala, su esposa, sin saber si reía o lloraba del gusto.

—Y ahora —alzó la voz el compadre Timoteo Teo Timoteo—, vamos a bautizar la promesa con una copita de vino rancio. Está bueno —probó del corcho, un lengüetazo—, porque este vino, caro cuesta, pero se avinagra en un decir amén.

Y sirvió el líquido rubí oscuro aceitoso en tres copitas de cristal grueso como anteojos de miope.

Los Yumí, antes que entrara la noche, se marcharon a su rancho. Adelante Celestino, atrás la Catalina. Él, con el sombrero como resplandor, echado hacia la nuca, todo el relente de la tarde empapándole las sienes de olor a palo de bálsamo, los pies desnudos, escamosos y ligeros, el brazo en que llevaba el machete echado a la espalda, y el otro doblado al frente cuando humaba. Y ella, terciado el rebozo sobre el hombro derecho, fustanes y enagua salmón recogidos en la faja corinta, para no arrastrar cola, las trenzas largas, y los pies también desnudos levantando tierrita al avanzar, medio sobre la punta de los dedos, sin asentar casi los talones.

—Ya estás en tu rancho, pues —le dijo Catalina Zabala, a quien llamaban indistintamente Catarina o con el diminutivo cariñoso de Niniloj—, y no me vas a decir que no fuiste a la fiesta patronal a dar la gran metida de pata. Tuve que pedir a todos los vecinos, de rodillas, que no nos echaran de aquí.

Estaban dispuestos a venir machete en mano a sacarnos del pelo, quemar la casa y a la mierda don bragueta. Con estas palabras se pronunció el Alcalde Auxiliar, tu enemigo, y sólo porque yo supliqué, me arrodillé, le besé a más de un cofrade la pata nigüenta y les prometí que no volvería a suceder, retrocedieron en su propósito. ¡Tenéme lástima! ¡Ya que no me diste mis muchachitos, Celestino, no me des disgustos! ¿Creés, en tu creencia debes de creerlo, que no es ruin para una esposa que todos se rían de ella, y la llamen haraganota, ya que para las que no me quieren, andás así, porque no hay quien te pegue los botones? Otros, más malos, dicen que lo ofreciste al Santo Patrono, para que nos diera nuestros vastaguitos. Y no faltan los que te llaman impotente y tan, que tu impotencia llega hasta no abrocharte, como es debido, después de hacer aguas. ¡Ah!, pero le recibí consejo a la señora Geludiana, la del cantón de "Fuegueros", que el año que viene, para la fiesta, te haga los pantalones sin bragueta y si, como todos los años, los mercás donde los chinos, agarre hilo y aguja y los cuesa por delante, para que así no tengás cacha de andar con mañoserías.

Las caras hoscas del vecindario, las puertas cerradas en su nariz al acercarse a saludar a los conocidos, los amigos que en viéndolo venir por la calle rechinaban los dientes y se regresaban, todo le era hostil en Quiavicús, después de la fiesta patronal en San Martín Chile Verde, donde anduvo cumpliendo una promesa que sólo él sabía a quién se la había hecho, bien que este saber profundo, sin pensamiento, permaneciera inmóvil en su conciencia, y otro saber removido por el pensar aflorara a su mente con la explicación de que lo hacía por cuenta propia, por capricho, para que todos se fijaran en él, pobre, mal vestido por mucho que se echara mudada nueva, sin buen caballo, sin pisto y sin queridas.

Niniloj, su costilla, dormía junto a él en el suelo, sobre un petate tul, cada cual tapado con su cobija de lana colorida, colores y figuras contra los malos sueños. Tanteó en la tiniebla que estuviera consustanciada con la tierra que también dormía, le echó su poncho para sepultarla en un mejor calorcito, y escabullóse por la puerta de cañas, sin hacer ruido, hacia el descampado.

Por las estrellas, vistas a ojo de buen leñatero, se dio cuenta que pronto sería medianoche.

Y avanzó resuelto.

Sus pies desmoronaban los terrones de tierra floja en el camino que bajaba al río grande que pasaba por muchos pueblos, bien que los de Quiavicús, los ricos de Quiavicús, dijeran que era de ellos y trataran de apropiárselo, en ese adueñarse de una cosa con sólo retenerla un instante, empleando diques de mampostería o caballones de piedra.

Antes de llegar al río, dobló por un camino huidizo, quebradizo, entre ramas bajas de encinal de resiembra. Los ricos hacen con los árboles lo que quieren. ¡Ingratitud de las ingratitudes! Los siembran y cuando ya están alteando, los cortan, si la leña tiene buen precio, y por árbol cortado uno de resiembra, ya con la perra intención de cortarlos otra vez y otra vez y otra vez.

No había viento y sin viento quién sabe si vendría su visita. La sombra no muy espesa a favor de una medialuna que lamía las nubes y un rebaño de estrellas que la seguían en su rotación tranquila.

Una como manotada de viento juguetón movió las ramas y como lluvia temprana lo mojó el rocío helado. Se tragó la protesta y en la lengua le quedaron gateando un montón de malas palabras, palabras de hombre, ¡qué se entiende!, palabras que sólo los hombres dicen, y sólo a los hombres les luce decir.

En seguida, el viento empezó a triscar las ramas más altas, a comer hojas, las que comía las dejaba caer, y por último se dejó venir, por los troncos, hasta sentar la cola en la tierra y aposentarse al lado de Celestino.

En la tiniebla azulosa, en medio del silencio que el río lejano convertía en traqueteo de vértebras líquidas, Celestino Yumí soltó la lengua y saludó:

—¡Señor, que aquí cerca de mí estás lejos, no soportaría mi humanidad tu cercana presencia de zafiro, que no sean sueños las riquezas, los tesoros que me tienes prometidos!

Yumí no vio nunca con quién hablaba. Era un cuerpo invisible que formaba el viento y que le caía encima con peso de red cargada de hojas de maíz, sólo las hojas, sólo el tazol y tan parecido al tazol, que así lo llamaba: Tazol.

—¡Muy bien —le soltó Tazol al oído—, muy bien. Celestino Yumí! Lograste en San Andrés Milpas Altas, en San Antonio Palopó, y en San Martín Chile Verde, lo que yo no habría conseguido. Todas las mujeres...; no todas, no debo ser exagerado, la mayoría de las que estaban en la iglesia de esos tres lugares, al mirarte la bragueta entreabierta, pecaron mortalmente y como no había padres en los confesionarios, comulgaron en pecado...

—En la procesión de la Virgen, no sé si te fijaste, haces tan bien el papel de bobo que no sé si te diste cuenta, el Ángel de la Loa se equivocó y dijo: "¡Soy el Ángel de la bragueta de oro!", y aunque en seguida rectificó: "¡Soy el Ángel de la bola de oro!", todos rieron y empezaron a repetir: "¡Soy el Ángel de la bragueta de oro!"..., y ya no hubo más rezos en la procesión, salvo las viejas que rezan como sapos.

Y con fruición:

—Tazol también te agradece algo que no sabes y seguirás sin saberlo, te ordeno que te hagas el desentendido. Tu señor compadre, Timoteo Teo Timoteo, consolando a tu mujer parece que se ha entusiasmado más de la cuenta. Hombre que empieza consolando a una mujer, ya se sabe en qué termina, al cortar a la palabra la primera sílaba y darnos el vocablo suelo. En el suelo y a la fuerza. ¡Qué feliz me siento de que ese viejo rezador esté en manos de Tazol, y que tú, en vista de lo que te cuento, accedas, por fin a darme a tu mujer!, ¿para qué la quieres si te traiciona?, a cambio de que yo te haga rico.

Celestino Yumí sudaba trementina, como los pinos. Por entre sus pocos pelos de lampiño cornudo, corría por sus barbas el sudor trementinoso, igual que en las bocanas de la costa, cerca del Puerto de San José, por la "Laguna del Quita-Sombrero", la temperatura de Tazol.

—¿Me vas a dar tu mujer?... —insistió aquél.

Celestino no sabía qué responder.

—No te la voy a dar, Tazol —se oyó hablando—, porque la quiero y me sirve de mucho, y si fue a faltar con el compadre, ya sabes que eso aunque se use no se usa, y tal vez que tengamos muchachito. Yo voy a creer que es mío y también que lo voy a querer.

—¡Qué asco, Celestino Yumí, el hijo de un rico, tu hijo!

—¡Y qué se ha de hacer! ¡Si ya está en su vientre, yo no lo voy a no querer!

—¿Y si no hay muchachito?

—Ya eso cambia, Tazol...

—¡Por lo menos córtales las manos con tu machete, para que no puedan volverse a acariciar!

Yumí guardó silencio.

—Un amigo, eso sería bueno que les dijeras, me contó, porque yo soy tu amigo, los vio cuando te faltaron, a medio río, en un islote de arena, junto al piedrón que se ve allá... —y el viento, a voluntad de Tazol, levantó las ramas y Yumí contempló la inmensa piedra iluminada por la luna, entre las aguas del río.

—Y más luego les vas a decir —añadió Tazol—, yo bajé al río a bañarme y la piedra me llamó, y ella me confirmó lo dicho por mi amigo. Ellos van a negártelo, pero tú los llevarás a punta de machete hasta el pequeño islote y se lo preguntarás al enorme piedrón.

Los troncos de los árboles retorcidos, que no crecen, sino reptan en la altura, se estiraron como culebrones verdosos, cascarudos y por dónde, no se sabe, desapareció Tazol, dejando a Celestino Yumí con su tristeza y su machete.

No se detuvo. Por poco se embarranca. Detrás de él que rodaba ladera abajo, piedras menudas, hojarasca, lagartijas, pies, espalda y codos apoyados en la tierra húmeda, arenosa, caliente.

Llegó a la orilla del río, arremangóse los pantalones, vadearlo dónde, si todo era hondo, y más luego se sacó la ropa, hasta quedar en pelo, así lo vieran para hacer escándalo por algo y no con la bragueta abierta como si se desabotonara la luna nueva, largarse a nado, ganar el islote y...

Un playado de arena fina se extendía a su alrededor. Pocas hierbas, algunas dobladas, ultrajadas, molidas sobre pedregosa superficie como si alguien se hubiera acostado encima.

Celestino Yumí se llevó a la boca los dedos para apretarse los labios de hoja de begonia carnosa, sin decidirse a soltar palabra. Se cansó de estar parado y se sentó a esperar la luz del amanecer, seguro de que con el sol acabaría el misterio. El engaño de la mujer es siempre un misterio.

Por fin, con las nalgas frías como culata de escopeta, se había ido enterrando en la arena húmeda, ya cuando andaban lejos las estrellas, se puso de pie, resolvióse con los ojos cerrados a hacer lo que no quería, y de la piedra, nunca supo por dónde, emergió una voz durísima, contestando a su pregunta, que sí era cierto que su compadre Timoteo Teo Timoteo y su mujer, la Catalina Zabala, habían tenido allí, junto a ella, sus dos buenas alegrías.

"¡Dos veces!..." se dijo Yumí y no se detuvo, ¡machete para qué te afilo!, cuesta arriba, ya la autora de los días dejaba caer su rosicler de rosas en las aguas del anchuroso río, y da cuenta con los prófugos del amor, si no lo ataja Tazol. Con el compadre, Timoteo Teo Timoteo, prófugo del amor de su esposa, la comadre Juanita, y con su Catalina, prófuga de su amor. ¡Ah, cómo le dolía el diminutivo cariñoso de Niniloj, con que él la llamaba siempre!

Y aunque sus pensamientos corrían más ligero que sus pies, reflexionaba:

—¡Y yo cayendo de baboso con la braguetota abierta en las ferias, desde el convite, hasta la misa de muerto por los cofrades difuntos y los difuntitos de la fiesta, a manera de hacer pecar a la gente en la iglesia y en la procesión, con la oferta de Tazol de que si lo hacía dos años seguidos, me haría rico, mucho más rico que el maldito Timoteo Teo Timoteo! Y qué no hace uno por ser rico: delinque, mata, asalta, roba, todo lo que el trabajo no da, con tal de tener buenas tierras, buen ganado, caballos de pinta, gallos de pelea y armas de lo mejor, todo para disfrutarlo con quién, con la mujer...

Tazol le salió al paso. La consabida guacalada de aire frío, la rociadura de agua en perlas de rocío, y el como descolgarse el viento por entre altísimos árboles.

—¿Adónde vas? —le preguntó Tazol.

—¡Ya la piedra del río me lo confirmó todo —contestó Yumí llorando—, y los quiero decapitar dormidos!

—¡Malo! ¡Pésimo! ¡Hay otra manera de vengarte con tu mujer! Entregándomela. Yo la haré trabajar hasta matarla de cansancio, de fatiga, sin darle de comer más que lo necesario para que sobreviva, sus tres tortillas de maíz diarias, y su pedazo de carne dura, nada de café, agua caliente con hojas de cualquier árbol. De tanto trabajar se le gastarán las uñas, se le caerá el pelo, botará los dientes y su pellejo se encogerá gastado, cenizo, muertos los ojos, torpes los labios...

—¿Y el compadre?

—Al compadre, lo matarás tú...

—¿Yo? ¡Desde luego! —arrechóse Yumí, subiendo el machete para cortar el aire luminoso de la autora de los días, que ya iluminaba de naranja las extensiones—. ¡Y gracias, Tazol, por haberme quitado el compromiso de ultimar a la Catalina! ¡Se me hacía muy duro cortarle la cabeza dormida, sin que abriera los ojos, escuchando a mi corazón llamarla, ¡Niniloj! Sólo me toca decapitar al compadre...

—No se trata de matar. Primero, oye a Tazol. La venganza con el compadre que te hizo...

—¡Cabrón!

—...de chivo los tamales, va a ser tu capital saneado, el de él está podrido de hipotecas, y no capitalito de aldea, sino capital de veras.

—Tazol, yo me conformo con ser el más rico de Quiavicús, y de todo esto de por aquí...

—Pero ya sabes el precio...

—¡Bueno, mujer que ha faltado a su marido, ya no tiene valor, para qué sirve, y ya lo creo que te la doy!

—¿Cerramos el trato? —indagó Tazol, el alma de los hombres es tan cambiante.

—Lo cerramos —decidió Yumí—, pero, ¿cómo haré para entregártela?

—Nada de complicaciones con autoridades. Lo que nos vale es que sus amores son muy secretos con el ricacho ese. ¡Ah, pero no tengas cuidado, tú vas a ser diez, veinte, cien veces más rico que él!

—Explícame lo que debo hacer, ya sabes, Tazol, que soy de pocos alcances. Si para el trabajo material soy duro, durísimo, puedo sacar veinte tareas al día, para lo de las entendederas no nací. Me cuesta comprender las cosas. Las palabras siempre están fuera de mi entender, aunque las oiga, pues me faltan estudios...

—Y te sobra pereza mental, pues eres una luz exponiendo...

—Los pobres procuramos no pensar...

—Bueno, pues al amanecer rico, como te despertarás uno de estos días, todos afirmarán que entiendes de todo, de finanzas, política, religión, elocuencia, técnica, poesía, y se te consultará...

—Por el hecho de ser rico, no porque sepa...

—Sencillamente...

—Muy bien, pero ahora explícame cómo te entregaré a mi mujer, como desaparecer a Niniloj de mi lado, sin que las autoridades sospechen y vaya a pudrirme a una cárcel, sin quien me lleve mi comida.

—Procederás así, fíjate bien. Mañana, al llegar a tu casa, oscureciendo, después de pasarte mediodía en el monte preparando tu leña, te quejas de dolor de cabeza y luego de dolor de barriga, como si la cabeza fuera a reventarte y las tripas se te fueran a salir. Quejas con bastantes pujidos, pujidos que después serán gritos, a modo de que ella se alarme, sin saber, en la aflicción, qué hacer ni qué hacerte, si una agüita de yerbabuena y pericón, si un lienzo con aguardiente, si un trapo viejo quemado, si entrepaño con ceniza caliente, y cuando sea mayor su congoja, le pedirás de favorcito que vaya a llamar al compadre Timoteo, porque te sientes morir. Ella, que desde que regresaste de San Martín Chile Verde, anda a la caza de oportunidades, encontrará de perlas ir a llamar al compadre, de paso darse con ése unos cuantos besos y quién sabe si hasta un revolcón. Hay que justipreciar que la esposa del compadre, doña Juanita, es sorda.

—Entonces debo hacerme el enfermo grave, retorcerme en el petate, trabar las quijadas, inmovilizar los ojos y quejarme en grande...

—De un dolor, puedes decirle a ella, en los ratitos en que te medio alivies, que además de anudarte y desanudarte las tripas, te anda por el cuerpo.

—Ella correrá a llamar al compadre, a pedido mío.

—No porque te vea sufrir, sino por presentársele la ocasión de verse con él a solas...

—Y no sería malo, digo yo, aunque soy de pocas luces, que mejor fuera primero a buscar al alguacil de turno, a un oficial de la Comandancia, y les dijera: "¡Mi hombre se está muriendo!"...

—Pues la idea no es mala y te la aconseja el amor que le tienes aun después de lo sucedido en el río, a la gran pícara esa que conmigo va a pagarlas todas juntas.

—Sí, la quiero, Tazol, e inútil sería negártelo. La quiero, cómo, no sabría decir...

—Y crees que hay quien sepa decir cómo quiere o cómo odia...

—Lo cierto es que con todo lo sucedido, ¡ah, pero mi compadre Timoteo Teo Timoteo, fue a la feria de San Martín Chile Verde...

—Fue, pero se vino antes, con el pretexto de no poder soportar el descrédito que sobre Quiavicús echaba tu bragueta...

—Con todo lo sucedido, siento como si me hubieran abierto una zanja en el pecho, y fueran a enterrarme en mí mismo, pues así quedaría parte mía enterrada en mí, pudriéndose en mí, haciéndose ceniza y polvo.

—Cuando te veas rico, rodeado de hembras, me vas a contar si la quieres y te acuerdas de esa pobre chorreada. El amor, sin embargo, hasta en el mal hace bienes, y él fue el que te dictó esa gran conveniencia de buscar al alguacil, en el Cabildo Municipal, o a un oficial, en la Comandancia Militar...

—Creo yo...

—Ya tenemos a la autoridad de nuestra parte y con este refuerzo, la Catalina corre a despertar al compadre tomando por la vereda de, don Agapito Monge, es el camino obligado para ir de la plaza a donde el don Teo Timoteo. Al llegar a esa vereda, yo armo la gran ventolina, les echo tierra en los ojos, ciego al alguacil y al militarcito, y me alzo con tu mujer...

—Así está muy bueno, muy bien pensado, Tazol. Las autoridades no podrán echarme la culpa a mí, con ellos venía cuando la arrebataron por los aires, y todos me considerarán, y el compadre la llorará conmigo.

—Tú procura llorar...

—Si ya la estoy llorando con mi corazón, si es mi mujer, lo único mío, y te la voy a entregar, Tazol, sólo porque me faltó, y porque quiero ser rico.

—¡Riquísimo! ¡Piensa ya en las tierras que vas a comprar, en los cultivos que vas a emprender, en los bancos en que has de guardar las millonadas de pesos...

—¿Banco?

—Sí, porque no vas a poder almacenar aquellas hojas de milpa, mil veces más valiosas que las mazorcas que colmarán tus trojes.

—Llenas de Tazol, de hojas de milpa...

—¡Sí!, Celestino Yumí, eso soy: hojas de milpa seca es Tazol, y hojas de milpa traerás a tu casa, todas las que puedas, y todas esas hojas de milpa, todo ese Tazol, se convertirá en billetes de cien, de quinientos y mil pesos...

—Pensar en tanto dinero, me marea. Estoy como el gavilán en el momento en que viendo la posible presa en la tierra, se queda en suspenso, con las alas inmóviles, sin avanzar ni retroceder, y luego se viene en tirabuzón hacia la víctima.

—¿Qué hablas?

—Que me siento gavilán sobre la casa del compadre Timoteo Teo Timoteo, él no tiene sus billetes en el banco, como aconsejas que los tenga yo, así que si le pego fuego a su casa lo dejaré en las cuatro esquinas hablando solo.

—Bien pensado, Yumí, pero no conviene todavía. Oye los consejos de Tazol, que es tu puro amigo. Le pegarás fuego a la casa de don Timo, cuando ya seas rico, pues entonces no habrá juez, policía ni magistrado que imagine, ya no digo que te acuse, que fuiste tú, aunque te vieran con la tea en la mano, porque luego vendrán a tu casa a pedirte dinero prestado que les acordarás con largueza. Porque, eso sí, Yumí, no te quiero saber rico pobre, rico que antes de gastar piensa como pobre, sino rico, rico que gasta sin pensar lo que vale lo que gasta. Y como fácil, facilísimo será reponer tus caudales, con sólo acarrear tazol a tu casa...

—Antes de separarnos —bajó los párpados Yumí en un esfuerzo por contener el llanto—, no castigues a Niniloj, porque pensar en eso me amargará la riqueza...

—¡No pensarás! ¡Los ricos no piensan en los que sufren!

—¡Pero, Tazol, mi amigo, no la castigues mucho! ¡Por los nudos de mis dedos, te lo pido! ¡Por los nueve nudillos de los dedos de cada una de mis manos, te lo pido!

Trato hecho, jamás deshecho

Yumí volvió a su casa con dos atados de leña, pujido va y pujido viene, y tan pronto como estuvo en el rancho y vio que Niniloj lo miraba descargar, deshízose en peores quejas, abriendo y cerrando la boca, como si no alcanzara aire y al mismo tiempo como queriendo eructar un eructo seco que no le salía, que sólo aumentaba, por los esfuerzos para desprenderse de él, el dolor de cabeza, de las sienes que le saltaban en pedazos, todo fingido, pero tan bien fingido que al final casi sintió los dolores, la basca, la salivosidad, los retortijones y los sesos que se le desprendían con todo y los huesos del cráneo.

Niniloj, habilidosa como pocas en eso de curas de empacho, corrió a buscar aceite de la lámpara del Santísimo, para sobarlo, bien que apenas puso sus trigueños dedos en el vientre de su marido, Yumí lo endureció, y dio de gritos, igual que si lo tocara con fuego.

—¡Aaan... dá, mujer... aaalguacil... —decía en medias palabras, y tras un quejido—, andá traé al alguacil o a un soldado, o a los dos, y de regreso pasás a avisarle... —la voz se le iba—, a avi... sarle al com... com... compadre Teo que me estoy muriendo! ¡No hay cura en el pueblo, cómo me confesaré! ¡Todo lo que hay en la casa —habló de corrido, como más aliviado—, todo lo que hay en la casa es tuyo, pero corré por el alguacil, un soldado y el compadre!

La Catocha se echó la enagua de salir a la calle y arrancó su rebozo de sobre su petate, para escapar por la tiniebla en busca del alguacil, un soldado y el compadre. Debía sentirse regrave para exigir tanta comparecencia.

El alguacil dormía. Catocha lo sacudió. Dormía con el sombrero en la cara y al sentirse sacudido, se levantó, alzando los párpados poco a poco. Dos ojos podridos de sueño. Lo primero que hizo, instintivamente fue apretar la mano en el machete y, sin responder, tras desperezarse, echó a paso ligero detrás de la Catocha.

El oficial, el puro apagado en la boca, los ojos vidriosos de alcohol y desvelos, ordenó a un cabo que acompañara a la interfecta, y con el cabo y el alguacil pasaron a despertar al compadre. Doña Juanita, sorda como tapia, no oyó bien de qué se trataba y don Timoteo, hablando con el alguacil y el cabo, comentaba que Dios había castigado a Yumí, por lo que todos sabían.

—¿Qué es lo que todos sabían? —inquirió el cabo, la cara redonda como cemitón y los ojos menuditos.

—Lo de la bragueta. Anduvo en la feria de San Martín Chile Verde, haciéndose el bobo. Y Dios castiga, no con palo, sino, ya ven ustedes. ¿Y de qué le vino eso al compadre, comadrita?

—De repente, compadre. Al volver con la leña, le entró el mal.

—Pero eso sí, comadre, si el compadrito no cuenta el cuento, de la muerte somos, hay que zurcirle la bragueta, de qué le sirve abotonada, no vaya a ser que por bragueta abierta no lo dejen entrar al cielo, y si por mal fin, Dios lo libre, se va al infierno, allí le quemen la jaula y el habitante.

La comadre Catalina no lo oía. Para chistes estaba. Viejo pacienzudo, por qué no apuraba el paso.

—¡Pobre mi compadre Celestino, comadrita, la enfermedad le dio el esquinazo! Por eso yo voy a la capital una vez por año y me hago examinar por los mejores médicos.

—¡Ay, don Teo —se quejó la Catocha—, cuando uno es pobre, se pudre primero que ver al médico! A los pobres nos quedan los curanderos, ellos nos hacen el favor, y veces hay que saben más que los médicos recebidos.

—¡Pero no es igual, mujer, cómo vas a comparar... un médico es un médico!

—Ansina digo yo, cuando el enfermo es pistudo como usté, entonces todos son grandes médicos, pero si es pobre al que miran, no es médico ni es nada. Hacen jeta y se van... más corriendo que andando. Lo sé de oídas. La Felícita Balcárcel contaba eso, porque por aquí jamás se ha visto un médico. Un practicante vino cuando la viruela. Pero era chevo, chevísimo, y en lugar de curar, sabe, compadre Teo, cómo paró una noche, pues nada menos que durmiendo con una virolenta, una jovencita llamada Carmen Opil, de quien dicen que se había enamorado. Lo levantaron, cuando fueron a sacar a la Opil de su rancho, y al darse cuenta que dormía abrazado a una muerta, granulienta, empapada en pus y sangre, compró un garrafón de aguardiente y parte se echó encima, por aquello de la peste, de lo contagioso de la peste, y parte se bebió para olvidar. Lo cierto es que borracho, temeroso de tener la viruela, tenía la rabia que da el aguardiente, corrió en busca de agua, pero no agarró para el río grande, sino para el río de las cenizas, y cuando se estaba bañando, frota que te frota con jabón, paxte y arena, le gritaron desde unas peñas que saliera de allí, porque en ese río caían los desagües del Asilo de San Lázaro, donde estaban los lepras. Otro garrafón de aguardiente; otro baño de alcohol por fuera y por adentro. Pero no se detuvo, borrachísimo corrió hasta la capital, sin zapatos, con el pelo alborotado, los ojos de fuera, loco de manicomio.

Mientras la Cata hablaba, entraban a la vereda de Agapito Monge, donde se estima a la derecha un rejoya bien verde, un árbol bien alto el árbol, un poste de telégrafo bajón, igual que una cruz con hilos de alambre, y a la izquierda, peñas descascaradas y pinos rojizos.

Los cuatro, el cabo, el alguacil, el compadre y la Catocha, fueron agradablemente sorprendidos por un ventarroncito juguetón que de pronto se fue haciendo desagradable ventolina y antes de lo pensado se tornó huracán, entre relámpagos, truenos y culebrinas. Todo subía, arrancado por la fuerza del viento, grandes árboles, espesas nubes de tierra, el poste del telégrafo, después del más furioso baileteo entre los hilos, piedras calizas, terrones que se pulverizaban. Y en medio del furioso vendaval, aquéllos, el compadre, el alguacil, el cabo y la Catocha, agarrados de los guayabos, retorcidos, inarrancables.

Cuando dejó de ulular la inmensidad del huracán, compadre, alguacil y cabo abrieron los ojos, que cerraron apretadamente porque el polvo los cegaba, y cuál sería el susto de los tres, al no encontrarse a la mujer de Yumí, que les acompañaba. La buscaron afanosos en los sitios circunvecinos, áfonos de gritar su nombre —¡Catalinaaa! Catalinaaa!...— con más y más apremio.

El alguacil, ágil como venado, se tiró barranca abajo, temeroso de que el huracán hubiera ido a botar a la señora que iba delante enseñándoles el camino de su rancho, a medio río, estuviera mal golpeada y como tanate de ropa la arrastraran las aguas turbias de un lodo verdoso de cataclismo.

Pero en el río no había nada y un rato después, a los ojos de aquellos que desde las peñas seguían la peripecia, trepó descorazonado, e inútil fue cuanto hicieron por encontrarla, sin atrever a decir, aunque lo pensaban: Así es como desaparece una gente...

Pesadumbre con la que llegaron al rancho de Celestino Yumí, no perdían la esperanza de que allí se hubiera refugiado, aunque al solo oír que el enfermo la llamaba, comprendieron cuán espantosa era la tragedia de aquel infeliz que a las puertas de la muerte debía oír de sus labios la noticia de que su mujer, su Catocha, su Niniloj, había desaparecido, arrebatada por el huracán de garras de obsidiana y ulular de búho.

Resolvieron no darle la noticia, sin antes encontrarla, aunque fuera el cadáver, destrozado contra un árbol o algún peñasco o simplemente con el cráneo roto igual que vasija sobre la tierra.

Pero no se encontró. Se dieron voces. Salieron los vecinos de Quiavicús, rondas de hachones encendidos toda esa noche inacabable para los que esperaban la aurora, seguros, segurísimos de que a la luz del día, viva o muerta, la encontrarían.

Pero alumbró plenamente el sol, se fue medio día y hacia la tarde, los que la buscaban volvieron a Quiavicús, con el alma en los pies, sin siquiera una señalcita de su paradero: un trapo, un pañuelo, un listón, un puño de pelo, un dije...

Toda la aldea la buscaba, desde el hachador, el hachador de árboles, al que se le iba poniendo la cara color leño, hasta el sacristán de la iglesia, siempre cerrada por falta de cura, pasando por las personas proporcionadas que salían con sus escopetas y sus perros, como si fueran a cacería, y la gente del monte, que no se daba por vencida, que no aceptaba la desaparición de una cristiana de la faz de la tierra, arrebatada por el aire, aunque hubiera testimonio de soldado, munícipe y vecino importante, y batían las extensiones divididos por grupos, de los cuales, unos trepaban a los agujosos eucaliptos a fin de dominar mejor las inmensinencias, como decían ellos por decir las inmensidades, otros se enmontaban cubiertos por la vegetación y otros más rastreaban las cuevas del río de encías de arena, inmensos dientes de piedra y lengua líquida de espejo en fuga.

Sin darle más vueltas al asunto, se resolvió que el compadre Teo Timoteo se encargara de darle a Yumí, enfermo de muerte como fingía estar, la fatal noticia de la desaparición de Catalina Zabala, su santa y buena mujer, tan pronto como se repusiera.

—¡Todo esto es castigo —adujo el compadre, sin que el enfermo, ahora revolcándose desesperadamente entre las ropas, les escuchara—, castigo del cielo por haber tenido el compadrito la osadía de entrar a la misa mayor, en San Martín Chile Verde, con la bragueta abierta!

—¡Es que este sujeto —manoseó el alguacil el machete, para darse más autoridad—, siempre fue de lo más ínfimo!... pero, me pregunto, ¿por qué Dios no lo castigó a él?...

—¿Y qué hacemos? —terció a gritos doña Juanita, presta a ponerse la mano tras el pabellón de la oreja y a seguir con los ojos brillantes en el movimiento de los labios de su marido, la respuesta.

—Llamaremos al curandero...

—¿Al sepulturero?... —preguntó la sorda.

—¡Al curandero! —le gritó don Teo casi en la oreja; ella se estremecía cuando lograba oír y ponía la cara placentera.

El enfermo empezó como a tragarse sus quejas y se fue quedando dormido, con los ojos cerrados, y el cuerpo largo a largo inmóvil, pero más despierto que un despertador ansioso de oír lo que aquellos hablaban, las referencias que hacían de su pobre mujer, arrebatada por el viento. ¡Ay, quién sabe dónde la tendría Tazol! Se encogió, como gusano, ante el espantoso pensamiento de que no la volvería a ver, de si estaría viva o muerta, despierta o dormida.

Estuvo a punto de levantarse y gritar que él no tenía nada y confesarle a los compadres que había cambiado a su mujer con Tazol, por ambición de dinero, por llegar a ser el hombre más rico de Quiavicús. Pero no tuvo valor y qué arreglaría, si el trato estaba hecho y la prenda entregada.

—Está más aliviado, pero llora —murmuró don Teo—. Sin duda presiente su corazón el doloroso aviso que al mejorarse tendré que comunicarle.

—Nos liamos —dijeron el alguacil y el cabo.

—Pero diré a Yumí que ustedes venían conmigo —los detuvo don Teo Timoteo—. Es muy comprometido. Solo yo con la comadre. Qué pensaría Celestino, lo menos que de mis brazos la había arrebatado el diablo.

—Sí, desde luego —contestó el alguacil—, y en la alcaldía levantaremos el acta correspondiente, donde se hará constar con todos sus pormenores lo sucedido. Aparte, es seguro que el señor Alcalde pedirá refuerzos a las autoridades cercanas, no solamente con el propósito de seguirla buscando aquí, en la jurisdicción de Quiavicús, sino en las jurisdicciones vecinas y más lejos, si es necesario, porque no puede ser que no haya ido a caer en alguna parte. Que la arrebató el huracán, la arrebató, y nos arrebata a nosotros, si no nos agarramos de los guayabales; lo que falta saber es dónde la fue a botar.

—Todo lo que dice me parece oportuno y de una sana autoridad —apuntaló don Teo, y el soldado, cabo con ambiciones a sargento, movió afirmativamente la cabeza, sin hablar, porque no era muy argumentado en esas cosas.

—Me despido de la señora —añadió el alguacil refiriéndose a doña Juanita que estaba agarrada al brazo de su marido—, ya sabe don Timoteo Teo Timoteo, que me gusta oírlo hablar, porque aunque no siempre haya sido pistudazo, habla como rico.

—Nada de eso. Mi familia siempre fue gente de proporción y yo heredé lo que tengo de tres tíos sin hijos y de una tía que le había dejado al cura de Santa Lucía Cotzumalguapa el grueso de la herencia, en el entendido de que si el padrecito moría antes, todo me quedaría a mí, y se murió antes que este servidor. ¡Pobre santo, reventó de comer carne de cerdo! Le gustaba el coche con delirio. Y yo le mandaba mañana y tarde chicharrones, lomo adobado, patitas a la vinagreta, chorizos, morongas, hasta que de comer coche, le dio el derrame y falleció santamente.

El alguacil, seguido del cabo, se fueron por un pedregal helado de sereno, somatando las guarachas, mientras don

Timo se allegaba a la cama, le ponía la mano al compadre en la frente, sin atreverse a despertarlo del todo.

De pronto, Yumí empezó a llamar a gritos a su mujer.

—¡Niniloj!... ¡Niniloj!... —gritaba y lloraba.

El compadre no sabía qué hacer. Por último, ya para soltarle la verdad, se mordió la lengua y le dijo:

—Cálmese, compadrito. Ya va a venir la comadre. Solo fue a llamar al curandero, pues.

Pero los gritos de Yumí, llamándola, se hicieron más y más apremiantes, y don Teo se resolvió a todo, aprovechando que aquél tenía los ojos cerrados y que las bisagras del llanto desparramado en sus mejillas abrían la puerta al pesar inmenso que les esperaba y que acaso presentía con olvido del sufrimiento físico que hasta hace un momento le aquejaba.

—Pues viera, compadre... ¿Me oye?...

Yumí, a sabiendas de lo que le iba a decir, aceptó con un movimiento de cabeza.

Por mucho que sabía lo que el compadre iba a comunicarle, oírlo le parecía espantoso; escuchar, como realidad, y no como una pesadilla de la que se despierta, lo que aquél tenía en los labios, amargos, temblorosos.

—Pues, pues, pues, compadre, la comadrita no vendrá luego. (¿Por qué, pensó Yumí, no me dice que no volverá nunca?) ¡No se fue, la fueron! —empleó esta forma de broma para aminorar el golpe de sus palabras—. Sí, la fueron. Veníamos con el alguacil, Atanasio Surún, y con el cabo 1°, Cirilo Pachaca, llamados por Ud. según nos dijo, pues quería hablarnos, porque se sentía morir, cuando al asomar a la rejoya de por donde Agapito Monge, se nos echó encima un ventarrón, fue un total repentazo de aire, un huracán que arrancó árboles, alzó en vilo animales, ovejas y terneros, y en cuenta a la comadrita. No la vimos irse, porque nos cegó la polvareda, pero, cuando acordamos, cuando dijimos qué es esto, la infeliz comadre ya había volado, no había rastro de ella. ¿Qué se hizo? No sabemos y quizá no lo sepamos nunca. A todo hay que estar preparado, mi querido Celestino Yumí. Yo corría a ver si había llegado aquí, en alas del viento, tan afligida estaba por usted que Dios podía haberle hecho ese favor, alzarla en peso y traerla al lado de su señor marido; el alguacil Atanasio Surún, se tiró, sin medir peligros, barranco abajo, temeroso de que la hubiera ido a estrellar al río y fuera a morir ahogada, al perder conocimiento y ser arrastrada por las aguas. El cabo primero, Cirilo Pachaca, se quedó en el sitio, en la veredita de Agapito Monge, por si el ventarrón que la arrebató, la devolvía, lo que suele suceder y ha sucedido. Pero todo fue inútil, y lo único que le pedimos a Dios y a María Santísima es que, aunque sea herida o golpeada, mejor si no, desde luego, la encontremos con vida. Y ahora, y mañana, y pasado mañana, hasta que den con ella, la buscan por montes y valles todos los hombres aptos de Quiavicús.

La sorda, sin oír lo que su marido decía, hablaba tan bajo al compadre, se contentaba con suspirar de vez en cuando.

—¡Qué desgracia, Celestino Yumí! ¡Qué desgracia! ¡Al fin sabemos que hay algo peor que la muerte para los deudos, desaparecerse, que no sepan nunca nuestro paradero, y para mí, que soy creyente, todo este mal le viene, igual que centella, por haber ido a hacer de exhibicionista en la santa misa!...

Al oír Yumí que en verdad su mujer había desaparecido, se olvidó que se estaba haciendo el enfermo, se olvidó del dolor de vientre y del mal que le andaba en el cuerpo, mal que lo ahogaba, lo que don Timoteo Teo encontró normal, pues, qué eran aquellas dolencias, comparadas con el golpe, el mazazo en la cabeza de la desaparición de Niniloj.

Y él también salió en su busca, entre los que la buscaban y la buscarían muchos días después, tragedia en la que no faltó la baba de la maledicencia. Algunos creían que, aprovechando el huracán, la Celestina Zabala, que estaba harta de los papelones que hacía su marido, se había fugado a la capital, y allí en la inmenciudad quién la hallaba.

Yumí entraba y salía de su rancho, enloquecido, yendo de un lado a otro. Ya sólo él la buscaba. Ya sólo él la llamaba:

—¡Niniloj! ¡Niniloj!...

Hasta ahora que la había perdido, se daba cuenta de lo que era su mujer, la Celestina Zabala. De su fuerza para el trabajo, de su compañerismo en la pobreza, en la falta de medios, eran suma, pero sumamente miserables, y jamás se quejó cuando no hubo con qué comer, acurrucadita junto al fogón, para calentarse el estómago vacío, o imaginando cosas ricas, cuando lo único que tenían en el fuego era lo que Celestina lograba que le regalara el compadre Timoteo. Y para los remiendos, primera aguja. Remiendo sobre remiendo, zurcido sobre zurcido. Y de esos remiendos, al palpar sus ropas Celestino, la sentía salir... tan apenas estuvo en su vida de tan buena que era...

Y no sólo conforme con su suerte al lado de un hombre sin tierras, sin milpas, sin siembras, que vivía de hacer leña y venderla en Quiavicús, tenía entregas en algunas casas, sino alegre y amiga de cantar, como si fuera dichosa, porque su dicha, a decir verdad, consistía en hallarle a todo el lado bueno y a nada el lado malo.

Y fuera de algún reclamo por tener un hijo, jamás habló de lo que no tenían, si era de ellos, el pedazo de tierra de su rancho, porque era tierra que no era de ninguno, tal vez municipal, y eran de ellos las mudadas, dos calzones y dos chaquetas y dos camisas y un par de caites, y de ella su muda diaria, y para los domingos, una enagua negra que igual le servía para fiestas y entierros.

—El compadre Celestino ya está exagerando su dolor —profirió sentencioso don Timoteo Teo Timoteo, en el despacho del Alcalde. Le llamaron a que firmara el acta en el despacho. El acta correspondiente. Para el Alcalde todas las cosas tenían nombre y apellido, y el apellido del Acta, era Correspondiente.

Y para todo el mundo, Yumí no procedía como buen cristiano, no se conformaba con su pérdida, es que ¡ay!, nadie más que él sabía que a esa rotunda pena de raíces rotas por algo que habían arrancado de su lado, uníase el remordimiento que lo perseguía como la punta de una espada metida en su oreja, punta de llama fría que le destilaba palabras de sangre y el no poder compartir con nadie, pero nadie, nadie, el porqué de su desesperación, de su desasosiego, de sus ratos de locura o de sentir que se volvía loco. Entregó a su mujer con tal de tener tierras y riquezas. Y eso sólo él lo sabía, él y Tazol, y de ahí que terminaron tomándole como perturbado que vivía de la caridad pública, y gritaba por las calles, y en los montes, y en el río:

—¡Niniloj!... ¡Catalina!... ¡Niniloj!... Catalina!...

Alguien contó que había visto a Yumí con una soga al brazo, contemplando los árboles de abajo arriba, como para calcular la altura. Es lo mejor que puede hacer, ahorcarse, comentaban todos. En su conciencia desquiciada iba creciendo, igual que el ventarrón que arrebató a su mujer, el remordimiento de haber sido él el que la entregó, el que la trateó, igual que un animal, ¡qué horror!, igual que una novilla, y peor aún, porque se la había dado a un ser desconocido, a una fuerza oculta, a un omnipresente invisible.

—Su compadre se va a colgar del güergüero, y anda ensayando —le comentaban a don Teo los vecinos, y éste corría al rancho, donde por fin lo encontró con la cabeza blanca, no por haber encanecido, sino porque dormía en donde el fogón amontonó cenizas.

Sin decir palabra, don Teo escapó del rancho, estuvo a punto de regresar a darle unas cuantas patadas, pero lo vio tan desgraciado, que optó por callarse.

¡Qué avilantez! Lo acusaba, en su media lengua, de haber tenido amores con la comadre Catalina.

—¡Mejor que se ahorque! —dijo el compadre a los vecinos, pero éstos le contaron que tal y como estaba ensayando, no corría peligro.

Se colgaba de un pie.

—¿De un pie? —frunció el entrecejo don Teo.

—Sí, don, de una pata. Se cuelga de una pata. Y el otro día que alguien que lo vio guindado así, se acercó a preguntarle: "¿Yumí, por qué estás así?", éste le contestó, la cabeza colgando, casi en el suelo: "¡Porque me quiero ahorcar!"... "¡Ay, Yumí, le dijo el otro, para ahorcarse yo creo que es al contrario, hay que ponerse la soga en el pescuezo!" Y Yumí le contestó, siempre boca abajo, colgado del pie: "Ya ensayé con la soga en el pescuezo, pero no me gustó, sentí que me faltaba el aire, que me estaba ahogando!"...

Don Teo y el que le contaba aquella historia, que daban por verídica, rieron juntos.

Otro día, un domingo, después de misa, lograron que un cura de un pueblo vecino llegara a rezarla a Quiavicús, se le acercó a don Timoteo y le hizo la confidencia de que los espiritistas —los dos se santiguaron a la vez—, aseguraban que a la Zabala se la llevó un espíritu maligno.

—Esa sí es una gran mentira —estornudó don Teo Timoteo.

—¡Jesús lo ampare!... —lo acudió el vecino que le hablaba de los espiritistas—, Dios sea con nosotros.

—Dios se lo pague. Por eso tengo este pañuelo en el cuello porque por la nuca, vea qué curioso, me entra a mí el catarro...

—¡Y a Yumí por los pies!

—¡Ja, ja, ja, ja —rió don Teo—, el catarro no ahorca!

—¡Pero jode, perdonando la palabra!

—Pues, como te iba diciendo, eso de que a la Zabala se la llevó un espíritu maligno, es una gran mentira. El alguacil y el cabo primero, que allí están vivos, puede usted írselos a preguntar, y este servidor, veníamos con ella, y fue el huracán el que se la llevó a estrellarla a saber dónde.

—¡Gracias a Dios, oímos misa! Me voy, y vea, don Timo, cuando vea a su compadre Celestino, dígale que aunque le falte el aire y sienta que se ahoga, que se ponga la soga en el cuello...

—¡Cómo le voy a decir yo eso, faltaba más!

—Ahora sí que te vas a ahorcar de veras, Celestino Yumí —le canturreó un pajarraco que de tan viejo, pescuezo pelado, patas peladas, uñudo más caca seca que plumas, daba desazón verlo.

Yumí, tiritando, no se sabe si del frío de la madrugada o de miedo, reconoció la voz de Tazol y no le contestó, tanteando, ya subido en un palo de tamarindo, la rama más fuerte para colgarse, esta vez del pescuezo, besando la soga que lo liberaría del remordimiento de haber entregado a su mujer, a cambio de riquezas. ¡Pobrecita! ¿Vivirá como vivía en la tierra? ¿Estará en el infierno? ¡Quién sabe qué penas, qué sufrimientos está pasando, sólo porque él quiso ser rico!

Sentóse en la rama más gruesa, ató la soga, después de hacerle el nudo corredizo. Sentado en la rama, balanceó los pies en el vacío. ¡Qué cosquilla! Con la soga en las manos, recostado en la rama, la estuvo tanteando, antes de echársela al cuello. Pero como si su cabeza y su cuerpo se hubieran vuelto de pronto de hueso duro, púsose rígido.

—¡Ahora sí que te vas a ahorcar de veras... —le repitió el pajarraco—, y si es así, de una vez será!

Yumí, con dos caracoles en lugar de orejas, donde le zumbaba el corazón palpitante, volvió a reconocer la voz de Tazol, en el acento del avechucho aquel, y no contestó. Su respuesta lista: la soga al cuello, el nudo corredizo y...

A dar el salto iba, cuando el pajarraco picoteó la soga, de dónde sacó fuerzas, si era tan viejo, tan velozmente que en pocos segundos deshilachó el cordel. Aquél recobró la respiración que ya antes de caer en el vacío habíasele quebrado en la garganta. Puños de alacranes peleando le llovían encima.

—¡Pero Tazol!... —dijo—, ¿por qué haces esto conmigo? ¿Por qué, Tazol? Te entregué a mi mujer, maldita sea la hora, y no me diste nada. La soledad en el rancho, en todas partes, fue lo único. Y lo poco que teníamos, se lo llevaron los vecinos, porque, deben haberse dicho, para qué lo quieren si ya no están. Yo estaba, pero no estaba. Desde que ella se perdió por culpa mía, no estoy en ninguna parte. ¿Dónde estoy?, no sé, no sé.

—¿Dónde estabas, Tazol, mal enemigo, mientras yo buscaba, ya no en la tierra, sino en mis sueños, a mi mujer?

—¡Niniloj!, la llamaba recio y quedito antes de echarme al petate, más cansado que con sueño, esperando que al menos volviera a visitarme en sueños.

—Pero todo fue inútil. ¡Ni en mis sueños quedaba! ¡Ni en mis sueños quedaba, Niniloj!

—Te la llevaste, sin dejar huella, alzada de la tierra por el huracán, y desde entonces no he puesto, sino por fatiga, las pancitas de mis párpados sobre mis ojos. Desde entonces. Ni los pies, párpados del que va de camino, han guardado sombra sobre tierra, largo tiempo. En parte alguna me he detenido. Y, si no me ahorco, sé que debo seguir buscándola, bien que sé que es inútil registrar la tierra entera, porque tú, Tazol, fingidamente mi protector y amigo, te la llevaste.

—Mi última intentona por hallarla, fue en ese altísimo cerro que también está desapareciendo, cerro blanco que se disuelve, con ruido de efervescencia, en contacto del viento.

—Cada vez, cada día, hay menos cerro, y también cada vez, cada día, hay menos Niniloj, menos Catocha, menos Catalina Zabala. Ya sólo hombros es el pobre cerro. Lo decapitaste. Y ya sólo hombros, quizá, es mi mujercita, que, para mí, que es el cerro, el cerro entero, que se disuelve hora por hora, que tú, Tazol, te llevas en nubes de polvo, y esparces entre la tierra y el cielo.

—Nueve días anduve alrededor y nueve días sobre ese cerro blanco, de tierra efervescente, cálida, ratos erguido, llamándola, preguntando al cerro, si él no era la Catalina Zabala, si no era mi Niniloj, él, el cerro, y ratos a gatas, en los momentos en que trechos enteros de montaña blanca, igual que nubes, se derrumbaban, y ni la topé, ni tuve respuesta si el cerro era ella, aunque una noche que me cubrieron las tierras blancas, quedé como muñeco de nieve, con los ojos abiertos, sin dormir, me dije: No, Niniloj no puede ser el cerro, sino es la que está ayudando a Tazol a llevárselo, bien cernidito, y ella con un cernidor de estrellas debe ir convirtiéndole en ese polvito más fino que polen que se va como el humo...

—La gente que vive cerca del cerro puede atestiguarlo. Lo juro, Tazol, lo juro, por esta santa cruz de mis dedos. Deambulaba algunas noches, ansioso de que me cayera el polvito finísimo que se levantaba con el suave soplo del viento, porque estaba cierto que Niniloj era la que lo cernía sobre mí, y así me volvía un poco fantasma, tan cierto esto de que me volvía fantasma que, cuando regresaba a Quiavicús, algunas veces, a indagar si ella había vuelto al rancho, las gentes a mi paso cerraban sus puertas y ventanas, y oía sus voces: "¡Allí va... allí va el fantasma del cerro blanco!..."

Y las últimas palabras que le escuché al compadre Timoteo Teo Timoteo fueron éstas:

—Si, como usted ve, compadre Celestino, el viento se está llevando el cerro blanco, cómo no iba a llevarse, cómo no iba a poder con la comadre, y para mí que se disolvió así como el cerro, sin tiempo a que pegara zopilotera, pues ni esa señal tuvimos, ya que de haberse formado en el cielo la gran corona de aves negras, habríamos sabido dónde se encontraba el cadáver de la santa de su mujer. Y usted —añadió en tono amistoso, afectuoso, de pariente rico— ya parece escarabajo de tan flaco; coma, siquiera para tener fuerzas para seguirla buscando, porque eso sí, mientras no la encuentre, mientras no sepa de ella, la buscará hasta el final de sus días. Si no come, compadrito, se va a morir...

—Eso es lo que quiero, habría podido responder al compadre, pero me dije, para qué hablar si nadie puede comprender tu dolor, porque a nadie puedes confiarle la verdad, sólo a Tazol, pero Tazol qué iba a querer de mí, si ya tenía a la que lo ayudaba a cernir el cerro blanco, aunque a veces, por muy sabio que seas, te has descuidado, y la he sentido en ánima, como animalito del monte, rondar mi rancho, y la he oído, con los ojos cerrados, una vez los abrí y los ruidos desaparecieron, la he oído juntar fuego, soplar los tizones, hacer las tortillas, pero me adelanto, antes de oírla tortear, he escuchado cuando pone la olla con el maíz al fuego, el aborbollar del agua y los granos, y después, alzar la olla del fuego y salir a botarle el agua del nixtamal, ante el lucero del alba, el Nixtamalero, cuya luz de luciérnaga azul...

"¡Ay, mi Dios, debo saltar al vacío!"

Pero en eso recordó que el pajarraco había picoteado el cordel de la soga, y que en lugar de ahorcarse, lo único que haría sería pegarse un tremendo golpe en el suelo, al caer.

—¡Echa un ojo, desde esa rama, a lo que te espera abajo!... —carraspeó el pajarraco desplumado, los ojos comidos de piojillo.

Bajó los ojos y a no creer lo que miraba. El árbol crecido, hasta hacerse muy alto, muy alto, no parecía de la tierra. ¿En qué nube estaba sembrado? Pues bien, desde esa altura dominaba todo el mundo y al solo echar la vista abajo, a sus pies, abarcó con sus ojos tierras cultivadas de maíz, caña, cacao, tabaco, algodón, frutas, un gran río con sus puentes, una casa de dos pisos, rodeada de rancherías, potreros llenos de ganado, caballadas sueltas, otras en establos, vacas en ordeño, toros magníficos, perros de raza, aves de corral de todas las que hay en la región, y algunas jamás vistas.

Se sacó la soga del pescuezo como el que se deshace de un cuello inútil. Le faltaban ojos para ver tanto a sus pies.

—¡Y todo esto, Celestino Yumí, es tuyo!... —le anunció el pajarraco que, a partir de aquel instante, le pareció un ave sublime, un hermoso heraldo de los dioses.

—¿Mío?... —preguntó Yumí. No lo creía.

—Sí, tuyo, Yumí...

—¡Entonces, sí se jodió el compadre!

Más que saber que todo aquel mundo de riquezas sin cuento le pertenecía, le alegraba poder presentarse, como hombre rico, en la casa de su compadre Timoteo Teo Timoteo. Se pondrá amarillo de envidia y de ictericia, porque de ésta, se le va la bilis a la sangre, de saberme más rico y poderoso que él.

El corazón que se le había ido achiquitando de pena, se le iba inflando de gusto, y qué miraba... si no era un sueño... si no le mentían sus ojos, entre la gente que discurría en medio de aquellas tierras de su propiedad, entre las siembras, los ranchos, los corrales, los bosques de maderas finas, creyó reconocer a la Catalina Zabala, chiquitita, menudita, quizás porque la miraba desde muy alto. Apenas reconocible en su tamaño de miniatura, tal una pastorcita de barro o de trapo, de esas pastorcitas de los nacimientos de Navidad. Esto, encontrar a la Zabala, lo hizo sentir que nacía de nuevo. Dos veces acababa de nacer en esos pocos momentos. Cuando el pajarraco le picoteó el cordel, ya él con la soga al cuello, esta vez dispuesto a ahorcarse de veras, y ahora que encontraba a su mujercita, a la Niniloj.

El pajarraco bajó con él del tamarindo. Había crecido tanto el tronco de aquel hermosísimo paraguas de Dios, verde, ramoso, perfumado de flores rojas y frutos en vainas con güegüechitos, frutos que ya parecían nacer viejitos, que estuvieron la semana entera descendiendo y habrían caído de cansancio, si no logran hacerse hamacas con los bejucos y reposar en las noches, acompañados por estrellas sin pelo, duros cráneos de diosas muertas, o sentarse en los muñones de brazos que el rayo había cercenado al tamarindón gigantesco, de muchos pisos, por cuyo tronco seguían bajando. Por fin pusieron los pies en la tierra, como el que llega al día domingo, después de seis días de trabajo tupido.

Tazol le esperaba. Desde que le birló a la Catalina, que no fue rapto, porque él convino en dársela a cambio de que lo hiciera rico, no volvió a encontrarse con él.

Y se lo reclamó al solo verlo.

—¿Por qué, Tazol, callabas? No te pedía que me la devolvieras, trato hecho jamás deshecho, pero sí que me informaras de su paradero, si vivía, si había muerto, si era dichosa, si la castigabas cruelmente como te proponías, qué ingratitud la mía...

Tazol no se corporizó del todo. Fue un como viento envolvente, un viento que daba vueltas sobre un eje, igual que una culebra cuereadora a la que rodearan peces de fuego con alas.

Yumí arrojóse por tierra, no le bastó arrodillarse, queriendo abarcar entre sus brazos todo lo que había visto desde las alturas, y que ahora encontraba reducido en la superficie de un espejo cóncavo, pero en lugar de siembras, golpeóse los codos en agudas piedras, espinas en cambio de flores, sombras de las ramas del tamarindo, en lugar de caballos y ganado. Nada, en una palabra.

El pajarraco lo picoteó, y él, decepcionado, desengañado, colérico, estuvo a punto de largarle un puntapié.

Tazol, corporizado, viento de rostro juvenil, la boca con aflicción de luna hasta las comisuras rientes, hacíale entrega de una caja de cartón grande como caja de juguetes. Yumí, si tiene fuerza en los brazos para levantarla, se la tira a la cara a Tazol. Una caja de juguetes, en lugar de las riquezas prometidas, después que él le entregó a su mujer, era la más sangrienta de las burlas. Adentro veíase un nacimiento de Navidad con todo lo que desde lo alto viera, reducido a mundo de miniatura. Pero ya no en el espejo cóncavo de la primera visión, sino en forma real y palpable. Cada uno de aquellos pequeños objetos era tocable. Los caballitos, las vacas, los toros, los terneros, todo de barro, los árboles de alambre y hojas de papel, los puentes de cartón, los corrales de palitos de fósforos, las gallinas de plumitas de gallina, así como los gallos, los dos de vidrio quemado al fuego, los lagos de espejos, las montañas de brin. Y aquella pastora de trenzas negras, piel de limón y pies como los de la Catalina, que no podía ser más que ella. Por fin la encontraba, la palpaba, reducida a una cosa inanimada, y así y todo, tal era su emoción, que sentía que el corazón iba a destrozarle el pecho.

Después de su rabieta, ¿por qué Tazol se mofaba así de él?, pensó robarse a la pastorcita Catalina del nacimiento.

—¡Alto allí!... —le carraspeó, al tiempo de lanzarle un tremendo picotazo, el pajarraco—. Si la tocas, se te deshace en la mano. Antes de llevártela a ella, tienes que ser rico.

Y a la voz de rasgadura de trapo del pajarraco, siguió la clara voz de Tazol:

—Yumí, amigo, éstas son tus riquezas, pero... —y guardó silencio largo rato, como pensando, pero lo que hacía era complacerse en los rastros de la cara de aquel que envejeció de dolor, dado que gustaba alimentarse del sufrimiento humano, del orgullo pulverizado en la cara del hombre, criatura quebradiza como la cáscara de un huevo, hecho de maíz, él, Tazol, era el desperdicio de aquella bella criatura formada con la carne de las mazorcas, y de allí nacía su enemistad, en ser Tazol, la hojarasca inútil, lo que ya seco no sirve o sirve de alimento para los bueyes, mientras el hombre era la masa palpitante de los granos, la risa de los granos, cuando eran dientes, o su llanto, cuando eran lágrimas.

—Yumí, amigo —repitió—, éstas son tus riquezas, pero, qué pensarían en Quiavicús, los que te conocen pobre, mísero, si de la noche a la mañana te convirtieras en un hombre todopoderoso, riquísimo. Lo menos que dirían es que habías cambiado a tu esposa, con el Demonio, por tantas riquezas. Y eso no conviene, no porque fueran a hacerte algo, no, el dinero es el mejor escudo: contra Dios, dinero; contra justicia, dinero; dinero para la carne; dinero para la gloria; dinero para todo, para todo, dinero. Pero, pesa bien lo que te digo, más vale ocultar lo aparente que lo real. Es la apariencia la que quiero que cuides, y por eso, esta caja, con todas tus riquezas, la dejarás escondida en una cueva del río, que sólo tú conozcas, a fin de que te vaya siendo dado, como fruto de tu buena suerte y tu trabajo.

Yumí entendió, adivinando, para qué explicarse, si con Tazol había que captar por adivinación, pero aquello de tener que trabajar, no le gustó mucho. Rico quiere decir vago. Vago por el que otros trabajan.

Tazol le adivinó el pensamiento.

—Y eso serás tú. El que trabaja soy yo, para enriquecerte.

—Pero te di a mi mujer...

—Te la estoy devolviendo... Está en la caja de juguetes...

—¿Y cómo haré para empezar?

—La riqueza, Yumí, es como un nudo corredizo...

—Me das a entender que me ahorcarán mis riquezas...

—Eso depende de ti. Para el avaro, la riqueza es el peor de los ahorcamientos y también para el dadivoso, el manirroto... Pero, lo que yo quería que supieras es que el nudo corredizo de todo lo que poseerás, y ya posees en miniatura, está en mi brazo, más fuerte que la rama del tamarindo que habías escogido para colgarte y morir, y al darte la riqueza, como una cuerda, y colocarte al cuello, como la más valiosa condecoración humana, la soga del millonario, de ti depende que te ahorques por avaro o pródigo, avaricioso o derrochador.

El pajarraco, somnolente, despertó, abrió un ojo amarillo, lunar, y habló lentamente, después de toser varias veces:

—Contarás a tu compadre Timoteo Teo Timoteo, a la esposa del Alcalde, el mejor periódico del pueblo, al boticario y al barbero que tuviste un sueño muy raro, pero muy significativo. Que escuchaste que te llamaban, y la voz que te llamaba era la de tu mujercita, la Niniloj ajena...

—¿Ajena?...

—¡Claro que ajena! La cambiaste por riquezas... Pero eso pasó, y óyeme, ¡caramba!, o no te aconsejo más. Les cuentas a esas personas, y a todo el que quiera oírte, que tu mujercita, para ellos lo sigue siendo, te llamaba desde una de las más profundas cavidades del cerro blanco que se está deshaciendo en contacto del viento. Sin que tú les pidas consejo, ellos opinarán que debes ir a buscarla, ya que en el sueño has visto hasta el lugar en que se encuentra, y desde dónde te llamaba, viva es difícil, pero acaso lo que quiere es que le des cristiana sepultura.

Yumí se recostó en el tronco del tamarindo, no por cansancio, sino porque le temblaban las piernas.

—A los que te aconsejen que debes ir —siguió el pajarraco, después de cerrar el ojo lunar y abrir el otro ojo, blanco, solar, con blancura de sal— pídeles que te acompañen. Mejor si van muchos contigo y mejor si va tu compadre, el alguacil Atanasio Surún y el cabo primero, ese de apellido Pachaca que creo que se llama Cirilo. Con ellos iba la no difunta, la sólo desaparecida, la noche del ventarrón.

—Mi compadre irá...

Tazol, que se hacía presente, corpóreo, puso la mano sobre el hombro de Yumí, robando la palabra al pajarraco:

—Llévate la soga con la que ibas a ahorcarte, y otras sogas más...

—Si el consejo va a ser que ahorque a mi compadre y a otros vecinos, estoy dispuesto a hacerlo, siempre que me des garantías.

—Nada de ahorcamientos. Por el contrario, deben vivir para que te vean rico. Las sogas las llevas por otra cosa. A los ojos de todos tendrás que atarte de la cintura, muy bien atado, cuidado con hacerlo mal por nerviosidad o por premura, y ya atado, lanzarte a la cavidad que le estoy haciendo al cerro, mientras converso aquí contigo, con uno de mis barrenos de viento seco.

—¿Y cómo reconoceré yo el lugar?

—Muy sencillo, donde hace poco estuvieron unos ingenieros con unos teodolitos. Allí se ve la seña. Te lanzas al fondo y en el fondo estaré yo.

—¿No te verán?

—Verán el viento... Y después de una hora, ya cuando todos empiecen a decir: "¡Pobre Celestino Yumí!, él tampoco regresará del agujero blanco, cegante, donde el sol penetra como en la neblina, saldrás con una enorme bolsa de cuero, llena de monedas de oro. Nadie, entonces, podrá dudar de lo que verán con sus ojos, del origen de tu riqueza. Todos contarán, al volver a Quiavicús, no halló a la Zabala, pero tuvo la suerte de toparse con un gran cuero lleno de monedas de oro. Y no faltarán los que por ambiciosos, o víctimas del delirio de encontrar tesoros, se lanzarán, esa misma noche, con lámparas y hachones de ocote, al fondo de la cavidad; sin necesidad de ahorcamientos, se quedarán conmigo, gracias a tu gestión, y qué mejor tributo, ya que esos cuerpos me servirán para fermentar licores que después venderé a precios de oro, a los que se alimentan de carne humana...

—¿Todavía hay antropófagos?

—Jamás se han acabado. No es que se coman el cadáver, materialmente, pero se hartan de carne humana los que explotan al hombre de trabajo, hacendados, cafetaleros, dueños de ingenios, en los que se confunden los cristianos y las fieras.

—Tengo un solo temor. Si entre los que por ambición bajen después de mí, en busca de otros bolsones con oro, se queda mi compadre Timoteo, ¿quién me envidiará?, ¿de qué me servirá ser rico?...

—Ese, no se quedará, porque para eso es adinerado, pues. Se quedarán tres de sus peones.

De buena mañana corrió Yumí a referir a su compadre su fingimiento, su sueño, y fue a la Alcaldía, y se lo contó a Atanasio Surún, y por la Comandancia anduvo buscando, hasta que dio con él, al cabo primero Cirilo Pachaca, y en el pueblo, a todo el que lo quiso oír, se lo contó, y todos, unánimes, opinaron que muchas veces lo que en sueños se ve, en la realidad resulta, y que Yumí debía arriesgarse, lanzarse, si reconocía la cavidad desde donde su mujer lo llamaba, en el cerro en disolución, hasta dar con ella, viva o muerta. Lo probable es que sacara su cadáver, pues era imposible, por el tiempo transcurrido, que estuviera viva. Pero el cadáver, en estos casos, era todo, ya que así no la seguiría buscando como la buscaba, llamándola a gritos en la noche, con lo que mantenía a la población en vela, temerosa siempre por su vida, sin que jamás se supiera por dónde andaba, casi siempre en el cerro blanco, o por el río grande, o por los barrancos más profundos.

El tiempo es favorable, reconocían todos. Si se echa a llover, ya no será posible. Y don Teo se hacía esta reflexión. No pegó zopilotera donde estaba el cadáver, por haber caído en medio de ese mundo asfixiante, neblinoso, de pulverización brutal, del cerro blanco. Eso la preservó de los picos de las aves de rapiña. Mejor, así no recogería Celestino Yumí sus despojos todos picoteados. Sobre ese misterioso cerro no vuela un pájaro ni un ave.

Todos, el compadre, el alguacil, el cabo primero a la cabeza, marcharon con él, seguía el sacristán con varios feligreses, el boticario, el barbero, pues, como decía éste, "no queremos que nos vengan a contar", "queremos ver con nuestros propios ojos, y como para eso tenemos nuestros pieses y nuestras buenas piernas, aquí estamos presentes". Algunas mujeres, conocidas de la Zabala, se agregaron, para llevar sábanas con que cubrir el cuerpo, tanteando que la Catocha, podría estar carcomida, o mostrando sus perfecciones femeninas.

Todo ocurrió como se lo predijo Tazol.

Yumí, cuando por el movimiento de la trenza de lazos que le sirvió para bajar dio señales que le izaran, volvió con un bolsón de cuero de res, lleno de monedas de oro. Regaló algunas, al compadre, al alguacil, al cabo, a otros que le ayudaron, y todos, después de morderlas, comprobaron que eran de oro macizo, monedas de las antiguas, de las que ya no se ven, sino muy raras veces.

De la noche a la mañana se había vuelto rico a los ojos de todo el mundo. Compró buenas tierras en Quiavicús y otros lugares, tierras que le daban el cien por mil, sin abonarlas, misteriosamente, como ocurre siempre que una persona es favorecida por la suerte. Inmejorables cosechas de maíz y frijol, cañadulzales que daban unas cañas de grosor pocas veces visto, cafetales que se venían abajo de frutos, y en la costa, ganado, y en otros sitios, algodonales, fuera de las aves domésticas, desde gallinas a faisanes, que se multiplicaban.

—¡Cuando Dios da —suspiró el compadre—, da de junto!

Brujo Bragueta encuentra a la Mulata de Tal

Los hombres más ricos de la región, Timoteo Teo Timoteo y, quizá más rico que él, Celestino Yumí, llegaron a la feria de San Martín Chile Verde, en caballos que regaban de gusto los ojos de los conocedores, gente de a pie que se enorgullecía de verlos pasar, igual que dos estampas.

Cumplidos los deberes religiosos, misa de alba donde comulgó don Teo, sonajearon las espuelas al acercarse el hombre al comulgatorio, Yumí pretextó que no se confesaba, dado que desde que perdió a su mujer se hizo blasfemo, incrédulo y sin temor de Dios, y misa mayor, la misa de tres padres gordos, para que los vieran más que a los padres, dado que eran los más pistudos de por allí, e iban vestidos que había que ver, y llevaban en cada bolsa un rollo de billetes, un gran billete sacó cada uno, para echar en el plato centavero de las limosnas que iban pasando dos acólitos, mientras un fraile predicaba, anunciándoles a los mortales allí reunidos que la ciencia impía iba de retro —aquellas buenas gentes oían, sin saber qué era ciencia, qué era impía y qué era retro—, y que una prueba de lo inútil de la ciencia era que no podía explicar por qué se desangraba, año con año, a fecha fija, un santo, en Italia. "¡Id allá —les gritaba—, y lo veréis!", pero qué iban a ir, si apenas, juntando pesitos, y empeñando alguito, lograron venir a la fiesta de San Martín, y el único viaje que tenían programado era el del cielo, si Dios y María Santísima y el Arcángel San Miguel, los ayudaban.

Pasada la misa mayor, pasado el desayuno, que fue banquete de chocolate y pan de huevo, los compadres se fueron al campo de la feria a vender el ganado que habían traído. Y allí mismo remataron algunas partidas. Los vaqueros les invitaron a comer tasajo y a beber café, y ellos, por darles gusto, aceptaron, pequeña refacción regada con unos cuantos buches de aguardiente, los necesarios para achispar a Yumí que arrastró a don Teo a las zarabandas, en busca de buenas hembras, pues esta vez sí por algo se iba a abrir la bragueta, y no como cuando como bobo andaba así, por imposición de aquel que, a cambio de su mujer, le dio tantas riquezas.

Sentada de medio lado, con una sola nalga en el respaldo de una banqueta, los pies en el asiento, encontró Yumí a una mulata.

Los ojos negrísimos de la fulana no lo dejaron seguir adelante. Se detuvo y la contempló con la insolente seguridad del rico que sabe que no hay mujer que se le resista, menos aquélla, tan planta de infeliz, vestida con un traje amarillo que era baba de tan viejo y usado, sobre su cuerpo de potranca, que estaría en busca de dueño.

Celestino, más guareado que bueno, de los tragos que se tomaron en el convite de los vaqueros a esas horas, habían menudeado bastante, le ofreció la mano, pero aquélla, sin moverse, quedósele mirando, lo atravesó con los carbones apagados de sus ojos, igual que si hubieran estado encendidos, de parte a parte, y después de una carcajada violenta, de perra con blanquísimos dientes que parecían maíces de marfil, ensartados en encías de carne viva, le dio la espalda y echó a correr, no sin antes gritarle:

—¡A que ahora no andas con la bragueta a media flor!...
—y coqueteando a distancia, sin dejar de reír, añadió— ¡te conozco, mosco!...

Yumí se hamacó sobre sus piernas, poco le obedecían ya, tiróse el ala del sombrero sobre la frente, peló una de sus pistolas, y le gritó:

—Si no te parás, te meto un tiro...

A la mulata se le heló la risa, sus dientes ya no eran maíces, sino granizos, y trató de quitar distancia, de cerca era más difícil que la matara. Vino hasta donde estaba Yumí, dispuesto a echar bala, y le dijo, al tiempo de sacudirlo por los brazos:

—¡No vaya a ser bruto!

Celestino, contento de tenerla cerca, le echó mano en seguida, metiéndole los dedos, como peineta, por detrás de la nuca, entre el pelo, caricia que aquella respondió con un mohín de enojo.

—¿Cuánto querés?

—¡Lo que lleva en la cartera!

Se la pegó al cuerpo con el brazo derecho, manoteándole las nalgas, mientras con la mano zurda buscaba la cartera.

Pero la mulata, tras dejarse hacer un instante, lo empujó, para separárselo.

—¡La cartera, antes! —le repitió imperiosa, refregándole todo lo que en ella había de raíz flexible, de raíz que estuvo enterrada siglos debajo de un palo de ébano, y ahora vestida de carne, tan pronto era culebra como mujer.

Yumí, urgido por la gana de llevársela a caballo, por delante, como un trofeo, y hacerla suya en algún monte, le largó la cartera, y la mulata, más presta, además de adueñarse de la cartera, le sacó de los bolsillos, los rollos de billetes de cincuenta y cien que llevaba. Y todo aquel botín invalorable, se lo puso entre los senos cosquillosos, que no logró Yumí mantener entre sus dedos, pues apenas se los palpaba, ella desgonzábase y se escurría, sin escapar del todo, pues le dejaba otra parte de su cuerpo, cerca de las piernas, o bien le pasaba la boca por la cara, sin besarlo, respirándole caliente sobre la nariz, los ojos, las orejas y la boca.

—¡Mulata, te vas conmigo!

—¿Sos solo vos?

—Solo, y rico, riquísimo...

—Siempre que te casés conmigo.

—Desde luego...

—Vamos, entonces, a la alcaldía...

—¿Y está abierta? —se resistió Yumí.

—¡Todo el tiempo de la feria, para que así, de tanto adobo que hay, y de tanta panza que queda, los hijos por lo menos salgan con padre conocido! Preocupación del alcalde que acaba de llegar, toda escoba nueva barre bien, pero ninguno le hace caso.

—Pero, casarnos así tan de repente... —se resistió Yumí, quien se la había recetado *in peto*, para un revolcón y nada más—. Y no tenemos papeles. Para eso exigen, por lo menos, las partidas de nacimiento.

—¿Papeles? ¿Qué no tenemos papeles?... ¿Y éstos?... —sacó unos billetes verdes de la cartera— ¿qué son, frijoles?... Y desde luego, si no es tu voluntad, con dejarme está arreglado, aquí está tu dinero —y al decir así, para sacarse la cartera y los rollos de billetes del pecho, mostró los senos duros, elásticos, sobre los que cayó Celestino, a punto de romperle el escote del vestido, besándoselos, labios, lengua, filo de dientes que no alcanzaban a mellar la firmeza de melaza dura de aquellas preciosidades.

—¡Vamos a casarnos, qué jodidos! —jeteó con la boca todavía en el escote, atentos los ojos a mirar, más que adivinar, las redondas playas negras que rodeaban las puntas granulosas de los pezones de un rosado oscuro de begonia de humedad—. Pero si me he de casar, el que lo piensa mucho no lo hace, es mejor así de repente, quiero comunicárselo a mi compadre Timoteo Teo Timoteo. Vamos y le avisamos. Nos acompañará y servirá de testigo, y ¿qué mejor testigo puedo tener cuando llegue contigo a Quiavicús, de que somos casados, que mi compadre? —y quedóse pensando, lúcido, fresco, con el susto del casorio se le fue la papalina, en que su compadrito querido, en verdad era su testigo para todo, ya que, sin que él lo supiera, por consejo de Tazol, sirvió de "yo lo vi", cuando el huracán se alzó con la Niniloj, ¡qué lejos, qué perdida!, y después, cuando bajó al barranco blanco del cerro que se iba en nubes de polvo, ya otra gran parte había desaparecido, y regresó con el bolsón de cuero repleto de monedas de oro.

Don Timo, que andaba también bien ajumado, bailaba en la zarabanda del chino, con una chiquilla descalza hedionda a pelo y ensalada de sudor y mes, visto que, como a gato viejo, le gustaban las ratitas tiernas, al oír la noticia del amarre de su compadre con la mulata, saltó de gusto, olvidó a su compañera, los juntó para que se abrazaran frente a él, y estuvo a punto de quererles echar su bendición.

—¡Muy bien, compadre, y si por el camino le pesa la carga, déjela botada, que la recojo y cargo con ella!

—¡Por allicito la voy a botar, por darle gusto, mi compadre, y no se me ría mucho que si ando en éstas, es un poco por culpa suya!

—¡Sólo eso me faltaba!

—No me ha entendido. ¿Con quién venía la Niniloj cuando desapareció? Por su culpa me quedé viudo, que si la trae agarrada...

—¡Líbreme Dios, me hubiera vuelto piedra, y la medicina hubiera resultado peor que la enfermedad! No se la lleva el ventarrón, pero siempre la hubiera perdido, compadre Yumí, y habría perdido a este su compadre que, a pesar de todo, lo quiere, pues nos hubieran encontrado convertido en dos piedrones.

Y en esos parlamentos, no sintieron el camino. Ya estaban frente a la alcaldía, alfombrada de pino, con la puerta en un arco de cañas dulces, flores y banderitas.

Moscas, mujeres tetudas vendiendo atoles en tinajas que arregazaban mientras servían el líquido maíz dulzón o agrio, en tazas bolas, con ayuda de un cucharón de jícara, algunos ebrios en la cárcel, pegados a la puerta cuadriculada, greñudos, con las ropas rasgadas, y algunos moretes y raspones sanguinolentos en la cara.

—¿Y por qué no apadrina? —propuso la mulata, y todo su aliento cálido envolvió la cara de don Teo que antes de responder que sí, que con mucho gusto, se pasó la lengua por los labios.

—Desde luego —aceptó Yumí, encontrando que la idea era maravillosa, porque así serían dos veces compadres, y lo dijo, y aquél le respondió, explicando a la mulata, mientras venía el alcalde:

—Somos compadres, porque Celestino me llevó a Compungido al bautismo...

—¿Compungido? —rió la mulata, y quién iba a tomárselo a mal, a insulto, si bastaba verle cómo, mientras reía, eran un solo lucimiento todos sus dientes magníficos.

—Fue el nombre de mi primogénito. Nació el día en que en el almanaque de Bristol decía algo de compungido. Pero de grande se acortó el nombre. Se dejó sólo Ungido. Y a ustedes, les llevaré el primer crío a la pila...

—A la pila de agua de beber, porque yo no quiero que mi hijo sea cristiano.

—Mujer... —intervino Yumí—, el compadre es muy católico.

—Lo inscribiremos en el Registro Civil, y basta, con el nombre de Anticristo y basta... ja... ja... ja... ¡compadres, mejor me río... hijos de... de dónde si soy machorra!...

—La especialidad del querido Celestino Yumí, porque la comadrita, con todo y lo buena que era...

—¡No la defeque, don Timo!

Protestó Celestino, entre los labios le quedó "¡Viejo postrimería!". ¡Cómo se le ocurría comparar a Niniloj, que era una venadita, con la mulata, mujerón de hombre rico! Sólo porque estaba algo bebido se le perdonaba.

Y a caballo, por delante, sentada en el regazo de Yumí, con la certificación de la alcaldía y el dinero entre los pechos duros como puntas de tenaza, dejó la mulata San Martín Chile Verde, convertida en la esposa de uno de los capitalistas de la región. El compadre los acompañaba echando vivas y regando el cielo de disparos de revólver. A falta de cohetes de jolgorio, pura bala.

Un relincho interminable del caballo que montaba Celestino, garañón cenizo pringado de lunares blancos y que, sin duda, olfateó alguna yegua cercana, hizo exclamar a don Timo:

—¡El que debía relinchar es este mi compadre, suertudazo... hembra la que se lleva!

—Si él es el que va relinchando, ¿no se ha fijado?... —contestó la mulata, refregando sus redondeces en la montura, sobre la entrepierna de Yumí y en su pecho varonil, donde el corazón latía apresurado.

Estrenó con la mulata su segunda legítima, al llegar a Quiavicús, en su caserón, una residencia suntuosa y hasta allí vacía, solitaria; pero no fue muy que digamos un buen estreno. Aparte del mal acomodo de los cuerpos que no se conocen, hay que hacerse al cuerpo de la mujer y la mujer tiene que hacerse al cuerpo del hombre, el capricho de la mulata de recibirlo de espaldas, le amargó. La espalda dice tan poco, cuando del otro lado están los ojos, la boca, los labios, la cara, lo lindo o lo feo de la persona.

Inútiles sus rogativas, inútiles sus amenazas, inútiles las tentadoras ofertas que le hacía de joyas, perfumes, sedas, viajes, lo que quisiera, la mulata jamás aceptó volverse y darle la cara.

No es luna de miel, sino luna de espaldas y ni bien se hizo la reflexión, aquélla se soltó a llorar. Efectivamente, eso era ella. La espalda de la luna y por eso no podía mostrar su cara en el amor. ¡Nunca, repetía, llorando en el lecho, veras, Yumí, la luna de frente, siempre de espaldas!

Celestino, sin comprender todo el alcance de sus palabras, más bien enigmáticas, se conmovió, considerándola en su frustración, semejante a la de la luna con el sol, y se conformó con su suerte, agravada, dado que él había soñado y soñaba con un heredero de su cuantiosísima fortuna, ya ahora no sabía lo que poseía en tierras, en ganados, en cultivos, en acciones, y en los bancos.

—¡Cada vez más rico, mi querido Celestinón! —le repetía el viejo Timoteo Teo Timoteo, cuando lo encontraba, los ojos disimuladamente rencorosos, apenas escondía su gran envidia, la boca apretada para exprimir una sonrisa amarga.

No le perdonaba sus inmejorables cosechas y la abundancia en que vivía Yumí con la mulata, derrochando el dinero en comilonas, paseos campestres con amigotes, instalación de jardines, compra de estatuas para el parque de su casa, de fuentes y grutas artificiales, en las que el eco repetía muchas veces, y cada vez más suave, lo que se decía en cualquiera de sus rincones.

Yumí, con el pretexto de ir a la compra de mejores sementales, toros, garañones, yeguas, vacas lecheras de raza, se ausentaba de Quiavicús, acompañado de sus mejores jinetes, a los que dejaba en algún caserío vecino, comiendo y bebiendo por cuenta del patrón.

Al sentirse solo, en pleno monte, se habían alejado lo bastante de Quiavicús, regresaba a trote largo del caballo por un extravío, y en llegando al río, donde tenía escondida la caja de juguetes que le entregó Tazol, echaba a andar hasta la cueva, y sacaba algo, más de lo mucho que guardaba aquel mundo de miniaturas.

Pero esta vez, desagradable sorpresa, advirtió que su ambición había sido tanta que la caja estaba vacía. Todo lo había sacado y ésas eran las casas de sus propiedades, los rancheríos, los corrales, los gallineros, los potreros cercados, los puentes, los rebaños, los ejércitos de pavos o chompipes cimarrones, los frutales cargados, las salinas, los molinos de trigo, las carretas, los bueyes, las recuas, y la iglesita que, a pesar de las protestas de la mulata, transportó en uno de sus viajes y amaneció edificada, sin acarrear materiales, sin albañiles, prodigio para todos explicable, pues, aquel varón, aunque rico, era hombre de mucha caridad con los pobres.

En la caja esta vez, en toda la caja, solo quedaba una pastorcita minúscula: la Catalina Zabala, su Niniloj, como la seguía llamando.

¿Qué hacer? ¿La dejaba? ¿Se la llevaba?...

La mulata era terrible. A él, con ser él, cuando estaba de mal humor, se le tiraba a la cara a sacarle los ojos. Y de noche, tendida a su lado, lloraba y le mordía tan duro que no pocas veces su gran boca de fiera soberbia embadurnábase de sangre, sangre que paladeaba y se tragaba, mientras le arañaba, táctil, plural, con los ojos blancos, sin pupilas, los senos llorosos de sudor. Y esto a veces una noche y otra, sin poder dormir, temeroso siempre de que la fiera despertara y lo agarrara desprevenido, explosiones de furor coincidentes con las fases de la luna. No era una mujer, no era una fiera. Era un mar. Un mar de olas con uñas, en cuya vecindad dormía sobresaltado, cuando conseguía conservar el sueño entre los párpados, un poquito de sueño, sin que ella lo despertara, siempre insomne y turbulenta, para quejarse y llorar a veces, como una muñeca de café, susurrándole al oído: ¡Soy tu animalito! ¡Soy tu animalito!, o enfurecerse y atacarlo como al peor enemigo. Cien perros, cien tigres, salían de su boca en busca del bocado que satisficiera, no su apetito, sino su rabiosa necesidad de destruir.

Y de día, algunos eran de batalla. Por cualquier motivo empezaban a volar platos, tazas, vasos... vajillas enteras destrozadas en los pisos, sobre los muebles, las estanterías, vajillas que ella misma hacía reponer de inmediato con otras más fáciles de romper.

Yumí mantenía las trojes llenas de hojas secas de maíz, tazol en lugar de mazorcas, a sabiendas de que sólo así, transformando en billetes de banco aquellos restos de la planta sagrada, podía hacer frente a los gastos y exigencias de la mulata.

¿Qué hacer?, se repitió, pensativo frente a la caja vacía. ¿Me llevo o dejo a la pastorcita?

Prefirió dejarla. A trote largo retomó el extravío, entre pinadas, viejos cipreses, encinales, recogió a sus hombres en el caserío donde los dejara, y tomó a Quiavicús.

¿Para qué regresó? Sólo a tener el gran disgusto. Uno de los peones pegó fuego al maizal seco, adelantándose a rozar, antes de cortar las ramas secas, y las trojes estaban vacías, no de maíz, sino de tazol. Lo llamó y lo flageló con un rebenque con tal furia que le reventó algunos de los latigazos. Fue terrible. Él jamás había hecho eso. Se desconocía.

—Y ahora —le dijo después de flagelarlo—, vea con qué me llena las trojes, que no sea maíz.

Aquel infeliz pasó la noche rasguñando la tierra, después de convocar a los más voraces chapulines, en busca de las pocas hojas secas de maíz que no se quemaron en su roza, y como el botín era tan poco, acercóse a las desgranadoras, unas máquinas de muchos dientes que en el clarear del alba se miraban azules, y recogió los olotes, para llenar con aquel desperdicio, que lo hacía toser a cada instante con su polvillo seco, su escama muerta, ayudado por un ejército de hormigas coloradas, las hormigas de la canicie, pues por donde pasan dejan la tierra como rodilla pelada.

Ocurría... ¿qué ocurría?... Todo ocurría... Nada ocurría... Pero aquel claror...

¡Incendio! ¡Incendio!...

Un incendio sin llamas y sin humo, de fuego fijo, estabilizado fuera del tiempo, en el mundo del sueño real, de las cosas reales, palpables, verdaderamente reales, y sin embargo, sueño, sueño, sueño...

Celestino Yumí corrió a ver qué sucedía. Y dormido, rascándose, rascándose, botar la escama del sueño y, hallar, ¡por fin se encontraba!, su humana presencia de patrón frente a los mayorales y los peones que acudían a querer apagar el fuego a guacalazos de agua, aquel resplandor rubicundo que emanaba de las trojes llenas de olotes, fosforescente, hidrogenado, inflamándose en el verdor pantanoso de la madrugada.

Yumí corrió, seguido de la mulata que saltó de la cama, como dormía, desnuda, y desnuda fue tras él a enfrentar las llamas que alcanzaban a lamer, con su luminosidad, la casa de campo en que pasaban la temporada de la cosecha de maíz.

Yumí estaba como loco. En lugar de billetes encontró las trojes llenas de pedazos de oro. Cada olote era de oro. Olotes en los que nace el grano de la mazorca, en lugar de maíces tenían granos de oro, encendidos en un fuego inmóvil de luciérnaga. Eran mazorcas no de maíz, sino de luciérnagas.

Celestino, sintiendo que de agradecimiento se le rompían espejos de llanto en los ojos, cómo no agradecerle a Tazol todos sus primores, se palpó varias veces, se pellizcó otras tantas, se mordió los labios. Quería saber si estaba despierto y estaba despierto, si estaba en sus cinco sentidos, y estaba en sus cinco sentidos.

Por el espejo azuloso del aire, las manos de los peones, de los mayorales y los mozos, con desprecio del metal áureo, perseguían a la mulata desnuda, como a una aparición de piedra viva. No respiraban. No parpadeaban. Las tijeras de las piernas de aquélla, los cortaban en pedazos. Eran pedazos de hombre los que la seguían, mientras ella, eléctrica, atmosférica, bailaba igual que una luz fatua. Pero era de carne. De carne de nácar negro, revestido de una ligera vellosidad volcánica. Bailaba con el cuello rodeado de un collar de bananitas de oro, del que pendía un banano manzana que al bailar le golpeaba los senos. Así la miraban los peones. Los mayorales. Los mozos. En redor de su cintura, y en sus antebrazos, bananas doradas y bananas moradas, en movimiento al compás de sus caderas, de sus glúteos, de sus pies, de sus tobillos, mientras danzaba sobre brasas de oro que a los hombres en su embabamiento no les interesaba, prestos al asalto, a embestirla brutalmente. Fue la locura, cuando los más atrevidos apuntaron hacia su sexo, su sexo doble, sin amor, con inquina, y la mulata, lunar y bestia, volvióse de espaldas a esperar el ataque penetrante, viril, compulsivo, por el otro lado de la faz, por el anillo, bermejo plomo, más cerrado de Saturno.

La peonada retrocedió bramando. "¡Mejor oro!"... "¡Mejor oro!"..., y habríanse llevado todo, todo, si Yumí, mientras la mulata, seguida por aquellos machos enceguecidos, se perdía en una nebulosa láctea de sementales que se revolcaban, que se mordían, que se pateaban, eyaculando solos, vértebras con oleaje de mar, cuerpos cayendo en el vacío, no pega fuego para salvar sus riquezas, pero esta vez fuego de veras, llamas, humo y brasa devorando las trojes.

¡Tierra! ¡Tierra..., para apagar este nuevo incendio, y lo apagaron, pero sepultaron el oro.

La mulata al sentir caer, junto a ella, en el lecho, el cuerpo de su marido, traía todo el peso del cansancio, le tomó del pelo y carcajeándose, ronca, iracunda, lo golpeó contra la almohada, hasta que se cansó. Una víbora que ha hipnotizado a su víctima y exige que ésta no esté inerme, exigiéndole, obligándola a que participe, como invitado, a su muerte.

Dos, tres, muchas veces llegó Yumí a casa de su compadre Timoteo Teo Timoteo, resuelto a contarle que, si en verdad era muy rico, ni él ni nadie sabía a cuánto montaban sus riquezas, era muy desgraciado. Pero el ahora segundo en el mundo de los negocios, los dineros, las muestras premiadas en las exposiciones agrícolas, la transformación de Quiavicús de una aldea en una ciudad preciosa, lo recibía con risitas inexplicables, burlonas, y no se atrevió a referirle lo que le pasaba.

La mulata, después de aquel madrugón de los incendios de oro, se emborrachaba noche a noche, expuesta a una llama interior que al respirar la enloquecía. Cantaba, reía, bailaba, se hacía perseguir por arqueros tan hábiles que disparaban contra ella sus flechas calculadas para el levísimo rasguño, sensación de múltiples heridas, en que se retorcía, madeja de mieles que pasaba de la ebriedad de licores de colibrí, caña y maguey, a la ebriedad del humo gesticulante, hasta caer fuera del tiempo, en una vaga eternidad roedora, dos lunas de alquitrán sus pupilas inmensamente abiertas, dos coágulos solitarios en medio del espanto absoluto, el pavor, el miedo, la congoja, el llanto a gritos, llanto de alguien sin dueño, sin asidero, y allí mismo, el furor suicida, el querer deshacerse de su imagen presente a cambio de una futura imagen, golpeándose la cara contra lo infranqueable, y allí mismo el aullido, el más angustioso aullido al encontrarse de nuevo con su yo lunar, vertebral, horadado, pasivo, climatérico, y allí mismo al replegarse con tristeza de simio que se afila las uñas en los dientes al oír, la noticia, la terrible noticia: Yumí, su marido, tenía el esqueleto de oro.

Le cortaría un brazo, después el otro, después una pierna, después la otra, y lo metería en una troje, tórax y cabeza de oro blanco, en espera de su muerte, para descarnarlo, botar lo putrescible y extraer intacto el resto del tesoro.

Vagas noticias del hombre del esqueleto y los maizales de oro, atrajeron a Quiavicús aventureros, buscadores de tesoros, gitanos y, siguiéndole los pasos, comerciantes en busca de no se sabe qué desquite, el comerciante siempre parece que se está desquitando, mujeres de vida airada, alcahuetas que vendían aguardiente, tabaco, y gendarmes que se llevaban a los borrachos escandalosos y a los contraventores de reglamentos municipales que se aprobaron sobre la marcha.

Celestino Yumí se dijo: ésta es la mía. Quiavicús lleno de gente extraña. Podía ir por la pastorcita de barro, por la Catalina Zabala, su mujer ante Dios, disimularla entre los forasteros y hasta hacerla pasar por una conocida, mientras se deshacía de la mulata.

Brujo Bragueta,
su esposa enana y la tal mulata

A tranco largo del mejor caballo voló acompañado de sus jinetes, hasta el caserío en que siempre los dejaba. Y de allí volvióse, desandando camino, hacia las cuevas del río grande que pasaba por Quiavicús. Pero torrentadas de agua diabólica y fulgurante bajaron de los cerros y todo era lodazal, maleza, soledad de tierras anegadas.

¿Qué hacer?

Ni rastro del camino. Agobiado, no se dio cuenta que el caballo iba andando, la rienda suelta, paso a paso.

Vuelve a la querencia, se dijo, y pensó frenarlo. ¿Cómo regresar a Quiavicús, sin su tesoro?

¿Retenerlo o dirigirlo en aquella situación?...

El caballo iba más ligero que su pensamiento y pronto se dio cuenta que se acercaban al río, por el lejano retumbar del agua. Hasta en la punta de las espuelas sentía el palpitar del corazón, al apearse frente a la cueva y besar el caballo, y murmurarle: es el último viaje y no vengo por riquezas, sino por mi mayor tesoro, Niniloj, y, pensando en ella, avergonzóse y lloró, cambiada como la tenía por bienes que más que bienes, eran acudidero de maldiciones.

Esto dicho, fue al interior, levantó a su mujer del "nacimiento", era una pastorcita de barro que al punto se movió, movió sus pies, sus brazos, su cabeza y sus labios para hablar y era la voz de la desaparecida, de la arrebatada por el huracán, y movió los ojos y eran los ojitos graciosos de Catalina Zabala, y movió sus manos, y toda ella se movió, anduvo y de un salto, con ayuda de Yumí, salió del "nacimiento".

Pero, ¡oh dolor!, era enanita...

Era una enana con las piernas abiertas, rodilluda, los brazos muy largos y musculosos, la cabezota sobre los escasos hombros y el pecho algo inflado por delante.

¿Llevarla con él?

¡Cómo podía llevarla!

Y tampoco podía dejarla después de haberla vuelto a la vida.

Ella, mientras tanto, ajena al conflicto de su desencantamiento, hablaba como si nada hubiera ocurrido de cuando lo dejó postrado en el rancho, enfermo, muriéndose (todo aquello que él le fingió) y de la prontitud con que la acompañaron el alguacil, el cabo y el compadre.

Yumí, con los ojos arropados de lágrimas, le confió que lloraba de gusto, por haberla encontrado, pero el caudal de sus lagrimones caía uno tras otro, al contemplar aquella criatura de mujer, a quien le refirió en su entontecimiento, que era el más rico de Quiavicús, que poseía una hermosa mansión y que se había vuelto a casar.

—No importa —le contestó conformándose con su suerte, la Zabala, hablaba desde el suelo, al parecer, tan enanita era, Yumí tenía que inclinarse para escucharla mejor—, llévame contigo que es lo que más deseo y como me cuentas que hay mucha gente en Quiavicús, pues haremos como que llegué con una de esas tribus de gitanos que me dejaron perdida y tú aconsejarás a tu mujer que me tome como hija de casa.

A todos los que sacaban oro de las trojes, les divertían los pasitos, los gestos y el mover los brazos largos de aquella enana que decía llamarse Juana Puj. Pero el oro empezó a escasear y corrió la noticia de yacimientos auríferos en el cerro efervescente, el cerro blanco que el viento se llevaba, y todos fueron hacia allá, seguidos de la enanita, de quien se había apoderado un viejo pirata bigotudo, con un racimo de lunares negros en el ojo derecho.

Yumí no sabía qué hacer. De nuevo se quedaba sin su verdadera esposa.

—Andá y ofrecéle a ese mal hombre esta joya —dijo la mulata y se quitó uno de sus anillos— a cambio de la enanita. Yo necesito con quien divertirme y los enanos son malos, pero entretenidos.

Celestino no creía a sus oídos, pero la mulata le repitió el mandato y no se detuvo hasta alcanzar al pirata. ¿Un anillo de esmeraldas? Tómala, es tuya, te la regalo...

Y Yumí, triste en su corazón que le dolía ya de tanto sentimiento, dio la mano a su mujercita que levantó sus ojos lindos y chiquitos como sacaduras de nigua, desde su minúscula estatura, para contemplarlo agradecida.

—Aquí está —volvió Yumí con la enanita a casa y temblando se la entregó a la mulata—, de veras que hace reír, es graciosa.

—Lo primero que haré —dijo aquélla— es vestirla como una muñeca. Los lunes, de azul, los martes de amarillo, los miércoles de verde, los jueves de rojo, los viernes de blanco, los sábados de salmón y los domingos, de todos colores. ¿Qué te parece?

—Muy bien —despegó los labios Yumí, que apenas podía hablar, destrozado al ver a su mujercita convertida en juguete de la mulata, todo por su culpa, por haberse metido a tratos con el endiablado Tazol.

—Pero no sólo el vestido, zapatitos y todo serán del color que corresponda a cada día, así como los moños de sus trencitas sueltas. Y le pintaré la boca y los ojos. ¿Cómo te llamas? —volvióse la mulata a preguntar a la enanita que en ese momento sonreía a Yumí.

—Juana Puj...

—¡Olvídate de ese nombre tan feo! ¡Qué horror! De hoy en adelante... déjame pensar... te llamarás Lili Puti, por liliputiense. Y ahora voy a bañarte en jabón espumoso, debes gozar del placer de la espuma que pocos conocen, y te perfumaré con aromas que harían felices a nuestros amigos, los perfumeros.

Yumí se mordía. Convivir, sin poder chistar palabra, con su verdadera mujer, convertida en juguete, en diversión, en muñeca en manos de su otra mujer. Oír llamar a su Niniloj, Lili Puti...

Pero si sufría en su amor propio, otro mayor era su quebranto doblado de temores. El miedo a que la mulata, vándala por naturaleza y sin más ley que su capricho, se cansara de la enanita y sus vestidos y la estrellara por allí, la golpeara o, lo que hizo, la castigara.

Tras unas semanas de cambiarla de trajecitos, de bañarla en espuma, de perfumarla, de peinarla con bálsamos aromáticos, la encerró bajo llave en un armario y allí termina sus días la infeliz muñeca viva, si no pega las narices para respirar a unos agujeros abiertos por enormes polillas, polillas gigantes que perforaban la madera con la rapidez de una gota de fuego.

Yumí, que llamó a las polillas en auxilio de su miserable esposa, quiso reclamar, pero la mulata, ictérica, hasta las córneas color de hojaldre, le puso los pelos de punta con sus amenazas:

—¡Cuidadito contigo, esqueleto de oro, que en cualquier momento puedo empezar las amputaciones, y en cuanto a esa enana, llévatela, que sirva de algo, que ayude en la cocina o en el lavadero, harta me tiene y no la quiero volver a ver!

Y añadió con voz más placentera:

—Voy a comprarme un oso. Son más divertidos que los enanos. Unos cirqueros que andan por aquí, me lo ofrecieron, y quizás aprenda y me ayude a descuartizar al esqueleto de oro.

Yumí no se daba por entendido, pero sabía que la mulata, ignara ambiciosa y perversa, preferiría a cualquier otra riqueza, la de su osamenta áurica.

Pesaroso, sacó a la enana del armario y fue con ella a entregarla a la cocinera, una vieja de mirada corrosiva que, al irse el patrón, extrajo un leño y la amenazó con echarla al fuego si se portaba mal, ya que los enanos y las enanas, mal que les pesara, eran arañas del diablo. ¡Lili Puti, Juana Puti, sos vos!

La molendera, molía maíz de rodillas frente a una piedra de tres pies, se apiadó de la enanita y le dijo que no debía temerle a la cocinera por tratarse de una borracha que la mayor parte del tiempo se la pasaba bebida, y que su manera de cocinar era proferir oraciones de brujos para que la comida se hiciera sola y al gusto de los amos. La que cocina, según he sabido por sueños, por el decir de las otras sirvientas y por el gato que se eriza cuando aquí se oyen pasos y ruidos de cacerolas y soplar el fuego, sin que se vea a persona viva, es la antigua cocinera. Estuvo aquí toda su vida y amaneció muerta. Pero no por eso dejó de servir. Se quedó, sin ganar sueldo, como todas las almas de la otra vida que nos ayudan, que nos dan una manita para trabajarle a los patrones. Yo también tengo, en mi piedra de moler, el ánima que me ayuda, el alma de mi madre que también fue molendera.

—Pero una enanita —siguió la molendera—, qué ánima ha de tener, para que la defienda y la ayude, porque ahora, según dijeron los patrones, nada de vestiditos de seda, nada de zapatitos de raso, tendrás que hacer oficio: barrer los gallineros, limpiar las jaulas de los pájaros, dar de comer a los monos y jugar con el oso de la patrona que en el circo jugaba con un enano.

Una lavandera, la que lavaba en la tarde, hedionda a agua, con más sueño que pelo, se divertía montándose a la enana a la espalda o sobre los hombros, mientras lavaba. Le hacía caballito y entre canturreo y silbido del aliento que por momentos se le escapaba por los labios, le contó que ella cumplía su oficio contenta y sin cansarse, debido al ánima de una tía que también fue lavandera y que la ayudaba en su quehacer.

—Todas tienen ánima que les ayude —reclamaba tristemente la enanita, al oído de aquella buena mujer, trotando sobre su lomo, mientras lavaba—, todas tienen ánima que les ayude, menos yo...

—Otra Puti será... —le contestó la lavandera, el silbido del aliento le carcomía los pulmones, muerta de fatiga al final de la tarde, el pelo suelto sobre la frente, helada de agua, hedionda a sebo de coche.

—¿Otra enana? ... Pero si en mi familia sólo yo fui enana... —decía la que no era otra que Catalina Zabala, bien que de noche lloraba al despertarse y oír que en algún lugar de esa misma casa una voz la llamaba Niniloj, cerca de aquella que la nombraba Lili Puti, aunque entre la servidumbre volvió a ser la Juana Puj.

Una araña de caballo, entre sapo y araña, entre araña y criatura recién nacida, envuelta en pelos dormidos, babosa, pellejuda, subió por el techo que guarecía del sol los lavaderos.

Lili Puti se contrajo, igual que si fuera a caer sobre ella aquel bicho horrible, y dio un pequeño grito.

—¡No te asustés, enanita —le advirtió la lavandera—, que se me pone que ésa es el ánima que te cuida!...

La enana cerró los ojitos, para no ver que dentro de las patas de aguadas rodillas de la araña, asomaban los ojos vidriosos en cartuchitos de sangre, dos infinitas gotas de luz en un cuerpo de tinieblas.

—¡Ajá!... —díjole aquélla, con la risa seria, temerosa de haber encontrado la verdad, de haber descubierto el ánima que favorecía a la enanita—. ¡Ajá, no me habías contado, pero qué mejor defensora, qué mejor guardiana que una araña de caballo!

Juana Puti, como la llamaban entre las sirvientas, las que no la querían, resbalóse del lomo de la lavandera, combo de tanto lavar, y echó a correr, mientras la araña giraba rápidamente, desprendíase del techo y la perseguía un buen trecho.

Y, como las arañas y los ratones, los enanos circulan de noche por las casas, y la enanita, transformación a través de una pastora de barro de la Catalina Zabala, por no ser menos y por curiosidad de mujer interesada en saber lo que pasaba en cierta alcoba, tan pronto como la servidumbre se dormía, escapaba de su cuchitril, pasaba la noche entre gatos, perros, palomas y conejos, y encaminábase por caños y alcantarillas, deslizándose aquí, sosteniéndose allá para no hacer ruido al poner los pies en un tragaluz roto que le dejaba paso, hasta llegar al salón por donde se iba al dormitorio de los señores.

Conoció la casa palmo a palmo cuando anduvo vestida de muñeca y tan ligero iba que apenas puso atención en el reloj-campana del péndulo-badajo, cada minuto un retumbo y cada hora los carillones dolientes que hacían levantar las manos a diablitos orejones, como ella, manos de larguísimos dedos, en los que, lagrimosos, apoyaban sus caras relucientes, de cuernos duros y barbas y cejas de pinceladas de humo.

¿Por qué llamaba la mulata a este armatoste andante, el Reloj de Babilonia? ¿El tiempo, contado por este reloj monstruoso, le servía de afrodisíaco?

A cada minuto un retumbo, como si, en verdad, cada minuto fuera el acabar de todo...

—¡Pero si es el fin del mundo —gritaba la mulata— cómo no aprovechar, en la entrega amorosa, cada instante que fluye gratuito!

Los carillones esponjaban sus metales dormidos en esplendores sonoros que dejaban en el ambiente un vacío inalienable, una como sordera de cavidad sin acústica.

¿Será eso el tiempo? ¿Existirá el tiempo? ¿No será el vacío que se siente al dejar de sonar los carillones del Reloj de Babilonia?

La mulata corría a caballo por las mañanas y por las tardes jugaba con el oso. La fiera se alzaba en dos manos a bailar al compás de dulzainas tocadas por ciegos, los ciegos de los alrededores, mientras ella, desnuda, saltaba alrededor del oso con una pandereta de sonajas de oro.

Y esas ausencias, ora correteara por los campos, ora bailara en los jardines con el oso, las aprovechaba la enanita para hablar con su marido, al que, por temor que los descubrieran, cada vez veía menos.

Celestino Yumí, el todopoderoso, el más rico de Quiavicús, se encerraba en su cuarto o se perdía de sus seguidores, aquellos que la mulata le había puesto, temerosa de que fuera a caer muerto y otros se aprovecharan de su esqueleto de oro, llamando a Tazol, sin que éste respondiera.

—¡Llévate tus riquezas! ¡Llévatelas! ¡Llévatelas con tal que desaparezca de mis ojos la mulata, y vuelva yo a ser el que era, un pobre leñatero en mi rancho, con mi mujercita de tamaño natural!

¿Dilapidar su fortuna? Trabajo inútil. Más gastaba y más tenía. ¿Deshacerse de la mulata? ¿Cómo? ¿No le dio aceite de raíz de chiltepe, veneno fulminante, y ni cólicos tuvo? Y ¿no hizo como que limpiaba una escopeta y le vació en el pecho una descarga de perdigones, y aquélla apenas se sacudió?

—Celestino —le dijo la enanita—, esta tu mujer, para que vos veas, no tiene sus *perfeuciones* de mujer, pero tampoco tiene *perfeuciones* de hombre. Has de saber que yo la fuide a espiar, mientras se bañaba, y no es mujer, porque no es mujer, te lo garantizo, si me conoceré yo mis *perfeuciones*, pero tampoco es hombre cabal, porque no tiene tus *perfeuciones* que tambíen conozco...

Y dicho esto, se frotó contra Yumí.

—Me vas a decir entonces que es... —se tragó la palabra Celestino.

—No sé lo que es, pero no es hombre y tampoco es mujer. Para hombre le falta tantito tantote y para mujer le sobra tantote tantito. A que jamás la has visto por delante...

—¿Quién dice?

—Yo. Estos ojos, Celestino. Los enanos vemos todo. Y ¡qué vergonzudo que sos, estás colorado de tu cara y tus orejas!

—Es verdad. Sólo me da la espalda...

—¡Allí está! ¡Allí tenés la explicación!

—Jamás la cara...

—No te lo estoy diciendo, pues...

—Ella explica que la luna también lo hace así con el sol, que por eso, la luna está siempre de espalda, jamás se le ve la cara, porque si se volteara, el sol la tomaría por delante y engendrarían monstruos.

—Tal vez que sea eso. Pero la luna, por la espalda o por delante, sabemos que es mujer, y esta tu mulata...

—¡No digas que es mía, Niniloj, no digas que es mía! ¡Me ofendés gratuito! ¡No es mía, me la impusieron la gana de mujer y el licor que tenía en la cabeza y el maldito dinero que cargaba en la cartera, que fue de lo que ella se amoroció!

Y después de un largo silencio, en el que ella jugaba como a tocar piano pasando sus deditos sobre los nudillos de la mano empuñada de su hombre, éste murmuró:

—¡Y qué vamos a hacer entonces, si no es mujer ni es hombre! ¡Ve que freg...do o frega...da! ¿Cómo decir? ¿Hasta en eso, el que no es hombre y mujer disturbia todo, pues no se sabe cómo es si masculino o femenino?...

—Vos que fuiste a la escuela sabés todas esas dichosidades de masculino y femenino. Y más lo pienso y más me digo: ¿que de qué te sirvió ir a la escuela, si paraste de leñatero? De nada. Te enseñaron a leer y todo eso que aprendiste y después no hubo quien te ayudara más. Por el contrario, me cuentabas que cuando ibas a buscar trabajo de peón, si los patrones oían decir que sabías leer, te apartaban y no te daban trabajo.

—Bueno, si no se me ha olvidado, existe un género que no es ni gallo ni gallina, el género neutro...

El retumbar de pasos de animal grande, anunciaba la proximidad del oso. Lo seguía la mulata con un cesto cargado de manzanas, naranjas, mangos, nísperos. La enanita en un santiamén desapareció, no sin antes prometer a Yumí que haría lo posible y lo imposible, por apartarlo de la mulata.

—¡Pobrecita —quedóse cavilando Celestino—, qué puede un ser tan indefenso contra la que es todopoderosa por su crueldad sin límites!

Y cuando aquélla (o aquél) se acercaba, Yumí pensó: ni hombre ni mujer, ¿qué será?...

El día no presagiaba la tormenta nocturna. La mulata, al oscurecer empezó a fumar un humo enloquecedor. Fumaba y bebía a sorbos tragos de un licor ámbar que luego cambió por otro más dulce, color violeta pálido.

Humo y bebida la fueron enfureciendo. Yumí temblaba. Le temblaban las carnes, como si aquel temblor fuera la antesala de los golpes, de los chicotazos, de los pellizcos amorosos que, sin duda, iba a propinarle. Pero no la tuvo con él. Otro más fuerte había y con el látigo levantó al oso que dormía y empezó a castigarlo furiosamente. El animal, infeliz, se echaba hacia atrás, parpadeando, manoteando, y vuelta y vuelta se alzaba sobre sus patas traseras, y con sus manotas felpudas trataba de contener la lluvia de latigazos que le martillaban la cara. Por fin, saltó. Fue horroroso. Saltó como si no pesara, como se arranca del suelo una casa, en un terremoto, de una vez arrojada hacia lo alto, y abalanzóse contra la mulata. Esta, los dientes de fiera desnudos y los ojos cerrados, siguió golpeando a ciegas, hecha un ovillo para defender la cara de los manotazos de la fiera que la destrozaba.

Yumí asistía a la lucha de la mulata con la fiera, sin saber qué hacer, la angustia aleteándole en las narices, el corazón en un puño, deseando que el oso la acabara de una vez. Intervenir, defenderla...

Desde el Reloj de Babilonia saltó la enanita, ya cuando el oso iba a rematar a la mulata, una de sus manazas hundida en el cuello de la que se retorcía de dolor, de placer, no se sabía, montóse sobre la fiera blanca y algo le dijo al oído.

Algo así como "Oso, querés azúcar..."

Un oso es siempre un niño. El sonido "azúcar" lo desarmó y volvióse infantilmente a poner el hocico para que la enanita le introdujera entre los dientes, sobre la lengua, un terrón de azúcar.

Yumí apresuróse a levantar a la mulata. La trasladó a su lecho. Esta, al sentirlo cerca, lo tomó del pelo y lo obligó a quedarse allí con ella. Se quejaba, pero eran unos lamentos de dolor y de gusto, de sufrimiento y placer, de heridas que le despertaban el deseo de ser poseída o poseído. Yumí trataba de soltarse de la mano ensangrentada de la mulata, gotas de aquella sangre espesa le pringaban la cara, pero no lo consiguió y menos cuando entre arrumacos, risas y lágrimas, aquélla deshízose en quejas contra su suerte de perra perdida, de perra sin dueño...

El susto de la servidumbre, de las gallinas, los gatos, los patos, los chompipes, los conejos, las palomas, los perros, los gatos, en el patio en que dormía toda esta Arca de Noé, fue grande cuando la enanita deslizóse hasta su cuchitril con el oso que antes de echarse dio algunas vueltas, pisoteando a los que de aquellos animales pequeños, no huían a tiempo, y más cuando apoyó las nalgotas, para luego extenderse, el azúcar en los dientes, cansado, vejado, con pecho de bestia triste.

La mulata premió a Lili Puti por haberle salvado la vida. La hizo volver de con la servidumbre y tornó a vestirla de un color cada día, el domingo de todos colores, a bañarla con espuma de jabones perfumados, y a jugar con ella, como con una muñeca.

Una noche, la mulata, mientras fumaba aquel humo olor de alucena, que la mantenía sonámbula, pidió a Lili Puti que le pinchara los brazos con un gran alfiler de sombrero.

La enana la pinchaba apenas, temerosa de que fuera a enfurecerse, pero aquélla, al parecer, le pedía que le enterrara más hondo en la carne la punta del alfiler. Y luego más, y luego más...

—¡Quiero sentir... —gritaba la mulata—, quiero sentir!

Saltó la sangre de los pinchazos, y aquélla sin sentir nada, exigiendo a la enana, a quien dio unos cuantos coscorrones, que pinchara más fuerte y hondo...

—Un día vas a ir conmigo —le dijo Lili Puti al oído— a una cueva que sólo los enanos conocemos, y allí sí que pinchan y hacen sentir cosas indecibles.

—¿Dónde? —indagó la mulata, sin darle importancia, los ojos negros fijos en otra idea.

—Donde de día entra a dormir la luna y donde, mientras aplancha su ropa que ya trae lavada de rocío, se queda desnuda y se le ve todo lo que tiene de mujer mezclado a su virilidad de cabro.

La mulata recogió los ojos lejanos, olvidóse de las pinchaduras, le sangraban los brazos y las piernas, rogando a la enanita que para oírla bien, le pasara el alfiler por el lóbulo de la oreja, de parte a parte, pues oír sin sentir, no era oír.

Aquélla lo hizo y mientras le perforaba el lóbulo de ébano dorado, la mulata indagó:

—¿Y cómo se llega a esa cueva?

—¿Cómo se llega, estás diciendo? Pues no es más que llegar, si vas conmigo, para no perderte y para que te dejen entrar. Es una cueva en espejo...

—¿Cueva en espejo... bajo el agua querrás decir? —y sin esperar a que aquélla contestara, añadió—: Vamos a ir, pero crúzame con este otro alfiler, mirá, tiene la cabeza de piedras preciosas, el lóbulo de la otra oreja.

Y luego le propuso:

—¿No querés probar mi humo?

—No, señora, porque no más pruebo me empiezo a reír y reír y reír, hasta hacer aguas de la risa, sin por eso dejarme de reír, pues sigo y sigo riéndome, hasta sentir los dientes flojos...

—¿Y hoy será buen día para ir a esa cueva? —inquirió la mulata, los lóbulos de sus orejas, sangrantes, igual que si tuviera aretes de rubíes, y los brazos y las piernas, también bañados en sangre.

—Creo que sí —replicó la enana—, y por el camino del humo que fumás podemos llegar allá...

—Pero qué va a decir de mí la luna, cuando me vea con las orejas atravesadas por alfileres, las manos y las piernas, también atravesadas. Creerá que soy un insecto...

—Va a creer que sos sagrada. Y no te verá, porque su faz está vuelta hacia el lado contrario del sol. Los enanos nos colgamos de su espalda y trepamos hasta sus hombros y su cuello, pero no podemos bajar del lado de su pecho, ni verla por delante. Y los que han querido hacerlo, se han desbarrancado en el espacio...

—¿Y por qué sólo la espalda se le ve a la luna? —susurró la mulata, adormecida, aspirando del cigarro una gran bocanada de humo.

—Porque de espaldas al sol, éste no le puede hacer sus muchachitos. ¡Guárdenos quien, si se volviera y aceptara yacer con el sol de frente y tener hijos, pues serían monstruos!

—¡Enana, hablas como si fueras una persona grande! —se puso de pie costosamente—. Llévame a esa cueva de espejo, pero ayúdame a caminar, peso como piedra...

Y empezó a reírse, hasta parecer que la enanita iba a ser triturada entre aquellos dientes que agitados por aquella risa interminable quedaban como sueltos en el aire, igual que si todo el aire se carcajeara a la par de ella.

Lili Puti le servía de bastón. Y allá fueron. La mulata vestida de risa interminable, los alfileres clavados en las orejas, en las manos, en los brazos, en las piernas, heridas de las que también antojaba brotar una risa roja, un reír de salpicaduras de sangre.

—Pues ésta es la cueva —anunció a la puerta de una caverna la enanita—, pero no vamos a entrar sin recoger las plumas del Enojón, o pájaro que vive de mal humor, tan a disgusto que se arranca las plumas que le salen y por eso siempre anda pelado.

Por entre los pedregales, la alta claridad nocturna las humedecía de una luz muy tenue, encontraron unas plumas negras con algunos hilos blancos en los bordes.

Lili Puti las recogió en el acto y dijo a la mulata que ya no reía, silenciosa, fúnebre, cabisonta, igual que una inculpada.

—Ahora te voy a poner la pluma del Pájaro Enojón en tu pelo, hermoso tu pelo, brilla como agua negra, y vamos a entrar a la cueva, donde hoy que no hay luna, ésta duerme de espaldas blancas, no blancas, doradas, color de barro limón, del color de tus espaldas...

Entraron.

—Aquí venimos a verte —masculló la enanita, mientras la visión del satélite encerrado excitó a la mulata, en medio del humo que le seguía andando en la cabeza, por todos los meandros del cerebro, hasta hacerla pensar que aquel pedazo redondo de cielo, era fustigable como el oso, y se quitó la pluma del Pájaro Enojón, y con la pluma empezó a fustigar a la luna, para luego arrancarse los alfileres y clavárselos, y clavarle las uñas que se le llenaron de hielo derretido. La luna no despertó. La enana, presintiendo lo que iba a suceder, los que fuman aquel humo pelean con la luna, siempre que la tienen al alcance de sus manos, escapóse de la cueva y con ayuda de Celestino, su marido, cubrieron la entrada de piedras y más piedras y luego de tierra y más tierra, y luego de árboles y más árboles, hasta hacerle una como mejilla vegetal al cerro, donde antes estaba cavado.

—Voy a preparar mis armas, por si escapa y nos quiere matar —se alistó Yumí.

—No saldrá más —afirmó la enana—. Entre el humo y la luna, quién sale. Arremángate los pantalones, que tenemos que ir muy lejos, tenemos mucho que andar.

—¿Te cargo? —propuso Yumí a Catalina al verla del tamaño de una criaturita.

—No volvás a decirme esa grosería, esa gran grosería, Celestino, porque lo único que hacés es acordarme que soy enana, y eso me duele mucho, porque soy enana por tu culpa.

Calló Yumí y adelantándose avergonzado, seguido por aquella ínfima persona, la oyó decir:

—No va a salir más nunca, y nos vamos a quedar a gozar de tus riquezas en paz. Quiero que me compres un caballito, me mandaré a hacer una casita pequeña a mi medida, con muebles todos como para mí.

—Pero allí no cabré yo...

—Entrarás a rastras...

—¿Y adentro, cómo me pararé? ¿Y cómo voy a tenerte conmigo?

—¿Nunca fuiste a violar muchachitas?

—No, nunca... ¡qué pregunta!... ¡ve, qué pregunta!

—Pues así será conmigo. Pero ya estamos como la mulata que sólo de eso hablaba.

—¿Y de qué otra cosa iba a hablar, si era una perdidota?

—Pues allí se va a morir de humo y luna...

—¿Le quedó bastante hierba?

—Tres bolsones llenos...

—Entonces, Niniloj, allí se muere...

—Y se va a morir, como toda viciosa, sola, y a oscuras. Dentro de pocas horas, la luna tendrá que salir de nuevo a navegar, como un barquito.

—Sola con su humo poblado de risas, ante las extrañas visiones de sueños de pesadilla reflejados en espejos donde tan pronto se ve uno gigante, como enano...

—¿Lili... putiense como yo? —dijo ella en sorna.

Yumí consoló a su mujer, diciéndole que la quería igual, que no la veía enana, sino tal y como la miró la primera vez que la encontró. A las personas, explicaba, sólo las miramos una vez, la primera vez que las vemos. Después, ya no las vemos ni miramos más. Se nos vuelven invisibles. ¡Ah, si yo lograra explicarme!

—Me consuelas, Yumí, pero, como mujer soy ambiciosa, y más que tus palabras, por qué he de ocultarlo, me consuelan tus riquezas. ¿Qué me importa ser como soy, enana, si tengo el mundo a mis pies?

Llegados a la casa, ocuparon una mesa dispuesta para la comida, y hubo que poner algunos almohadones para que la nueva, la verdadera esposa de Yumí, alcanzara a sacar la cabecita a la altura de los platos.

La servidumbre de la casa no salía de su asombro. Como en las consejas. La cocinera juraba y perjuraba que jamás la había llamado Juana Puti. Su nahual es una araña del tamaño de un pollito, explicó la lavandera.

La enana se inquietó. En los cubiertos de plata, en las hojas de los cuchillos, en las jorobitas de las cucharas, brillaba una luz extraña, magnética. La luna que se adelantó. El novilunio. El barquichuelo. Era una uña de oro alrededor de una sombra.

—¿La ves, Yumí? —preguntó su mujer, apartando la cucharadita de sopa que llevaba a su boca pequeña. Celestino rindióse a la evidencia.

La mulata. La espalda de la mulata. Esa era la sombra que llevaba la luna.

—Sí, sí —afirmó aquél—, es su espalda, lo único que tuve de ella, cuando hombre y mujer traban su mejor conocimiento.

—Ya no habrá pena de que regrese, Celestino Yumí. Guarda las armas y di a los cuidadores que se vayan a descansar.

—Me temo que al volver la luna a dormir, pasado el plenilunio y el decrecimiento, se escape la mulata de la cueva. Es un ser terrible.

—Cuando se eche a dormir la luna, la cegará el alquitrán de la tiniebla y no encontraría el camino de regreso, aunque lograra escapar de la cueva. Además, pienso irle a dejar una hierba más fuerte que se encuentra...

—Muy bien. Mañana, mientras tú buscas esa hierba y se la llevas, me ocuparé de mis cosas. Las tengo tan dejadas de la mano, que temo que vayan a hacerme ótra que no sirve: quemar los maizales después de cosechar el maíz.

La enanita, costal al hombro, encaminóse al día siguiente hacia la cueva y con ayuda del Pájaro Enojón cambió la hierba en los bolsones que le había dejado a la mulata, por una hierba más fuerte y más sabrosa.

Y Yumí llenó sus trojes de hojas de maíz, esperanzado con aumentar su capital al máximo, a fin de poder huir con su verdadera mujer, caso de escaparse la mulata de la cueva, él no las tenía todas consigo; pero, cuál fue su desengaño al darse cuenta que ya no se convertían en billetes de banco aquellas hojas de tazol seco.

Comprendió. Su protector ya no lo ayudaría más por haber encerrado a la mulata y debía conformarse con lo que tenía, feliz siempre de que al compadre Timoteo Teo Timoteo lo consumiera la envidia, casi le quitara el habla, de saberlo tan rico, y pujara al verlo pasar, como si tuviera dolor de estómago.

—¿Me lleva en las tripas, que puja cuando me ve? —le preguntó Celestino un día a su compadre.

—¡No compadre, ya lo saqué... —y rió—, ya lo saqué de mis tripas!

—¡Ahora sí que me amoló! ¡Ríase, pues, dese gusto, ríase, piense que sigo siendo tan bobo como antes, si no cómo iba a preguntarle eso, y qué bien que me contestó!

La visita al compadre, sin embargo, no terminó bien. Don Timoteo Teo Timoteo, le echó en cara muchas cosas:

—Muy raro, compadre Celestino, todo lo que pasa con usted, desde aquella festividad de San Martín Chile Verde, ¿se acuerda?, en que anduvo con la braga entre cerrada y abierta. Sí, desde esa vez han ocurrido tantas cosas anormales, mancas de explicación. La desaparición de la comadre, que de Dios haya, porque para mí que al mar la fue a echar el huracán, pero eso mismo, compadre, ¿no le parece extraño?, ¿esa desaparición de la comadre arrebatada de la tierra por la gran ventolera? Y perdóneme que le esté contando las costillas, pero hay contabilidades que deben hacerse. Luego, buscando a la comadre, aquel sueño en que oyó usted decir que había caído en el cerro blanco, ese cerro que el viento se está llevando y ahora ya está puro enano...

Al oír esto, Yumí se encogió todo, sin que el compadre lo notara, por seguir en su parlamento.

—En lugar de encontrarla a ella, halló un gran bolsón de monedas de oro, y se enriqueció hasta más allá del hallazgo, porque a otros se la podrá negar, compadre, pero a mí, a mí no, porque yo también soy rico y sé lo que producen las cosas. ¡Cómo, con sólo aquel bolsón de onzas de oro, iba usted a volverse millonario! Y luego, fuimos a la feria, y se topó con la mulata, y se casó con ella por lo civil, ¿dónde ha visto eso siendo usted cristiano?, y entonces ya fueron dos gastando a lo grande...

—Las tierras producen, cuando se les ayuda con buenos abonos... —intentó Yumí meter baza para cortar aquella letanía de reproches del compadre.

—Las tierras, en verdad, producen cuando están abonadas de magia, compadre, y sólo así producen para gastar sin medida.

—Y...

—Y nada, compadre, que todo lo suyo es muy misterioso. Ahora diz que la mulata se fue de viaje por las Europas y que le dejó en la casa un oso y una enana. Sí, sí, Celestino, todo esto es de hacerse cruces.

Celestino rió un poco forzadamente de lo que era evidente. Lo extraño de su vida, y todo lo que le había sucedido, después del pacto con Tazol.

Cambió a su mujer por las riquezas, aunque ahora parecía haberse empezado a deshacer el pacto.

La enana, dueña de la casa, detuvo el badajo del Reloj de Babilonia, cuyo tic-tac le recordaba sus noches de espera, tanteando que la mulata se acostara, para espiar cómo yacía con su marido.

El oso desde el principio estuvo de su parte. A la fiera no le extrañaba aquel ser diminuto. En el circo había tenido amigos pigmeos como ésta.

Y cada luna nueva, la enana cuidaba de llevar hierba fresca a la mulata. Alguna vez oyó sus risotadas de loca feliz. Hierba a la mulata y maíz amarillo, granudo, al Pájaro Enojón convertido en guardián de aquella cueva tapiada con un cachete de cerro. Sólo un pigmeo podía colarse por donde ella penetraba, igual que araña de caballo, totalmente deforme en sus movimientos. Se desprendía, por dentro, de peña en peña, sin que la mulata, a quien espiaba, se diera cuenta. Humo de mariguana, risa de mujer feliz y el eterno callar de la luna, llenaban la cavidad, y cuando el satélite, muy hermoso, salía de espaldas, la mulata se divertía viéndole la cara al sol, esperanzado en que alguna vez la luna saliera de frente, para poseerla como es mandado.

Cierta vez, el Pájaro Enojón no quería dejarla pasar. Los pocos agujeros por donde la enana tenía acceso a la caverna, estaban tapados. Pegó su oreja de persona mayor, una oreja inmensa para su tamaño, a las rocas, ansiosa por oír lo que ya no retumbaba adentro, la risa feliz de una loca, y arrimóse a cuanto respiradero encontró para probar el aire que salía de adentro y pudo darse cuenta a golpes de nariz que ya no olía a humo de mariguana, sino al fresco olor de la tierra.

Se alarmó y a falta de su esposo que andaba por sus propiedades de la costa marcando ganado, acercóse al oso y subida en una escalera derramó su angustia en la oreja de aquel blanco personaje, quejándose con él de la desaparición de la mulata que había escapado de la cueva, donde la tenía encerrada con el encantamiento del humo que emborracha y la luna que embelesa.

El oso consideró, moviendo la cabeza de un lado a otro, como un juguete mecánico, la gravedad de la noticia. Para la enanita, para él y para todos. De un momento a otro aquélla se presentaría en casa, después de haberse comido al Pájaro Enojón.

—Mientras yo estuve allí, al Enojón no le había ocurrido nada —aclaró la enana.

Pero el oso, desmadejando un bufido, pensaba que la mulata acabaría por salirse y se tragaría al pajarraco desplumado con patas y pico, aumentando así su enojo.

La enanita, ayudada por el oso, cerró puertas y ventanas a piedra y lodo. Y en un pasadizo oscuro, dispuestos a dar batalla, el oso con sus dientes y sus garras, y ella con el badajo del Reloj de Babilonia, apenas podía con él, esperaran la inminente aparición de la mulata. La idea era cegarla y que ella, ya en la oscuridad, pidiera humo, creyendo que seguía en la caverna.

—Le daremos —rió la enanita— barbas de escobas viejas y nos reiremos de buena gana, para que ella sepa que existe la verdadera risa.

Celestino descendió de su cabalgadura extrañado de encontrarse la casa cerrada. Pero de pronto, sin que nadie se lo dijera, presintió el drama de la mulata fuera de la cueva.

Abandonó el caballo, la atmósfera era como un espejo, y precipitóse gritando hacia las puertas.

—¿Qué pasa, Catalina? —y sin esperar respuesta, añadió:— ¿Ha vuelto? —todos los músculos de la cara paralizados a tal punto que le costó después deshacerse de aquella máscara de miedo y pavor.

Catalina descolgóse de los lomos del oso, igual que un piojo, y fue a refugiarse a los brazos de su marido. Yumí la levantó del suelo y se la apretó a la cara como a una criatura de pocos años.

—¿Qué pasa, mi vieja, qué pasa... por qué está la casa toda cerrada, por qué huías con el oso?

—¡Hay, esposo mío! La mulata se salió de la caverna, se comió al Pájaro Enojón y tememos que regrese a lo suyo de un momento a otro.

—Has hecho muy bien en cerrar la casa, pero no nos quedemos aquí. Hay que huir al monte. Aquí sólo quedarán los árboles. ¿No ves? La servidumbre también huye.

El oso, tras un bufido y resoplar con sus narices el suelo, se alejó a saltos.

—Pero ¿qué pasa? —preguntaba Niniloj asida al cuello de su marido, igual que una criaturita.

Celestino Yumí no sabía qué contestar. Había perdido el habla. Se buscaba la lengua. No sólo huía la servidumbre, sino los peones, y huían con todo lo que podían salvar de sus casas: sus aperos, sus ropas, sus cofres, sus petates, sus hamacas. Y luego, tras las peonadas, en río de movimiento, huían los animales, y detrás de todo, el Reloj de Babilonia, al que salían pies de tic-tac, tic-tac, tic-tac, los pies del tiempo que son los más veloces para huir. Y detrás fugaban venados, coches de monte, monos, micoleones, jaguares, leoncillos, dantas...

Yumí, con la enanita al hombro, escondió la cara del relente que venía quemando, como si fuera más bien un resplandor apagado de sol. Luego aquel ardor de la atmósfera se hizo insoportable. Era la mulata que regresaba. No cabía duda. La luna esplendorosa iluminaba el campo, el río, los picachos, las pocas nubes que huían por el cielo. Y en contraste con esa paz azul que se desprendía de lo alto, con esa paz de oro que llovía de la luna, bajo los pies de Celestino, la tierra se sacudió en un largo desperezarse, como si despertara.

Árboles, cerros, valles, todo sobre la superficie inestable de terrenos que se convertían en las aguas de un mar iracundo, todo insostenible derrumbándose en masas apocalípticas, los pilares de las casas como piernas de borrachos, los techos por el suelo de un sentón y las paredes, entre rajaduras que abríanse y cerrábanse, cayendo por pedazos, mientras las cornisas ondulaban igual que si por ellas corriera el temblor hecho serpiente.

Polvo y silencio. Luna, polvo y silencio. Luna, polvo, calor y silencio. Bocanadas de hogazas, hartazgos rojos de incendios que tañían el horizonte de granate. El calor iba en aumento. Las hojas empezaban a tostarse. Era trágica la inmovilidad de los árboles, su imposibilidad de huir, de escapar, de escaparse de las llamas. Era la mulata que regresaba. No cabía duda. Era la mulata que regresaba. ¿Dónde refugiarse? El peligro los cercaba. La Catarina en el hombro de Celestino, lo miraba todo con ojos de monita que no tiene salvación. Yumí se arrodillaba para no caer cuando el movimiento oscilatorio de la tierra se tornaba corcovear de bestia en doma. Trepidaba el terreno, entre retumbos sordos, inacabables. Ramalazos de lluvia caliente. El último aullido de un perro. Una grieta que se abría y cerraba. Otra que se quedaba abierta. La tierra se tragaba los árboles. Nada, un trecho de bosque de troncos y ramajes centenarios, desaparecía, de pronto, en un abrirse y cerrarse del terreno. Y nada, el polvo. Grietas, retumbos. Retumbos de las inmensas piedras del río rodando como granos de arena. Era la mulata que regresaba. No cabía duda. La espalda de la luna redonda, plenilunar, dorada las extensiones. Todo comenzaba y terminaba a cada sacudida de la tierra, a cada temblor. Hasta el amanecer. Ligeras lluvias. Un levantarse el sol, sin trinos, en el desolado silencio de la muerte, sin el balar de las ovejas, sin el cantar de los gallos, sin el ladrar de los perros, sin el mugir de las vacas.

Mejor no hubiera amanecido. ¿Dónde el verdor de sus campos? ¿Dónde sus siembras de papa que se perdían al horizonte? ¿Dónde los corrales, las huertas, el maicillo de plantitas enanas como la Catarina, y más abajo, en las extensiones, los cañaverales, y más arriba los cafetales, y arrozales, todo cuanto una tiniebla relumbrante cubría poco a poco, tal una inmensa caparazón de tortuga medio líquida?

Cien sollozos salieron de su pecho. Los peones llegaban a informarle que aquella lava caldosa lo iba sepultando todo, sin dejar nada vivo, costrón hirviente que se enfriaba, endurecido como roca.

La Zabala, que dormía medio desmayada, muerta de fatiga, despertó a los sollozos de su marido.

—¿Regresó la mulata? —pudo decir al entrar a la realidad.

—¡Ya lo creo que regresó!... ¡Mulata de Tal!..., nunca le supe su nombre!

—¿Y el oso?

—Pues también está aquí —contestó pesaroso Celestino; aquellas preguntas, ante la gran tragedia, demostraban que a los enanos también se les achica el cerebro. Preguntar por la mulata y el oso cuando estaban totalmente arruinados, sin más que lo que tenían puesto.

El sol braveó en buscar de verdor, en lo que ahora era lava y ceniza, desolación, quietud de la negra estepa, resquebrajada donde el terreno cobraba altura de cerro o descendía a barrancos, más o menos profundos.

Ceniza y lava. El compadre Timoteo Teo Timoteo murió bajo el peso de una pared, al caer Quiavicús, ciudad que fue borrada. El río cambió su curso, acercándose más a lo que era el pueblo. Playas de arena en forma de medialuna, sin las enormes piedras que se fueron rodando como plumas al empuje del terreno que se hamacaba o corcoveaba de arriba abajo y de abajo arriba. El paso de la lava lo iba calcinando todo.

—Mejor hubieras seguido viviendo con la mulata, tendrías tus riquezas —articuló la Zabala, desde su pequeñez, pero en su voz sentíase la falsedad de sus palabras. Nada le alegraba tanto como haber triunfado de la mulata, aunque el diablo había cargado con todo...

Celestino le prohibió decir así.

—El diablo no se ha llevado nada. Todo lo perdimos a ojos vistas, por ese volcán que se está levantando en lo que fue nuestra casa, y por las cantidades de lava que arrojó.

—Bueno —argumentaba la enanita— no diré que se lo llevó el diablo, diré que se lo llevó la mulata.

—Es igual —estuvo a punto de contestar Celestino, pero a tiempo se arrepintió, la enana aquella ya lo estaba haciendo hablar más de la cuenta.

—Y ahora sí —reflexionó la enana en sus adentros que eran los adentros de una mujer cabal, no de aquella diminucia—, hasta que Dios quiera volveremos a tener casa y no vamos a morir, vamos a esperar, primero que acabe de crecer el volcán, que ya va altito, para saber dónde poner nuestro rancho y vivir con el oso.

—¿Por qué con el oso, si lo podemos vender?

—De ninguna manera. El oso me salvó de morir, cuando cerramos la casa a piedra y lodo, y empezó a temblar y se derrumbó parte del techo antesito de regresar vos.

—Y no me arrepiento de haberme ausentado, de haberte dejado sola, aunque te viste en apuros. Gracias a ese viajecito logré vender algo de ganado y traer dinero.

Su mano se hundió en su bolsillo y en el acto frunció las cejas. En lugar de billetes, palpó unas como hojas de maíz seco.

La sacó, sin decir nada a su mujer. Basura de hojas de maíz en lugar de dinero.

—¿Botaste lo que traías? —le preguntó aquélla, sacándolo, sin saber, del apuro, pues lo obligó a dar una rápida explicación de lo inexplicable dentro de la lógica de las cosas, como le había dicho el compadre Timoteo, muerto en el terremoto.

—Sí, se me fue a caer a saber dónde. Con tanta carrera por salvarnos. Sin duda al sacarme el pañuelo.

—Pero se te oye en la bolsa como tronar de billetes...

—Son hojas de maíz...

—¿Y para qué las llevabas?

—Por si tenía que hacer mi necesidad...

—¡Botaste el dinero y te quedaron las hojas para tu necesidad! Cuando Dios quita, quita de veras.

—Pero nos va a volver a dar —exclamó Yumí, pensando en que podía hacer las paces con Tazol—, y por lo pronto, nos queda el camino...

—Es lo que nos queda...

—El camino y el oso...

—El camino, el oso y yo...

—¿Por qué decís eso?

—Porque vamos a ir a ganar nuestro pan con el oso y conmigo. Vos sabías tocar la armónica.

—Eso no se olvida, y para qué voy a tocarla...

—Vos la tocás y el oso y yo bailamos en las plazas, en las ferias, y así ganaremos nuestro pan.

—Así pues que sea, mientras ganamos para comprar mi hacha y me vuelvo al monte a leñatear.

—¿Oso, quieres bailar conmigo?

—Sí —respondió el oso a la enana, con la cabeza, tan contento que al final la dejó colgada, como si buscara algo en el suelo, sin duda a ella.

—¿Y sabes, Celestino, cómo anunciarás el espectáculo? Así: "Señoras y señores, jóvenes y grandes, chiquillos y viejos: Van ustedes a presenciar la danza del «Reloj de Babilonia»..."

El oso, como si hubiera entendido, empezó a mover la cabeza de un lado a otro, como un péndulo, y la enanita a correr de un lado a otro, al compás de la cabeza del oso, repitiendo graciosamente: tic-tac, tic-tac, tic-tac...

Iban por los caminos y las plazas y algunas monedas les caían cuando la enanita, después de su baile con el oso, pasaba el plato recogiendo lo que el corazón le dictaba a cada quien.

Compraron una armónica más grande y sonora, al oso le pusieron un hermoso collar de hojas de encino con rosas y cascabeles, todo hecho de papel, y un buen día Celestino regresó con el hacha.

—Volvemos a Quiavicús —es que dijo, mostrando el hacha a su mujer, feliz su cara de leñatero, el lomo con hambre de llevar encima sus buenas cargas de leña.

La enana lloró y le dijo:

—Si vuelves no vas a cortar árboles sino culebras.

—Está malo decir eso, pero lo has dicho Y vamos a probar.

Quiavicús, a medias reconstruido, los recibió con sus nuevas casas, y en el paisaje, lo único que había cambiado, además de los playados del río, era el recién nacido volcán, convertido en un personaje alto, picudo y desdeñoso.

—Tengo mis escrituras —expresó Celestino a su mujer, el día que llegaron— y podría alegar que todo ese volcán es mío.

—¿Te quedaron ganas de ser rico? —preguntó ella—. No olvidés que tu ambición me tiene así, de este tamaño, pues por tu ambición fui arrebatada por el huracán y convertida en pastorcita de "Nacimiento", y así quedé para mi infortunio.

—Pero, Catarina, quién te entiende. ¿No decías que si voy a hachar, todos los árboles se me volverán serpientes?

—Así decía yo, pero mejor cortar serpientes que volverte rico, alegar que el volcán es tuyo y empezarlo a sembrar, hasta donde lo permita, porque sigue echando lava.

Yumí se internó una buena mañana en el bosque. Las hojas no recobraban su verdor, su brillo primaveral. Parecían condenadas a un eterno otoño, tostadas y sin vida, y se miraban los troncos y las ramas todavía como carbonizados.

Al primer hachazo algo negro saltó y salpicó, igual que sangre. Por las dudas, acercóse a ver si no era palo de hule lo que estaba hachando, pero no, era, simplemente, un árbol carbonizado, y cuando él se sacudió, no tenía mancha alguna, había sido una rociadura de sonidos de risa negra.

Acordóse de Tazol, de la mulata, y alejóse de aquel árbol que se reía, que se mofaba de él, a buscar otro tronco, no podía volver al rancho sin su buena carga de leña:

Golpeó, pero el hacha se fue como en manteca de animal, no en dura madera, y todas las ramas se sacudieron, y cada rama, toda ojos, volvióse airada en busca del que golpeaba el árbol.

Allí mismo olvidó el hacha y no se detuvo hasta que llegó junto a la enanita y el oso. Esperábanle sentados. Entrar y anunciarles que volvían al camino fue todo uno. El oso se levantó en dos patas y aplaudió con sus manazas. La enanita saltó a besar a Celestino con sus menudos labios y los tres, ya en marcha, se detuvieron en una pequeña altura que dominaba Quiavicús, a contemplarlo por última vez.

Brujo Bragueta
y los hombres-jabalíes o "salvajos"

Una noche, mientras se preparaban a dormir a la sombra de las ceibas de una gran plaza, quién sabe si por cansancio, hicieron una jornada interminable por el lecho de un río seco —arenales, piedras, hierbas secas que se les enredaban en los pies—, o por remordimiento, Celestino confesó a su mujer lo que jamás a nadie refirió, pues, aunque ya algo le había contado, no en forma tan completa y tan cruda.

—A cambio de riquezas te cambié con Tazol, aquella noche maldita en que me hice el enfermo, para que salieras a llamar al alguacil, al militar y al compadre. Tazol te arrebató y todos, desde los más encopetados hasta los más humildes, salieron a buscarte. Pero, en verdad habías desaparecido, y sólo yo sabía tu paradero, es decir, que estabas con Tazol, sin conocer dónde y dolorido de pensar que aquél me había dicho que iba a castigarte, por haberme faltado con el difunto compadre Timoteo Teo Timoteo. Pero de nada me sirvieron mis riquezas, te lo juro, de nada, por la desesperación de saberte perdida. Y lo único que me quedaba era ahorcarme. No lo hice, ya atado el mecate a un tamarindo y la soga lista, se me apareció Tazol con una caja grande, en la que estaban, en tamaño reducido, todo lo que ambicionaba, y entre tantas cosas, una pastorcita de barro que se te parecía.

Las palabras de Yumí, alquitrán de tiniebla, negrura interior que se echa a borbotes, como un vómito de muerte, pegosteaban los oídos de la enanita que tuvo la sensación de estar colgada en el vacío, sorda, muda, sin acción a nada. Una cortina de lágrimas, después de mucho silencio, la separó de su marido, y se sintió muy lejos, en la infinita soledad del ser que se sabe traicionado.

Yumí se levantó, estaba acuclillado. Le era insoportable la resignación de la enanita que nada le reclamaba, que nada le decía, inmóvil, clavada en sus articulaciones —¡Ninilojita!—, y fue a buscar una rama de palmera para barrer los alrededores de donde iban a dormir, para alejar a los malos espíritus. Y no obstante el pesar con que se arrancó de cerca de ella, al moverse, qué aliviado sentíase, sin el peso que le aplastaba cuando todo aquello lo tenía en secreto.

—Tráeme palito seco de por allí —le pidió su menuda mujer con un dejo de amargura profunda en la vocecita—, pues hay que juntar fuego y calentar café.

Y aquellos tragos, aquellos primeros tragos de café que apuraron uno frente a otro, jamás los olvidará Yumí, mientras viva, y quién sabe si aún muerto los recordará.

La Catalina se tragaba el café revuelto con sus lágrimas y él, casi sin poder respirar, con tristeza de condenado, los labios indespegables, la boca negándose a tragar. Pero la necesidad de algo caliente en aquel trance tan amargo, le obligaba a sorber y más bebía y más lleno sentía el recipiente de barro.

—Mañana nos toca bailar —dijo ella, pero mejor le hubiera abofeteado como la Mulata de Tal. Sólo una vez que cortando un encino, éste le dio en la nuca con una de sus ramas, tendiéndolo en el suelo, como sapo, sintió dolencia igual.

—Le voy a ir a dar de comer al oso —contestó él, y aléjose con los pies grandes, algodonosos, cosquillosos de hormigas, sensación tan evidente que levantó un pie, como si en verdad fueran hormigas, y no aquella cosquilla interior de la sangre acobardada.

Se acostaron, sin poder dormir. Formaban parte de la noche que no dormía. Pero cerrar los ojos y estirar el cuerpo, ya era bastante.

—¡Échele, que por allí debe andar un "salvajo"! —dijo Celestino a su mujer, pero ésta no le contestó, y agregó inquieto—: Por aquí debe haber "salvajos"...

El cansancio y el sueño los vencieron. Y cuando Celestino despertó el "salvajo" estaba casi encima de ellos, no por ellos, sino por el oso, que ya en guardia, se iba a tirar contra el extraño aparecido, animal de pelo de serrucho, ojos pequeños de cegatón, cortas orejitas y dos largos dientes, uno de cada lado del hocico.

—¡Salvajo! —escabullóse Yumí de bajo las cobijas, sin que lo sintiera la enanita—, no vas a pelear con mi oso, vas a hablar conmigo completamente...

Y el Salvajo que gusta de la conversación del hombre, que con ella parece adormecerse y empalagarse de una dulzura única, olvidóse al punto de la reyerta con el oso, y ambos, al separarse, gruñéronse espeluznados.

Los Salvajos son hombres que estaban bailando una danza disfrazados de jabalíes, al compás de enormes tambores. Mientras bailaban bebían chicha por guacaladas, borrachera que no les agarró por caerse y levantarse, hasta quedar tirados en los caminos, sino por saltar, y saltar cada vez más alto, lo que disgustó a Tazol, quién los atrajo al monte cerrado, donde, pobres varones, ya no pudieron quitarse el disfraz de jabalíes y así quedaron, y así engendraron sus hijos, con las jabalíes hembras que Tazol les presentó.

—¿Y qué hemos de conversar? —preguntó el Salvajo a Yumí, entrecerrando los ojitos que le salían de las cerdas negras y filudas. Sus dos colmillos, uno de cada lado, parecían reír de Yumí, con una risa terminada en punta. La luna tiene su reír triste, redondo. Los Salvajos su reír terminado en punta.

—¡Ah, Salvajo... —suspiró Yumí— hay tantas cosas en este mundo que necesitan aclararse, y que los Salvajos saben mejor que los hombres!

—¡Huelo a gallina! —husmeó el Salvajo, la cabeza ya levantada y la nariz paseando en derredor.

—No apetezcas gallina ahora que vas a conversar conmigo, Salvajo, y yo te prometo tus buenas cien gallinas, si me sacas de un apuro en que estoy con alguien que es nuestro enemigo común.

El Salvajo no se dio por aludido, aunque entendió bien lo que Yumí le insinuaba, más atento al olor de gallina.

Y no pudo. Abandonó a Yumí y fuese a saltos por la tiniebla, hasta un patio en donde entró sin hacer el menor ruido, conteniendo la respiración. Yumí iba tras él, cómo perder la oportunidad de hablar con un Salvajo, y en menos de lo que se cuenta, el colmilludo hirsuto decapitó tres gallinas y se disponía a engullirlas muy sabrosamente con todo y plumas.

Pero los perros habían despertado y con los perros, los amos, y cuando el Salvajo de un brinco saltó sobre las cercas próximas al gallinero, aquéllos se encontraron con Yumí, quien, después de recibir allí mismo unos cuantos golpes en la espalda y la cabeza, con el plan de los machetes, le pegaban el propietario y sus tres hijos mayores, y sufrir mordidas de los perros, fue amarrado de las manos y los brazos y conducido a la cárcel por ladrón.

La cárcel era uno de esos enormes cajones en que llega mercadería del extranjero, sobrepuesto en una esquina de la plaza, con una reja en la puerta que se le abrió, para que entraran y salieran los presos y las autoridades.

Allí lo encerraron. Los hijos, machete en mano, quedáronse velando, como centinelas, no fuera aquél a escaparse, mientras el padre iba a despertar al alcalde, para que hiciera justicia esa misma noche. Era de ley terminar con los ladrones de gallinas, dando con éste que atraparon comiéndoselas con todo y plumas, un gran escarmiento.

—¡Ay, hijos, hijos —exclamó el padre, antes de ir a llamar al alcalde, mientras cerraba la reja con un enorme candado—, de comerse una gallina con plumas a comerse un cristiano con todo y ropa no hay diferencia, y al paso que vamos, si sigue el hambre de la gente por estos lados, un día nos van a comer a nosotros!

Hizo otras profecías tremendas, como todas las de los viejos, y terminó gritando, ya en marcha hacia donde vivía el alcalde, que estaría dormido:

—Si la autoridad se niega a hacerme justicia, saco a este desgraciado y lo baño en una tina de jabón hirviendo, para quitarle no sólo el pelo, sino el pellejo, y que así escarmienten todos los ladrones de gallinas.

Los hijos, mientras volvía el padre, se paseaban alrededor del cajón sobrepuesto de la cárcel, donde Yumí, rehecho apenas de la tunda de golpes que le dieron, no se lamentaba de su suerte por él, sino por el abandono en que quedaría su mujer, aquella enanita a la que todos querían echarle mano y llevársela de diversión a sus casas, y la orfandad del oso, ya sin ellos, destinado a caer en un circo o en un parque zoológico.

—¡Juimi-Juim!... ¡Juimi-juim!... ¡Juimi-juim!... —se oyó a lo lejos este ulular extraño, luego una como cabalgata de topetudos, y más luego, el retumbar de algo muy grande que era arrastrado hasta la orilla de una barranca, y desplomado hacia abajo, a donde caía dando vueltas.

Yumí no tuvo tiempo de reflexionar en nada. De un lado a otro del gran cajón que le servía de cárcel, golpeándose, apenas si tuvo tiempo de doblarse por la cintura y meter la cabeza entre las rodillas. Pero fue tal el soloncontronazo que, al quedar inmóvil, apenas atinó a decirse que estaba vivo.

¿Serían los dueños de las gallinas quienes pensaban rodarlo a barrancas cada vez más hondas, con todo y la cárcel, hasta acabar con él?

Y mientras meditaba, adolorido hasta la raíz del pelo, iba encontrando los pedazos buenos de su cuerpo y aquellos magullados, sus huesos casi rotos, las rodillas y los codos lastimados, temeroso de que algo le faltara. Afortunadamente, no, estaba entero y se puso a respirar gozoso, si puede decirse, en aquella situación extrema.

De pronto, encogióse, replegóse a un rincón, horrorizado de pensar que rompían las tablas filudos machetes dispuestos a ultimarlo. Pero no. Eran colmillos. Y por un boquete bastante grande, por donde pasaba un hombre, lo hizo salir el Salvajo, a quien acompañó al gallinero y por cuya culpa estaba allí.

—¡Huye! ¡Huye por ese camino! —lo conminó el Salvajo.

—¡No puedo huir! ¡No voy a huir! —se resistía Yumí—, porque allá en la plaza, adonde vos llegaste anoche dejé a mi mujer y a mi oso.

Era la misma noche, pero a Yumí le parecía que habían pasado siglos.

—Esos están bien, tu mujer y el oso. El que corre peligro de ser cocido en agua de jabón, sos vos. Con que huyendo allí para arriba, hasta refugiarte en el corral de los Salvajos.

La abuela Ja y los Jayumijajá

Amanecía en el cerro de los jabalíes. Sol empapado en añil, tierra empapada en azul. Peñascales recubiertos de líquenes azulverdosos, en los que los colmillazos de los Salvajos dibujaban signos caprichosos. ¿Sería su forma de escribir? ¿Guardarían en aquellos trazos hechos a punta de colmillo, su historia?

El Salvajo que lo liberó, acompañado de un ejército de Salvajos, volvió para seguirlo, fue tras él y al solo llegar, lo presentó a sus parientes y amigos allí reunidos esa mañana. Una jabalina vieja, alunada, los dos colmillos de tan antiguos en forma de mediaslunas, agradeció a Yumí haber salvado de morir a uno de sus nietos. El olor humano atrajo a los perros que se olvidaron de husmear al Salvajo. Por otra parte, los jabalíes engañan a los perros, porque despiden olor a cerdo.

—Y antes evitó —dijo el joven Salvajo— que me peleara con un oso...

—Pues por todo eso quiero que me dejen a solas con él... ¿Cómo te llamas? —interrogó la jabalina al salir todos los Salvajos.

—Celestino Yumí —contestó aquél, sin extrañarse de que los jabalíes hablaran, pues sabido era que se trataba de seres humanos que fueron condenados, por su borrachera, a quedarse con el disfraz que tenían.

—Pero —añadió la jabalina abuela—, no es éste el mejor sitio para conversar. Prefiero que vayamos a uno de los escarbaderos. Fue abandonado hace tiempo, pero la humedad del suelo, donde se pudren hojas y flores, me hace sentirme mejor.

La cabeza aguda y el cuerpo angosto de la gran jabalina, abrió brecha en una espesura solitaria, hasta el escarbadero, donde invitó a Yumí a sentarse en una piedra. Lejos oíanse luchas de jabalíes que correteaban entre los árboles, saltando, hoceando, divirtiéndose con los jabalos color de oro greñudo, jabalos tan pequeños que aún no tenían colmillos.

—Olfateo —díjole la jabalina abuela— tu pesar, pero el nuestro es mayor, revestidos con este gruesísimo pellejo castaño oscuro, y siempre perseguidos por cazadores que apetecen nuestra carne, sin saber que están comiendo carne humana, cuando la devoran tostada al fuego o cocinada de mil maneras.

A Yumí se le nublaron los ojos de lágrimas.

—¡Ah —exclamó la jabalina alunada, alargando el cuello y sacudiendo sus orejas— quién pudiera llorar! Hay dos cosas que no podemos hacer por más que seamos humanos, llorar y reír. Mis nietos, en sus fiestas, sacuden sus dientes, sus colmillos, y remedan reír, pero qué lejos ese estertor animal de la verdadera risa, de la risa suave, de la risa fuerte del hombre, y en lo que toca a llorar, antes, cuando yo era jovencita, me puyaba los ojos para sentir que me corría agua por las mejillas y creer que lloraba.

—Lo que sé —articuló Yumí, cada vez más preocupado por la enanita y el oso abandonados en la plaza—, es que los jabalíes son muy sociables.

—Y por eso mis nietos se aventuran a ir al pueblo, porque a ellos, como jóvenes, les gusta el contacto de la gente; pero siempre corren mala suerte, porque los cazan o los apresan en feroces trampas. Pero hablemos de tu pena.

—No tiene remedio —se lamentó Celestino, un poco mareado por el tufo a cerdo del escarbadero.

—Le buscaremos remedio —articuló la jabalina—, siempre que te atengas a mis consejos, y jures aquí, poniendo tu mano sobre mi colmillo del lado derecho, que no dirás nada a nadie.

Yumí, no sin la aprensión de que la jabalina le fuera a dar una mordida y le costara la mano o parte de sus dedos, juró tal y como aquella pedía.

—Muy bien —siguió la vieja jabalina—, ahora vas a tomar una espina. Aquí hay muchas. Allí tienes una. Y con ella te vas a pinchar el labio superior y con esa sangre, unas cuantas gotitas bastan, te vas a pintar un punto rojo en la frente, y otro punto rojo me lo pintas a mí entre mis cejas.

Y también fue hecho, con gran fatiga de Yumí que se moría de sueño, molido de huesos y tendones, con la cara golpeada, una mano que apenas podía mover, y un pie que sentía como desatornillado del tobillo.

—Estamos juramentados, hombre Celestino Yumí y mujer jabalina de nombre Jaularajajá. En nuestro idioma, cuando hablamos como seres humanos, las palabras llevan añadida la partícula "ja", al principio y dos "ja" "ja" al final. Tú te llamas, para nosotros, Jayumijajá.

Y pasado un breve silencio.

—Pues sí, Jayumijajá, se trata de poderle a Tazol, el todopoderoso. De conseguir que tu esposa, Jazabalajajá, los apellidos ya de por sí son jerigonza, por eso nosotros a las personas las llamamos sólo por sus apellidos, vuelva a ser como era, deje su enanismo y se convierta en un ser normal.

Yumí, a quien bailoteaba en la oreja el Jayumijajá, prometió a la jabalina alunada, gran vieja colmilluda, gran abuela, que si lograba ese milagro de nombre, agregando el "ja" y el "ja" "ja" de los jabalíes a su apellido.

—Mi nieto, el Salvajo que conociste anoche, fue cerca del pueblo, donde tenemos un compadre cristiano, a pedirle que vaya a la plaza y se lleve a su rancho a tu mujercita y al oso. Nos gustaría quedarnos con el oso. Nos haremos amigos y viviremos todos en comunidad. Y quién sabe si se logra un cruce de oso y jabalina. Qué lindo sería un jabalo oso.

—¡Qué buenos son ustedes! ¡Cuidar de mi mujer y el oso! ¡Qué buenos son!

La abuela, después de otros circunloquios, los viejos le dan muchas vueltas a las cosas, antes de hablar lo que tienen que decir, vueltas en su cabeza revolviendo temas que no vienen al caso, vueltas en su corazón, ensartando recuerdos sentimentales traídos de los cabellos, hasta que por fin sueltan lo que van a explicar.

Al concluir, dio a Jayumijajá el secreto para que su mujercita volviera a su tamaño natural; éste en su contento no pudo hablar, agradecerle, y lo mandó a dejar con una jabalina joven que andaba de novia de un Salvajo de pelos erizos hasta entre los dientes y ojitos muy chicos, pardoso, jibón, al rancho del cristiano, donde encontró sanos y salvos a la enanita y al oso.

—Nos vamos —dijo Celestino—, nos vamos yendo... —le tardaba el poder poner en práctica el secreto que la abuela de los jabalíes le había dado, para que Catalina dejara de ser enana.

—Sí, nos vamos —le respondió la Jazabalajajá—, pero antes tienes que agradecer al señor que nos fue a traer al pueblo y nos alojó aquí en su casa, despistando a los que nos buscaban para apedrearnos.

—Señor, compadre de esos nobles seres que se llaman jabalíes...

—Salvajos —le enmendó el cristiano— y hay mucha diferencia. El jabalí jabalí, es el que siempre fue jabalí, pero estos otros son Salvajos, seres humanos que se quedaron vestidos para siempre con el disfraz que usaban en un baile.

—Señor, amigo y compadre de los Salvajos, Dios le pagará el favor que nos hizo, pues nosotros somos tan pobres que sólo poseemos esta pandereta y esta dulzaina.

Al salir del rancho, la enana se le apareó a Celestino preguntándole qué prisa tenía.

—Prisa... —dijo aquél con mal humor de marido.

Y los tres siguieron por un camino real, tropezando con carretas cargadas, carretas vacías, carretas tiradas por bueyes, patachos de mulas, hombres y mujeres a caballo, indios cargueros con sus cargas a la espalda, leñateros con tercios de leña rajada al lomo, madereros que entre dos o más, llevaban larguísimas trozas de madera, mujeres con canastos en la cabeza, jaurías de perros perdidos, bandadas de pájaros que volaban de un árbol a otro y tierras de distintos colores, las coloradas con olor a hierro, las blancas de terrones ásperos y las tierras verdosas.

Anduvieron todo ese día, atravesaron dos pueblos, tres pueblos, y entrada la noche siguieron andando. Aquello era una locura para la Catarina. Aquel andar y andar, al parecer sin rumbo.

Sin embargo, no se quejaba, no quería que por su tamaño y sus pasitos, tenía que dar muchos por un paso de Celestino o del oso, fueran a detenerse y quién sabe a dónde iban con tanta premura.

El oso empezó a cojear, a no poder dar paso y se detuvo levantando la mano hacia Yumí que, sin decir mayor cosa, con la punta de su machete le sacó una espina que se le había clavado.

Y allí se detuvieron. Fue o no fue casual que el oso se espinara en aquel lugar. Para Yumí era la señal, la gran Salvaja se lo había dicho; se encontraban ya en la cuesta que llaman de las "Vueltas del Diablo" y allí se quedarían a dormir.

La enanita amarró un pedazo de trapo al oso en la mano lastimada, mientras Celestino corría a acarrear leña bastante, mucha leña, algo desusado, para la fogata de calentar el café y las tortillas de maíz.

La infeliz enana se alarmó de aquel gran acarreo de leña. Era demasiado. A saber si estaba pensando quemarla a ella o quemar al oso. Y a sus preguntas, Jayumijajá le explicó que en aquel sitio caía escarcha y hacía mucho frío a medianoche.

—Pero tanta leña... —no salía de su asombro la Jazabalajajá, quien oyéndose llamar así, pidió a Celestino que le contara a qué se debía el empleo de aquella jerigonza aprendida entre los Jabas, ahora que estaban por quedarse a dormir, en el punto donde arrancaba hacia lo alto la famosa cuesta de las "Vueltas del Diablo".

—Por los favores que nos hicieron —contestó Celestino— les juré que nos agregaríamos a los apellidos, un "ja" al principio y doble "ja" al final. ¡Y las cosas que van a suceder hablarán por ellos!

—¡Cuánto misterio! —se quejó la enanita, pues, ¿cómo tenerlas todas consigo, si ya una vez su marido la cambió por riquezas?, ¿no andaría esta vez en las mismas?

El oso, prudentemente, se retiró del resplandor cegante de la hoguera, el inmenso fogarón cuyas llamas a lengüetazos de oro lo buscaban, y a las que él, juguetón, a regular distancia, respondía sacándoles la lengua y lengüeteando a la vez.

—Y allí vamos a poner el café, vamos a poner las tortillas, vamos a poner la cecina...

—¡Se va a chamuscar todo! —le gritó la enanita, dando saltos de pigmeo, sin acercarse al fuego, no la fuera aquél a empujar y se tostara de una vez. Capaz que querría de sus cenizas revivirla en su tamaño natural, porque, según palabras que se le escaparon, tras eso andaba.

Pero ya Celestino lo había arrojado todo al fogarón, y en un instante los alimentos se convirtieron en ceniza.

—¡Ay, Dios mío — empezó a lamentarse Jayumijajá—, qué va a ser de nosotros que tenemos días de no comer!

Y en esas quejas estaba, la enana ya no le dirigió la palabra, para hombre necio mujer callada, cuando aprontó por el camino un hombre de mediana estatura, con un atado al hombro.

Se detuvo a preguntarle qué les pasaba y Celestino se quejó con él de lo ocurrido. El café se fue de la jarrilla como volatilizado, las tortillas de maíz y la cecina se hicieron ceniza, no les quedaba nada para llenarse la barriga y tenían días de no probar bocado.

—Mal hicieron en pernoctar por aquí —les dijo aquel labriego—, porque en estas "Vueltas del Diablo" se aparecen muchos demonios. Procuren, ya que no tienen con qué comer, con qué llenarse sus barrigas, aplacarse la necesidad con sueño, durmiendo se come, cerrando los ojos se va el hambre. Acuéstense pronto y tápense con sus buenas cobijas, porque esos demonios vuelven hielo a la gente, la convierten en pellejo de hielo, en pelo de hielo, en uñas de hielo, en pies, manos, cabeza, oreja, narices de hielo que se cae en pedazos, y así ya deformes se llevan a los cristianos.

La Jazabalajajá propuso seguir adelante, salir de aquel lugar tan malhayoso.

Pero el recién llegado, acuclillóse de espaldas a un guarumo hojoso, rió y dijo:

—¡Pujuy, salir de aquí de noche, imposible! No sé si saben dónde están, pero hay mucho más camino para regresar que para seguir viaje, y no les aconsejo moverse de junto a su fogarón, mejor se tapan bien con sus cobijas y así no hay cuidado.

—No vamos a tener cobijas —explicó Celestino—, porque todo nos lo fueron a quitar allí en el pueblo. Mala gente la de ese pueblo. Nos dejaron con lo que tenemos puesto.

Jayumijajá trataba de identificar al labriego aquel con Tazol, y no había por dónde. Ni en su voz, ni en sus ademanes, en nada se parecía a Tazol. Era, simplemente, uno de esos cuenteros que van por los caminos buscando con quien hablar.

—Pues entonces tendrán que cortar hojas para taparse su sueño, y además mucha más leña para que el fuego no se les apague, y los caliente constantemente, y para no quedar a oscuras ni un momento, porque en la oscurana corren el riesgo de que piedra que hizo estas nueve vueltas, se venga rodandito de arriba abajo, les pase encima, y los mate.

—¿Hay esa piedra? —tembló la enanita, no tanto por el frío que empezaba a mostrar los dientes, sino por el miedo.

—Existe, pues... —le contestó el labriego, tomando un leño con brasa chisporroteante en la punta, para encender un cigarro que lucía en la boca, bajo los bigotones. Mas luego, después de encender el cigarro, dijo—: ¿Y nadie les contó en el pueblo?

—Nadie —terció Celestino.

—¡Qué malos son! ¡Eso es peor que haberles robado la ropa, porque en lo de aquí les va el pellejo y el alma!

Dos bueyes de humo salieron de sus narices y, mientras paladeaba el aroma picante del tabaco, explicó:

—Por aquí de noche se trafica poco por temor a esa piedra. Pues, como les decía antes, de repente se echa a rodar cuesta abajo y acaba con todo lo que encuentra, árboles, animales, gentes. Por eso se ve tanto pino quebrado, tanto árbol desmochado, y las rocas lastimadas. Y por eso estas nueve vueltas, también se llaman del zopilote, porque esa piedra mata mucho animal y mucha gente mata, y los zopilotes se alimentan de carne de muerto. Banquetes se dan aquí.

—¡Qué vejamen tan grande! —suspiró Celestino.

—Pero ya estando abajo, después de rodar desde arriba, ¿cómo hace para subir? —indagó la enanita.

—¡Ay, niña —se lamentó el labriego—, eso es lo más triste! Para subir se vuelve hombre.

—Entonces, ¿es o no es piedra? —juntó las cejas como dos interrogaciones Celestino.

—Asigún. Es piedra, piedra es; pero es hombre, hombre es. Y fue el que hizo estas nueve vueltas para que en ellas retozara el Diablo a su entero gusto, jugara a perderse nueve veces, se encontrara nueve veces, porque no sé si se han fijado que cada vuelta es un escondite, la que viene se le esconde a uno y la que deja atrás también se le esconde, quiere decir que uno no ve más que el pedazo de camino en que va, y hay que irlas contando, porque si no, el Diablo, con lo juguetón que es, le añade más vueltas.

—Jayumijajá, jabalí sos —se susurró por lo bajo Celestino— y si sos jabalí, jajabalijajá ¿por qué no adivinas si éste es sólo un cuentero, de esos labriegos que por andar siempre solos en los montes y caminos, apenas ven prójimo se acercan a que se les lleve la palabra, o si es Tazol?

—La Jabalina Dientes de Luna le anunció que se aparecería un hombre mediando la noche, y aún no es medianoche, y que ese hombre sería el guardián de las nueve vueltas del diablo.

—Perdón —dijo aquél, ya terminando su cigarro— no les ofrecí tabaco, porque no sé si les gusta adormecerse. A mí sí, por eso fumo. Me adormece el pensamiento por fuera y me lo aviva por dentro. Y aquí como ustedes ven, con el cigarro hay que darle al Diablo sus nueve vueltas de humo, después al ángel sus siete argollas de humo, y rascar la ceniza de la punta del cigarro con el dedo meñique, para que la tierra tenga su gusto, que es la escama de tabaco quemado.

—Pues nosotros no humamos —se adelantó a decir Celestino, no porque en verdad no les gustara el tabaco a los tres, a él, a la enana y al oso, sino por temor a que Tazol fuera a valerse de esa treta para adormecerlos.

La Jabalina Dientes de Luna le advirtió que si se dormían, el guardián acarrearía con los dos ellos y el oso.

Pero ahora estaba tan lejos aquella abuela de los Salvajos, colmilluda y bienhechora, que cuando el miedo le vaciaba el pecho y sentía el corazón en el vacío, su único consuelo era invocarla: "¡Abuela Ja, ayúdanos! ¡Abuela Ja, defiéndenos! ¡Abuela Ja, por mi mujercita, que le ha sufrido tanto a Tazol, que no nos lleve, que esta vez le podamos y logremos lo que me prometiste por la salud de tus jabalos!"

La enana, curiosa e imprudente, le daba mucha conversación al desconocido y acaba de preguntarle el secreto de esa piedra que se vuelve hombre y de ese hombre que se vuelve piedra.

Aquél, después de encender otro cigarro, los bigotones sobre los labios de hocico de jabalí, ratos pareciera un Salvajo con colmillos negros, empezó a contar. El oso dormitaba y Jayumijajá se preguntaba si no sería aquel labriego un enviado de la Abuela Ja, que los cuidaba. Rechazó la idea. Cómo fiar de lo que se mira en aquel mundo en que estaban, donde Tazol podía disfrazarse con aquellos bigotes-colmillos de Salvajo, para cargar con ellos y perderlos en un infierno peor que el de la Mulata de Tal...

Las nueve vueltas del Diablo

El labriego, echando por las narices el humo de las vueltas del Diablo y por la boca, los labios puestos en forma de embudo, los anillos del Ángel, argollas de humo blanco que tardaban en deshacerse, refirió:

—Un borracho concupiscente de lo peor, regresaba siempre de sus borracheras y licencias, a través de estos montes, quejándose de ser hombre. ¡Mejor fuera piedra!, repetía a cada paso, ¡mejor fuera piedra para que todo se me resbalara por encima, y nada me importara! Felicito se llamaba, Felicito Piedrasanta. ¡Vean lo que es la vida, lo que es el destino llamarse piedra santa, el que iba a terminar en piedra del diablo! Así fue. Y muchas noches gritaba por los montes: ¿Por qué solo el apellido tengo de piedra, y no la carne, los huesos, el ser entero? ¡Dejaría de ser hombre y sería feliz haciéndole honor a mi apellido! Látigo en mano se le apareció Cashtoc, diablo de tierra. Una noche bien oscura, vestido de capataz y sin darle tiempo a que huyera o se defendiera, borracho y todo era peligroso, porque siempre andaba armado, empezó a pegarle, hasta dejarlo tendido por tierra y allí mismo le siguió pegando, bien que los latigazos, procuraba el Malo que le cayeran en lugares en que si el agudo dolor le estremecía, no perdiera el sentido. Y cuando le había pegado casi tres horas, a la medianoche, le espetó: "Felicito Piedrasanta, ¿querés ser piedra?"... Y aquél, con las carnes rasgadas por los latigazos, bañado en sudor y sangre, en saliva y llanto, en suciedad de hojas y tierra arenosa, se arrastró huyendo del castigo, le contestó que sí, que quería ser piedra. Así, se dijo Piedrasanta, aunque me pegue más no siento los cuerazos. Y al punto, tornóse piedra.

"Una tarde hacía mucho calor y la piedra, con voz profunda de difunto vivo, empezó a quejarse de ser lo que era, y a murmurar que era mejor ser hombre, mil veces mejor, porque la piedra se aburría de estar y no pasar nunca del mismo sitio, de no poder moverse, de contemplar que toda la naturaleza vive y muere, que los árboles crecen, que los animales se reproducen, que florecen las ramas, que dan frutos, que caen las hojas, que las aguas corren, que los pájaros vuelan, que los animales de patas pegadas a la tierra caminan, tienen su libertad...

»—¡Ap! ¡Ap! ¡Ap! —se quejaba Piedrasanta hecho piedra.

»—¡Ap! ¡Ap! ¡Ap! —voz que sin duda significaba el ayayay de las piedras, llamando a su verdugo, reclamándole por favor que lo regresara a su envoltura humana.

»—¡No quiero ser más piedra, no, no! ¡Estoy arrepentido, y por lo que más odies, porque no creo que quieras a ninguno, te doy mi alma, te la entrego, pero devuélveme a mi verdadera naturaleza! ¡Me aburro, me aburro tremendamente de ser piedra, sin poder bostezar ni desperezarme, teniendo que conformarme no sólo con mi aburrimiento, sino con el aburrimiento de unas capitas de polvo que se me van petrificando encima, y las que me dejan cada vez más adentro, con poco contacto de lo que antes sentía que pasaba a mi alrededor!

»El Diablo acercóse proceloso, no se sabe de qué reír se le llenaba el pecho, de una risa de virutas negras, porque no se le miraba saltar de sus dientes, como otras veces, dio un furioso puntapié sobre la piedra, y eso bastó para que de ella saliera Piedrasanta.

»Mas al solo encontrarse el infeliz borracho con su verdugo, diablo color de tierra, armado de tamaño látigo, le tembló la voz y le dijo:

»—Si me ha de pegar, mejor volvéme de nuevo piedra, porque así no siento los latigazos.

»—No se trata de eso —le contestó el Diablo—, no te pegaré, pero te encargarás de hacerme un camino de nueve vueltas, desde aquí hasta la cumbre de este cerro.

»—Pero, cómo podré solo yo, si no me ayudás.

»—Te ayudaré con las herramientas siempre listas y afiladas, y al trabajo, que si no te cuereo.

»Felicito no tuvo más que empezar la tarea, pero diz que al terminar la primera vuelta, cada vez que golpeaba una piedra con la almádana, para partirla, salía de su pecho un "¡Ay, dichosa que sos piedra!", sin fuerzas para empezar la segunda vuelta. Muerto de fatiga, sin más alimento que raíces y hojas, ni frutos tenían los árboles, se tiró por tierra y empezó a gritar que estaba mejor cuando era piedra.

»El Diablo ya no se dignó aparecer. Al punto, Felicito empezó a sentirse gordo, duro y pesado, nublósele la vista, ahogósele el oído en un gran silencio y de nuevo quedó convertido en piedra.

»Pero Felicito, que ya era una piedra más grande, se cansó de su peso y con su voz de borracho, sólo la voz le había quedado del gran borrachote que era, borracho de calendario, pues bebía los domingos y fiestas de guardar y eructaba a licor los demás días, empezó a rogarle al que ya no sabía si era su amigo o enemigo, el Diablo es las dos cosas, amigo y enemigo, según, que lo volviera hombre y que de inmediato empezaría la segunda vuelta del camino. El Malo, ansioso por poseer aquella ruta maléfica, donde después se han perdido tantas almas, vino, dio un puntapié a la piedra y apareció Piedrasanta.

»A su lado, ¡ay!, Felicito encontró herramienta nuevecita. Lo que le extrañaba era la soledad de aquellos parajes. Nadie pasaba por allí. Alguien a quien contarle lo que le sucedió. Alguien a quien pedirle que fuera al pueblo y mandara a decir nueve misas seguidas, pues así tal vez se espantaba el de las nueve vueltas, de las que ahora iba a empezar la segunda.

»Le costó más que la primera, no solo por las rocas y peñascos que rompía a pulmón, sino por el terreno flojo que tuvo que balastrar a punta de pala. Al final de esta segunda vuelta, sintiendo que se moría, pensó en su gran refugio y humilde, humilde, con la voz ahogada de moribundo, imploró al Diablo que de nuevo lo volviera piedra y que piedra se quedaría.

»Así lo hizo aquél y Piedrasanta entró al reposo mineral de una sentada. De pie hacía su rogativa y al dejarse caer, muerto de fatiga, no se movió más, ya era piedra. Pero esta vez algo se destrozó bajo su cuero cabelludo y le quedó en una astilla del cráneo la uña de un pensamiento que le permitió, siendo el más tosco mineral, idear que no podía dejar de ser humano, aunque fuera piedra, dualidad que con gran susto de los poderes azules del Diablo, obligó a éste a devolverlo a su condición de hombre, sin que se lo pidiera, y pasara lo que pasara.

»Pero esta vez, devuelto a su ser por la fuerza de su pensamiento, el universo que le rodeaba le supo a fiesta, dueño de una energía extraña, no obstante las amenazas de aquel que le exigía, látigo en mano, que diera comienzo a la tercera vuelta.

»Felicito oyó a su pensamiento decirle que no tuviera cuidado, que él lo iba a ayudar y que con el corazón sereno empezara sin miedo el trabajo. Lo cierto es que lo iluminó por dentro e hizo que en lugar de trabajar a lo rudo, tomara disposiciones que le facilitaron la tarea, empleó la palanca para mover los piedrones, pero el infortunio no viene solo, y, en el sudor, no se lo explicaba de otra manera, perdió aquel pedacito de pensamiento, y quedóse con la cabeza dura y luego un endurecimiento general, a tal punto que al terminar la tercera vuelta y considerar que le faltaban seis, se quedó parado, inmóvil, como una roca. Mejor así, hecho piedra por los siglos de los siglos...

»Pero en un banquete de corazoncitos de pájaros amarillos que la Lechuza, en compañía de los Siete Búhos, le sirvió a Cashtoc, diablo de tierra colorada, éste le confió que al final de aquella tercera vuelta del camino en que estaban, había una estatua por dentro humana, una piedra, una roca que era un hombre, el mismo que le estaba haciendo el camino, y le pidió que lo fuera a desencantar.

»—¿Y cómo haré? —preguntó la Lechuza, esponjada del gusto al hablar con el diablo de tierra colorada.

»—Dirás, parada sobre esa piedra, que si bajo tus plantas, bajo tus patas de cruces con uñas, hay un hombre, que salga, y al sentir que se mueve, le aconsejarás, como cosa tuya, que empiece la cuarta vuelta, ya que de otra suerte no volverá a ser hombre ni piedra; me tiene reaburrido con sus caprichos de borracho que no sabe lo que quiere, si ser piedra o ser gente".

El labriego que contaba aquella historia a Yumí y la enana, excusóse de no seguir con las otras vueltas para no cansarlos, pero no podía callar, les dijo, lo que aconteció a Piedrasanta en la última vuelta, pues entre la cuarta y la novena, cinco veces se volvió piedra y cinco veces recobró su condición humana. La séptima vuelta fue una de las más amargas. No consiguió desviar un riachuelo que de noche deslavaba lo que él hacía de día. ¿Qué hacer? Su refugio, tornarse en ser inanimado, solo que esta vez estuvo convertido, en piedra casi un siglo.

"—Pero les iba a contar de la última vuelta —dijo el labriego, sin quitarle los ojos a la enana, para Yumí que se la quería llevar—, ya en la última vuelta, el diablo de tierra le había dado más libertad a Piedrasanta, como que ya iba acabando el trabajo, y éste aprovechó para llamar a los venados. Al solo asomar el primero, Piedrasanta le pidió que fuera al poblado más cercano, para un venado no hay nada lejos, y le rogara por favorcito al cura que le hiciera la gran caridad de venir, que para que no se perdiera, tomara un camino nuevo que daba ocho vueltas trepando al cerro, y que allí en la novena vuelta, donde ahora estaba él trabajando, lo esperaría quién sabe si gente o piedra. El venado sacudióse como electrizado, electricidad de luna. Iba a salir la gran rodaja de piña fría y todo empezó a silenciarse. La luna al salir da miedo, un miedo que se confunde con el fruto que se siente al verla aparecer tan redonda y hermosa.

»—¿Adónde fuiste a mandar al venado? —se le apareció el Diablo bajo la luminosidad lunar que le bañaba de blancor de hueso la carne roja.

»—Yo no lo fui a mandar... —le mintió Piedrasanta.

»—El trato era —díjole aquél, sus cuernos negros llegaban a la luna, tenía en el cuello el rabo enrollado como la más elegante de las bufandas— que al terminarme el camino volverías a tu pueblo a seguir emborrachándote y haciendo de semental con las mujeres; pero con los humanos no se puede, todos son traidores, unos por interés, otros por cobardía, y otros porque lo llevan en la sangre. Vos, por puro cobarde lo hiciste, por andar buscando seres sobrenaturales que te ayuden, cuando ya, con solo el trabajo de las nueve vueltas que estás por terminar, te liberarías de mis garras con la lección de que no es más feliz el que se convierte en piedra. Pero no, habías de falsear el pacto queriéndome engañar, y el venado se me fue, pero el cura no.

»Una carcajada de platería de luna y agua de río bravo entre enormes piedras, piedras que quién sabe si eran seres humanos, quedó flotando en la atmósfera alrededor de Piedrasanta.

»¿Qué hacer?

»Tenía sus pies y podía salirle al camino al cura para no exponerlo a los vejámenes del Diablo.

»Así lo hizo. Se puso las guarachas y se echó cuesta abajo, que para eso él había construido las nueve vueltas del Malo, y era el primero, la primera planta humana que las recorría. Pero en el camino se volvió piedra y rodando, rodando con el impulso que llevaba, fue a caer en una quebrada de agua, donde la ruta se estrechaba entre grandes árboles de mango. Hasta el fondo se fue la mitad de su cuerpo piedra, porque la otra mitad salía a flor de agua.

»Y aunque piedra, el Diablo le dejó los sentidos.

»El cura, montado en una mula, rosario en mano empezó a subir la primera vuelta, y la segunda, y la tercera de aquella cuesta misteriosa, y allí, en la tercera vuelta, al oír la bestia que corría agua, se aproximó a saciar su sed en el fondo de un pozo espejeante que rodeaba una piedra, que no era otro que Felicito Piedrasanta.

»Mientras la mula bebía, círculos y círculos de agua alrededor de sus narices y ruido de relincho líquido, el cura entrevió en el fondo de la poza, un pedazo de oro. Dudó. Tal vez era un espejismo de la luna. Apeóse, por aquello de no quedarse con la duda, buscó una rama, le cortó las hojas, y con ella fue hurgando, hurgando, para ver si se deshacía el reflejo. Pero no era tal reflejo, sino un pedazo de oro. Felicito, convertido en piedra, pero con sus sentidos, atestiguaba, sin poder hacer nada, y oyó cuando el cura se arremangaba la sotana para meterse en aquella vertiente o poza de agua, y cuando se recogía la manga, para hundir el brazo y tomar el pedazo de oro. Mas, qué pasó... que de cabeza allí no más se fue el tata cura, y allí no más, por la mula, se dieron cuenta de lo que había ocurrido, y vino el sacristán y al ver de día el terrón de oro, quiso también sacarlo, y allí mismo se fue, y vino el músico de coro, y el campanero, y todos corrieron la misma suerte.

»Piedrasanta, convertido en piedra, primero los oyó, luego los vio y por último los sintió cuando pasaban rozándolo antes de hundirse en la corriente que se perdía en una profunda caverna, el cura, el sacristán, el músico y el campanero.

»Y allí mismo, Felicito, en su triste condición de mineral, asistió a una misa cantada. Se oyó cantar al padre en latín, se oyeron las campanas, y las respuestas, acompañadas con música de órgano, del maestro de coro. Por eso se dice que en una de las «Vueltas del Diablo» se oye decir misa bajo la tierra, y en las noches calladas, parándose allí cerca de la quebrada, se escuchan repiques de campanas.

»El agua en siglos fue desgastando la piedra en que se había convertido Felicito. Un día, unos viajeros se encontraron, al inclinarse a beber agua, con un esqueleto que emergía de un piedrón. Era el de Felicito Piedrasanta. Y se lo quisieron llevar, pero el Diablo no dejó. La piedra y Piedrasanta eran de él. Un hombre empieza a ser del Diablo desde que toma aguardiente. Y contra eso, poco puede Dios, porque en el comienzo del mundo, el Diablo lo retó advirtiéndole que iba a inventar una bebida contra la que sería inútil su poder divino, y con la que conseguiría perder a todo el que quisiera. Dios aceptó. El Diablo fabricó el primer alambique con sus cuernos. Y desde entonces, los que beben son del Diablo de caña dulce, pues nada hay que destruya más el país alto del hombre, el país encerrado en su cabeza.

»Por sus pies, cuesta arriba, volvió Felicito, ni piedra ni esqueleto, el Malo dispone de carne humana y lo vistió de nuevo, con el pesar del cura allí soterrado, del sacristán, el músico y el campanero, todo eso por su culpa, mas al llegar a la novena vuelta hizo saber a su nefasto amigo que definitivamente quería ser piedra. El diablo le dijo que lo dejaba a su voluntad. Serás piedra cuando quieras, y cuando quieras serás hombre. Esto te doy en pago del buen camino que me has hecho. Y desde entonces, cuando en lo alto de la cumbre, Felicito se aburre de ser piedra, se viene rodando y al llegar al plan, a la primera vuelta, se convierte en hombre. Es el guardián de las nueve vueltas del diablo y siempre anda por aquí. En la primera vuelta, se le ve, aparece en forma humana. Leñatea, siembra árboles, compone el camino. Pero de golpe se aburre de ser hombre y entonces emprende viaje hacia lo alto del cerro y al solo llegar a la novena vuelta, se vuelve piedra."

La enana dormía y Celestino aparentaba cabecear, sin perderle pestaña a cada parpadear del que disfrazado de cuentero, podía ser Felicito Piedrasanta, guardián de las nueve vueltas del diablo.

Al calor del fuego, mucha brasa, mucho leño ardiendo, mucha llama, mucho humo terco, el del cuento se echó a dormir de espaldas a la enanita, pero más bien a hacerse el dormido, con la camisa levantada de atrás, para calentarse la espalda.

Celestino medía la distancia entre la espaldita de su mujer y el espaldón de aquel intruso que sudaba una mezcla viscosa de muérdago y brea de pino, dispuesto a cumplir el consejo que le había dado la Jabalina de los Dientes de Luna, la Abuela Ja, si se cumplía el pronóstico.

Cuando aquél la tenga pegada a la espalda y se la quiera llevar, tú la tomas de los pies, para que no te la arrebate, y pon toda tu fuerza hasta despegársela de la espalda.

Y lo dicho. En una media vuelta que dio el vueltero del Diablo, se levantó con la Catarina pegada a la espalda, instante en que Celestino, invocando a los jabalíes, prendido a los pies de su mujer, tuvo presencia de ánimo y fuerza bastante para no soltarla, y no soltarla, y no soltarla... Y entre aquél que pugnaba por cargar con ella y éste por retenerla, la enanita creció, se alargó, dio de sí, y cuando al fin despegóse del espaldar del que rodaba hacia abajo hecho una inmensa piedra, había vuelto a su tamaño natural, había dejado de ser enana.

—¡Celestino!

—¡Niniloj!

No dijeron más. En medio de su alegría, ella se desmayó, quemada, despellejada. Una sola llaga era su espalda de los hombros al huesito. ¿Qué hacer? ¿Cómo apagar aquélla brasa? ¿Telarañas? ¿Lodo podrido?... Otro pesar iba a amargarlos. El vueltero del diablo, al no poder cargar con ella, pegó su espalda de piedra, de inmensa piedra rodante, al lomo del oso y se lo llevó. Telarañas y lodo podrido le llamaban carne. Se acomodaron en un medio rancho construido por Yumí que ayudado de un reptil lechoso de ojos verdes que paralizaba a las presas con su fuerza hipnótica, conseguía cazar conejos, armadillos, tepezcuintles, animalitos con qué alimentarse. Agua. Mazorcas de maíz. Bochorno. Grillos. La convalescencia fue larga, larguísima. El rápido crecimiento de huesos, músculos, tendones, nervios, todo, la dejó botada noches y días, como inválida y si asomó el pellejo nuevo a su espalda, al cicatrizar, como si el lodo y las telarañas hubieran quedado debajo de su piel, apareció, en bajo relieve de costurones, la cara del que se la quiso llevar, de Felicito Piedrasanta. Había que salir de allí. Se prepararon. Una red una jarrilla, un par de alforjas, unas sogas, lo que les acompañaba siempre.

—Como debo irte cuidando, cubriendo la espalda, caminá vos adelante —dijo Yumí a su mujer; lo cierto es que lo hacía para no perderle gesto a la cara de diablo borracho que aquélla llevaba al descubierto, pues como se le había quemado la camisa, apenas se cubría los pechos con un pedazo de lienzo.

Cuesta arriba, pensaban salir a la cumbre por las nueve vueltas del diablo, dijo Yumí:

—Fue mala cicatrización...

—¿Por qué lo decís?

Aquél no respondió. Ella no sabía nada de lo que pasaba a su espalda.

Treparon toda la mañana y al mediodía, ya para llegar a la última vuelta, ya para salir de la cuesta, advirtió Celestino que la cara estampada en la espalda de Niniloj se tornaba jovial, risueña y burlesca, y tuvo miedo.

—¡No sigamos —gritó—, allí en la novena vuelta está el hombre hecho piedra y no nos dejará pasar!

Se volvieron y, cuesta abajo, al aproximarse a la primera vuelta, ya para terminar la segunda, el rostro tatuado entre carne y pellejo en el dorso de la Zabala, se fruncía, como si hiciera pucheros, como si fuera a llorar...

—¡Parémonos, Niniloj, paremos... —propuso Yumí con la respiración cortada—, es peligroso seguir, allí en la primera vuelta está el que cuida este camino del diablo, transformado en hombre! ¡Acordáte que arriba se vuelve piedra y abajo hombre!

—Pero si está allá, no está aquí...

—¡Ah, no sabemos!

¿Qué hacer? Subían y bajaban, sin decidirse a pasar por la primera ni la última vuelta y cuando el cansancio los vencía, echados en la tierra, oían los pasos de un hombre que trepaba arrastrando los pies, o rodar una enorme piedra.

—Niniloj, no estoy loco...

—Entonces, ¿qué te pasa, que me hablás por detrás, como si no fuera yo, como si hablaras con otra persona?

—No podría explicar a quién me dirijo...

—Ni yo lo que siento, cuando hablás así como trastornado...

—Pero no es demencia, Niniloj, no es demencia...

—Si vos lo decís, no es...

—¿Y qué sentís cuando hablo así, cuando hablo como si hubiera otra persona entre nosotros?

—No sé...

—Pensá...

EVASIÓN CABALÍSTICA
A TRAVÉS DEL 9 DE LOS DESTINOS

Volvieron a Quiavicús extraños y viejos. Parecían eternos. A los que les querían oír contaban que para burlar la vigilancia del guardián de las nueve vueltas del diablo que los tenía atrapados, esperaron que convertido en piedra bajara rodando 18 veces y subiera por sus propios pies, en forma de hombre, 27. Entre el 8 y el humo (uno), que suman 9, deslizóse Yumí hacia la cumbre, por la última, la más alta, la novena vuelta, y entre el 2 y el tapa (siete) caminos, que también suman 9, se escabulló Niniloj hacia el valle, por la primera vuelta andando de espaldas, a reculoncitos, por consejo de su marido que, sin decirle porqué, le recomendó que se escabullera de recula-reculorun, a sabiendas él (ella no se había y no podía verse la espalda y él no se lo dijo), de que el Piedrasanta que le quedó pintado de los omóplatos para abajo, le abría el camino. Música mágica del 9. Si no logran aquella evasión cabalística por números pequeños, Yumí habría tenido que esperar 162 años y escaparse de las nueve vueltas, por el 9 que suman estas cifras, y Niniloj, 243 años y fugar también por el 9 que estas cifras suman. Cuenteros, decían en Quiavicús. Él cortaba y vendía leña y ella, en un medio rancho que levantaron, compra maíz y frijol de sustento, con el poco dinero que su marido gana. No ambicionan más y cuando alguna vecina oficiosa les pregunta, si no les gustaría mejor, salir de aquel rancho, apresúrense a contestar a dos voces, que no, que allí están contentos. Pero ya están viejos, les hacen ver algunos, para trabajar como trabajan, de ajuste no tienen hijos, es decir, no tienen ajuste. Pero ellos mantienen buenas respuestas en la punta de la lengua, y contestan que si por fuera se les ven los años, por dentro el tallo está tiernito. Pues siquiera dense buena vida, les aconsejan. Y ellos al pronto responden: la buena vida es la vida y nada más, no hay vida mala, porque la vida en sí es lo mejor que tenemos. Les faltan unas sus gallinas, propone otro. ¿Como para qué, para comer? Para eso sí, pero como no comemos gallina, no nos hacen falta, para qué gallinas. Y un su cerdito para engordarlo. ¿Para qué? Para venderlo. ¡Ah, sí, pero no lo vamos a tener, ni lo vamos a vender! Entonces así se van a estar, el señor ya viejo sacando leña y la señora, ya vieja, haciendo todo lo de la casa. Pues sí, así nos vamos a estar. Por eso es que estos pueblos no progresan, porque todos son como ustedes, se contentan con lo que tienen que no es tener y con su suerte que no es suerte. Sí, tal vez por eso, pero ya somos viejos para querer progresar, eso es de gente joven, no de gente de nuestra edad, progresar. ¡Rémoras, eso son ustedes, rémoras! Sí, eso somos. Y por fortuna que viven de lo que trabajan. Sí de eso vivimos, pues. Pero no pagan contribuciones. No, no pagamos pues. ¿Y no tienen dinero guardado? No, no tenemos dinero guardado, no tenemos nada. Con nosotros, ya se sabe, lo trabajado, comido. Ni ropa se compran. No, nos compramos ropa, estamos bien así, así como estamos vestidos, con la ropa que se nos envejeció en el cuerpo. Pues aquí, según dicen, pegará una gran peste y ustedes se van a morir, si no se bañan, se cambian de ropa. Pues sí, va a pegar esa peste y nosotros nos vamos a morir. Nuestra hora llegada será. Y lo malo es que van a contagiar a otros. Si lo malo es que vamos a contagiar a otros prójimos. Habría que meterles fuego al rancho, muy sucio, piso de tierra, sin donde hacer sus necesidades corporales. Pues nos vamos a otro lugar, si le prenden fuego, y nuestras necesidades siempre en el monte, para qué lugar especial, si todo el monte es para eso. ¿Cuántos años tienen? Tal vez no nos vamos a acordar. Muchos tengo yo y muchos tiene mi mujer. Yo más que mi mujer. ¿Nacieron aquí en Quiavicús? Sí, aquicito mismo. ¿Se casaron aquí? Sí. Todos estos datos son para la Municipalidad. Sí, para eso son. Pero no contesten así. Si contestamos de otra manera, puede haber enojo. Nosotros no tenemos palabras nuestras y por eso repetimos las palabras de los que nos hablan. Hacen el favor... No, no es por orgullo... Entonces por miedo... No tememos nada, pero como lo que hablan los que nos dirigen la palabra, está bien dicho, nosotros lo repetimos. Sus nombres son bien éstos: Celestino Jayumijajá y Catarina o Catalina Jazabalajajá. Sí, ésos son nuestros nombres. Vivieron entre gitanos. No, vivimos entre jabalíes. De repente es la historia de Rómulo y Remo, sólo que será jabalina la que los amamantó con leche de cocha. Sí, así será. Pero ¿saben ustedes quiénes fueron esos personajes? No, pero el que lo pregunta, es autoridad, lo sabe, y eso basta. En el mundo, no se necesita que todos lo sepan todo. Unos cuantos que lo sepan y los demás conformes con oírlos. ¿Tienen partida de nacimiento o algún papel en que conste que se llaman así? No tenemos, cuando el terremoto de Quiavicús, el techo de la iglesia se sentó sobre los libros del cura, y allí quedamos sepultados. Por eso no tenemos partida de nacimiento, y otro papel, tampoco. ¿Y hay vecinos que los conozcan? No hay, todos son nacidos de las nuevas ternuras, y nos ya somos reancianos. Y ¿han vivido escondidos que no hay nadie que los conozca? No, no hemos vivido escuendidos, pero cuando se pasa de cierta edad, de los hijos a los nietos, los nietos ya no saben quién es uno ni les importa, y entonces de tristeza uno se aparta. Pensar que hablando así, todo lo vuelven ustedes irreal, nada se siente que exista, ni el techo de paja, ni las paredes de caña, ni el suelo de tierra. Es que así es tal vez. Mi marido fue muy muy rico y ya no es. Yo fui enana y ya no soy. Esas ya son brujerías. A quién se lo dice. Pero no somos brujos. Queremos serlo. Para eso tienen que irse a Tierrapaulita. Sí, para Tierrapaulita vamos a ir el mes entrante, si estamos vivos. ¿Y no les da miedo? Cierto, pero como ya somos viejos, no tenemos nada que perder, y esta mi mujer quiere ser bruja-curandera y yo brujo-zahorí. Un mes después, el rancho amaneció cerrado. Agarraron camino, antes de entablarse las lluvias, a principios de junio, en el altear de un día algo cegatón. La neblina apagaba el canto de los gallos. Uno que otro perro ladraba, lejos. La tierra helada bajo sus pies. Columnas de humo negro subían de los hornos de cocer ladrillo. Algunas carretas. Algunos de a caballo. Al llegar a la cruz de piedra que está en la salida para el que se va y entrada para el que regresa, de Quiavicús, se acurrucaron. Había que persignarse para que les fuera bien. Pero además, ya echándoselas de brujo, Jayumijajá sacó de un pañuelo anudado los frijolitos de color coral, frijolitos que no se comen, son veneno, pero con los que se tira la suerte.

—¡Niniloj... —hacía un siglo que no la llamaba Niniloj—, vamos bien, pero apretá las árganas! Acordáte que allí lo llevamos y que como va en forma de cruz, no puede nada contra nosotros.

En el poco bastimento que cargaba la mujer, tortillas de maíz, café, rapadura, chile colorado, jarrilla y ocote, iba una cruz hecha con hojas secas de maíz, con tazol, el maíz es dios, el tazol es el diablo, pero ya en esa forma, Tazol atado a la cruz del Santo Dios, perdía su potencia maligna, y los acompañaba, quizás para defenderlos, al entrar a Tierrapaulita, el tenebroso reino de la magia negra.

Sí, sin confesarlo, llevaban a Tazol para que los amparara, al fin y al cabo era un Demonio amigo, con el que habían tenido tratos, y lo aprisionaron en forma de cruz a fin de asegurarlo y que no se les escapara, pues, con todo y ser diablo, al aproximarse al laberinto de cerros en que está Tierrapaulita, empezó a desesperarse, a querer volver atrás igual que un perro que se lleva atado.

—¡Hasta Tazol que es demonio tiene miedo de entrar a Tierrapaulita! —exclamó Celestino, ansioso de que, ante tal evidencia, su mujer desistiera de seguir por el senderejo que amarraba un cerro a otro y a otro y a otro cerro, un camino amarracerros, porque, al decir de la gente, aquellos cerros también huían de Tierrapaulita.

Pero la Niniloj, las árganas apretadas al cuerpo, firmemente, tratando de evitar que la cruz de Tazol se escapara, no volvería a Quiavicús sin todos los secretos de las curanderas. Ya tenía mano santa en la cura de "pasmo", "hijillo", "pujo", pero como aprendiza, y de Tierrapaulita regresaría sabihonda.

MUY GRANDES BRUJOS QUIEREN
SER BRUJO BRAGUETA Y SU MUJER

—¡Tierrapaulita!... —gritaron al mismo tiempo, no lo creían— ¡Tierrapaulita!...

—¡Yo grité del gusto, Niniloj!

—¡Y yo del susto, Celestino!

A la distancia, entre cerros abruptos, secos, rocosos, contemplaban un amontonamiento de casas rodeadas de un murallón indígena que con los siglos se había vuelto peña y un foso, parte desnudo y parte sembrado de maicillo, sin más acceso a la población que un puente largo y angosto.

—¡Qué susto, Celestino!

—¡Qué gusto, Niniloj!

Y no se dijeron más, él adelante, con el ala del sombrero echada hacia atrás, como prolongación de la frente, el machete en su mano huesosa, cortos los pantalones y las mangas de la chaqueta, y ella con las árganas en que iba Tazol, sin poder alguno, convertido en la cruz del Dios Santo.

—¡Oí, pues, Celestino, en Tierrapaulita, lo primerito que tenemos que hacer, es mercar la Oración del Ánima Sola!

—¡Hecho es sabido!

—Si hubiera tenido esa Oración, y traje retama para rezarla, no me enaneya el Diablo, y por eso quiero que sea lo primerito que hagamos, mercarla, porque ahora, vieja y otra vez enana, ¡la porciúncula!...

A todo esto, iban tan de prisa que subieron las primeras calles casi sin aliento, Celestino siempre a la vanguardia, que se entiende, y la Catarina, a la cola, pero hablando.

—Aquí, como mirujeas, no hay nada derecho, como nos lo tenían contado. Las calles torcidas, como costillares de piedra, torcidas las casas, torcida la plaza y la iglesia... ¡ja!... ¡ja!... con un campanario para acá y otro para allá y la cúpula que ni acordeón... ¡qué aire la dejaría torcida!

—¡Callá —le espetó Celestino—, Tierrapaulita es así, porque es así, y a la tierra que fueres...!

—¡Calla lo que vieres, pero es que de aquí, vamos a salir yo con el pescuezo torcido, como la culpa traidora, y vos con las piernas en horqueta...!

—Ya te dije que a la tierra que fueres...

—Lo mismito que te decía yo, cuando te dio por ir a las ferias con la bragueta abierta, y no me hiciste caso...

—Y así empezó mi mal. Tazol, demonio del maíz al que llevamos prisionero de la cruz del Santo Dios, me perseguía de noche y de día con la más maligna de sus risas, retándome a que yo no me atrevería a entrar a misa mayor con la bragueta desabotonada, pues de hacerlo, muchos pecarían, sobre todo las mujeres, y él se haría rico, y a mí después me convertiría en el más rico de Quiavicús, como que así fue...

—Porque me vendiste a mí...

—¡Pero estoy más arrepentido que San Pedro, cuando le cantó el gallo, y ya no me volvás a joder con eso, pues qué te parecería que el gallo estuviera jode que jode a San Pedro en la puerta del cielo, cantándole kikirikí, kikirikí... ¡Conque, ni a San Pedro le canta el gallo recordándole su gran culpa, ni vos me volvés a hablar a mí de la bragueta!

—Siempre tendré que sufrirte como a prójimo, porque al cabo y al fin cuando una se envejece, como nosotros en el matrimonio, no acaba como marido y mujer, sino como simples prójimos...

Por la plaza de piso inclinado, casas torcidas, se perseguían perros cojos, otros con el esqueleto en zig-zag, otros pandeados, y otros mancornados con perras bizcas.

—¡Vámonos de aquí —reclamó la Jazabalajajá—, que ya me está entrando miedo! ¡El aire nos tiene alucinados!

Y de por allí por la iglesia, como escupido por la tierra, salió el cura que pasó cerca de ellos, con una pierna más larga que otra, apoyándose en un bastón atirabuzonado, un ojo fijo, saltón, y el otro medio muerto bajo el párpado caído. Las mejillas rojizas de vendas y la barba de pocos días con pelos de humedad.

Le costó a Celestino contener a su mujercita que buscaba por todos lados la calle por donde llegaron a la plaza, dispuesta a escapar sola, si aquél no la seguía.

Y casi grita cuando se asomó el sacristán. Un hombrecito con el espinazo quebrado. Las caderas como pistolas bajo su chaqueta de faldones largos.

Jayumijajá se acercó a preguntarle, así contenía a su mujer, si allí con él se conseguiría la Oración del Ánima Sola.

Aquél levantó los ojos, como queriéndose enderezar, y desde su cucurbitácea espalda arrancó un cabezazo afirmativo y a paso menudo fue hacia la iglesia, no sin volverse varias veces, antes de desaparecer, a hacerles señas con la mano, que le esperaran.

En la iglesia todo navegaba torcido. Entraron a paso quedo siguiendo al sacristán. Un terremoto debe haber dejado así, fuera de eje, la nave central, los altos ventanales, la cúpula, el altar mayor y los altares laterales, así como las imágenes del viacrucis que antojaban, más que pasos de la pasión de Cristo en litografías a colores y marcos sobredorados, cartas de baraja.

Celestino, ya inquieto, el piso inclinado, el púlpito que se venía sobre los feligreses, desviados los escaños, al sesgo contra los muros oblicuos, los confesionarios, se frotaba los ojos y acompaña a su mujer en la fuga, si no aparece el sacristán.

Vino como a reculones, les entregó la Oración del Ánima Sola, y luego, viéndolos de costado, sólo así podía levantar la cabeza, con una mano golpeándosela en la otra, las dos manos con los dedos torcidos, les recordó que había que dar la limosna.

—¿Cuánto? —preguntó Jayumijajá, echando mano a la cartera de cuero colorado en que llevaba los reales.

El sacristán alzó los desiguales hombros y gruñó algo así como lo que sea su voluntad. Celestino le dio dos monedas.

Escaparon de la iglesia, mientras aquél escondía las monedas en el fondo de uno de sus zapatos torcidos. En seguida salió a espiar, desconfiado, restregándose con la manga de la chaquetona las narices moquientas, si no vendría el cura.

—No se vayan a ir de Tierrapaulita, sin las otras oraciones —acercóse a aconsejarlos una mujer con planta de mañosa, la mitad de la cara inmóvil, sólida, se estaba volviendo de mármol, y la otra mitad, por contraste quizás, sumamente móvil.

Al darse cuenta la mujer que se detenían a escucharla aquel par de forasteros, siguió hablando:

—Aquí en Tierrapaulita se halla, buscándola, la Cruz de Caravaca, que es la más eficaz de todas las oraciones conocidas.

—La que ahora nos interesa —dijo Celestino— es la Oración del Justo Juez.

—¿La de "El Justo Juez", dicen?... Pues de ésa yo tengo una y se las puedo regalar para que la recen. Vengan conmigo hasta mi casa. Es por aquí...

Y se fue torciendo por una calle que también se torcía.

Aquellos detrás, uno pegado al otro, sólo muy juntos no sentían miedo.

Llegaron a la puerta y allí esperaron. Dos ojos invisibles pesaban sobre ellos, sin estar, estaban tras las maderas agujereadas de una ventana, en la casa donde entró la mujer aquella. Por la otra ventana abierta miraron al interior. Increíble. Caídos de un lado y otro los asientos de las sillas, la mesa inclinada, un sofá con dos patas derechas y dos no. Y un espejo, colgado de la pared, haciendo la reverencia de arriba abajo, tragándose todas aquellas torciduras.

Salió la mujer. ¿Tendría la oración en la cocina, entre la ceniza? Venía hedionda de pelo y ropas a recado de comida, cebolla, ajo, tomate y manteca medio cocinada, y les regaló "La Oración del Justo Juez" y la de "Las Siete Potencias Africanas", oración que le trajo un marinero cuando ella vivía en las costas del Atlántico Mar.

—Pero ahora —adujo la mujer, sólo movía la mitad de la boca, todo el resto de su cara era de mármol—, les hará falta la "Oración de la Santa Camisa" y la de "La Santa Cruzada", y la principal. Como les dije cuando salían de la iglesia, la de "La Cruz de Caravaca".

—¿Y dónde las encontraremos, porque, ya que estamos en Tierrapaulita, las queremos llevar todas? —preguntó Celestino.

—Es bien difícil hallarlas. Pero les voy a dar un consejo. Pregunten a todo el que se les acerque, menos al Sisimite, que es un malvado engañador, un desalmado.

—¿Y en qué lo vamos a reconocer, si no somos de aquí? —atrevió la Jazabalajajá, sintiendo que bajo las enaguas y los fustanes, le temblaban las piernas arrugadas y secas.

—¿En qué lo van a reconocer? Yo, aquí en el pueblo soy la Dramática, Concepción Bocojol. Al Sisimite, se le reconoce fácilmente. Fíjense en sus pies porque va descalzo. Así hace mejor sus travesuras. El dedo grande del pie derecho, lo tiene del lado en que lo tenemos todos los cristianos, pero el dedo grande del pie izquierdo, lo tiene del lado de afuera.

—Pues a ese fulano de los dedos ansina, no le preguntaremos —dijo Jayumijajá—, y Dios se lo pague...

—¡Icht! Aquí en Tierrapaulita, nada de Dios se lo pague...

—¿Ves, Celestino? —intervino la Catarina.

—¡Aquí hay que decir: Caxtoc se lo pague, pronunciado Cashtoc... Pero se me pone que lo que los dos ustedes andan buscando, es hacerse brujos, y como es sabido, Tierrapaulita es la ciudad universitaria de los brujos. ¡Ah!, pero eso es algo dificultoso, salvo que le cayeran bien a "Iguales vestidos torcidos", que es la mujer que por arte de magia vuelve brujos a los que toca, instante de un dolor tan grande que no todos aguantan, los más se quedan zonzos para toda la vida.

Los esposos Jayumijajá que ya se estaban torciendo, Celestino vio que su mujer ya tenía un ojo más arriba que el otro, y Catarina que su marido andaba con la nariz retorcida y respingada, como queriéndole ir a visitar la oreja zurda, se trasmitieron el pensamiento en un parpadeo sobre la urgencia de encontrar pronto a esa famosa "Iguales vestidos torcidos", pues a eso habían venido, jugando el todo por el todo, a Tierrapaulita, a cambiar su naturaleza simple por la complicada naturaleza de los brujos. Nada de volver a Quiavicús a leñatear, cada vez más pobres con lo poco que rendía la leña, sino a pasarla mejorcitamente sabihondeando como los que saben brujerías, entre polvaredas de hueso de muerto, pelos de ajusticiado, raspaduras de miembro de mapache, hojas de vuelveteloco, trenzas de ajos en cornamentas de toros negros, miel amarga de avispas-hormigas, pieles de serpiente húmedas de luna por dentro y por fuera escamosas de sol.

—¿La dirección de "Iguales vestidos torcidos"?

—Sí, porque si le caemos bien nos hace brujos; al menos a mí...

—¡Y a mí, curandera!... eh pues... ¿por qué me dejas atrás?

—Tanteo que sí, que a los dos puede "Iguales vestidos torcidos" imponerles ese saber...

—¿Y no es poder? —indagó Celestino, algo decepcionado; lo que él quería ahora, era poder.

—¿Y de dónde viene el poder, el verdadero poder, no el falso que los humanos detentan?, ¿saben lo que quiere decir *detentan?* Una Dramática puede hablar con el vulgo, sin hacer llamaditas a sus palabras.

Explicó lo que era *detentar*, pero aquellos poco le oyeron y menos entendieron, pendientes de sus labios, sin embargo, no por esas explicaciones académicas, gramaticales, filológicas, sino por sacarle las señas de donde vivía, y cómo se llegaba a esa misteriosa mujer que se llamaba "Iguales vestidos torcidos".

—Lo primero es entrarle a las mermas de la medianoche, que son antes de las doce campanadas, allí donde el mundo merma y se va a llenar de caspa humana el reloj de arena. ¡Ah, pero el Diablo mío, Cashtoc mío!, a cada momento olvido que hablo con rudos y no con dramáticos. Quería decirles que tienen que buscar a "Iguales vestidos torcidos" antes de la medianoche. Hay que entrar a su zaguán sonando los doce golpes del reloj de la iglesia, que sólo a la medianoche suena y que son las únicas campanadas que se oyen en Tierrapaulita, pues el cura descubrió que el ruido de las campanas torcía más las casas y las calles, y tan torcido han dejado al campanero, que para saber por dónde va, saca la cara por entre las piernas abiertas.

—¿Y nos haría favor —se decidió Catarina— de la dirección de esa hacedora de brujos y curanderos?

—¡Ah, conque quieren ser brujos!...

—A eso venimos —aclaró Celestino.

—Eso quería saber yo para inscribirlos, no en mi cuaderno de bitácora, no el fábulo negro de Santa Dionisea, sino en mis estadísticas. De aquí van saliendo ya mil trece brujos y otras tantas curanderas y curanderos. Pero debo preguntarles, antes de darles la dirección: ¿no viven con el tiempo contado?

—¡Uh!..., no —exclamó Celestino—, salimos como cuando uno es pobre y solo, que no deja nada ni nadie atrás, apenas un rancho mísero. Salimos para lo infinible.

—Entonces fácil será la impostación. ¡Ah, perdonen, soy Dramática y reincido en hablar difícil! Me explico. Todos poseemos en la garganta el sonido embrujador, el que puede producir los encantamientos, y así como se le imposta la voz a un cantante, "Iguales vestidos torcidos", le coloca, al aprendiz de prodigios, en su lugar aquellos sonidos llamados a romper las leyes naturales por el milagro, porque todo poder está en la palabra, en el sonido de la palabra.

Los esposos Jayumijajá no entendían nada de lo que aquella mujer les informaba, mientras se volvía a una y otra, como borracha, para saber quién pasaba, y saludarlo por su nombre.

—Adiós, doña Cristina...

—Hasta la vista, Melchor...

—¡Santos y buenos (entredientes) Curtiembrita... saludos por casa a las pieles de tus hermanas...

Y la verdad es que todo el que pasaba le decía adiós, como si le temiera, como si se tratara de una de las esposas de Cashtoc, que por tal se tenían una sarta de locas que se movían en Tierrapaulita.

—¡Ajajajá... —exclamó, sacando el ojo vivo, el otro ya lo tenía como ojo de estatua de mármol, al paso del cura que venía con la teja torcida, una oreja muy alta y otra doblada hasta el cuello—, y va a prevenirles en latín, ese latín que habla que es romance latinizado, a estos amigos que soy loca! ¡Pues, Padrecito no se dé el trabajo, aquí en Tierrapaulita ya sabemos que hay más diablos que agua bendita! Yo les voy a informar a estos queridos recién encontrados esposos que soy loca, loca, loca, una, de las locas de Cashtoc, y por eso debe también ponerse asunto a cuanto digo, porque soy aprofetada, salida de la jaula de los leones que lamieron mi cuerpo, fuera de la gran peinada de cabello que me dieron los tigres con sus garras...

La mujer con movimientos dislocados quiso atraerlos hacia ella, pero aquéllos se refugiaron detrás del cura.

—Y no les di la dirección de "Iguales vestidos torcidos", porque el Padrecito debe saber que éstos...

—Ya sé, ya sé —dijo el cura, quitándose la teja torcida, lo aguacalado del ala se le había caído por detrás, mas al dejar su cabeza al descubierto, los amedrentados esposos advirtieron que su cabeza tenía un torcimiento en la parte de arriba, como si a partir de las orejas, se torciera como un cáliz que en lo alto ostentara, en lugar de la hostia, la tonsura.

Celestino hubiera querido gritarle:

—¡Tiopagrito, póngase la teja, que tiene su cabeza muy fea, muy retorcida, como casa de dos pisos, en la que el piso de arriba estuviera para caerse, ya inclinado!

—Pues, como han oído de sus labios, y yo lo confirmo, esta Mancebía es loca. Ella dice que se llama Concepción no sé cuántos. En la pilastra de la pila bautismal hay una raspadura que fue un tamaño cabezazo que según vecinos viejos, dio esta infeliz. Por poco se le cae a la madrina, fue el día del bautizo, y mejor se hubiera estrellado en el suelo, porque así Tierrapaulita se habría ahorrado una loca pacífica, que son las peores, porque ¡ay, Cashtoc! —los esposos Jayumijajá se quedaron sorprendidos al oír que tampoco el Tiopagrito invocaba a Dios, sino a Cashtoc—, de los locos furiosos se sale, se les ata, se les encierra, se les inyecta hasta dormirlos piadosamente, y a las locas o locos pacíficos hay que soportarlos, con sus inconveniencias, sobre todo a las locas que nos persiguen a los sacerdotes con su verborrea, el verbo no se hizo carne sino diarrea, su ganarrea, o gana de hacer reo al que no es reo, su midaorrea porque solo se levantan la ropa y allí va el chorro, su imaginerrea, por que viven imaginando, imaginando...

Celestino preguntó a su mujer si ella entendía algo, y ésta le contestó que al principio hizo esfuerzos por seguir al Tiopagrito, en sus latines, pero que se cansó, y lo dejó seguir solo, sin escucharlo, le podía dar tabardillo si seguía fijándose en lo que decía.

Mientras la mujer aquella se desaparecía, aquéllos fueron andando con el cura hacia el atrio, y aquí, Celestino se quitó el sombrero, trabajo fue encontrárselo, porque ya también se le iba torciendo en la cabeza, cruzó los brazos, tuvo la impresión de que no los tenía muy derechos, y dijo:

—Pues, Tiopagrito, nosotros desde la feria de San Martín Chile Verde que no topamos a ningún sacerdote...

—Sí, están muy escasos los Padres —el sol de la tarde le pintaba de color naranja las hostias negras que cabalgaban sobre las narices del cura en un par de anteojos que acababa de ponerse—, y a los que nos avenimos a salir a los pueblos, pues, allí lo ven ustedes, nos olvidan, como si no existiéramos para la curia.

—Y como es el primer Tiopagrito que vemos —aprontó Catalina, antes que el monseñor siguiera hablando—, quisiéramos que nos echara los Evangelios, pues de quiá que estamos como endemoniados, en lucha con un tal demonio...

Celestino le dio un codazo, y por eso se tragó el nombre de Tazol.

—No les puedo echar los Evangelios... No puedo nada...

—¿Por qué, Tiopagrito? Si por la limosna es, la pagaremos.

—Se me acabó el agua bendita...

—¿Y no le han traído? ¿Lo han dejado con la pila seca?

—De dónde me la van a traer, si no he tenido cómo pedirla, si estoy aquí sitiado por Cashtoc. Un becerro color de cerro, cerro de serrín color de madera de hierro, me lo dio a entender en uno de sus trémolos. En lugar de maestro de coro, tengo becerro de coro, que no berrea, sino becerrea, reo de asesinato de los grandes músicos que escribieron música sacra. El becerro de las escrituras es el que en la armoniflauta acompaña las misas que digo en seco, de cantábile y gesticulábile, porque Cashtoc me ha dejado sin hostias ni vino de consagrar.

—¿Y por qué Tiopagrito no ha ido a la capital?

—Porque, ¿no les estoy diciendo que Cashtoc me tiene sitiado? La última vez que quise salir a caballo, en la última casa de Tierrapaulita, donde empieza el camino que lleva al puente, corcoveó la bestia, igual que un demonio y me arrojó al suelo con dos costillas rotas que, como son huesos torcidos, aquí donde no hay nada derecho, se me deben haber soldado en su lugar. Me le voy a pie y de escondidas, me dije, y como uso sotana desde los quince años, fácil me es portar faldas de mujer, sin que se note que soy varón *eclesiastis consagratum obispum.* Pero al llegar al puente, cataplún, me resbalé y medio me zafé un tobillo. He renunciado a irme de las redes de Cashtoc. De noche, con esa viscosidad que tiene el sueño tejido con pestañas de viudas efervescentes, trama alrededor de mi persona una red impalpable, de la que no puedo evadirme, pues estoy preso de ella, como un moscardón sotanudo con esta teja que ya no le encuentro lado, pues más parece una de las tantas tejas torcidas de los tejados de Tierrapaulita.

—Entonces, aunque sea sin agua bendita, récenos Tiopagrito las oraciones de los Evangelios... algo será la ayuda...

—¡Y para qué hipocresías! ¡Almas hipócritas, si lo que andan buscando es que los vuelvan brujos, y de eso conversaban con la loca Benabela, que antes dije que se llamaba Macusa (otro nombre había dicho, pero en eso no se fijaron los esposos Jayumijajá), pues a estas locas pacíficas nada hay que les guste tanto como cambiarse de nombre, creen que mudándose el nombre son otras personas, y un día, sin que se averigüe por qué, quieren llamarse Violas, al día siguiente, o al ratito Violetas, o bien Cirfrusias, Cifernas, Tirrenas, Mabrocordotas, Fabricias, Fabiolas, Quitanias, Murentes, Narentes, Podáliras, Engubias, Tenáquilas, Pasquinas, Shoposas, Zózimas, Zángoras y... se acabó el alfabeto...

—Siempre, Tiopagrito —arrimóse al cura Catalina— quisiéramos confesarnos. Hemos estado, dé usted por cierto, reendemoniados...

—¡Ah, no, bastantes endemoniados tengo yo aquí en el pueblo, en esta Tierrapaulita de mis pecados, para tener que oír a los endemoniados que llegan de otras partes! Allí debe haber curas en los confesionarios que oyen pecados que no son los mismos, en la variedad de los pecados está el gusto que uno siente al confesar, ya que yo aquí, en mi confesionario, solo escucho las mismas letanías de dominios y mujeres en actividad volcánica. ¡Malayun, malayun famulas, *finitas infernarum sirtes!* Todas ellas poseídas por el espíritu negro de Cashtoc, unas toman placer por las nalgas, otras por las ingles, otras por las lecheras tetas, sin faltar las que se cuadratizan en cuatro uñas, para que las fustiguen, hasta sangrarles las espaldas, ni varones que se pasan alfileres calientes por los miembros viriles, *¡ibilum metalis, sustratum ingredientes mean!*

Iba entrando la noche y Celestino y su mujer, escaparon de junto al Tiopagrito, sin decirle adiós, qué se había de hacer, si él seguía predicando en un idioma incomprensible para ellos que se proponían salir de Tierrapaulita esa misma noche.

Preña el diablo de hojas de maíz a la mujer de Don Bragueta

Azafranes de sol, cerros parpadeantes de luciérnagas, tiniebla mantecosa.

Catalina adelante, Celestino atrás, éste no estaba muy de acuerdo con aquella fuga, pero ella la exigía, iban pies para qué te quiero por el enredo de calles de Tierrapaulita, ansiosos de abandonar cuanto antes los dominios de Cashtoc, el Gran Demonio, ante el que se prosternaban todos los demás, incluso Tazol, que ellos traían reducido a prisión en la cruz del Señor crucicolgado. ¡Ay, el pobre Tazol! Un diablillo pequeño, juguetón, que ni ruido hacía en Tierrapaulita, donde imperaban los Grandes Demonios, entre gusanos con pies, mariposas con cola de luz, relámpagos para el presagio, espantos o popics.

Desapareció Tierrapaulita, se la tragaron las sombras de la noche como si se hubieran hundido, y no se habría sabido que existía a no ser por las mechas de candiles y candelas encendidas que soltaban por las rendijas de ventanas y puertas una luz terrosa, muerta, sin reflejo, que algún gato sentado en algún pretil se untaba con la lengua el pelo electrizado. También oíase hablar tras de las puertas y una rociada de malas palabras turbó el silencio de una esquina, al paso de picamulos que tornaban chacoteando. Y a partir de este último avivarse de voces, nada, la tiniebla vacía.

Por fortuna ya llegaban a las afueras de la población y a la luz de las estrellas divisaron el camino y el puente. Jamás ojos humanos han divisado un camino, con más hambre, como Celestino y su mujer que ya se sentían fuera de Tierrapaulita huyendo, comiéndose con los pies aquella oscura faja de tierra, entre peñascos recubiertos de helechos, árboles escasos de ramas y postes del telégrafo con hilos que Cashtoc interrumpía sembrando loritos a todo lo largo de los alambres, para que ellos tradujeran al día siguiente, en el romper del alba, con su algarabía y palabrería, los mensajes dirigidos a Tierrapaulita u originados allí, o cuanto escuchaban a través de aquellos hilos metálicos, cuya vibración dormida perforaba en noches de neblina, con los ruidos de su idioma de brujos, punto y raya, la vagancia pomarosa de aquel ensueño de mundo en potencia, de aquel estado coloidal de fantasmas que llevaban en sus bolsillos relojes de gotas de sereno.

Pero ya daban los primeros pasos hacia el puente, paulita perdida atrás, con sus casas contrahechas como la iglesia, igual que si en un terremoto hubiera quedado la ciudad paralizada, sin llegar a caer, en esa gran apoplejía del apocalipsis, y de pronto, el corazón les dio vuelta, había desaparecido el puente y no quedaba sino el profundo foso. Casi dan el paso. Qué los detuvo, no sabrían decir. Su primer pensamiento fue volverse y prevenir al cura, por si quería huir, que faltaba el puente. Pero, para qué volver, si el cura los seguía, acompañado de la loca, el cura como la sombra de Celestino, la loca como la sombra de Catarina. Movimiento que hacía Jayumijajá, movimiento que hacía el cura, vuelta que daba la Jazabalajajá, vuelta que daba la loca. Eran sus sombras perfectamente recortadas sobre el pavimento de piedra, a la luz de la luna que se levantaba, y mientras la loca se azotaba con disciplinas de cabellos en canelones, el cura se las zafaba de arrecho bailando con los pies negros, sin zapatos, bajo su sotana negra. Bailando sacudió su gran teja empapada de sereno al tiempo de arrancarse Jayumijajá el sombrero de la cabeza, para rascotonearse el cráneo y poder pensar derechamente qué era lo que debía hacer. Ella, como consuelo remoto, apretaba a su vientre las árganas en que traía la Santa Cruz hecha con hojas de maíz seco, es decir, de Tazol apresado en la magia de Jesús crucicolgado. Por momentos sentía que Tazol no se agitaba en el árgana, sino en su vientre. Dos, tres veces, a la orilla del foso que cortaba el paso, entre las calles de Tierrapaulita y el camino, estuvo a punto de confesar a Jayumijajá lo que le sucedía. Se sentía embarazada por Tazol. Algo que antes jamas habitó en su barriga, se movía, con golpecitos de gallina ciega que busca a dar vuelta para colocarse mejor, lo que no consigue, porque las membranas son membranas y no están allí dispuestas a que aquel nuevo ser empiece haciendo de las suyas. Hijo de diablo, diablo será. Quedóse sin respiración. Tazol, hijo de Tazol, acababa de darle una patada en la panza, por dentro, que la dejó mareada, viendo luces, llenos de agua los ojos que sentía fríos, con frío de cápsulas a las que arrancan las balas y quedan vacías. Hijo de diablo, diablo será. Por poco se desmaya, prendida al brazo de su marido. ¡Qué horrible! Sólo se había sentido tan mala cuando la picó la casampulga y para que no se muriera del piquete de aquella araña, la hicieron repetir "casampulga", "casampulga", "casampulga", mientras un pariente le tocaba la dulzaina para endulzarle el veneno y preparaban el contraveneno que era caca de muchachito. ¿Preñada por el diablo? Con razoncita que Tazol, por mucho que viniera atado a la cruz del crucicolgado, venía tan calladito, si venía perforándole el vientre por el ombligo. Por allí se le metió. Si es por otra parte, lo siente. Pero por el ombligo... ¡ay, Señor, por el ombligo!...

Y no por el ombligo enterrado allá en Quiavicús, qué lejos en su pensamiento, Quiavicús, ahora que estaban perdidos a la orilla de aquel foso, adonde los empujaban sus propias sombras convertidas en el cura y la mujer loca. No, Tazol no se le metió por el ombligo que enterrado yacía en Quiavicús, bajo el fogón de las tres piedras, en la casuca en que nació y vivieron sus padres. El muy bandido se le introdujo por el ombligo muerto que ella llevaba, por ese agujero que sólo sirve de atrapamugre, con unos simples tres pelos viejos, canosos y el dobladillo de la piel, como dobladillo de cigarro de tusa. ¿El foso?... A ella, no le podía pasar nada peor...

Y, sudando frío y caliente, reflexionaba a vislumbres de memoria y pensamiento, en lo caprichoso que es el diablo. ¿Por qué no la preñó cuando la tuvo en su poder, cuando, convertido en huracán, la arrebató de la vereda de don Agapito Monte, somatándola aquí y allá como tacuatzín que se lleva una gallina? Entonces la respetó. ¿Por qué entonces que la tenía con él, cambiada por riquezas, no le hizo el gran daño?

Debía comunicárselo a Celestino. Allí mismo, para que la tirara al foso, y con justa razón, pues siendo su mujer, otro la había amolado. Pero por segunda vez se detuvo, considerando las penalidades que el pobre estaba pasando en aquella Tierrapaulita de maldición. Se lo confesaría más tarde. Ahora, entre el foso, la loca y el cura, y para ella sola el hijo de Tazol en el vientre, debían volverse a la población. Esperar allí sería perderse, perecer, pues a pestañazos la loca, ahora callada, igual que su mala sombra, a soplidos el cura, mala sombra de Jayumijajá, y a patadas Tazolito en su vientre, los empujaban hacia el foso.

No huía más ligero, más velozmente, porque no les alcanzaban los pies, acobardados mortales a la orilla del infierno apagado, donde ya sólo quedan carbones y cenizas, más espantoso en su soledad y silencio que el infierno activo.

Pero huía sin moverse de la orilla del foso, donde qué esperaban ahora... qué esperaban... sus pies... sus pies que se les fugaron dejándolos parados sobre sus vestidos...

Catalina se acuclilló, panzona, despernancada, como si fuera a hacer su necesidad de aguas, y la hizo, de aguas de preñada por Tazol, y mientras las hacía, con la mano que no se animaba a palpar y a no encontrarse los pies, se los anduvo buscando y nada...

Desde el suelo, alzó la voz llorosa previniendo a Celestino de lo que les pasaba, pues tampoco a él le encontró los pies... Pero no estaban parados sobre sus ropas, como habían pensado, sino sobre unos tarugos sin dedos. Por detrás y por delante, la misma forma tenían sus pies.

—¡Ah, Jayumijajá, mi muchachito va a nacer así!

—¿Qué muchachito? —preguntó Celestino.

—¡El que el Tazol! —y soltó el llanto—, ¿para qué me diste a cargar esas árganas con esa cruz hecha de tazol?

Y al poder hablar contó a su marido que el diablo se le había entrado por el ombligo y que esperaba diablito.

Jayumijajá, en la tremenda comprobación de sus pies sin dedos, formados por un doble talón, igual adelante que atrás, no tomó a lo trágico la confesión de su mujer.

Y porque en ese momento, saltando el foso igual que un volantín, seguido de un animal muy negro, se plantaba frente a ellos Sisimite, el pequeño demonio de los campos, en compañía del Cadejo, su perro-león-tigre-danta-ternero, ternero por los pequeños cuernos y los pequeños cascos, perro por lo fiel con el Demonio, él mismo, es decir, su fidelidad con él mismo, león por la melena, tigre por lo sanguinario, danta por el porte, y con dos aros de pelo, como anteojos, alrededor de sus pupilas somnolentes de luna y agua.

—¿Adónde va, gente? ¡Gente no va por aquí!...

—Vamos para Quiavicús... —titubeó Celestino.

—¿Van o vienen?

—Vamos... —afirmó Celestino dudoso.

—¿Vienen?...

—¡No, señorón —se aireó la Jazabalajajá con la mano abierta, tratando de mermar el calor sofocante que despedía el Sisimite—, vamos de salida!

—No parece... Si fueran de salida debían llevar los pies para adelante...

—Los llevamos —dijeron ambos.

—¡Ujú..., engañarme a mí! ¡Sólo que vayan de recula reculorum!

—¡Bueno está que nos pase! —dijo Catalina por lo bajo y dirigiéndose al Sisimite—: ¡Gran Principal del Monte, vamos para donde llevamos la cara, pero nuestros verdaderos pies se nos fugaron, y sólo tenemos estos nuestros pies sin dedos...

—¿Sin dedos?... ¡Ujú, Jabalí, ja, pa, eres Yumí, el que va para brujo!

A Celestino se le acabó de secar el gallito. Aquel diablo adivinador sabía y se burlaba de su juramento de sangre que lo hacía consanguíneo con los Salvajos o jabalíes.

—¡Sin dedos! —remachó el Sisimite—. ¿Oyó, don Cadejo?

El aludido animal, piel del río peludo, resopló alegría de carnestolendas por una de sus narices achatadas y por la otra, helor de polvo de ceniza; movió la cornuda cabeza de un lado a otro, como si le quemaran las orejas tábanos de tabaco encendido, hizo girar sus orejas con pelos, como girasoles negros, y estornudó con gran disgusto del Sisimite bañado por pringaduras de saliva y mocos, igual que si en el estornudo se le hubiera fragmentado al Cadejo los dientes y las blanquísimas córneas.

Del otro lado del foso, por donde estuvo el puente, surgieron de los matorrales, en la tiniebla, tres mujeres de esponja de humo. Se empequeñecían y agrandaban.

La más alta de las tres lloraba con su cabellera de hilos delgados, agua que plateaba sus mejillas pálidas color de garbanzo, sus pómulos desolados, sus vestiduras descoloridas, sus pies de tierra mojada.

—Es la Llorona de los Cabellos de Agua —se oyó la voz del cura que seguía a Celestino, como su sombra— y llora por los hombres que mueren sin haber sido suyos, y suyo hombre ninguno fue jamás.

—Y por eso —metió su cuchara la loca; seguía a Catarina como su espalda—, en Tierrapaulita no hay, entre las plañideras, quien se lamente con el ahora de esta Llorona de los Cabellos de Agua, ante los despojos de un hombre muerto...

—La lluvia llora por los hombres que mueren —aprontó el cura—, o mejor dicho llora al mismo, al único, al eterno varón que se va repitiendo a través de los cadáveres que ella acompaña al cementerio aullando.

La Siguanaba y la Siguamonta, eran las dos Siguanas o mujeres que estaban junto a la Llorona de los Cabellos de Agua, del otro lado del foso, empequeñeciéndose o agrandándose, según segunes.

La Siguanaba, mujer de guerra en los barrancos solitarios y la Siguamonta, mujer de guerra en los barrancos que daban a montes poblados, aldeas o ciudades.

Las dos a la atalaya de borrachos que lo primero que olvidaban es que eran bípedos echándose a caminar como cuadrúpedos.

—El borracho bípedo —rió de su explicación al travieso Sisimite— se ventosea con pedos redondos y el que se vuelve cuadrúpedo para no caerse, con pedos cuadrados que mal se acomodan a su expulsión, pues no es la forma. Pero la forma no hace al caso, sino lo pestífero, ¿verdad, don Cadejo?, y en lo pestífero conocen las Siguanas, la Siguamonta y la Siguanaba, si el bípedo o cuadrúpedo, se ha emborrachado con chicha o aguardiente.

—Y por otra parte, además de tomarle el aliento anal al borracho, estas mujeres de guerra —se oyó la voz de la loca a espaldas de Catalina que, por delante, en el vientre, llevaba al hijo de Tazol cada vez más intranquilo— conocen si el borracho carga en la cabeza los cuatrocientos conejos alegres o tristes, riendo solos o llorando perdigones cristalinos, como si de los alambiques de sus lagrimales rodaran gotas de aguardiente.

—Las Siguanas los conocen y se los reparten —habló el cura o sombra de Celestino—, que no hay mujer que no sea hembra de guerra en eso de la repartija de los hombres. La

Siguamonta se lleva a los que tiran para el monte, valles y hondonadas, y la Siguanaba, a los orgullosos, a los que desafían peligros y barrancos, a los que atrae el abismo lejano y solitario.

—¡Ay, dolor! —se quejó la Siguana de las pequeñas hondonadas próximas a lugares habitados—, no tomen a mal que mi cuerpo se convierta en espinero en el instante de entregarme al que me sigue encandilado por mi belleza, atraído por el imán de mi cuerpo trigueño. Es mi condena amar con las espinas, herir lo que anhelo, desgarrar lo que busco, perpetrar el crimen de los crímenes, llevar al hombre hasta el espasmo y en ese instante encajarle en la carne todas mis agujas vegetales, esas que cobran la presa sin perdón, porque están envenenadas con una substancia que mezcla en una sola las convulsiones del amor y de la muerte.

—¡Y ésos son los borrachos que amanecen desgarrados en los espineros! —acotó el cura, soltando un bostezo que antojó recogerlo en el hueco de su mano y ponérselo como bonete.

—Soy la Siguana de los barrancos solitarios, de los abismos sin fondo —habló la tercera de las tres mujeres, se agrandaban y achicaban del otro lado del foso—, la Siguanaba soy, la que pesa menos que el aire, menos que el humo, la que camina en el vacío de su sexo, el más solitario de los barrancos.

—Ciego el hombre que va tras ella y cae en su abismo —sermoneó el cura a la espalda de Celestino—, lo atrae por obra de su belleza corporal, apenas cubierta y pronta a convertirse en caída vertical hasta destrozarse cráneo y cuerpo en los pedernales aniquiladores. Cae y no encuentra el amor, sino la muerte, los ojos saltados, los huesos fuera de las ataduras de la carne, el vómito de sangre en los labios, en los oídos reventados, y el ruido de su caída en la hojarasca. ¡Cuántos hombres desaparecen de sus casas y un buen día se sabe que se embarrancaron!

Celestino retiraba el pie sin dedos, del miedo lo sentía grande y pesado como tamal de talpetate, de los pisotones del pie sin dedos de su mujer. ¿Caso él solo tenía la culpa de que anduvieran en tanta aflicción? ¿Ella no quería aprender de curandera?... ¿Por qué le echaba las culpas ahora que se hundían los cielos?... ¿Salvación?... ¡Ja, ja, ja, Jabalí, ja, ja!... Invocaba a los Salvajos, sus consanguíneos, y era inútil. Nadie respondía. ¿Por sus propios medios? Pero cómo, entre el horror del foso por delante y atrás de Catalina, la loca, y a la espalda de Celestino, el cura, con sus sombras, a un lado del Sisimite inestable, saltarín, acompañado del Cadejo que bostezaba como hombre y reía como cocodrilo, y al otro lado, foso de por medio, la Llorona de los Cabellos de Agua, y la Siguanaba y la Siguamonta sobre montañas de borrachos...

La Catalina sintió gases en el estómago, pero, aunque por la encomienda que cargaba tenía el vientre como tambor, se golpeó con la palma de la mano. No eran gases. Notó que eran gases. Y soltó lo que era. El vástago de Tazol que llevaba en la panza le hablaba por entre las nalgas, con la voz apretada, como si no pudiera expresarse bien entre aquellos enormes cachetes inseparables de tan gordos.

—Si vas a dejar libre a mi Señor Padre, el Gran Tazol, hoja de llama de maíz seco, me voy a salir de tu barriga como este viento y los sacaré de aquí. Tazolito, tu hijo, te lo ofrece, agradecido por haberme dado acomodo y posada para nacer. Por tu ombligo entré, en tu seno conocí toda la desolación, angustia y dolor oscuro del feto humano y saldré de aquí para librarlos de la trampa en que cayeron. Con que, Jazabalajajá, con dientes y uñas deshacé la cruz de hojas de maíz seco en que viene preso mi padre, el formidable Tazol.

Sin consultar con Celestino, amenazado por el Cadejo que desnudaba garras y dientes, pronto a darle la tarrascada, Catarina echó mano a las árganas en que traían reducido a cruz del Santo Dios a Tazol. Sacó la cruz, la deshizo y...

—¡No hay como salir a pasear con diablo propio! —gritó Tazol al sentirse libre, incorporado al viento, hablando como a parientes cercanos a los aterrorizados esposos.

El Sisimite, tan pronto como oyó a Tazol, huso de maíz y viento, saltó cuatro veces de un lado a otro, tratando de encerrarlo en los puntos cardinales.

—¡Nada temas, Sisimite —dijo Tazol, riendo con su raspada risa de maíz seco que agita el viento, al darse cuenta que aquél lo encerraba en los cuatro saltos del universo—, no escaparé a los límites, no necesitas apresarme en tus preciosos saltos! Vine de Quiavicús a Tierrapaulita con estos forasteros que quieren ser brujos, quedar a nuestro servicio. Pero, antes de seguir esta larga explicación, por tu intermedio, Sisimite amigo, presento mis saludos al señor y dueño de estas subterráneas ciudades tierrapaulitanas, al Grande, al Inmenso Cashtoc, pies de fieltro, piernas de piedralumbre, cara de obsidiana, máscara de jade, ojos de fuego fatuo, voz de bajísimos registros inaudibles a los humanos, con su gran cresta de gallo escondida en las guedejas del cabello candente.

El Sisimite corrió con los saludos de Tazol diablo de hojas de maíz, en busca de Cashtoc, el Grande, el Inmenso diablo de tierra, a través de las ciudades tierrapaulitanas, la de los Casca, la de las Hormi, la de los Gusa, la de las Talta, según los habitantes: cascarudos, hormigas, gusanos, taltuzas, las profundas ciudades vegetales, las ciudades de piedra, todas sometidas al fuego negro de la tierra y al fuego blanco del sol, y, mientras el Sisimite fue y volvió, el Cadejo tuvo la corazonada, el pálpito y el husmo, la placenta en que vino envuelto Tazolito, la escondía Catalina cubierta de hojas de anona, lista para soterrarla. ¿Soterrarla? Se la arrebató de las manos aquel animal hambriento de placentas, mamas, ombligos y sexos, su mejor alimento.

—¡Gran Nefandario!... —oyóse salir del foso el vozarrón de Cashtoc, saludando al recién llegado demonio de hojas secas de maíz—, invicto Tazol, el de la color amarilla zorzaleña, especialista en idolatrías y pecados nefandos—, di a tus protegidos, esos seres humanos que veo allí y que tenía destinados a trapalear en mis hornos, que no se vayan de Tierrapaulita, donde no faltarán prepósteras magnánimas que los convertirán en brujos, aprendizaje de magias y contramagias, largo y difícil.

—¡Cashtoc Grande! ¡Cashtoc Inmenso!... —contestó Tazol—, el que hizo su zoquilla y brazalete del calambre de la culebra, perseguida por el viento que yo arremoliné, soy el que ara con el viento, gracias te sean dadas por todos los que estamos en tu alabanza y te pedimos que dejes de ser errátil y aceptes un escafandro que hemos forjado con durísimas corazas de insectos cascarudos, para que desciendas a bucear en las humildes calderuelas de nuestros fogones, partículas insignificantes, moléculas, átomos de tu gran caldera infernal. Y en prueba de la voluntad de servirte que tienen Celestino Yumí y Catarina Zabala de nos ha nacido un segundo Tazol, un bastardo que por el mundo hará mucha avería.

—¡Ahora —protestó Yumí, en voz baja, codeando a su mujer—, la rica vas a ser vos, la todopoderosa!

—¿Y de eso te entran celos? ¡No celes de mí, de mi persona! ¡Ay, Celestino, para qué me diste a cargar las árganas que colgaban de mi brazo, como un par de tanatas de hombre hechos de pita, si sabías que corría peligro, dado que Tazol iba allí dentro!

—Iba amarrado, crucificado con el Señor...

—¡Y así y todo, se metió en mi vientre y me fue a dejar un su hijo! ¡Y de eso, no tienes celos! ¡De eso, no! ¡De mi poder, de mi riqueza!

—Dijiste que se te entró por el ombligo.

—Sí, así es. Te lo juro por...

—¡Cashtoc! —la interrumpió Yumí, temerosos de que allí, donde hasta el cura juraba por el Grande, por el Inmenso, fuera a mentar a Dios.

—¡Te lo juro por Cashtoc!

—Entonces, qué celos puedo tener. ¿Celos de tu vientre?

—¡Celos de todo!

—¡De todo, no, porque Tazol te metió a su hijo por tu ombligo, y del vientre para abajo es de lo que uno siente celos!

—¡Descarado! ¿Celaste de eso, cuando me cambiaste por riquezas?

—¡Ji! ¡ji! ¡ji!... —rió Yumí, con risa amarilla de envidioso.

—Quiero decir que si no hubiera sido hijo de Tazol y de mi ombligo, tampoco estarías celoso.

—¿Y no, pues?... Si uno de lo que recela es del vientre para abajo, te dije. El zaguán de la casa es lo que se cuida, pero como el tazolito se te fue a meter, como nigua, por el pliegue del ombligo, en vos estuvo dejarlo y que allí se formara...

—*Para in eternum...* —colóse la voz del cura a través de los agujeros de ese como cernidor de confesionario que, como máscara agujereada, le cubría la cara.

—¿Oíste lo que hablaban los diablos? Lo que necesitan son vientres de mujeres estériles donde depositar sus engendros, porque la población del mundo aumenta y no hay suficientes espíritus malignos. Y eso sí. Diablito que nace no se muere más.

Y pasado un buen rato, tratando de olvidar, de desamorrarse, añadió Yumí:

—¿Cómo te llamarán los diablos, es lo que yo me pregunto?

—¡Giroma!

Gritoncita se oyó la voz de roedor de Tazolín que de la mano de Tazol se paseaba al lado de Cashtoc, el Grande, el Inmenso, el Invisible, por la orilla del foso, a donde habían caído la Llorona de los Cabellos de Agua, la Siguanaba, la Siguamonta, el Cadejo, el Sisimite, la loca y el cura.

—¡Giroma, repitió Tazolito, que quiere decir mujer rica, poderosa, madre de todas las magias!

Gran Brujo Bragueta convertido
en enano por venganza de su mujer

—¿Me querrás si me quedo enano?... —atrevió Celestino.

—Y acaso...

—Por ahí sucede que ahora que te encontrás hembra rica y dueña de infiernos de plata, donde se cuecen el oro, y el moro, le pedís a Tazolito, tu hijo, que me vuelva enano, en venganza de las que, por mi culpa, Tazol te hizo pasar.

—Lo has dicho. Se lo pido... A mí me vendiste y a ella la compraste...

—¿A quién?

—¡A ésa!... y si lo que querés es que te endulce el oído, pues no te lo endulzo..., esqueleto de oro... —apoyó la voz risueña, ligeramente teñida de amargura, para recordarle que aquélla lo amó más desde que supo que tenía huesos áureos por favor de Tazol, para a su muerte quedarse con todo, con sus riquezas y sus huesos. No sabía la infeliz que el que tiene esqueleto de oro no es mortal.

Y fue en un instante (el que deja de ser como es, no lo cree), gesticuló, movióse, habría huido, pero para qué, sus brazos, ya bracitos, casi tocaban el suelo con las manos (se las vio, manecitas de bebé), y sus piernas, no más alto que algunos jemes, eran piernitas, y su cabeza cabecita, y su cara, carita, carita por la que corrieron sus primeros lagrimones de enano.

—¡No llore, papa Tuy! —intervino Tazolito que andaba de cacería de venado y al oír que lloraban en su casa, retornó al momento.

—¿Y cómo no he de gemir y llorar, hijo mío —respondió Yumí haciendo de las tripas de su corazón una buena dosis de sentido común, pues debía tratar de hacerse el padre putativo de aquel pequeño demonio—, cómo no he de llorar, hijo, si tu madre quiso que fuera nano, y fui? ¡El suelo me queda cerca y el cielo me queda lejos, ay... tuyuyuyí... ay... tu-yututí...!

—¡El cielo volverá a estar cerca y el suelo, lejos, con estos zancos! —lo consoló Tazolito, obsequiándole dos altísimos zancos—, y no serás más Celestino Yumí, sino el famoso Chiltic.

Chiltic, ya no era Celestino Yumí, contuvo sus ayes, mientras Tazolito, decía:

—¡Giroma, Chiltic y Tazolín, una nueva familia de saltimbanquis! El famoso, el formidable Chiltic, hará el baile de los zancos en las plazas públicas, en los caminos donde merienden arrieros, al compás de la música que tocará Tazolín, el músico que sabe tocar todos los instrumentos, desde el trilisfus de la dulzaina hasta el tritripitrín de la guitarra, y el tambor, y la flauta, y el caracol, y la ocarina, y la marimba-soguilla.

—¿Y no habrá —primera vez que hablaba con su boquita, con sus palabritas de enano—, algún instrumento que imite al tuy?

—¡Eso no te lo permito, pa...! —saltó como diez para arriba el enfurecido Tazolito que al caer sintió que se le atragantaban las palabras, a punto de fustigar con una caña de maíz a su progenitor, infeliz y detestable enano.

—¿Y qué tiene eso, qué tiene el que haya música que imite al tuy? —se interpuso Giroma, con un último rasgo de piedad, al ver a su marido enano, con los zancos entre las piernas, tiritando el frío inconservable del miedo, que entra y sale del cuerpo.

—¡Música de tuy es la música de los instrumentos del amor carnal! —explicó Tazolito acercándose a besar la frente de la hermosa Giroma, antes de pedir a Chiltic que se trepara a los zancos. Poco tiempo les quedaba si querían alejarse vivos de aquel entresijo, a la orilla del foso, entre el foso y las murallas de Tierrapaulita.

El enano hizo trecemil caras, gestos acompañados de pugidotes de bigotudo, al subir a los zancos, horrorizado de que ni enano le hubieran vueltos los dedos. Seguía, como la que fue y acaso era su legítima esposa, ¿sería su legítima esposa aquella Giroma?, con los pies con talones atrás y adelante, ¿sería la Catarina Zabala, la Jazabalajajá, mujer-venadito, aquel mujerón que llamaban Giroma?...

Era. Por lo de los pies sin duda alguna era la que lo infelizó con la panza pública, el hijo ajeno, hijo de diablo para ajuste de cuernos, y el tenerlo reducido a la condición de enano, mínimo y horripilante; igual que feto bigotudo.

Sí, por lo del dobletalón era la misma, y en cuanto a él, este defecto de los pies sin dedos, más pezuñitas que pies, se anunciaba como gran atracción en los sitios donde bailaba la "danza de los zancos", ahora que con Giroma y Tazolín recorrían las superpuestas ciudades tierrapaulitanas, no las subterráneas, las exteriores, las que subían del mar al cielo por terrenos altos, más altos, más altos, piso sobre piso, por todas partes aplaudidos, en todas partes esperados, bien que no pocos les acusaran de diablos o aprendices de mágicos disfrazados de maravillosos y malolientes saltimbanquis.

De la "danza de los zancos", el "chiltic" o "chitic", tomó su nombre el jugante enano, chistoso, perillán, con las suyas y las ajenas juglerías. Le hacía honor, ora lo bailara hierático, presumido, endurecido, como la gente de tierra fría; ora con el ventarrón en los zancos, con piernas de borracho, como los costeños; ora se entregara a las imitaciones, en las que no tenía igual. La "danza del gnomo", gnomo de mono, monito festivo que imitaba, la aflicción convertida en gracejada, a sus congéneres, en la época en que los árboles caminaban y crecían al mismo tiempo. El "baile del saltamontes", con el trabajuelo del brinco y brinquito con los zancos juntos al compás de telúrica música de grillos que Tazolín imitaba con la ocarina. El "baile de la cuca", difícil de ejecutar por hazañoso, ya que había que seguir el indeciso fugar de la cucaracha perseguida, por aquí, por allá, por allá, por aquí, trápala que hacía delirar a los feriantes, prestos a desanudar sus pañuelos para dejar las monedas en el plato que pasaba la Giroma que no por rica y poderosa se saciaba con lo que tenía y explotaba a Chiltic y a Tazolín, pues buena parte de aquellas dádivas se las guardaba para ella.

Pero Chiltic sabía otras danzas y las bailaba al caer de la tarde, entre la noche y el día. Danzas de artificio en las que exhibía sus primeras habilidades de brujo. Al bailar la danza de "El Pájaro-mosca", en el momento culminante, alzaba los dos zancos y se detenía inmóvil en el aire. En la gran danza de "El Quetzal-agujereado", Tazolín le lanzaba flechas de punta metálica que él recogía con una marimbita de teclas de imán sonoro que llevaba como collares. Arpegios anteriores a la música llenaban el espacio. Nada audible. Todo encantamiento. Por el quetzal agujereado en aquella danza, pasaban selvas, montes, cerros, horizontes, distancias.

Pero el mínimo Chiltic dejaba estas habilidades de brujo por la más audaz de las acrobacias.

Las mujeres cerraban los ojos, los hombres lo contemplaban perplejos. Bailaba con los zancos en los hilos telegráficos. Al hielo de la angustia por aquella vida que estaba en juego, si cae se mata, pensaban todos; al suspenso, al silencio con que asistían a su danza telegráfica, seguían aplausos de fuego, gritos rabiosos y el alboroto, porque todos querían tentarlo, palparlo, saber que era de carne y hueso aquel atrevidazo.

Un corralón. Bestias y jaurías hambrientas. Perros y perras que no comían sino cuando lograban arrebatar del silencio algún ruido, pues entonces comían con las orejas, y para comer más ruido, ladraban, interminablemente ladraban. De una puerta de una como cocina salía una sombra de hollín con pelo de escoba y les tiraba un pedazo de humo, humo oloroso a carne de cerdo frita, ademán, porque sólo hacía el ademán aquella sombra que los salía a callar, detrás del que se lanzaban patas y famélicos hocicos, sin encontrar en el suelo del patio cubierto de hierbajos otra cosa que el tufo, pues Nana Hollín, desde su cocina de miseria, sólo el tufo les tiraba.

Las jaurías enloquecidas se lanzaron contra ellos, venían pidiendo posada en aquel corralón, y los muerden, qué era tanta extranjía, si no les sale al paso Tazolín. Los detuvo con su poder diabólico, pero Chiltic se había encaramado de un salto en los zancos, sin fijarse que el zaguán era bajito y dio con la cabeza en un techo de vigas viejas carcomidas de polilla, que tronó, como si no fuera él, sino el caserón el que se desnucara. Largo rato les llovió polvito de antigüedad. Cada granito de aserrín era un comienzo de historia salido de su agujero de silencio, cada granito de madera seca, ya sólo hueso de palo, polvo de polilla.

Las ferias cobran todo su empuje al empezar la noche, pero esto sólo de oídas lo sabía el enano Chiltic. Temerosa de que se lo robaran o se le perdiera, daba tan buenas ganancias, Giroma lo encerraba todas las noches a piedra y lodo. Pero esta vez, en aquel corralón, su mujer lo encerró con un pan duro y un tazón de agua. ¿Su mujer?...

Sintió horror al decir así, porque era, no cabía duda, era su mujer la endiablada Giroma, amante de Tazol y no por el ombligo, bien que para justificarse le confesara que en aquellos momentos de placer embustero, con el diablo encima, pero sin parecencia a nada que fuese hombre, ser, cuerpo, ella se sentía como decapitada, el cuerpo, sin cabeza, zangoloteándose sobre el suelo, las cimas juntas de sus senos sacudidas por un sismo que echaba abajo pueblos, abría grietas en la tierra, desenterraba árboles, cambiaba el curso de los ríos, hacía rebalsar los lagos, revolcarse las nubes y tomar color pimienta negra la luna que allí quedaba suspendida en la atmósfera verdeazul.

Y en aquel oficio, la sorprendieron los gritos de Tazolín. La llamaba a voces anunciándole que el pícaro del enano se había fugado. Levantó las tejas y se fue de donde le dejaron bajo candados, perros y el ojo desnudo de la Nana Hollín, sólo dormía con un ojo, pues se pasaba las noches en la cocina, una escoba por lanza, combatiendo contra los que en su imaginación venían a violarla. Nadie se le acercaba, fuera de los perros que saciaban su hambre lamiéndola, mientras lloraba como criaturita, tratando de defenderse, de salvar con sus manos uñudas aquel engarce de arrugas, canas, pellejos, grosores, lunares que bajo su vientre, entre sus piernas, se disputaban las lenguas de los perros. Y así celebraba noche a noche, y aquella noche con más ahínco, ¿qué fosforescencia habían traído aquellos viajeros, aquellos raros saltimbanquis?, sus bodas de plata de perro, entre ratas coludas que sólo asomaban los ojitos y prudentísimos gatos que seguían el espectáculo de la cubrición de la vieja por la jauría, desde las vigas amuralladas de hollín. Desde allí, ratos maullantes, ratos quietos, ratos saltando de un lugar a otro, ojos orificados, espectrales, rompían lo compacto de las pelambres negras, sacudidas por descargas eléctricas, cada vez que gimoteaba la vieja con un apenas de vida, sin defenderse ya, abandonada al sexo que se quedaba comiéndose a sí mismo.

Gatos con mucho de monos bostezantes y algo de murciélagos en las orejitas, sólo ojos, sólo dientes, sólo lengua, sólo uñas.

De pronto, una de estas sombras elásticas abandonó de un salto la viga madre y fue a caer y a dejar caer, en la tiniebla, no se supo de dónde, tal vez de uno de los estantes de la cocina, un cartucho de harina que al romperse sobre la Nana Hollín, le baño la cara de blanco. Y allí fue, turun-pún... turun-pún..., frascos y botes cayendo, el huir de los gatos maullantes, llorosos, erizos de espanto (¿la Nana Hollín con máscara de luna?), y el dispersarse de los perros con hipo, como si les chirriaran en las tripas los grillos que recogían al husmo de entre las hierbas y las piedras, al escapar, no por sus pasos de tan flacos, sino revoloteando en el viento, igual que mariposas.

—¡Perros que volaban —repetía Nana Hollín, saboreando la harina hacía con los labios ruido de payaso—, perros que volaban, eso se vio!

¡Ji! ¡Ji!, su secreto. Mantener con hambre a los perros y untarse restos de comida en el cuerpo, en todo el cuerpo, para que la lengüetearan unos las tetas, otros el vientre, otros las piernas, otros las nalgas, otros la espalda y los más rijosos, las partes, salpicándola de orines, los bermejos sexos de fuera, entre devorada y besada, que a veces la mordían, cicatrices de dentelladas que no se había podido borrar ni con agua de cardón.

Levantó la serpiente flaca del brazo. Le dolía. El brazo, la clavícula, el cuello. ¿Tortícolis?... ¡Ji! ¡Ji! tenía su secreto, sus amantes. ¿Esencia de vainilla? Si se levantara a escalibrar las hornillas. Cocinar más carne y untársela para que volvieran. Se relajó, bizca la mirada, penetrada del olor de la vainilla. Sin duda se rompió el frasco. Gatos bandidos. Para lo único que sirven. ¿Dolor de cóccix? Como si la hubieran golpeado los hocicos de los perros. Pero, qué aroma el de la vainilla. Perfume de luto por los ahorros de amor que hice, horrorizada, como una tonta, por las despilfarradoras amorosas, de las que yo decía, mañana, por no haber ahorrado, no tendrán. ¿No tendrán qué? ¡Con la vejez concluye todo! ¿Qué sería de mí si no tuviera este racimo de chuchos con hambre? ¡"Ahorrorizar" es ahorrar en las cosas del placer de amor! Sólo que Nana Hollín lo supo tarde.

Los perros corrían tras el enano Chiltic que escapó del encierro y que, perseguido por los canes, iba por las calles, zancos para qué mis pies. Pero otra jauría le salió al paso y al verse acorralado, se puso los zancos bajo los brazos como muletas y trepó por un poste, para luego echarse a correr por los alambres del telégrafo. Los perros ladraron, se encogieron, se trabaron en peleas de nudos voltijeantes, entre pedazos de orejas arrancadas a feroces mordidas.

Y así escapó Chiltic, el enano, de los amantes de Nana Hollín, sabia en desarmar gentes, ya que detuvo a la irritada Giroma y a Tazolín alarmados por la fuga de aquél, aconsejándoles que lo buscaran con una escoba cimarrona que por igual barre saliva de muerto y saliva de vivo, pues por la saliva, los hombres cuando van por la calle van escupiendo, lo encontrarían.

Chiltic llegó a la feria arrastrando los zancos, con la sana intención de emborracharse. Los que le encontraban, apartábanse respetuosos, algunos le señalaban, otros lo seguían, y pronto su presencia fue celebrada con bravos y aplausos. No lo miraban en sus dimensiones de enano, sino en su grandeza de héroe, de alguien que podía quedarse en el aire, sin apoyo, inmóvil, de alguien que los dejó pasmados al bailar con los zancos en los hilos del telégrafo que de poste a poste se balanceaban. Sus zancos, ellos lo vieron, apoyábanse en los alambres con temblor de golondrina, sin perder el ritmo del son que le tocaba el músico de la ocarina. Lo ahogaban. Pronto se dio cuenta Chiltic que de seguir rodeándolo sus admiradores y admiradoras, le aplastarían. Todos esforzábanse a empellones y codazos por quedar cerca de él que sonreía al que le sonreía, contestaba monosílabos o chistes al que le hablaba, y se defendía de los que trataban de palparlo, de tomarle la mano.

Un salto lo salvó. Un salto y a los zancos. Lo que esperaban todos. De verlo en el suelo, igual que un pulgón, a contemplarlo en alto, preferían mirarlo sobre sus cabezas, que bien merecía estar sobre ellos, aquel que exponía su vida, para ganársela, danzando en los alambres.

Y así pudo escapar de los sitios elegantes y refugiarse en una enramada de mala muerte, comidería de pobres y expendio de licor del país. Nadie lo reconoció en aquella chinama mal alumbrada, llena de humo y de borrachos fondeados o a medio fondear. Temió. Uno de los más borrachos vino trastabillando a fijar los ojos cristalizados por el aguardiente en lo que le parecía una visión de pesadilla. Las babas no le dejaron hablar. Pero por señas le preguntó si era así tan chiquito o si él en su borrachera lo miraba enano. Lo palpó para darse cuenta que estaba allí realmente y rió con una risa fofa que se le fue para adentro al mirar que la cabecita de Chiltic sólo llegaba a la mitad del respaldo de la silla y sus pies apenas salían del asiento. No parecía estar vivo, sino muerto. Palidez de suicida. Se detuvo y dio una viva —¡Viva la Virgen Santísima!—, antes de volverse a su lugar.

—¡Jinano —le agorgojó la oreja un viejo zambo, piel de negro, pelo cano—, oye mi voz que es como espejo, en oyéndola mírate en ella y en mirándote, escupe tu cólera, para que esta noche tu alegría sea limpia! ¡Jinano —el viejo acercóse más a Chiltic—, soy espiritista y adivino lo que te pasa!

El enano iba a rogarle que se retirara, pero en eso volvió el borracho atravesado a querer quitar al viejo que trató de sacudírselo, gritándole:

—¡No te metás, borracho sangrón!

—¡San Algo, ¿verdad?, San Algo, y no como vos, barbudo Noé de porquería!

—¡No blasfemes!

—¡No, señor! ¡Alabado sea el Patriarca!

—¡Que salvó a tanto animal!

—¡Animales borrachos, se entiende, porque al viejo le gustaba el trinquis, no como vos, barbón, que desde que andás de espiritista, ya no bebés! ¡Espiritista —se alejó el borracho para contemplar al viejo a suficiente distancia—, no hay más espíritu que el de la caña!

—¡No la arruinés! —empujaba el viejo al borracho que estaba a punto de caer sobre el enano.

Chiltic, mientras aquellos discutían, se salió de la silla y de un salto trepóse a los zancos dispuesto a huir, pero el borracho alcanzó a prenderse de los altísimos mástiles y de no ser el espiritista, da en tierra con la mínima humanidad de Chiltic, aunque lo del golpe habría sido lo de menos, porque el piso estaba cubierto por una alfombra de beodos que dormían la mona.

Pero el borracho sangrón insistió y Chiltic, a punto de ser derribado, soltó los zancos y quedóse prendido del techo, entre farolitos chinos, cadenas de papeles de colores, ramas de pino verde y hojas de pacaya. Y allí fue la del desalmadísimo beodo. Como si el peligro le hiciera botar el ajume, tuvo un volver a sus cabales cuando empezó a quererse trepar a los zancos. El espiritista cerró los ojos. Se iban a malmatar. Un envite, otro envite y subió como un cohete, las faldas de la camisa al aire, el sombrero hasta las orejas, pero más tardó en elevarse que en caer entre los mamados donde, largo a largo, también fondeó.

El viejo puso los hombros para que en ellos apoyara sus zapatitos de muñeco Chiltic, al soltarse del techo, pero no sólo sintió que al contacto de las pequeñas suelas quemantes se le detenía la sangre, sino se dio cuenta que Chiltic no tenía dedos en los pies.

Cenizo, transpuesto, convulso, el viejo espiritista se sintió tocado por el demonio y pocas fueron sus piernas para escapar, clamando, pueblo adentro, hacia donde estaba la feria de animales, que le dieran a beber meados de yegua prieta, entre más prieta mejor. Pero nadie le oyó, ni las luces humanas de los fogones parpadeantes ni las estrellas tránsfugas que desertaban del cielo.

Chiltic escabullóse casi en seguida, antes que otros fueran a descubrir su centella de diantre, a rastras los zancos y la maldita gana de embriagarse que no había podido satisfacer. Pero, al salir, se fijó que el borracho que osó profanar sus zancos, dormía boca abajo, con una botella que le levantaba el saco a manera de pistola, en la bolsa de atrás. Chiltic se la apropió. Necesitaba beber, beber, beber para sentirse humano, ser aquel que fue a la Feria de San Martín Chile Verde con la braguta parpadeante por convenio con Tazol, primer trato con el diablo que se tornó infinible, o ser el que en esa famosa feria, ya cuando era rico, encontró para regalo de sus ojos y de los ojos de sus amigos y de todos los que la miraban, a la Mulata de Tal... ¡qué hembra! pero, como todas las reales hembras, ¡qué lejos en la cama!... Sí, sí, necesitaba beber, beber, y olvidarse ahogado en un mar de aguardiente de lo que era: un saltimbanqui extraño en una feria de gente extraña, gente de piedra, gente de palo, gente de tierra blanca pintarrajeada de colores, de escobilla el pelo, las cejas, las pestañas y el bigote de los hombres, y las palabras como ecos de cráneos vacíos.

Chiltic, buscando dónde recostarse, puso la mano en un espinero y oyó una risa contenida.

¡Eh!, se dijo, se ríe de mí el Pájaro de las Tunas y volvióse cariñoteando a reclamarle de si reía de que le hiciera cosquillas a las espinas.

Pero no era el Pájaro de las Tunas. Y al oírla reír de nuevo y al palpar mejor los pliegues o trincheras de cerdas espinudas, creyó reconocerlo, aunque tuvo temor de que fuera un puercoespín.

—¡Salvajo!... —gritó—. ¡Salvajo, mi viejo amigo! La otra vez que nos encontramos, mi mujer era la enanita. Ahora soy yo. Las cosas de la vida. Pero dime, en qué andas, qué haces por aquí...

—Nada especial. Vivir. Vine a Tierrapaulita buscando quién me cura el dolor de oído. Me entró canto de chiquimolín.

—Leche de mujer goteada en la oreja...

—Ya me lo hicieron...

—¿Y tu madre, la Salvaja de los colmillos de humo blanco, cómo está?

—¡Salva sea su edad de alhaja, Salvaja, siempre Salvaja! Y ahora te pregunto yo: ¿Y el oso?...

—¿El oso?... —y al decir así Chiltic, no pensó en la hermosa fiera infantil, sino en la mulata torneada de la cabellera a los pies, piel de estrella dormida, oscura, sobre la carne endurecida, finas las piernas, redondas las nalgas, de punta los senos, y en la imagen ideográfica de "oso", tal y como él lo vio: entre las dos oes de los aros, entre los dos aros de las oes, una "ese" gigante, felpuda pasando y repasando al capricho de aquella fruta de fuego con alrededores deliciosos—, ¿el oso? —repitió Chiltic—, en las "Vueltas del Diablo" se lo robó Tazol. Primero quiso birlarse a mi mujer que en ese entonces era enanita. El muy maldito raptaba a la gente de espaldas, con la espalda embadurnada de brea infernal, pero esa vez, ya cuando tenía a Catarina pegada al lomo, yo tiré y tiré de sus piecitos de enana, con lo que conseguí que le crecieran las piernas y no sólo conseguí que no se la llevara, sino que le devolviera su estatura normal. El gusto revuelto con miedo, asustados y alegres ante el milagroso crecimiento de la que había dejado de ser enana, hizo que enloqueciéramos de alegría, nos abrazábamos, nos besábamos, nos veíamos, cuando nos percatamos, ya el oso iba de lomo, manoteando, pegado a la espalda de Tazol, que tan pronto como lo subió a la altura de las nubes, lo convirtió en granizo.

—¿Y esa botella?

—¡Aguardiente!

—¿Te la ibas a empinar?

—Buscando donde hacerlo, me recosté en mi amigo...

—¿Y esos zancos, Yumí?

—¡Ay, ya no soy Yumí, y menos, Jayumijajá! Eso era cuando vivía en... —y suspiró y en el suspiro se le oyó decir Quiavicús, como al expatriado, al desterrado, que, cuando suspira, aunque no hable, se oye que dice el nombre de su tierra—, ahora mi nombre es Chiltic, el de la danza de los zancos.

—¡Una dicha! Una dicha andar en zancos y poder ir a los gallineros a botar gallinas, como frutas maduras, para que las recojan los que están abajo.

La invitación no podía ser más directa.

—Si quieres vamos. Te acompaño... —propuso Chiltic.

—¿A los gallineros?... —preguntó el Salvajo, pues del gusto no quería ni creerlo y se le fue el dolor de oído.

—Sí, vamos, te botaré muchas gallinas.

El Salvajo adelante, todopoderosa cabeza, abriendo campo y negrura y el enanito en sus zancos siguiéndolo a saltos y carreras.

Así llegaron a un gallinero guardado por mastines de pelo colorado y ojos fosforescentes.

Chiltic empezó a botar gallinas dormidas de los árboles. Ni pío hacían, pues antes que hicieran pío, ya el jabalí las había despenado.

La docena y media de perros de respeto, había otra docena de perritos falderos, se dejaron picotear las orejas por los primeros ruidos, pero al oír mejor la tempestad que azotaba a las gallinas, caían de los árboles y no corría el más leve viento, lanzáronse contra el bulto del Salvajo y un raro bicho que le seguía y al que las jaurías no se acercaban, por mucho que acababa de dar en tierra, temerosas, arremolinadas, llorando del gusto de tener que morder, como lo demostraba el movimiento de sus rabos. ¿Qué hacer? En un instante, Chiltic reunió las plumas que el Salvajo iba dejando en su fuga, mientras huía se mascaba las últimas gallinas, se las pegó al cuerpo con la saliva de la angustia, el más espeso de los pegamentos, y esperó.

Los perros lo rodearon y el más cazador lo tomó del pescuezo y lo regresó al gallinero.

¿Por qué, se quejaba Chiltic, vestido de plumas, este hijo de perra cazadora me trajo hasta este maldito gallinero? ¡Qué mala pata la mía, caer en una cárcel de doble tela metálica!

Calló sus reclamos al ver venir al que limpiaba los gallineros, un viejo tiñoso al que le faltaba un ojo, y en lugar de correr con los otros pollos y gallinas a su encuentro, quedóse con unos gallos tomando agua y al igual que éstos en picoteando el líquido levantaba el garguero.

Sorprendido el viejo por el tamaño de aquel pollo que bebía agua entre los gallos, escupió. Agua se le hizo la boca de pensar tan buena presa en una nube de arroz con azafrán y chiles pimientos. Menos atento que los perros, lo levantó de una pata, si hubiera tenido los dos ojos y menos ganas de comérselo en arroz, se habría fijado que no tenía dedos, y se lo llevó a la cocinera. Esta, felicitándose de tener entre las manos animal tan galán, pesábalo y sopesábalo, amarrado de las patas, lo colgó de un clavo boca abajo, a modo de que la sangre se le fuera a la cabeza y quedara el cuerpo desocupado de aquel sustento líquido.

Anduvo fregando unas sartenes, lavando unas ollas, todo por hacer tiempo a que el animal que se iban a comer se le fuera la sangre a la cabeza y también a que se calentara, hasta hervir, el agua en que una vez que le retorciera el pescuezo, tendría que bañarlo para quitarle fácilmente las plumas.

—¡Pobre animal! —exclamó la vieja, descolgándolo del clavo en que lo tenía y ya fue de buscarle el huesillo del cogote para quebrárselo al tiempo de torcerle el pescuezo.

En ese instante, ya la vieja inclinada y ladeada lista a atirabuzonarle el cuello, Chiltic le preguntó:

—¿Me vas a matar?

La vieja soltó la presa y salió de la cocina dando de gritos, cayendo levantándose de miedo y el enano, para luego tarde, escapó a todo correr, arrancándose las plumas a manotazos y con las plumas pedazos de su ropa de medida de títere, hasta encontrar al Salvajo que le devolvió los zancos.

Pero, con el que limpiaba los gallineros, no se iba a quedar así la pérdida de pollo tan hermoso y de las mechas canosas, blancas como sus manos con tiñe, traía a la cocinera, amenazada de meterle la cabeza en el agua aborbollante en que estuvo a punto de ser pelado el enano Chiltic, y lo cumple, si un rayo de sol, colado por un agujero del techo, no pinta en el muro escamoso de hollín de la cocina un jabalí de rientes colmillos montado por un cristianito que, por las plumas que le quedaban, fácil era identificar con el gallito que le habló a la vieja.

¿Por qué la noche no confiesa sus negras culpas?

Arrodillada al confesonario del firmamento pega sus labios silenciosos a los millares de agujeritos de oro que dan a la oreja del cura de Tierrapaulita, deshollinador de almas, a quien aquella Nochebuena ayudaba la misa del gallo, la Huasanga, vestida de monaguillo, sin estar bautizada, con las mismas carnecitas y huesitos con que regresó del limbo, donde anduvo de paseo, los días que estuvo muerta.

—¡Nano!... ¡Nano!... —corría el cura de Tierrapaulita, derramador de solaces, capataz de demonios con el hisopo seco, sin agua bendita, detrás del Salvajo y Chiltic.

—¡Nano!... ¡Nano!... —gritaba el cura a Chiltic—, tengo una mujercita de tu tamaño y quiero formar un plantel de enanos para venderlos a las cortes, los serrallos y los circos.

—¡Maldita sea!

—¡Tiznadura maldita casarme con una enana! ¡Mejor me hubiera comido el tuerto aquel, en arroz! ¡Y con una enana proporcionada como yo, del mal, el menos!

Echó a reír pensando en la estampa de la Huasanga. Un pulgón cabezón y nalgudo, el hociquito de fuera, colgadero de palabras, y los ojos, minúsculos metidos hasta adentro.

Pero cómo no prestarse a que su mujer, la poderosa Giroma, lo hallara casado con aquel ser menudo y horripilante.

—Preternaturalizando, uniré a estos enanos en matrimonio —gritó el cura de Tierrapaulita, desde el altar mayor—, pero antes por tercera y última vez, de palabra como lo manda la Santa Iglesia Católica, pregunto si entre los presentes hay alguno que sepa causa o impedimento por los que este matrimonio no deba verificarse.

Y después de un prudente silencio.

—¿Di, enana picadueña, Huasanga, si recibes por esposo y marido a Chiltic, el enano que anda en zancos?

—Sí, padre...

—Y tú, Chiltic, andaraje minúsculo de la noria del tiempo, ¿recibes a la Huasanga por tu legítima esposa y mujer?

—Sí, padre...

El cura, capa pluvial y bonete de tres picos, rubricó la ceremonia con una arenga a todos los enanos del mundo, pidiéndoles que se multiplicaran, y al particularizar, los ojos puestos en Chiltic y la Huasanga, dijo:

—¡Pigmeos, nada de sumas: cuerpo más cuerpo, total placer! ¡Ni de escalofriantes restas: anticoncepcionales o abortos! ¡Menos división o separación! ¡Multiplicación... mellizos, trillizos, quintillizos!...

—¡Qué condena —reflexionaba Chiltic—, ser siempre bígamo de enana y mujer completa! Primero, la Mulata de Tal y la Zabala, su mujer, que entonces era enanita y ahora, su mujer, la poderosa Giroma, y esta enanísima de la Huasanga.

Tarde le previno el Salvajo, jabalí colmillos de marfil de luna, que no se trepara a los zancos.

Cuando el Salvajo, su viejo amigo, salió del escarbadero donde la fiesta era una sopa de chapulines, tal parecían los invitados de tan machucados y tan beodos, ya Chiltic lucía izado en lo más alto de sus mástiles, con lo que, en honor y despedida de los comensales, danzaba el "baile de las tijeras", abriéndolos y cerrándolos, como si hiciera pedacitos los últimos momentos de la fiesta que acabó al grito del Salvajo, advirtiéndole que no se subiera a los zancos.

Fue tarde. La terrible e impetuosa Giroma exigió a Tazol que transformara al infiel enano en gigante, única forma de sustraerlo al amor de la Huasanga.

Y el final del "baile de las tijeras" ya no fue con zancos, sino con piernas de gigante, desaparecidos aquellos ahora en larguísimos pantalones, y los pies, sin dedos, calzados con enormes zapatos.

CELOS DE MUJER
HACEN DE UN ENANO UN GIGANTE

Los Gigantes recibieron al nuevo Gigante, en el peñasco de banderas. Lucha contra el pelo. Gigantes y Gigantones luchaban contra el pelo que les brotaba, indomable, furioso. Como podar árboles. Como podar ceibas. ¿Y las ceibas no son árboles? No, son astros, son gigantes con hojas, con pelos. Nadie sabe quién las sembró. No fueron sembradas. Cayeron. Aerolitos con luz de pelo, como los gigantes.

La lucha de los Gigantes y el pelo no acabaría nunca. Cabello, barbas y pelambrera que les cubría de los hombros para abajo, como bañados por cascadas de sombra que se repartía en sus brazos, hasta el envés de las manos en guantes de vellosidad peinable, las axilas enceguecidas de pelos, el pecho alfombrado, invisible el ombligo sudoral, y la entrepierna guedejuda.

Y hasta aquella hediondez de gigante pretendía llegar la Huasanga, impulsada por su deseo de recién casada, aunque apenas si alcanzaba con la frente algo así como media vara abajo de la rodilla de Chiltic.

—¡Gigantón mío —chirriábale el hablar frito en la salida de su gran deseo—, no sé qué le pasa a tu Huasanguita, pero quiere probar gigante!

Un rugido de cerros. Llamar Gigante al que sólo era Gigantón. Los Gigantes son los Gigantes. Cuatro gigantísimos gigantes: el Gigante del Viento: Huracán, el Gigante de la Tierra, Cabracán... Los Gigantones son muchos. Todos los que bailan en las festividades religiosas el Baile de los Gigantones.

Y por eso retumba y tiembla la tierra, cada vez que alguien, con dentadura de imán, dientes de piedra de rayo, como la Huasanga, confunde a los Gigantes sagrados con los Gigantones mamarrachos.

¿Lo hacía intencionalmente? ¿Buscaba la ruina de Tierrapaulita para vengarse de todos y de todo?

Lo cierto es que saltaba como pulga, repite que repite:

—¡Quiero probar Gigante!... ¡Quiero probar Gigante!...

Huracán, el Gigante del Viento, no soportó tanta desfachatez y con los labios todavía húmedos de una rica bebida de cacao y maíz que tomaba como refresco, lanzóse a destruir lo que encontraba a su paso. Eucaliptos caían, bananales caían, aguacatales caían, chicozapotes caían, palos de bálsamo caían, cetros caían, araucarias, pinos matilisguates, cipreses, cayendo a tierra con sus cabezas de cometas verdes y sus amplias colas de maderas y pájaros.

—¡Quiero probar Gigante!... ¡Quiero probar Gigante...! —insistía la enana, cada vez más vivaz, más exigente, mesándose los cabellos largos, como si al ordeñar la lluvia negra de su cabeza, el espejo licuado en hilos de su pensamiento le reflejara al vivo las dichas de una imaginaria noche de bodas con el ciclópico Chiltic.

Giroma, la poderosa madre umbilical de Tazolito, advertida por la Abuela de los Gigantes del terremoto que amenazaba a Tierrapaulita, ya Cabracán se estaba desperezando, tomó del bracito a la imprudente enana, la arrancó de sobre el pie de Chiltic y por entre casas de piedras torcidas que sacudían sismos y retumbos, la arrojó al fondo de un resumidero de agua de lluvias y aguas de aguas.

—Una enana que no respeta a los Gigantes y malintencionadamente los provoca a duelos de amor, sabiendo que son grandes hacedores de catástrofes —se dijo Giroma, para excusar su venganza y sus celos—, merece morir aquí...

Y en aquel resumidero —lodo, basuras, sombrillas de sapo, sapos, helechos, ramas secas, arañas, telarañas, moscas furiosas, cerdos con hambre— habría perecido la Huasanga, si no viene en su auxilio el sacristán, pescuezudo, pellejón, osamentoso, con el espinazo torcido, que andaba a la busca del hongo que endereza jorobados.

—...¿Una criaturita?... —entredientó las palabras, pero su asombro fue en aumento al oír que pedía auxilio... a voces, que no era una niña, sino una mujercita hecha y derecha.

Se lanzó al resumidero antes que la alcanzaran las dentelladas de los cerdos hambrientos y la arrebató del poder de estas bestias cubierta de lodo podrido, seguro de que era la encarnación del hongo enderezador de espinazos y no la enana embustera que el cura dio por esposa a otro enano.

¡Ya tenía, ya tenía el hongo famoso en forma de una pequeña mujer de lodo! ¿Qué faltaba?... ¿Poseerla?... ¿Hacerla suya?... Sí, lo mágico... sexual... allí, bajo tupidos carrizales... Pero no lo consigue... miles, millones de moscas se la arrebatan, insectos de sueño y lluvia que bajan desde quién sabe qué imperio...

Escupió moscas de aleteo azul, moscas de patitas de pedernal, moscardones verdosos y moscardones sanguinolentos de lascivia al ir tras aquella que, a pesar de verse que era una vieja, por su estatura le daría la sensación de poseer a una púber, atracción que doblaba, multiplicaba, la pestilencia del lodo, para él afrodisíaco enloquecedor, bien que repitiérase que debía apresurarse con lentitud, ya que aquella figurilla podía muy bien ser el cactus enderezador de espinazos torcidos y si la hacía suya en seguida podía deshacérsele en las manos.

De entre el zumbido de las alas de los millares de insectos negros que cubrían a la Huasanga, surgió la vocecita.

Agradecía al sacristán haberla salvado y como no se le ocultaban su bestialidad e insania, le invitaba a dejar con ella la tierra y a pasear un poco por el espacio.

El sacristán aceptó y enormes moscas color de fierro metiéronse entre sus ropas, sus zapatos, su sombrero y ya fue la de sentir que lo alzaban de la tierra.

Mares, montañas, nubes, ríos, lagos, todo pasaba a sus pies. Entró la noche y sintieron sobre sus hombros el tibio respirar de las estrellas. Sin embargo, a cada momento insistía el sacristán en quererse pasar a la nubecilla de moscas en que iba la Huasanga, cara o máscara de araña con dientes, ojos encapotados, labios de lacre viejo, lo que aquél no miraba, embriagado por la pestilencia que para él llenaba todo el espacio.

¡Merece castigo!, sentenció la más antigua de las moscas al oído de la enana dentadura de piedra de rayo. ¡Te salvó desinteresadamente, siguió el insecto con su voz de zumbido, las moscas hablan con las alas, pero después se emponzoñó!

En vuelo se ordenó que las moscas que lo cargaban, lo dejaran caer sobre el techo de la iglesia de Tierrapaulita, para que no cayera de muy alto, piedad por el favor que hizo a la enana sacándola del estercolero, y así fue como el perverso sacristán dio con sus huesos entre el campanario y la cúpula, una noche de abril medio lluviosa y llena de lechuzas, golpazo que lo dejó pernituerto, más engarabatado que antes y de ajuste temblón, flatoso y con la manía de olfatear rincones y paredes, escoba y creolina en mano, tras husmo de orines y de más, si había más.

Giroma, la poderosa en todo lugar por su ombligo de mancha de tigre con el doblez de la uña del cigarrillo del diablo, volvió, tanto collar llevaba que hacía más ruido que un río, buscando a Tazolito, su hijo. Quería contarle, y ya se reía a solas de pensar en las caras que haría el diablito aquel, el castigo denigrante que había dado a la Huasanga, capitana de las moscas que, despachando el sacristán, hizo venir a las mosquitas de rocío para que la limpiaran, a las avispas, santas verdugas, para que la perfumaran, y a las moscas de fuego para que le rizaran el pelo, hasta convertirla en una graciosa muñeca.

Pero, ¿qué le pasaba a Giroma? ¿Por qué reía Tazolito? ¿Tartaja? Sí, tartamudeaba como toda la gente debido al trepidar de sus mandíbulas al compás de los movimientos terráqueos que sacudían Tierrapaulita, hasta hacer irse las casas, igual que gallón de pelea, una contra otra, en las calles, como si las calles fueran a cerrarse, y ya para darse el encontrón, enderezarse como borrachas y seguir de pie, apoplejéticas, más torcidas que antes.

Y todo esto por unos cuantos desperezamientos del Gigante de la Tierra que se despertaba al oír a su hermanito, Huracán, saltar en un pie entre los árboles, igual que un muchacho, entre las inmensas ceibas que cerraban los ojos, cerraban todas sus hojas y se dejaban caer abandonadas a su peso de astros vegetales, peso de brizna de paja para el Gran Gigante que al verlas tumbadas, las arrastraba, las convertía en fogarones de llamas verdes.

No quedó camino blanco ni hueso que no estuviera ensangrentado. Haber confundido la enana licenciosa a los Gigantes con los Gigantones, los Gigantes que eran los cuatro lados de la cara cuadrada de Cashtoc, el Grande, el Inmenso y los Gigantones que ahora se preparaban a bailar, no en son de fiesta estaban en Tierrapaulita, sino en desagravio de aquéllos.

La Danza de los Gigantes
y la guerra de las esposas

El Baile de los Gigantones empezó entre fusilazos de tormenta, topetazos de nubes con cuernos de toro, martillazos de truenos, manotazos de lluvia, uñazos de granito, rodillazos de peñas, cintarazos de bejucos y codazos de árboles que caían en mares de bagazos y hojarasca, y en la población no iban mejor, cristazos y santazos en la penumbra de la iglesia lluviosa de polillas crocantes, aldabonazos y puertazos en los mesones y casas de cocinas donde, entre invisibles, andaban a sartenazos, jarrillazos, escobazos y taconazos, sí, pasos, pasos de los que se iban o rodaban sin piernas, sin brazos, en los patios, junto a la ropa caída de los lazos y macetas de flores en pedazos...

Pero los Gigantones, cuadrada era la cara de Cashtoc en que bailaban, vestían la quemante piel del chichicaste y sus cuatro máscaras miraban al mismo tiempo a los Cuatro Gigantes del Cielo, lo necesario para calmar la furia de los elementos.

Cuatro eran sus máscaras.

La de la cara. Máscara del Moro Dorado. Ojos azules, cejonas como bigotes rubios, dentadura de plata, cal y carmín en las mejillas. La de atrás, la de la espalda, la que nunca se ve y va con nosotros, máscara de carbón de madera fragante con lunares luminosos. Por ella sabemos que estamos ausentes de lo que pasa detrás de nosotros, seguidos por las semillas del sueño en la gran oscuridad de la vida. La máscara de la oreja derecha, sobre el hombro derecho, el hombro del hondero, mascarola azul o máscara con forma de ola o caracola, y del otro lado, sobre el hombro izquierdo, el hombro en que se apoya la cerbatana, la máscara de la alegría, de comisura a comisura la risa en cuarto creciente.

Cuatro eran las máscaras de los Gigantones que celebraron la llegada de la Huasanga, semidesnuda, con taparrabo fosforescente. Quién mejor que ella, la culpable, para conjurar las iras de los Gigantes de la Cara Cuadrada de Cashtoc, el Grande, el Inmenso Demonio telúrico. Entró de la mano de un mono un poco más alto que ella, personaje de larguísimos brazos, casi arrastraba las manos cuando las llevaba sueltas, cabeza de pepita de mango chupado, pies vueltos hacia adentro, cola de junquillo juguetón. Los ojitos de este acompañante de la enana, muy pegados a lo de abajo de la frente y hundidos profundamente hacia arriba, le daban aspecto, no de simio, sino de calaverita hecha con una pepita de jocote marañón peluda. Con la diestra apretaba la manecita de la Huasanga, a quien llevaba al baile, y con la mano izquierda se metía a la boca, hasta tocarse los dientes con los dedos, cacahuetes tostados que en echando la cabeza hacia atrás, mascaba velozmente.

Mas no todo era baile en aquella emergencia. Los mestizos atontados ante la idea de la muerte, el peligro telúrico los envolvía en su invisible poder, se embriagaban o confesaban, o las dos cosas a la vez, cuando ebrios y desesperados de tener que acabar sus días en Tierrapaulita, al darse cuenta que no podían huir, que era inevitable que acabaran allí, gritaban o babeaban sus pecados en las fondas o en las esquinas de las calles.

Al cura se le apastillaban los ojos en la penumbra del confesionario de donde apenas se movía, premioso porque aquella mujer hedionda a pecados carnales, ninguna gracia le hacía ahora que estaba viejo, chocho y gotoso, acabara de confesarse y poder salir a respirar un poco de aire y a divertirse, como chiquillo, con las gracejadas de los Gigantones, aunque le pesaba asomarse a la puerta mayor de la iglesia a sabiendas que caía a la plaza principal o cara cuadrada de Cashtoc, el Grande, el Inmenso, demonio destructor del hombre y de todo lo hecho por el hombre, enemigo de la vida, sin ser amigo ni partidario de la muerte, pues no se proponía acabar con la creación, sino borrarla, para qué la criatura humana, para qué lo creado, para qué la existencia...

Un grito interrumpió el baile.

—¡Ese Gigantón es mío! —voceó la Huasanga corriendo detrás de Chiltic, aquel enano que se casó con ella y que, para robárselo, transformaron en gigante del alto de sus zancos.

Al soltarse la Huasanga de la mano del mono, éste se deshizo. Estaba formado de moscas que separáronse y volaron tras ella. Y no una vez, sino varias, como parte del baile, las moscas formaron y deshicieron el cuerpo del monito que hacía reír a todos.

Se armó el escándalo, aunque más parecía pantomima.

Giroma salió al paso de la enana. El Gigantón era suyo. Las moscas se juntaban, apelmazábanse y formaban el monito que amparaba a la Huasanga, pero apenas ésta se le separaba, aquél desaparecía convertido en un puñado de moscas.

"¡Se burlan de mi madre, la poderosa Giroma!", se dijo Tazolín, y entró en batalla.

Nunca guerreó antes y menos con un enemigo que se formaba y deshacía.

Pero, para eso era él hijo de demonio.

De entrada, aquél le dio un sonoro bofetón con su larga mano de mono, golpe traicionero que devolvió en seguida el enfurecido Tazolín con golpes que solo consiguieron apabullar moscas que se hacían las muertas, para luego levantarse, volar y reintegrar el grupo de las que formaban de nuevo al mono cuya mano, ahora empuñada, dio violentamente contra las narices de Tazolín, cuyo rostro sangrante fue a estrellarse con la cara del cura, hacia donde, perseguidas por él, volaban las moscas.

—¡Insolencia de muchacho! —protestó el cura, sin saber si sacar el pañuelo para limpiarse la sangre de la mejilla, o espantarse las moscas.

No hizo nada. Paralizado, inmóvil, vio cuando éstas, apeñuscándose otra vez, dejaban de ser moscas y formaban el cuerpo del simio. Se santiguó y detuvo a Tazolito.

—¡No sigas!

—¡Soy imbatible, hijo de diablo, hijo de Tazol, y ese chango no me ha de poder!

—¡Serénate! Ese chango y los changos, al decir de los demonománticos de Tierrapaulita, son los ángeles que Cashtoc usa en sus embusterías.

El baile de los Gigantones no se interrumpió, a pesar de la gresca de Giroma con la Huasanga por Yumí o Chiltic, aquélla lo llamaba Yumí o Jayumijajá, para atraerlo, y ésta, Chiltic, ambas con derecho al Gigante-zancudo, altísimos zancos con pantalones, que tenía la rara apariencia del ave de un biombo, o de un anófeles de piernas de hilo amarillo.

—¿De quién eras? ¿De quién eres? ¿De quién fuiste?... —gritaba Giroma, que a la hora de estos reclamos, recordaba ser la Catarina Zabala, la Jazabalajajá, sólo que poderosa y con mucho dinero.

—¡Te lo devuelvo, diabla como yo, sólo que majadera —decía la Huasanga, un ojo fuera y otro hundido—, te lo devuelvo en cuanto lo pruebe!

—¡Probá, perra, por tu trasero! —le lanzó un puntapié la Giroma con su pie sin dedos, algo así como una escupida de carne y prosiguió—: ¡Es mi marido y así como lo probé cuando yo, Catalina Zabala, era enana, lo quiero probar, ahora que él es gigante!

El clérigo se llevó las manos a las orejas heladas y se las aplastó como si fueran dos sapos. ¡No oír! ¡Dios mío, no oír!

Al borde de sus uñas asomaba el negro de su sotana. ¡Pero, cómo no oír improperios, si estoy sitiado en esta tierra por el más perverso de los demonios! Un diablo primitivo de entrañas mineralizadas, diablo cara cuadrada al que un ceromántico de Tierrapaulita, goteando cera en agua, aconsejaba sacar mediante un pacto con Satanás, el demonio cristiano. Pero ¿quién hacía aquel pacto? ¿Quién se atrevía? Se estremeció. ¿Pactar... pactar él con Satanás? Ni más ni menos. Aunque, cómo pactar, suponiendo que se decidiera a hacerlo, si no tenía nexo con nada que fuera pagano, y menos con ese otro diablo, celoso como era el viejísimo Cashtoc de que sólo a él obedecieran y sólo de él dependieran, como la sangre del corazón, todos los que caían en sus dominios.

Frunció el ceño, los tambores retumbantes golpeaban sus pensamientos. Cerca y lejos seguía el baile de los Gigantones y la pelea de aquella mujer opulenta y la enana horripilante amparada por el mono hecho de moscas.

Alguien vino a llamar al cura. Algo de unos cocos. Sería el momento. Unos bailaban y otros peleaban. Ellas por el Gigantón y por ellas, Tazolito y el mono de moscas. Se escabulló de la puerta mayor. Era el momento, era el momento...

A la Huasanga le dolió más lo del puntapié que lo del resumidero y como era pequeñita, acercóse a Giroma, y de un tirón le arrancó el sexo, la terrible venganza, lo peor que se le puede hacer a una mujer. ¡Qué desamparo! ¡Qué orfandad! Tazolito, al lloroso pedido de su madre, el sexo era su poder y ahora se sentía débil e infeliz, fue tras la enana, pero no pudo darle alcance en lucha con el mono de moscas, que tan pronto era mono como nube de insectos que lo hacían parpadear, toser y estornudar.

Tambores de madera, túneles de eco inacabable. Tambores de cuero, barrigas de viento retumbante. Caracolas de ulular agorero. Conchas de tortugas. Tecomates vacíos. Flautas de caña. Cascabeles. Ocarinas. Y los Gigantes o Gigantones bailando, gracias a sus cuatro máscaras, con la faz vuelta al mismo tiempo a las cuatro extremidades del cuadrúpedo celeste que cubría la cara cuadrada de Cashtoc —la plaza de Tierrapaulita—, fácil de reconocer su presencia invisible, porque en su pecho se oye el cuadrante mágico de los hacedores de relojes de sol, y en su cuello de ahorcado, el collar que brama anunciando destrucción.

Hora espectral. ¿Es de día? ¿Es de noche?

La última nube dorada, las primeras estrellas, el primer vampiro. Y el baile de los Gigantes o Gigantones, sin principio ni fin.

DIABLOS VAN, DIABLOS VIENEN
Y EN EL AIRE SE DETIENEN

Tazolito llamó a los ciempiés, los amarró a sus sandalias y fue como sobre patines por todos los caminos, en busca de su padre. No podía ser. Su madre desposeída por la vil Huasanga y él burlado por el mono de moscas. Tanto pelo se había arrancado, que tenía las manos como brochas empapadas en pintura de rabia, de tristeza, de desesperación.

Alguien. Apenas un calofrío sobre el agua y sobre su piel. Por la superficie de un arroyo se deslizaba una culebra cascabelera. Todo el fondo del riachuelo, el fondo de la tierra bruja, revolvióse y salió a contemplar con sus ojos de barro, el paso de la culebra.

—Sabrás, Cascabela —la detuvo la voz de Tazolito—, que ando buscando a mi padre, el que lleva capa de tusa alujada, bello como una mazorca de maíz amarillo. Y sabrás, Cascabela, que a mi madre le robaron lo más preciado de la mujer.

—¡Y por eso buscas a tu padre! —cascabeleó la cascabel.

—¡Quién sino él, mago imponderable!

—¡Gran diablo, gran diablo, pero cómo ha de intervenir, si no tuvo que ver con parte tan preciada!

—¿Y por dónde me engendró?

—Por el ombligo, caballerito, por el ombligo...

—¿Y por dónde nací yo?

—También por el ombligo de Giroma, cuya juventud escandalosa nos irrita a todos. Tu madre, antes de tenerte a ti, era una mujer machorra y pobrecita, que se llamaba Catarina Zabala, de los Zabalas de Quiavicús. Pero tu padre, el gran Tazol, siempre estuvo enamorado de ella, y hasta se la hizo trato a su marido, un tal Celestino Yumí, que por allí anda ahora de gigante.

—Pues por eso busco a mi padre, Cascabela. Él debe saber lo que ha sucedido. La burla que para nuestra casa significa lo que ha hecho la Huasanga.

—La enana más peligrosa que he conocido. No sólo a tu madre. A todas las mujeres les hace lo mismo. Las atalaya en las calles al oscurecer y les arrebata el sexo.

—Mi padre me han dicho que está con Cashtoc, pero no sé dónde...

—Así. parece. Están escondidos en algún lugar de Tierrapaulita y cuando los diablos se esconden, algo gordo hay que esperar.

—Pero en la plaza, los Gigantones siguen bailando...

—Tazolín, me voy, y si quieres saber dónde está tu padre con Cashtoc, pregúntale a la calabaza más blanca que encuentres, ha de tener el tallo verde, espinudo y trece ondulaciones en la calva.

Y a favor de la corriente se marchó la cascabel, sin sumergirse, sonando sus preciosas campanitas al compás del fluir del agua fluvial que también se oía cascabelear.

Tazolín, el disgusto le hacía perder su potencia adivinatoria, tanteó por entre los maizales, todo el olor de su padre en las mazorcas, en busca del calabazo blanco de tallo verde, espinudo y trece ondulaciones en la calva.

Sintió hambre, esa hambre indefinible que siente el diablo o hijo de diablo, porque todo en el demonio es así. Si siente hambre es un hambre sin fin, si siente sed es una sed sin fin, si siente sueño es un sueño sin fin, si siente odio es igual e igual si siente amor carnal, que otro no le es dable sentir.

Y ni una mazorca tierna. Algo se movía. Un gusano. Pero un gusano de la tierra, de esos que tienen pies y no andan, sino se arrastran de espaldas. Lo fue siguiendo. Trepó por una mata de maíz y deslizóse por entre la caparazón de una mazorca envuelta en tusas moradas. Tazolín le arruinó el banquete. Se disponía a manducarse un nido de gusanos de maíz, cuando aquél, con más apetito, los tomó para él, así como estaban, crudos, con sabor a tortilla de maíz sin cocer, masticando a dos carrillos, en las comisuras de los labios una como supuración de manteca blanca.

Y alimentado con gusanos, vio con ojos de gusano dónde se encontraba la calabaza que debía partir para preguntar a las pepitas dónde se escondía su padre.

De un golpe, arrojando el enorme fruto con las dos manos, desde muy alto, contra el suelo, lo partió y se regaron las semillitas en la baba de la calabaza, como pequeñísimas avispas.

Frunció el ceño pensando en el mono de moscas, pero casi al mismo tiempo puso cara alegre, cada una de aquellas avispitas eran un diablillo volandero, parlanchín y dinámico.

—¿Dónde está mi padre? —les preguntó.

—¡Está con Cashtoc! —le respondieron al zumbido.

—Eso ya lo sé. Lo que quiero saber es qué hace, por qué dejó sola a mi madre, por qué está escondido...

—Está escondido con Cashtoc en la iglesia...

—¿En la iglesia?

—Van a sorprender un contrabando...

—¿Un contra... qué?

—Un contrabando de agua bendita... —y añadieron, nadie más enterado que estos diablos-avispas—: El cura recibió tres redes de cocos y Cashtoc, que todo lo ve, huele con los ojos, oye con los ojos, siente con los ojos, y todo lo oye, ve con el oído, huele con el oído, siente con el oído, y todo lo huele, ve con las narices, oye con las narices, siente con las narices, y todo lo palpa, ve con el tacto, oye con el tacto, huele con el tacto, descubrió que esos cocos venían llenos de agua bendita.

Y efectivamente, en la iglesia, a donde se trasladó Tazolín, estaban reunidos los diablos grandes, desde los jerarcas, entre los que encontró a su padre, hasta los legos, aquéllos con enormes pirámides de chiles picantísimos, tiaras verdes, tiaras amarillas, y éstos con simples bonetes de pimientos dulces. La grandeza se medía por el picor de fuego del ají que cubría sus cabezas.

—¿Qué hacer?... ¿Cómo, con qué poder ampararse de aquellos cocos llenos de agua bendita, treta eclesiástica empleada por el arzobispado para introducir a Tierrapaulita aquel licor anti-diablo?

—Es un arcano religioso —exclamó Tazol y envolvióse en su capa de tusas blancas, con ruido de maizal dormido, que el saltar de los pájaros despierta.

Fuera seguía el baile sin principio ni fin de los Gigantones, entre los que danzaba Chiltic, *ad pedem literrae*, según el cura, y con mucha, mucha inventiva, a juicio de la desposeída Giroma, cuyos ojos no le perdían movimiento al Gigante-Zancudo, pues seguía enamorada del causante de su desgracia última, la peor de sus desgracias, por su ser siempre bígamo de enana y mujer normal.

—Hay que decirle al curita ese, deduzco por lo que he oído —intervino un diablo ovejero, la cara más bondadosa del mundo infernal y el más sanguinario de todos—, que eso ya es demasiarse...

Le quitó la palabra un diablo bermejo, borracho, la cola pingante, los cuernos erectos. Propuso acabar con el padrecito. Un veneno que le deshaga las tripas.

—¡Por Cashtoc, el Grande, el Inmenso! —se interpuso otro diablo—, bien se conoce que el compañero que antes era cocedizo se está endureciendo de memoria, y no tiene edad para eso: cumplió siete mil doscientos años. Y endurecerse de memoria es como desendemoniarse, pues sabido que el veneno...

—¡Nada que es sabido, que el veneno! —gritó el diablo bermejo—. Hay que acabar con él, pues con sólo una gota de agua bendita, no quedará en Tierrapaulita ni la sombra de un arrepticio o endemoniado.

—¡Me opongo! —aulló otro demonio trompa de coyote, desde el coro de la iglesia, los ojos inyectados, lacre en lugar de sangre—. ¡El cura nos es sumamente útil, y para qué le hemos de querer muerto, si muerto nadie sirve para maldita la cosa!

—¡No piensen en castigos —oyóse la voz superior del invisible Cashtoc, sustentador del envés de lo creado—, qué complejo de diablos tontos que sólo piensan en castigar! Lo que se discute es cómo le caemos a la mercancía, con qué poder, porque habrá que emplear algún sortilegio.

—¡Cura cimarrón, el susto que se va a llevar al saber que lo descubrimos! ¡Y que no sepa nada, pues con nosotros, el golpe avisa!

—¡Cómo nos apropiamos de la mercancía, es el problema! —adujo Tazol arrezagando sus manos de maíz tostado en su vestimenta de tusas.

—A cada coco le pondremos eso que la mujer no puede mentarse, sin faltar a las buenas costumbres —atrevió la desvergonzada de la Huasanga—, y para muestra —añadió— aquí traigo mi último robo, perteneciente a Giroma.

Tazolín se hubiera lanzado, pero allí estaba su padre, que era el llamado, y al lado de la enana, el mono de moscas gesticulaba amenazante. Contra lo que esperaba, Tazol no se movió. La cascabel tenía razón. A Tazol sólo le importaba el ombligo de su poderosa madre.

—¡Maldita sea! —respingó un diablo blasfemo, las pupilas de topacio arredijadas en las pestañotas de energúmeno—, puede que esta rufiana nos esté dando la clave...

—¡Déjenme hablar —levantó la enana su voz de flautín desafinado— y que ante todo cierre el pico Guguaso que debía cargar un bolsón de alcanfor, para no perseguirme en las noches, con olvido de su ocupación, barrer la saliva de los muertos con risa y llanto de ciprés!

—¿Pegarle un *lox* a cada coco? —se preguntó en español y quiché un diablazo escupidor de copal ardiendo, entre risas y jeribeques—. ¡Ja! ¡Ja!, ¡un *lox* a cada coco... buena idea... buena idea!

—Y como ya los cocos tienen los agujeritos... —advirtió la enana.

—Pero, centellante Cashtoc —atrevió el Hierbero—, presente en nuestro copal, en la reseda, la retama, el romero, el tabaco, el trébol de cuatro hojas, la uña de gato, la mejorana, la vainilla, el toronjil, la yedra, el mastuerzo, la verbena, la ruda, la pimienta, antes de aceptar la fórmula del sexo femenino para los cocos, que son asexuados, busquemos mejor el hechizo que acabe con la virtud esencial del agua que llena, en lugar de agua de coco, esas cavidades de carne blanca.

Todos callaron, al oír hablar al Hierbero de Cashtoc, alto, melenudo, nariz de águila, con un doble collar de alas negras de zopilote en redor de su cuello musculoso.

—El agua bendita —siguió aquél, y extrajo de su aliento dos enormes flores transparentes, como crisantemos de vidrio— no resiste a la atracción de estas flores, soles que atraerían a través de la doble cáscara del coco, la del colchón y la de hueso de cráneo, su poder y lo disolverían en la atmósfera, donde su acción se haría inocua.

—¡Lo dudo!... —pujó la enana labiosa y torció el hocico—. ¿Volver pensamiento el agua bendita? Es mejor lo que yo propongo, pues, sin sacarla del estado líquido, a través de eso que no se puede mencionar de la mujer, pegado a los cocos, se volverá otra cosa.

—¡Más diabólico! ¡Sí, más diabólico!... —opinaron unos.

—¡Más perverso! ¡Sí, más perverso!... —opinaron otros.

—¡Lo del Hierbero es alquimia! —exclamó Tazol, el demonio varioloso, cada viruela de su cara, un maíz.

—¡Y el ensalmo sería —siguió el Hierbero, en la cuajatinta de su cara anulosa, sus dientes de relámpago blanco—, el ensalmo sería: ¡Flor transparente! ¡Flor de cristal! ¡Sol girando con el sol, sin ser girasol! ¡Por tu virtud guardada en luz, extrae del agua que llena estos cocos, el poder cristiano, poder salobre y dulce, equilibrado en el no sabor de la linfa pura!

No discutieron más. Se aprobó por votación a cola levantada, el empleo de la alquimia del Hierbero, collares de alas de luto, a fin de privar al santo líquido de su potencia, y el perverso artificio de la Huasanga que les permitiría escandalizar y burlarse del cura que en espera de las altas horas de la noche, para sacar el agua bendita de los cocos, había vuelto a la puerta de la iglesia a seguir con ojos de viejo, ojos fijos de viejo, los viejos ya ni parpadean, el baile de los Gigantes, pues él decía así, Gigantes, aunque Cabracán hiciera saltar en pedazos aquella extraña Tierrapaulita, y el Huracán demoliera las catedrales de las selvas.

—¡Voy por... lo que voy —se levantó la Huasanga, por su estatura parecía que seguía sentada—, que yo no me saco esas floronas del aliento, como el Hierbero... —y salió, entre las risotadas de los diablos que celebraban su ocurrencia, seguida del Mono de Moscas, luciendo su traje de amazona: sombrerito gris perla, pantalones también grises de cachirulos de perla, botas bajas, veste bien cerrada sobre sus senos de muñeca, fusta a la diestra, guantes, y entre la bocamanga de la camisa de lino abrochada con dos botoncitos de conchanácar, un pañuelito de olor.

"¡Aun en los ventosos se conoce el chocolate con ámbar...", pensó Tazolín al acercarse a su padre que se pedorreaba y se lavaba los dientes, había hablado y la palabra es lo más sucio que hay, con un cepillo curvo de siete colores, arcoiris del que caían como pringuitas de espuma: quetzales, colibríes, pavorreales y aves del paraíso, o, como decían los demonios, del "para qué se hizo".

Sin esperar a que Tazol terminara sus abluciones, Tazolito le puso al tanto de lo que ocurría a su madre, desposeída de su fuego sagrado, de su sexo, por la turbulenta enana.

Tazolín nunca había estado tan cerca de su padre, y le miraba, admirando sus viruelas. Cada viruela de su cara y de sus manos, un grano de maíz.

Y de paso le contó lo del Mono de Moscas.

Aquél, a la viruela de su cara-mazorca, añadióse la viruela de sus dientes, al reír, lo palpó y le dijo:

—¡Don completito, bien se ve que es usted joven, pero a través de los años, de los siglos, verá cómo nos van amputando el alma y el cuerpo, haciendo leña de nosotros! ¡Por eso hay que renovarse! ¡Y felices los humanos, que son cortados por la muerte, cuando ya están añosos, y sembrados en la tierra, para volver a la vida de nuevo! ¡Y en cuanto a la luz robada a Giroma por la Gusana —equivocóse intencionadamente—, yo nunca ardí en esa luz, ni cuando me la hizo trato por riquezas su marido, Celestino Yumí, en Quiavicús, a mí me bastó siempre el farol de su ombligo!

Luego cambió de tema:

—Oscurecer... ¡Es absurdo que oscurezca! ¡No tiene sentido! ¡No tiene sentido que el sol salga, llegue al mediodía y regrese a ocultarse! ¡Debía salir para siempre o no volver a salir nunca! ¡Un sol fijo como el que alumbra el pecho de Cashtoc, donde eternamente es de día, o una sombra infinible, como la que ciega la espalda de Cashtoc, donde eternamente es de noche!

La enana había vuelto. Traía los sexos femeninos como cabezas de cebollas. Separada el agua de su poder bendito por el Hierbero, doble collar de alas de zopilotes, la enana corrió a pegar a cada coco, donde tenían una señal de agujeritos, aquellas partes femeninas, y los diablos escondiéronse a la espera de lo que ocurriría.

COCOS Y DIABLOS EN UN
CONTRABANDO DE AGUA BENDITA

El sacristán empezó a pasearse por la tiniebla pegajosa de la noche húmeda, en espera del Padre que, de espaldas, paso a paso, para que nadie notara en la plaza que había hecho mutis del baile de los Gigantes, él seguía diciendo así, Gigantes, se metió en la iglesia, apenas estuvo dentro se soltaron sobre las puertas de pesadas maderas, cerrojos y trancas y más cerrojos y más trancas.

—Preparemos un hachón de ocote de pino colorado para que arda bien, y unas tinajas para llevarlas con el agua de esos cocos...

—¿Y para qué sirve el agua esa? ¡Ay, Padre, quiere hacerla pasar por bendita! ¿Bautizar con agua de coco? ¿Regar a los muertos con agua de coco? ¿Humedecer, lluvia de hisopo, la tierra seca del camposanto, en cada responso, con agua de coco?

—Así es. Así es como lo estás diciendo. El agua de coco alguna virtud divina ha de tener, para que Dios la haya guardado, aislada, en ese redondo universo de cáscara dura, casi hueso, cráneo recóndito de vegetal, cubierto por una segunda cáscara de tejido filamentoso.

Sólo el cura sabía que era agua bendita y que esa misma noche se liberaría de la terrible situación de inferioridad en que lo tenía Cashtoc, sitiado en aquel pueblo de marranos,

Tierrapaulita, donde ahora retumbaban los truenos de los tamborones, acompañando el lento, el pesado, el sube y baja de los pies de los Gigantes, él seguía diciendo así, Gigantes, para conjurar terremotos y huracanes.

—Fumemos... —dijo el cura al sacristán, sacó la tagarnina que tenía apagada a medio fumar, en uno de sus bolsillos, y la acercó a la brasa de la tea de ocote que fulgía con una luz rojiza, escamosa, humeante, de trementina de pino.

El sacristán prendió después un cigarro de tusa morada y tabaco picante.

El humo regado en sus ropas y sus caras parecía unirlos y con eso como que el cura cobró valor y tomando dos tinajas, el sacristán llevaría una y el hachón de ocote, salieron al corredor de la casa conventual, donde estaban los cocos, regados en el piso.

—Habrá que abrirlos —dijo el clérigo—, hoy en la tarde los saqué de las redes para tenerlos más a mano. Por aquí tengo escondidos dos machetes. ¿Sabrás pelar cocos?

—¡Quién no! ¡Y cocos de cristianos, mejor —escupió el sacristán un chorro de agua prieta de tabaco, al decir así—: y el machete, hace el mismo ruido, ¡plinnn!, al destapar el coco de un hombre y dejarle los sesos de fuera!

—¡No digás cosas horrorosas! Me estoy riendo, a pesar del miedo que me da que nos descubra Cashtoc. El miedo es risa a veces. Me río sólo del susto que se van a llevar los naturales y sobrenaturales de Tierrapaulita! Los demonios y estos indios idólatras, refractarios a la verdadera religión, pues, siempre, aunque vengan a arrodillarse y a prender candelas, hacen armas en el bando de Cashtoc, diablo de tierra, hecho de esta tierra, fuego de esta tierra. Todo esto hay que reedificarlo a *fundamentis*.

—Padre, ahora vamos a pelar los cocos. El machete tiene filo y me comen las manos, como si fuera a pelar cabezas de diablos.

—Tal vez no hay necesidad de forzar la mano, pues sé decirte que para poner en ellos el bendito líquido —¡zas, se le había ido la lengua!, pero rectificó—, ese fresco y azuloso líquido que como fuente secreta se encierra en su esfera, Dios, o el Niño Dios, dejó marcados sus deditos en la cáscara dura, porque has de saber que en la huida a Egipto, la familia santa, asaltada por la sed del desierto, encontró en un oasis estos frutos benditos, ahora, para mí, más benditos que nunca, y el niño Jesús, al abrirlos, dejó la huella de sus divinos dedos, hoyuelos que destaparemos nosotros con las puntas de los machetes, para no hacer mucho ruido.

Las enredaderas de los huele-de-noche, galanes también de día, trepaban con movimiento ondulatorio de serpientes de aire y perfume violento, a colgar cortinados de verdor y de flores en techos y muros, cortinados que se proyectaban como encajes de sombra y luz, sobre el piso del corredor donde estaban los cocos, al claror de la luna que asomaba por entre las torres de la iglesia con las blancas espaldas tatuadas de cicatrices, recuerdos de los cintarazos amorosos que le daba el sol, en noches ciegas de oscuridad de astros, reclamándole que se volviera, para cumplir con el amor, cara a cara.

Un gallo cantó, pero al darse cuenta que no era la madrugada, sino el claror de la luna y la luminaria de ocote, se tragó el ki-ki-ri-ki, en un sonido al revés, ikirikik, ridículo y forzado.

El cura y el sacristán que presidía con la luz, pero que no por ir delante miraba mejor, el resplandor de las llamas lo encandilaban, retrocedieron, éste entreviendo lo que no creía y el sacerdote contemplando lo que le parecía una pesadilla diabólica.

De cada coco, por algo femenino que no se podía ver sin pecar, salía el agua que se regaba por el suelo.

—¡Es agua bendita!... —gritó el cura, rompiendo su secreto ante el sacristán.

—¡Cómo, bendita! ¿No ve que son mujeres que orinan?

—¡Aparta! ¡Aparta de mí! ¿Por qué lo has dicho? ¿Por qué no has dejado que se deshaga la visión diabólica que ahora ya es, ya es carne de palabra?

—¡Ah, pero esta vez, conmigo no valdrán diablos! ¿Acaso soy manco? ¿Acaso no tengo un machete en la mano? ¡Y empezar con una de estas cochinas que se han venido a mear al corredor del convento!

Y se lanzó machete en mano, por el suelo dejó botado el hachón que lengüeteaba con llamas de oro, como el que se lanza a destrozar a machetazos, contra el coco más deshonesto, el del sexo de Giroma, y allí fue la risotada de los diablos...

La cas-cas-cas-cas-cada de Cashtoc, profunda, subterránea, carcajada de hierro que se endulza al enfriar, cas-cas-cascada de metal y maderas sonoras, uníase a las risotadas con toses convulsas de los diablos envenenados de tabaco, o de los asmáticos que riendo se asfixiaban en diques secos, a tal punto que para alcanzar respiración, tenían que mover sus alas de murciélagos que sonaban también a risas sordas. Allí vio Tazolín, que también reía, a la muy Huasanga montada en el Cadejo, con su traje de amazona. El Cadejo al reír, mostraba los dientes, igual que durmientes de oro, por donde corrían los trenes de su carcajearse sin fin. Allí estaba el mataperros del Sisimite. Cada espíritu maligno mata algo. El matalobos, un diablazo matasiete-lobos de una sola tarascada cada noche. El matamaridos, un diablejo que se reía con el movimiento de sus orejas, matamaridos porque era un piojo que daba cuenta con los veteranos que se casaban con mujeres jóvenes. El piojo del prurito carnal los dejaba en la tumba. El matapalo, diablo vegetal que seca los árboles, carcajeábase al lado de Tazol, con risa enjuta, desolada. Y los diablos carniceros, matarifes, rescoldados al fuego de la sangre que en sus caras, manos, brazos y ropas formaba como mataduras o llagas, riéndose, no sólo con sus bocazas, sino con todas las manchas sanguinolentas que los cubrían...

El cura no esperó. Sus ojos columpiados de espanto, vieron alzarse contra él el machete del sacristán, filudo como navaja de barba, y huyó por la oscuridad, como si escapara dentro de su sotana inmensa, convertida en toda la tiniebla de la casa conventual, de la sacristía, de la iglesia, hasta salir a la puerta mayor, de donde no se volvió, trancas y cerrojos cayeron al abrirla, porque materialmente le faltaron las piernas, que dobló hasta caer de rodillas, con un plato redondo en las manos, y en ese plato, la cabeza del Bautista, cortada de un tajo, sangrando, entre sus labios pálidos, cenizos, sus enormes dientes de decapitado que también se reía.

El Gigantón que se la entregó —la decapitación de San Juan, era la culminación de la primera parte del baile de los Gigantes—, vestía traje sagrado, con los colores sagrados, con flecos representando los días del mes sagrado.

Y él no pudo menos que recibirla (¡Ay!, sentía que a él le había quitado la cabeza el sacristán, que era su cabeza la que le entregaban en un plato del que se derramaba la sangre), porque era la santa costumbre entregar al párroco la cabeza del Bautista, el cráneo de un gran muñeco barbón, narigón, con la melena alborotada, los párpados como piedras sepulcrales, y el sudor de la muerte simulado con gotas de cera, mientras los tambores gigantes, como los gigantes, callaban, y en el silencio, en la majestad del silencio, los Gigantones saludaban a las estrellas osificadas.

Sobre el sacristán, lo dejaron por muerto entre los cocos, pasaron los diablos ansiosos de salir a celebrar a la plaza la decapitación del Precursor, revolcándose en tumulto con mujeres verdes, cabezas de cocos, senos de cocos, vientres de cocos que bailaban la danza de las palmeras con el movimiento de los brazos.

Estos seres verdes, hembras de cabeza de coco, senos como cocos, cocos sus caras, sin ojos, sin bocas, mostraban sus perfecciones, desnudas, opulentas, hospitalarias, dignas del demonio telúrico, del Grande, del Inmenso, a la luz de las estrellas proscritas del cielo que al caer arrastraban sus colitas de zoospermas rutilantes.

El cura cerró los ojos. Apretaba contra su pecho enjuto, huesos, la cabeza de San Juan, del tamaño del mundo cortado a la única palmera viva en el desierto.

Una caracola lloró cerca. Otra lloró lejos. Otra más lejos. Las cuatro esquinas de la plaza, retorcidas por los terremotos, también lloraron como caracolas. Y la puerta mayor de la iglesia, convertida en caracola, también lloró junto al cura que oprimía la cabeza del Profeta, apretando los ojos tan duro, como los definitivos párpados caídos de aquel mascarón de proa, helado, velludo, de piel de tierra en escamas superpuestas de verbo, sudor y polvo.

—¿Quién formó su cara mineral? ¿Quién formó las piedras?... —se repetía el clérigo—. El desierto —se contestaba—, el desierto en yuxtapuestas capas de arenas y silencio, la hizo crecer de fuera adentro, y por eso ningún muerto calla con él, a quien la muerte llegó de afuera, no de adentro.

Una palmera que balanceaba rítmicamente sus ramas, igual que una mujer, que una Salomé de múltiples brazos, toda flexibilidad de junco, su cintura, cuerpo de anillos de culebra, arrebató al cura la cabeza del Bautista, en el momento en que el sacristán, a rastras, como sabandija, llegaba a hacerle compañía, sin el brazo derecho. Inútilmente se palpaba y palpaba el hombro. No lo tenía. El clérigo, al aproximarse el sacristán y confiarle su temor de haber perdido el brazo al decapitar aquella cabeza de coco, le palpó y le dijo:

—*Ego perdidi prae sulatum...* —valiéndose de sus latines para que aquél no entendiera lo de esto es hecho, yo me pierdo.

Los tambores resonaban con la congoja continua del cuero golpeado, al fondo del llanto de las chirimillas que acompañaba, sonido de agua goteante, la danza de la palmera que con la cabeza de Juan entre las ramas fluviales, lacustres, oceánicas —cabellera de puñales de ágata, crótalos funerarios, atmósfera de alquimia—, correteaba, sin encontrar salida, de una a otra de las cuatro esquinas de la plaza, de los cuatro puntos cardinales, entre los Gigantones, muñecos que yacían semimuertos de cansancio y el cura que, sentado en una grada del atrio, el bonete traído hacia adelante, por detrás le cubría media tonsura, se quejaba de no haber logrado entrar de contrabando el agua bendita, al oído del sacristán que, a falta de brazo, se sobaba y sobaba la manga vacía, como si a fuerza de masajear el trapo, aquél le fuera a salir de nuevo.

Pero el sacristán dejó la oreja y fue al encuentro del silencio pintado de luceros donde bullían los reclamos de una palmera de múltiples brazos que danzaba con la cabeza del gigante decapitado convertida entre sus ramas, manos de miles de dedos verdes, en astro cárdeno goteando sangre y sudor de fuego. Se oía su voz y otra voz desgarrada que plañía:

¡Te veo frente al cuerpo del sol,
líquido amarillo combatido por el agua en el incendio,
ceniza ya esparcida por el viento,
arrancada en chispas de diamante
a la nítida raíz de la sombra!

¡Te veo bañado por tu indecisa sangre roja,
miel esponjada entre collares amargos,
petrificado engranaje del espanto marino,
pestañudo, arañado desierto, tú mismo
frente a las sonajas de rocío
que salpican el sexo de la vivandera exigente!

¡Te veo sin saber si eres medalla o timón,
en tu piel de trapo viejo,
almidonado por el sudor de los sudores,
erecto, viril, sin más que tu cabeza,
y nunca apaciguado,

con el gesto del que se traga la espina
para ararse el corazón!

Llenas los pulmones de la multitud
que bajo el sol se abochorna y en las noches se lava
con olor a sal y cebolla, a yerba pisoteada,
a hueco caliente de animal que se levanta dormido.

Leche de mujer parida,
meado de niño, llanto de hombres
se interponen entre tu nariz ganchuda de Profeta
y esta mancha de aceite perfumado
que pide tu cabeza
a los astros, desde la tierra.

¡Oh, ruin y desabrido! Las puntas de mis senos
tostados hasta oro, entran en tus ojos de muerto.
¿Mamarán tus pupilas mi leche solitaria?
¡Te me vas de las manos aun muerto!
¿Quieres más a la tierra?
¿Por qué no te detienes frente a mí,
cabeza sin cuerpo?

¡Oh, ruin y desabrido! Abro las alas de mi túnica
para que tu cabeza duerma sobre mis muslos desnudos,
y enredo tus cabellos con mis cabellos,
vencida sobre ti que me posees
con el cuerpo en la tumba
y la cabeza en mis piernas...
¡Oh, ciego!
¡Oh, dulce!
¡Oh, solo!
¡Oh, ruin y desabrido!

Mis pies juegan con tu cabeza,

la cosquilla de tus barbas a mi planta,
el filo frío de tu frente,
los lagrimones de marfil de tu dentadura intacta
de mascador de hierbas...
¡Me enloqueces!... te quisiera tibio
como la baba de la leche cocida
y que mordieras mis dedos como esclavo,
con ruido de sandalias.

¡Oh, ruin y desabrido!
Al llevarme tu cabeza al oído
escucho tu respiración de mar
en las profundidades del desierto
y la sacudo como se sacude un caracol
y grito, avara que ha encontrado sin nada su alcancía,
¿dónde están mis luceros?
¡Es pavoroso sacudir tu cabeza
y no oír los luceros chocar uno con otro!

Pesas como tiniebla... ¡déjame!
Tienes el pecho velludo y los dientes de rueda...
¡Déjame embrocada sobre el río de mi llanto!
¡Tienes las manos hinchadas como velámenes!
Yo hubiera cabido en tus manos como el agua
que remojó tu sed de relámpago
o la cebada que encapulló tu hambre.
¡Déjame! ¡Pesas como tiniebla y eres sólo cabeza!
¡Déjame salir a nado de tus cabellos,
como los náufragos que lianas y linfas enredan,
pero al fin salen a la superficie...
toda superficie es heroica!
¡Déjame salir a rastras de las cuevas de tus ojos
huyendo de los caminos que en tu interior
echan a andar cadáveres!
¡Déjame salir de tus labios

como la arena del desierto que me maldice
en el fondo de los mares... déjame...!

El gran tambor de la piel nocturna, el gran tambor de la
piel de sangre, el gran tambor de la piel de nube, el gran
tambor de la piel de monte, recobraron su brillo tundente a
los pies de los Gigantes, lanzados a la enmarañada danza de
paladear o mordisquear el suelo, según bailaran con la planta
o la punta de los dedos, sin quebrar el movimiento de los aros
de obsidiana del negro tambor, de los aros coralinos del tambor rojo, de los aros de copal del tambor blanco, de los aros
de jadeíta del tambor verde, sogas de ahorcamiento que en
superpuestos círculos sonoros subían de sus pies a lo largo
de sus cuerpos de gigantes hasta salir por arriba de sus cabezas, y ¡ay! de aquel que al pasar la soga del sonido por su
cuello, se turbaba en la danza, allí mismo cerraba los ojos,
perdía el aliento y quedaba colgado de la noche infinita.

Cashtoc, el Grande, el Inmenso, los demonios de la tierra
y el viento, Cabracán y Huracán, los diablos del ombligo
cereal, Tazol y Tazolín, y el diablerío de servicio en Tierrapaulita, cadejos, sisimites, lloronas, siguamontas, siguanabas,
duendes, siguapates, culebras de espejo, popiques, malinalis,
diablillos de los matorrales y coleletines, diablillos del aire,
asistían al espectáculo, ojos y dientes, rabos y cuernos, inmóviles y como imantados.

OTRO PASAJE DEL
BAILE DE LOS GIGANTONES

Tazolín, hijo umbilical de Tazol, agitó su honda y dio con una piedra en el sentido de uno de aquellos mastodontes que bailaban, gigantón que se desplomó entre la arrebujada queja de los tambores y el barajustar de todos. Sólo Giroma, la poderosa Giroma por sus riquezas, la triste desposeída de su luz, de su sexo, corrió a inclinarse sobre el recién caído gigante.

Era Yumí y de inmediato empezó a gritar que la socorriera el cielo, desamparada en la noche, donde acababa de extinguirse el eco de los tambores y se apagaban las estrellas, como velas encendidas, al soplo del viento.

Largo a largo, el cuerpo del Gigante Yumí, a quien el cura y el sacristán tomaron por Goliat, fue creciendo a medida que crecía la noche ya inmensa en el silencio. Y Giroma sintió que no era ella, mujer de carne y hueso, la viuda de Goliat, dado lo que parlamentaban el cura y el sacristán. La viuda era la noche.

Crecía el gigante muerto y crecía la noche. Crecía más el gigante y más crecía la noche.

La tierra y el cielo daban de sí para que cupiera en la negrura aquel cerro largo.

Los Gigantones lo lloraban con lágrimas de piedra, inclinados sobre el cuerpo del compañero muerto de una pedrada por un chiquillo, en una como danza de homenajes póstumos, danza en la que alzaban sus ojos de monstruos lactantes al licor de savia que caía de las estrellas.

—¡Muerto!... ¡Muerto!... —-repetíase Giroma, para creerlo, moviendo sus manos de navajas sin filo sobre el cuerpo tumbado de aquella cordillera que crecía, crecía...

Y a cada estirón del Gigante —para Giroma aquel monte seguía siendo Yumí, su marido... ¡qué ocurrencia traer una montaña a botar a la plaza!— tambaleaba Tierrapaulita sobre la tierra en hamaca y la iglesia crujía, igual que si se fuera a venir abajo.

Manco, tembleque, el sacristán fue a pedir con voz de tísico seco que no tocaran, que no movieran al Gigante Goliat, por estar escrito que su peso hundiría el mundo.

—¿Que no toque, que no mueva a mi marido? —se alzó de sobre el cuerpo del Gigantón que regaba con llanto de lluvia, Giroma, y añadió a su protesta—: ¿De dónde tan buen emisario de la Huasanga?

—Señora, es que si lo mueven...

—¡Es que si lo mueven... —profirió aquélla—, y cómo no lo vamos a mover, si hay que enterrarlo...!

—No sé —excusóse el sacristán—, pero lo que sí vamos a saber si lo mueven, es que él nos va a enterrar a todos en un parpadeo de la tierra que se abrirá y cerrará...

—¡Nuestro Señor nos ha escondido su rostro, esperemos que sea por un momento... *in momento indignationis abscondi faciem meam parumoer a te!* —dijo el cura atribulado, el suelo oscilando bajo sus pies, oscilando y trepidando, en una combinación siniestra de sacudida y balanceo.

—¡Esta gente no pide confesión! ¡Salvajes, pidan que el Padre los absuelva! —voceaba el sacristán detrás del sacerdote que corría de un extremo a otro de la plaza atormentado por el continuo temblar de la tierra.

—¡Que han de pedir si saben que nada ha podido contra sus demonios que nos persiguen... huracanes... terremotos... destrucción de todo y aniquilamiento del género humano!

—¡Padre! ¡Dios mío! ¡Se abre la tierra!

—*¡Memento homo quia pulvis eris...!*

—¡Qué le ha dado por decir latines... pídales... pídales que no muevan al Gigante... a mí no me hicieron caso!

—¡Ay, hijo, hablando a Dios en la divina lengua tal vez se acuerde de nosotros!

—¡Que se acuerde o no...!

—¡Blasfemo...!

—¡Blasfemo o no, lo que urge es que les pida que no muevan al Gigante, si no sí que de veras *pulvis* de cabeza bajo tierra!

—¡Se abre la tierra! —cayó el cura de rodillas sobre la tierra mullida de retumbos, al lado del sacristán—. ¡Señor Dios, misericordia! ¡Quebranté el ayuno, es verdad, por el chocolate y los cacahuetes! ¡Fumé al levantarme, antes de decir misa, llenándome el estómago de humo, cuando sólo debí chupar el tabaco y expelerlo por las narices, evitando que me sirviera de alimento perverso! ¡Di cuerda a más de una beata revelandera y más de una de éstas anduvo anunciando que la tierra se convertiría en cementerio de cadáveres sin sepultura, prestos a resucitar al oírse la trompetería del Juicio Final!

La voz cortada, en un hilo. Sobrepúsose y siguió:

—Sacristán, ¿no oyes trompetas?

—Sí, son los trompetazos del Baile de los Gigantones. Anuncian la muerte de Goliat...

—¡Ay, Malaquías!

—Vamos al entierro —propuso el sacristán, los pies sobre la tierra quieta; les parecía imposible que hubiera pasado aquel larguísimo temblor—, porque nos hace falta tabaco.

—¡Vade retro! ¡No fumaré hasta que Cashtoc me libre de las manos de Cashtoc!

—¡Padrito, fíjese lo que está diciendo!

—¡Sí, sólo el diablo lo puede librar a uno del diablo!

—¿De retro el tabaco?, está bien; pero eso no quiere decir que no acepte el que le ofrezcan para dármelo a mí. ¡Yo fumaré hasta que el Señor Todopoderoso se digne sacarnos de aquí!

—¿Dudas entonces que sea pronto? ¿Por qué quieres almacenar tabaco?

—¡De lo que dudo, Padrito, es de la voluntad de usted para abstenerse de una riquísima breva, y por eso, yo no ofrezco no fumar hasta no salir, sino fumar hasta salir de Tierrapaulita!

—Pero, sacristán, ese ofrecimiento presupone, implica... ¿me entiendes?...

—Todo, Padre, menos cuando habla latín, que entonces me entra la tentación de contestarle con el latinear de loro de los acólitos que ayudan misa.

—Entiendes entonces lo que quiero decirte. En tu promesa está invívito el creer que jamás nos vamos a salvar, que nunca vamos a salir de aquí, porque si no fuera así, no tratarías de hacer acopio...

—Vamos al entierro —insistió el sacristán—. Ya han levantado el cadáver. Es un monte. Son miles los que le ponen el hombro...

—Ve y me cuentas...

—Millones de hormigas mueven una montaña...

—Ve y me cuentas —repitió el cura—, yo me quedaré en la plaza, allí bajo el kiosco, defendiéndome un poco del sereno. No quiero exponerme a que me pidan que le rece responso a un gigante que no fue bautizado.

—Y en eso de rezar responsos a los gigantes, no tenemos práctica, y no sería bien visto que el Padrito estuviera; además de la viuda, está su otra viuda, la Huasanga.

—¡Anda..., hora es ya que los pigmeos entierren a los gigantes!

—¿Quién te acompaña?

—Se troncharon tus sueños y la vida sigue que corre...

—¡Viuda de Gigante, vestida de obsidiana, sin más joyas que las piedras de las grandes edades!

¡Viuda desposeída viva de la piel de tu esposo que te arrancaron como parte de tu propia piel, mientras se perdían en tus oídos sin límites humanos, el retumbo de los tambores terráqueos y las voces negras de los heraldos de la destrucción que se llevaban las manos a la frente al inclinarse ante tu Goliat, abatido como un templo sin alas!

Y fue en la canícula, en el último baño de las sales de oro desprendidas de las teas encendidas como olvidos que se consumen solos.

¡Viuda de Gigante, la lechuza blanca ha descendido del campanario a beberse el aceite de las lámparas de los panegíricos y las navegaciones!

¡Pasan las sombras, pero no la del amor perdido, sombra que hiela, sombra espectral, antigua esponja que se pega al rostro como máscara!

¡Giroma... —Catarina Zabala tu verdadero nombre—, llama a los cuatrocientos enterradores de piel de cobre, tatuados de símbolos y con tu palabra de diamante que se deshace en lágrima, ruega que te ayuden a enterrar a tu Gigante, sin despertarlo, porque despertaría enano, como tú lo quisiste, cuando por tu voluntad poderosa se convirtió en Chiltic!

—¿Oyes?

Ya hablan en las terrazas, en las puertas, en los atrios, en las plazas, los Cuatrocientos Jóvenes y se aproximan de punta de pie al que por hacer de Goliat en el baile de los Gigantes, perdió la vida golpeado por Tazolín, hijo de su mujer y no de él, con un guijarro que puso en la honda del pequeño diablo umbilical la vengativa Huasanga, la que arrancó el sexo a esta viuda, a esta doble viuda, sin marido y sin sexo.

El Gigante desplómose en medio del baile, con sus cuatro máscaras sagradas al compás tamborero del gran cuero negro, del gran cuero rojo, del gran cuero blanco, del gran cuero verde, los cuatro tambores, nocturno, sangrante, nuboso y montuno, y sin que la tierra se hundiera, nadie habría podido mover el cadáver, sin estos cuatrocientos cargadores.

¿Recobrar tu sexo? ¿Para qué, muerto el Gigante? ¿Para qué si estás vendada de luto?

La noche, viuda del mar, comprenderá tu desposorio blanco con los Cuatrocientos Jóvenes que llevan a Yumí sobre sus hombros, a Yumí o el enano Chiltic, convertido en Gigante, como olas que en sus hombros sostienen el más inmenso bajel. Ellos, tus Cuatrocientos Esposos, en lugar del Gigante, destrenzarán tus cabellos recogidos en una sola trenza por el luto más negro, palparán tus senos, besarán tu ombligo y sobre tu piel de ala de mariposa, donde tuviste el sexo, regarán una capa de ceniza de encino, la ceniza más casta.

Pero ¿adónde lo llevan? ¿qué tumba le dará cabida si parado es más alto que la noche y tendido largo como el mar?

¿Lo enrollarán para enterrarlo, como a los culebrones que después de muertos siguen respirando con los cuernos?

¿Lo dividirán en pedazos?

Las hachas están listas. Cuatrocientos hachazos en la carne de Yumí. Cuatrocientos pedazos de su cuerpo de gigante. Cuatrocientos eclipses.

Un chimán, cara de hueso azulosa, se interpuso entre las cuatrocientas hachas ya levantadas y el cuerpo del Gigante. Sus manos luminosas, anillos en la punta de los dedos, alrededor de las uñas de ala de moscas, anillos titubeantes de anzuelos, detuvieron el despedazamiento de aquel que a pesar de sus cuatro rostros y de su apariencia de cadáver-serpiente, no era sino Yumí.

—¡No lo despedacen! ¡Es de balde! —gritó el chimán—. Sus pedazos se juntarán, es unible, y revivirá.

La Huasanga reía de oír llorar a la viuda, sin que ésta se pudiera percatar de quién reía, pues aquélla se le hacía invisible.

—Y nada gano con detener a los despedazadores —agregó el chimán, cara de hueso azulosa—, sino más bien voy contra mis intereses, pues ando comprando cabezas para venderlas a Cal-Cuj que encerrado en una cueva se alimenta de cabezas humanas. Sangrientas son sus garras de cacao. Matador de hijos. Se los ha comido. Matador de esposas. Se las ha comido. Malvado de ojos colorados, abuelo y padre de la cizaña, la injuria, la calumnia, el anónimo escrito con sangre. En mi interés estaría que cayeran sobre ese cuerpo gigantesco las cuatrocientas hachas, pues me quedaría con la hermosa cabeza para llevarla y vendérsela a Cal-Cuj.

—¿Cabezas buscas? —intervino el manco del sacristán.

—Pero no la tuya. Tu carne huele mucho a incienso y por eso Cal-Cuj apenas probó tu brazo, escupió, y lo tiró a la basura.

—¿A la basura?... —abrió tamaños ojos el sacristán—. ¿Dónde, dónde está ese basurero?

—Está bajo un árbol donde se columpian tantos monos que no parece que tuviera hojas, sino colas.

—¡Llévalo, Chimán! —intervino la Huasanga, invisible. El sacristán se quedó buscando quién hablaba—. ¡Llévalo, Chimán, Pedernal Tallado, Cazador Valiente, Tejedor del Anuncio del Jaguar que habla! ¡Llévalo y él, a cambio de su brazo, te proporcionará otra cabeza, la cabeza de otro gigante, un tal Juan, que fue decapitado en la gran danza de los gigantes, a pedido de una pecadora libidinosa, buena bailarina de sexo con dientes!

—¿Tienes esa cabeza? —preguntó el Chimán, todo su rostro de muerto azuloso vuelto hacia la cara del sacristán.

—Sé dónde la dejaron escondida. El temblor de tierra hizo huir a los que bailaban. Es magnífica. Enorme. Coronada de pámpanos y manchada como la cabeza de un tigre, de tal manera se limpió los labios pintados de achiote, acariciándolo ya muerto, la que exigió que lo decapitaran.

—No importa. Metido en su cueva, Cal-Cuj, chacal devorador de cabezas y carne humana, no lo verá. Y se la venderá al peso. Dices que es grande. Cuando son cabezas pequeñas se las hago trato al bulto. Pero cuando son grandes, me las recibe por lo que pesan.

—Pero no es una cabeza...

—¡Cómo que no es una cabeza! —intervino, cortante, la voz de la invisible robadora de sexos de mujeres.

El sacristán iba a explicar al Chimán que no era una cabeza verdadera, sino la cabeza de un muñeco, de un gigantón del Baile de los Gigantones.

—Sí, no es una cabeza corriente, iba a decir —al vuelo la pescó el sacristán—, sino una cabeza que debe tener mucha carne y mucho hueso, porque pesa tanto que yo no la pude levantar con solo un brazo.

—Acaso sigue pegada al cuello de la víctima. No esté separada del todo...

—¡Ja! Fue un tajo brutal y por eso perdí mi brazo...

—¡Ah!, ¿tú lo decapitaste?

—Pero creyendo que era un coco...

—Cómo, cómo, cómo...

—¡Ah, Chimán, qué regocijo hablar contigo que entiendes lo inexplicable! Si supieras lo que nos pasa... —volvió el sacristán la cara a todos lados y acercóse a la orejota del brujo, una oreja de mendigo sordo que come por allí los pocos ruidos que el silencio le da de limosna—. Cashtoc, el Grande, el Inmenso —siguió con su explicación— nos tiene sitiados al cura y a mí en esto que no debía llamarse Tierrapaulita, sino Tierramaldita, por falta de agua bendita. Para subsanar esta situación, el Padre se propuso entrar de contrabando el santo líquido y se hizo mandar varias cargas de cocos que venían llenos de agua bendita; mas los parciales de Cashtoc lo descubrieron y a cada coco, cuando nos preparábamos a sacar la preciosa linfa, le pusieron aquella parte femenina que no se puede mentar, y qué vemos, qué vemos el Padre y yo...

los cocos convertidos en mujeres orinando... Indignado por tamaña burla, fuera de mí, salté, machete en mano, contra alguno de esos cocos, pero en el mandoble se fue mi brazo, tal fuerza puse en decapitarlo...

El sacristán tomó aliento:

—Perdí machete y brazo y cuando llegué al atrio encontré al cura, con un plato entre las manos, y en el plato una cabeza, la cabeza de un gigante, la cabeza de San Juan Bautista, presta para que tú, Chimán, la lleves a ese Cal-Cuj, siempre que me devuelvas el brazo, que me lleves al basurero en que Cal-Cuj lo arrojó.

—Trato hecho —se entusiasmó el Chimán, cara de muerto azul—. Pero, ¿dónde está esa cabeza? ¡Me tarda el tenerla en las manos y el correr a vendérsela a Cal-Cuj!

—Si me esperas aquí, porque no es mía. Primero, lógico, era del gigante y ahora es de la bailarina que se la pidió a los astros parpadeantes de esta noche sin fin. Tendré que sustraerla, robarla, ¿me entiendes?

En el atrio de la iglesia habían abandonado la cabeza, a la hora del temblor. El sacristán se atrevía a todo por rescatar su brazo. La envolvió en hojas de banano, luego en hojas de sal y en trapos que ensangrentó con sangre de gallina. Así el Chimán la tomaría por verdadera. El olor de la sangre evitaría que apurado como estaba de ir a quedar bien con Cal-Cuj, la destapara. Lo importante era que le devolviera su brazo, y que se lo pegara, para eso era curandero de suma magia. Después que se las arreglara con aquella cabeza de muñecón de loa.

—¡Huyamos! ¡Huyamos pronto!... —precipitó el sacristán al oído del Chimán que se contentó con sentir el bulto y oler el gustito a sangre—. ¡Huyamos, porque corremos peligro de que nos la quiten!

—De diez pétalos, como mis dedos, será la amistad entre nosotros —ofrecía el Chimán con la cabeza del muerto al hombro, seguido del sacristán que ladinamente le preguntó si podía acompañarlo a donde tenía que entrevistarse con Cal-Cuj.

—No estoy autorizado a mostrarte el camino —esa respuesta era la que esperaba el sacristán, la que él quería— y es preferible pasar antes por el basurero a buscar tu brazo. Otro día te llevaré. Tú también podrás buscarle cabezas a Cal-Cuj. Las paga muy bien. Al bulto y al peso.

—Y ésta, ¿cuánto pesará?... —dijo el sacristán por hablar.

—Calculo que sus seis libras. Muy buena cabeza.

—Sí, muy buena, y creo que tiene bastante carne, cartílago y hueso. Cal-Cuj la sabrá aprovechar.

—Parte se come cruda, y parte en cocimientos de maíz tierno.

El basurero asomó entre piedras, hojarasca y árboles medio secos cubiertos de micos o monos pequeños de larguísimas colas, inteligentes, aulladores, dispuestos a dar batalla, a defender las sagradas basuras de Cal-Cuj de aquellas aves que hablaban, así deben haber visto al Chimán y a su acompañante que hubo de levantar su único brazo tratando de salvar la cara de los frutos verdes y ramas cortadas que aquéllos les arrojaban.

El Chimán les repartió cacahuetes. La arrebatinga. Mordiscos, chillidos, colazos, manoteos, rasguños, el tiempo preciso para recobrar el brazo que no se comió Cal-Cuj por ser el brazo de un turiferario.

—¡Oh!... —casi se desmaya el sacristán al sentir que el Chimán le pegaba el brazo con saliva de mono; no sabía qué decir y articuló, tartamudo por la emoción—: ¡Cómo agradecerte con la cara al sol, con la cara a las estrellas, con la cara bajo la tierra vuelta hacia ti, sombra de ave negra sobre la mesa pétrea!...

Pronto se dio cuenta el sacristán que no era él el que hablaba por sus labios, que la que tenía aquel idioma de cumplidos era la sin par Huasanga.

—Me voy. No sigas mis pasos. Te perderías. Me corre prisa. Debo llegar lo antes posible a la cueva de Cal-Cuj con este gran presente, cabeza de varón esclarecido, piedra preciosa que se cuenta por piedra preciosa, pluma de quetzal que se cuenta por pluma de quetzal, sueño de sueños, barbudo con ojos de faisán.

La impaciencia del hechicero por llegar a la cueva de Cal-Cuj, Faz de la Muerte del Cielo, Tecolote Borracho, Enjuto Caracol de Orejas Negras, era la misma del ex manco sacristán por alejarse de aquél, ahora que ya tenía el brazo, antes que fueran a descubrir la treta de haberle entregado por verdadera una cabeza de trapo, cartón y barro, con dientes de cadáver y barbas de chivo.

El sacristán bajaba al trote de cerros que después de las quemas semejaban lomos de inmensos monos de pelo de oro quemado.

—¡Tierrapaulita!... —gritó al contemplar a sus pies la ciudad caída del cielo como una dentadura vieja.

Y levantó sus dos brazos. El antiguo y el que le acababa de pegar el Chimán con saliva de mono, dotado, le dijo, de la fuerza de un brazo de mar.

Mientras tanto, el hechicero seguía paso a paso por un camino de arena y piedras que se desmoronaban, en busca del Cerro Cal-Cuj. El cerro también era conocido con el nombre de su único habitante, el Devorador de Cabezas.

El Chimán ya no subía. Pesaba tanto la cabeza que ya apenas podía dar paso y estuvo a punto de sentarse y destaparla, pues más que cabeza de hombre, aunque fuera de gigante, pesaba como la de un león.

Pero debía llegar antes que anocheciera y no quedaba sino juntar las últimas fuerzas y seguir trepando.

—¡Cal-Cuj!... —gritó exhausto a la entrada de la caverna, tanteando entre pajonales espesos, en los que el viento de la cumbre tosía, estornudaba, hacía todos los ruidos de un viejo acatarrado.

—¡Cal-Cuj, el de la Trenza de Pájaros, el del Corazón Tatuado, oye a tu Chimán que te trae un gran presente! ¡Óyelo, antes que la vacía oscuridad le arrebate la más noble de las cabezas humanas! ¡Pesa! ¡Pesa su silencio sin mudez, su claridad sin luz, su pensamiento sin huesos!

El eco repitió las palabras del Chimán en la caverna, por toda respuesta.

—¡Cal-Cuj, dejarme en esta ingrimitud, expuesto a la oscuridad, terrible, monstruosa, rueda afilada, sin garras, sin rostro, sin plumas, sola, fatal, con peso de flores, de nubes, de estrellas, de perfumes preciosos para el dios del costado abierto!

Y levantando la cabeza, el olor de la sangre tal vez lo despertaba, gritó más fuerte:

—¡Alguna señal, Cal-Cuj, alguna señal! ¡Asoma tu balanza de pesar cabezas en tu deforme mano de jengibre, la balanza de los cuatro platillos y pon en cualquiera de ellos, en el negro, en el blanco, en el rojo, en el verde, el peso de la noche, el peso del día, el peso de la sangre, el peso de los árboles, para que sepas lo que pesa esta cabeza!

Refugiado en lo alto del kiosco de la plazona de Tierrapaulita, donde antes que Cashtoc, el Grande, el Inmenso, empezara la destrucción de la ciudad se daban conciertos de banda, oía el cura el paso de los feligreses que, sin duda, regresaban del entierro del gigante, indiferentes, andrajosos, y no una, sino varias veces, llegóse hasta el barandal con el ánimo de predicarles un sermón que los hiciera temblar, arrepentirse caer de rodillas.

Pero lo disuadió el temor de que lo apedrearan.

Sin embargo, más pudo el Espíritu Santo que su miedo y en medio de un sacudón de tierra, de un temblor, se arrancó vehemente. No dijo muchas palabras. Un bramido se alzó de aquel hacinamiento de postradas gentes hurañas, iracundas, armadas algunas de la Santa Cuerda del Henequén, fustigadora de los malos intérpretes de Dios o de los diablos.

La puerta de acceso al kiosco, cerrada por dentro, resistía los embates de la turba, pero ya algunos más ágiles subían por las paredes y alcanzaban el barandal que cerraba en círculo el estrecho espacio en que el pobre cura viejo tendría que defenderse, actitud a la que renunció, arrodillándose, inclinando la cabeza y esperando que lo decapitaran.

Decapitarla, no. Flagelarlo con la Santa Cuerda del Henequén es lo que se proponían, si el sacristán no viene en su ayuda. Asomó por una de las esquinas y al darse cuenta del peligro que corría el Padrecito, alarga su brazo derecho y a una distancia de metros toma el kiosco con la mano y lo alza de los cimientos con el sacerdote y todos aquellos que lo tenían acorralado, cobardes que al sentir que el kiosco subía como un globo se dejaron caer y malmataron.

El cura, mientras tanto, corría de un lado a otro de lo que ya no era kiosco, sino la carlinga de un globo, pero no de un globo suelto, sino de un globo que una mano todopoderosa gobernaba.

Los techos desdentados de la casa de Tierrapaulita, algunos ya sólo eran la viguería sin tejas, las torres de la iglesia patituertas, las calles torcidas, el foso sin puente, las murallas, todo pasaba bajo el kiosco volante en que el clérigo iba de rodillas dándole gracias a Dios por haberlo salvado más que de la muerte de la flagelación testicular con las cuerdas de henequén.

Pero alzó la cabeza y diose cuenta que el que lo llevaba en vilo era el sacristán. ¡Imposible! ¡No podía ser! Frotóse los ojos a punto de sacárselos y ponerlos desnudos sobre sus párpados para creer... Y no creyó y no lo cree si aquél no deposita con su potente brazo derecho el kiosco sobre una colina, en las afueras de Tierrapaulita y se acerca a saludarlo pálido y sonriente como saltimbanqui que ha dado el salto mortal.

¡Tránsfuga!, estuvo a punto de enrostrarle, ya con el tomo mugriento del *Oficio Divino* listo para lanzárselo a la cara, pero sofrenó su carácter de cura viejo y rabioso, dispuesto a escuchar al sacristán que deslizó en sus oídos que, para librarse de Cashtoc, el Grande, el Inmenso diablo de tierra colorada, uno de los dos ellos, la única gente de iglesia que había en Tierrapaulita, debía pactar con el que no sólo era demonio, sino algo peor, demonio infiel, demonio pagano. Por lo visto, era manco y tenía los dos brazos y fuerza de gigante, su sacristán, malmalinche y traidor, se había adelantado a pactar a somormujo con Cashtoc, en la guarida de las cuatro voces bailadoras.

—¡Y ahora —dijo el sacristán—, vuelo a Tierrapaulita a salvar la iglesia...!

El cura se alarmó doblemente. El anuncio de aquel réprobo significaba que la iglesia estaba en peligro, pero su prontitud para acompañarlo significaba que él ya estaba pactando.

La iglesia bailaba como giganta al compás de horrísonos ruidos subterráneos, retumbos del tambor del diablo tamborero.

Bailaba la iglesia y bailaba la plaza. Bailaba la plaza y bailaban las casas y bailaban los cerros. Bailaban los cerros y bailaban los árboles.

—La Santa Camisa del Hijo de Dios vivo... —rezaba el cura la Oración de la "Santa Camisa", sin titubear titubeando, trabadas las quijadas y todo el pelo parado como cresta de gallo ante un espejo, mientras el endemoniado sacristán rodeaba a la iglesia con su brazo derecho, el que a cambio de la falsa cabeza de San Juan, le pegó el Chimán, para que el templo no se viniera abajo.

—¡Pero mejor mil veces por tierra! —se turbaba el Padre que ahora decía la "Oración del Gran Poder de Dios", eficaz contra terremotos, al afirmar que mejor viera la iglesia por tierra que salvada por aquel endemoniado, tan saludador como falso, en medio de la catástrofe le hacía saluditos, cabalista del que huyó precipitadamente, como del mismo Cashtoc.

Pero el sacristán corrió a darle alcance con la iglesia cargada en vilo, con su potente brazo, como el kiosco, gritándole:

—¡No la deje sola, Padre! ¿No ve cómo lo sigue? ¡La iglesia va tras sus pastores! ¿Se la pongo en esta colina? ¿La quiere más allá?...

—¡Vuélvela a su lugar, no negociemos!

—¡Sea, y después vamos a escaparnos de Tierrapaulita! ¡Aquel profundo foso es el límite de los dominios de Cashtoc que le pidió a Huracancito que se llevara el puente, pues bien, yo pondré mi brazo para que pase usted, y en seguida me escaparé yo!

La propuesta era tentadora. Pero eso era lo pegosteoso del diablo, lo tentador.

¿Qué mejor puente que aquel brazo que lo había salvado, haciendo volar el kiosco igual que un globo, de la afrentosa flagelación, y que defendió la agrietada fábrica de la casa de Dios, ahora de nuevo en su lugar, de los berrinches volcánicos de una tierra insumisa?

—¡Eh! ¡eh! ¡eh!... —percutían voces secretas en las sienes del clérigo—, ya te estás engañando a ti mismo, que es lo propio del demonio, no engaña él, sino dejar que el interés engañe al interesado.

Porque ése era el otro lado de la medalla.

¿No sería la definitiva treta de Cashtoc para acabar con él, no para matarlo, habría sido lo de menos, sino para mantenerlo vivo en los palacios infernales de sus volcanes, hacerlo viajar despierto por ese sub-mundo de cavernas volátiles que se desprenden como gigantescos vampiros y vuelan de un lado a otro bajo la corteza terrestre, o llevarlo a la luna, donde encontraría la ceniza de todo lo creado, o al sol, donde hallaría a los grandes condenados?

—Ensayemos. Ensaye a pasar... —propuso el sacristán tendiendo su potente brazo de orilla a orilla del foso.

El eclesiástico se negaba, echado para atrás, con las manos perdidas en las bolsas de la sotana, moviendo la cabeza de un lado a otro en el pescuezo que sin el cuello blanco, le daba aspecto de trastornado, pero el sacristán le susurró al oído:

—¡Después de nosotros, en Tierrapaulita no será el demonio, porque volveremos con agua bendita, mucha hostia, mucho vino, e invitaremos al Prelado, para que nos acompañe a dar la batalla! ¡Pero, hay que salir de aquí!

EL PLEITO DE LAS CABEZAS

Cal-Cuj, al llamado del Chimán, pesaba en su balanza de los cuatro platillos la cabeza que aquél anunciara con tantas ponderaciones, y en verdad que se trataba de algo superior a todo lo que su apetito tenía imaginado. Pesaba más que la noche, más que la sangre, más que las nubes, más que los árboles, medidas que fueron puestas de contrapeso, en el platillo negro, el platillo rojo, el blanco y el verde.

Mientras la pesaba, se le hacía agua la boca e imaginaba el más glorioso de los banquetes.

Del más recóndito de los alambiques sacaría el mejor licor, encendería sus lámparas de aceite perfumado a rosas, y bajaría al Gran Ídolo, para darle a probar sangre de aquella cabeza de Principal.

Pero, lo primero, como en todos los banquetes, era embriagarse. No tardó el licor, apurado a vasos, en subir a su cabeza ni su boca a entreabrirse con una risa de jeroglíficos dentales, listos a encajar el primer mordisco a lo que todo su ser apetecía.

Ensangrentado quedó de la cara a los pies, la sangre de la gallina que el sacristán metió dentro del mascarón, sus pobladas cejas, sus pestañas separadas, sus pocos pelos de tiñoso.

El sabor era perfecto. A la luz aceitosa que se alzaba de las lámparas flotando náufraga en la cavidad sin aire de la cueva, qué hermoso pedazo humano: palidez de caída de sol, cabellos arenosos en anilladas crenchas, nariz en firme gancho, labios para besarlos dormidos...

Cal-Cuj, borracho de caerse, tendióse en una estera, y atrajo la cara de la cabeza que se comía a dentelladas, para untársela en la boca, besándola y mordiéndola a la vez, bien que en una de estas tarascadas, soltó un ¡ay! terrible, acababa desencajar los dientes en lo que era barro, trapo almidonado y cartón durísimo...

Una carcajada de dolor de muelas que las generaciones oirán hasta que se acabe el mundo, en lo alto del cerro de Cal-Cuj, un colazo de corneta prisionero del corazón de la montaña y un ir recogiéndose sobre sí mismo a tiempo de cesar de reír espantosamente, como reía de dolor y de rabia, fue todo uno al darse cuenta del engaño de que era víctima.

Quedó patas arriba, revolcándose, dispuesto a no dar su brazo a torcer... ¿Su brazo a torcer?... Al punto recordó el brazo de mar que le había dado, en potencia oculta, al Chimán, para que lo cambiara por aquella cabeza maldita.

El canoso eclesiástico, sensible a las palabras del sacristán, volver y expulsar al demonio de Tierrapaulita, persignóse, empezó a recitar la oración de las "Siete Potencias Africanas" y se encaminó por el puente formado por el brazo de aquél.

Mas, qué pasaba...

A medio brazo, a medio puente, éste perdía fuerza, rigidez, substancia, convertido en una manga de trapo de la que el cura cae al fondo del foso, si no logra agarrarse de las ramas de un guayabo.

El peligro de muerte en que estaba el padrecito hizo que el sacristán olvidara de momento la pérdida de su brazo, por segunda vez, y ahora más dolorosa, por tratarse de la pérdida de un brazo mágico.

Con su ayuda, tuvo que echar mano de su faja y ratos atendía al cura y ratos a los pantalones que se le caían, aquél logró salir y ambos quedaron como mareados, el clérigo tendido por tierra, no le pasaba el gran susto, y el sacristán tratando de retener las lágrimas con que mojaba la manga vacía de su chaqueta.

Lejos de allí, pero no muy lejos, despertó el Chimán a los picotazos de un pajarraco que llamaban Quiebrapiloy. Le picoteaba la oreja y a cada golpe sentía aquél, aún medio dormido, que dentro de su oído rodaban dados de hueso, las palabras cuadraditas con que lo llamaba Cal-Cuj, que era parte de Cashtoc, el Grande, el Inmenso.

"¡Desplomado estará su corazón para que me llame con el Quiebrapiloy —se dijo el Chimán—, y tiemblo de pensar en lo que encontraré de picante en la punta de su lengua!"

Y encaminóse hacia el cerro de Cal-Cuj.

—Mala señal —habló el Chimán a solas, viendo brotar piedras blancas en su camino—, porque tiene tanta hambre que está sacando los dientes a flor de tierra. Si no le sustentó la cabeza que le llevé, dónde encontraré más cabezas.

La voz del Chimán doblábase sobre su pecho, como parte de su cara, de su mentón, de los pocos pelos de su barba, y enmudecido llegó a la cumbre del cerro, donde Cal-Cuj le mostró su dentadura despedazada.

—Y yo que creí, Santo Brujo y Señor de las Cuatro Máscaras, que del hambre sacabas los dientes, al camino...

—Los sacaba del dolor. Los asomaba a los caminos, como piedras blancas, para que se me aliviaran, pues, tan bonito viniste y me echaste esa cabeza que yo fui a pagar a precio de oro, pero que no era cabeza de verdad, sino peñasco.

Y luego de un largo silencio:

—¿Cómo recobraré mis dientes? ¿Cuándo recobraré mis muelas? ¿Cómo me saldrán de nuevo? ¿De qué raíces brotarán? ¡No quiero dientes blancos, sino azules! ¡Morder como el cielo! ¡Morder como el mar! ¡Eso quiero!

—¡Pero ese sacristán no se me va! ¡Aquí estoy orinando bejucos! —gritó el Chimán—. ¡Te traeré su cabeza, para que la comas cocida con bledos y semillas de calabaza, pues cruda no te ha de gustar, como no te gustó el brazo que te traje...

—¡Y que devolví, a pedido tuyo, Chimán, convertido en un brazo de mar todopoderoso!

—Debido a que sabía a carne de turibulario...

—Ahora, Chimán, Mi Chimán, con el hambre y la rabia que tengo, aunque huela a incienso, me lo devoraré a dos carrillos.

—Después de todo —se consolaba el cura, no lejos del cerro Cal-Cuj, a la vera del foso, apoyada la cabeza en el hombro del sacristán, cada vez que Cashtoc burlaba sus intentos de huida le llovían años—, después de todo el brazo que te devolvió ese brujo, yo temía que hubieras pactado con el diablo, me salvó cuando hiciste viajar el kiosco por los aires, de la muerte y la flagelación, y luego tu brazo salvó a la iglesia de caer, mientras bailaba como giganta. ¿Qué más exigir del Señor, pecadores como somos? Me conservó la vida y la dignidad sacerdotal para seguir luchando contra Cashtoc, aun sin armas materiales, pues estamos desposeídos hasta de agua bendita, y dejó la iglesia en pie a fin de no interrumpir el culto.

Volvieron a la casa conventual ya entrada la noche, a la hora de dormir, pero no con esa intención. Debían velar si no querían ser sorprendidos por Cashtoc, el Grande, el Inmenso, que no duerme ni de día ni de noche con los dos ojos. Mientras hay sol mantiene abierto su ojo negro de caverna y al caer la noche, su fulgente ojo de jaguar.

Pero los párpados, balancitas en las que se pesa la cabeza del sueño, fueron cediendo, no era bastante el contrapeso de las pupilas, y cayó sobre ellos la momentánea imagen de la muerte que roba al hombre sus sentidos.

Un riíto, líquido cobrizo, amoniacado, que en contacto con el aire se volvía sólida liana, corría, mientras el Chimán, allá en su lejanía, al lado de Cal-Cuj, que no encontraba alivio para sus dientes quebrados, seguía meando bejuco y meando bejuco, todo el que se necesitara con tal de llegar a través de montes y vallecitos a donde estaba el sacristán.

La líquida culebrita se detuvo bajo el catre en que éste dormía a ronquido suelto, trepó por las tijeras de las patas, dividida en cuatro culebritas, y vuelta y vuelta enrollóse en el cuerpo de aquél, abarcándole desde los hombros, el brazo, la manga de manco, la mano, el pecho, la cintura, el ombligo, las piernas, las pantorrillas, los tobillos, hasta la punta de los pies, y luego de abajo arriba, los tobillos, las pantorrillas, las piernas, las nalgas, la entrepierna, el sexo, la cintura, el ombligo, el pecho, el brazo, la mano y los hombros, y luego otra vez de arriba abajo, y luego otra vez de abajo arriba, y otra vez de arriba abajo y otra vez de abajo arriba, con la precisión mecánica del hilo que se envuelve en un carretel.

El cura despertó ansioso por contar que acababa de librarse de una horrible pesadilla, el corazón, como gigante, saltándole en el pecho, la frente perlada de sudor de hielo, la boca seca; pero, a quién se lo contaba, si a su lado, en el catre vecino, en lugar del sacristán, había una momia decapitada.

—¡Ah, no... —gritó el clérigo y saltó de la cama en camisa y calzoncillos, más pardos que blancos y en algunos lugares más pardos que pardos—, no hay mejor exorcismo que una tranca!

Y empezó a golpear la momia plomiza al tiempo de proferir contra el demonio los más soeces insultos.

Pero era como pegar en concha de tortuga y sigue el conjuro, sin que Cashtoc saliera a defenderse con sus numerosas manos de fuego, si no pierde contacto con sus piernas, y sus piernas contacto con sus pies y sus pies contacto con el suelo, quedando como en el aire...

—¡*Dominus mecum!* —fueron sus últimas palabras, antes de enmudecer, traga que te traga los insultos que el engranaje de su pensamiento soltaba hasta sus labios rígidos, incapaces de articular palabra.

Debajo del catre del sacristán estaba su cabeza...

¡No, pero no era su cabeza... era otra cabeza... más voluminosa... envuelta en hojas... sucia de tierra... manchada de sangre... mordida igual que si algún lagarto se la hubiera empezado a comer...!

—¡Y no tener su sotana!

Se deslizó como pudo. Algo era aquella coraza, ya tan raída que a través de su trama se miraban sus piernas.

La claridad azul de ceniza de volcán que entraba por una alta ventana prometía un rápido amanecer que él no esperaría allí con aquel decapitado envuelto en capas y capas de un bejuco plateado, lunar, y una cabeza de gigante con cabellera de mujer bajo la cama.

—¡Lo primero que debes sacarte de la cabeza es que tienes la cabeza!... —se repetía dando vueltas, ya con la sotana puesta; al ponérsela no se sintió la cabeza.

La iglesia se había llenado de gente con ojos de renacuajo. Esa gente de Tierrapaulita que no habla ni se mueve.

¿Qué esperaban?

Los encargados del Baile de los Gigantes buscaban por todas partes la cabeza cercenada en la sagrada memoración pantomímica de la degollación del Bautista, y agradecieron al padrecito que les señaló dónde estaba, arrastrada y maltrecha.

Pero no solo el sacristán amaneció decapitado, sino todos los santos de la iglesia.

—¡Ay, indios malvados —dilucidaba el clérigo fuera de sí—, porque ésta no es obra de Cashtoc, sino de los indios! ¡De ser Cashtoc —lagrimeaba a más y mejor—, la iglesia apestaría a pedo de pólvora, pero el tufo es de mingitorio público... hiede que no se aguanta a indio mojado... a bejuco húmedo!

¿Quién de aquellos feligreses greñudos repartidos en los escaños del templo con el lujo de sus cabezas, rasca que te rasca los piojos, entre los santos descabezados, le aclararía el misterio de la desaparición de las santas testas, menos la de San Dionisio que la tenía en las manos; se la cortaron, pero, ni tonto ni perezoso, ¿la recogió?

Y ¿no habría hecho él la de San Dionisio Aeropagita? —le entró la duda— ¿no lo decapitarían a la par del sacristán, y lo que ahora llevaba fuera una cabeza parlante?

—¡Padre!... ¡Padre!... —se acercaron a hablarle unas mujeres macizotas, cejudas, chatas, las orejas de carne de cecina con lluvia de aretes de oro y piedras preciosas.

Al despertar el cura, lo primero que hizo fue llevarse las manos a la cabeza. ¡Qué alegría, no se la habían robado!

Las mujeronas aquellas, bienes secularizados a la vejez, acusaban a Cal-Cuj y al Chimán de aquella degollación incruenta, con el agrave de que al sacristán lo envolvieron en bejuco de matapalo.

—¡Y algo peor —añadió el cura compungido—, que se lo fueron llevando a pedazos, primero el brazo, después la cabeza!

—Pero llegó el del gallo —le informaron aquéllas y como el clérigo aparentara no comprender o porque de veras no comprendiera, afirmaron, sobresaltadas—, esta mañana llegó el del gallo...

—¡Mal hecho... trepidaba la voz de el del gallo, en la plaza de Tierrapaulita—. ¡El párroco debe pactar con el diablo, cuando se trata de un Cashtoc, de un Tazol, de un Sisimite, de las Siguanas, Cal-Cuj y el Siguapate, contimás si están despiertos, y por lo que veo no están dormidos, porque no hay casa que no esté rajada, Huracán y Cabracán! ¡Son demonios de la tierra, indígenas, terribles, milenarios!

—Pero el patroncito, si quiere puede tercerear...

—¿Yo...? —rió el personaje escondiendo los dientes que no era lo único feo que tenía, unos dientes de migajón sucio—. De mil amores, pero hay que pensar que yo también soy un poco diablo... ¡ja! ¡ja! ¡ja!

Los que le hablaban, mestizos mostachudos, indios aladinados siempre barbilampiños, pensaron, mientras aquél se carcajeaba: ¡no es un poco, sino un diablo entero!

—En fin —dijo aquél, encaminándose hacia el atrio de la iglesia, lo ayudaré... —y sutilizó—, lo ayudaré si el curita ese me apoya...

—No necesitás consejos, pero ahorita te lo podrías ganar ayudándole a descubrir el paradero de las cabezas de los santos que se robaron anoche.

—No es fácil...

—¿Para quien no hay imposibles?

—Parece. Pero el respeto a los imposibles de los de Cashtoc, es la paz entre nosotros.

—Useñoría sabe lo que hace, pero los santos no pueden seguir sin cabeza...

—Salvo que fuera una iglesia en forma de queso, de esas que construyen ahora, donde en los altares solo hubiera imágenes de mártires decapitados. Santa Osita, San Dionisio, San Laureano, o... —ya en plena truhanería—, que les pusiéramos a los santos cabezas de animales...

—¿De animales a los santos? —se escandalizaron los mostachudos mestizos y los aindiados o aladinados.

—El desconcierto entre las huestes de Cashtoc, el Grande, el Inmenso, sería indescriptible. ¿Las cabezas de sus nahuales con cuerpos de santos?

—¡Y el susto del cura, dónde me lo deja! —acotaron los otros, pestañeando para tutelar sus ojos con bisbiseos de sombra antes de quedar cegados por el fuego de piedralumbre que emanaba de la piel de el del gallo.

—¡San José con cabeza de danta! ¡San Luis Gonzaga con cabeza de cerdito, trompudito! ¡María Magdalena con cabeza de iguana! ¡San Sebastián con cabeza de ciervo herido! ¡San Francisco con cabeza de coyote manso! ¡Santo Domingo con cabeza de oveja! ¡San Pascual Bailón con cabeza de mono! ¡Y la Apocalíptica, la Concebida, con cabeza de paloma!

Y al ir diciendo así el del gallo de pelea traspuso el umbral de la puerta mayor, y los santos fueron quedando con aquellas cabezas de animales, tan ridículas como extrañas.

Al párroco se le fue el aliento ante aquel espectáculo diabólico, satánico, un Ecce Homo con cara de búho llorón y, *prae manibus*, un Niño Dios que parecía pescado, mas allí mismo se le reveló, paró mientes que aquello no entraba en la cuerda de los demonios telúricos, potencias destructoras, quebrantantes, brutales, sino en la mofa bajuna, sin grandeza, del que capitaneaba el chorro de ángeles malditos que cayó del cielo.

Y, mientras le volvía el aliento, se le fue el seso y con el seso el habla. Quería protestar violentamente y no encontraba las palabras, reducido a gesticular, sin mucho énfasis, porque sentía el corazón escaso y la sangre como barredura de silencio en las venas.

Pero lo dicho por el del gallo. Ardieron los jeroglíficos, amargóse el chocolate en las jícaras, gimió la música de los instrumentos de hueso, resudaron los magueyes picoteados por tordos de ojos colorados, y súbitamente los degollados recobraron sus verdaderas cabezas, quebrado el aire de fuego como espejo de sueño.

El cura, devuelto a sus cabales, a sus palabras, a su seno, a su aliento, aplaudía, igual que un loquito, ante cada imagen recobrada, los cristos de pelo viejo, las sonrientes vírgenes, con cara de vírgenes, no de gacelas.

Solo la momia del sacristán, invisible bajo su coraza plomiza, dura como carey vegetal de matapalo, quedó descabezada.

—Lo llevaremos hasta el *pulcrus*, como reliquia de mártir —propuso el del gallo.

El cura cabeceó que sí, y allá fueron a depositarlo, atrás del altar mayor, ayudados por los mestizos bigotudos, entre el parpadeo de las candelas encendidas en manos de mujeres, viejos y niños, acompañados del zumbido de las voces del responso.

LOS DIABLOS TERRÍGENOS
ABANDONAN TIERRAPAULITA

Cashtoc, el Grande, el Inmenso, reunió a sus legiones en una casa sin techo, sin puertas, sin ventanas, en las afueras de Tierrapaulita, la despoblada y derruida Tierrapaulita. ¿Cuál fue la puerta por dónde entró? ¿Cuál fue la ventana por donde asomó a llamar a los suyos? Eran invisibles. Su voz desatada y nada más. La hojarasca reproducía sus pasos salobres. No acudían sus seguidores y los minutos eran estrellas que caían. Aulló como coyote hambriento, silbó como serpiente, aleteó como búho de ojos de garbanzo, sacudió las alas quietas, envió a los árboles en busca de los Gigantes. Del oído de un gigante a su interior hay más de mil leguas y por eso son tardíos en sus respuestas. Era inaudita su tardanza. Los demás ya estaban allí. La Huasanga, montada en el Cadejo, el sexo de Giroma, como una flor, en el ojal de la solapa de su chaquetilla de amazona. El Sisimite en la rueda del dinero, monstruo este de afilado hielo y fuego en sus bordes de moneda. Todos, los visibles e invisibles coleletines o demonios del aire, milaniles o diablillos de los matorrales, defendiendo sus cuerpos al aproximarse unos a otros, como que en la tiniebla y entre diablos, unos a otros se comían los cuerpos.

Nadie osaba hablar. Los llamados de Cashtoc, el Grande, el Inmenso, siempre los alarmaban, pero este llamado premioso de ecos ventrílocuos, resonantes a través de los cerros, los sobresaltó. Dominada como tenían la cristiandad. En Tierrapaulita, los feligreses vivían pendientes de los brujos y los adoratorios donde se quemaba pom ante los ídolos, que alimentaban secretamente a Cal-Cuj, el devorador de cabezas, que rendía culto a Tazol, en las misas maiceras y bailaba las danzas culebreantes ante la luna, a qué llamar con tantos pregones que exigían la presencia de todos.

Cashtoc habló al asomar los Gigantes, cuyas espaldas oscurecieron los cuatro ventanales celestes.

—¡Ha llegado el demonio cristiano —dijo— y debemos abandonar Tierrapaulita, después de conquistar la plaza, es decir, de no dejar habitante ni mansión entera! ¡Para nosotros, conquistar es destruir, conquistar es despoblar! ¡Nos vamos, porque los fines de este demonio cristiano, que fue ángel y no ha perdido su jabonosidad divina, chocan con los nuestros, sus fines y sus métodos, y no podríamos estar juntos, sin que esto se volviera una merienda de diablos!

Y con la voz aterronada en la garganta de costra terrestre:

—¡Una polvareda fue la creación y una polvareda queda de las ciudades que destruimos! ¡No más ciudades! ¡No más hombres que no son sino apariencia de seres, como el formado de barro, que se deshizo solo, y el de madera, colgado, como simio, de los árboles! ¡Los hombres verdaderos, los hechos de maíz, dejan de existir realmente y se vuelven seres ficticios, cuando no viven para la comunidad y por eso deben ser suprimidos! ¡Por eso aniquilé con mis Gigantes Mayores, y aniquilaré mientras no se enmienden, a todos aquellos que olvidando, contradiciendo o negando su condición de granos de maíz, partes de una mazorca se tornan egocentristas, egoístas, individualistas... ¡ja! ¡ja! ¡ja!... —desmoronó su risa hacia adentro—... ¡individualistas!... ¡ja! ¡ja! ¡ja! —rió hacia afuera—, hasta convertirse en entes solitarios, en maniquíes sin sentido!

Las solfataras, estrellas de lenguas de fuego caídas a los pies de los volcanes, seguían la voz de Cashtoc, como girasoles de humo.

—¡Plantas, animales, astros..., existen todos juntos, todos juntos, como fueron creados! ¡A ninguno se le ha ocurrido hacer existencia aparte, tomar la vida para su uso exclusivo, solo al hombre que debe ser destruido por su pretender existir aislado, ajeno a los millones de destinos que se tejen y destejen alrededor suyo!

Y tras una pausa, Gigantes y demonios terrígenos paladearon con orejas atentas su silencio que es polvo de sonido.

—¡Por eso, repito, debe ser destruido el hombre y borradas sus construcciones, por su pretensión a singularizarse, a considerarse fin en sí mismo! —atalantóse el grito de Cashtoc, eco de rocas que se desprenden, y luego prosiguió con ronquera de lluvia de tierra—: ¡Otra, muy otra la estrategia y la táctica desplegada por el demonio cristiano, hijo de la zorrería! ¡Este taimado extranjero concibe al hombre como carne de infierno y procura, cuando no exige, la multiplicación de los seres humanos aislados como él, orgullosos como él, feroces como él, negociantes como él, religiosos a la diabla como él, para llenar su infierno! ¡Por eso deshizo el vaho de espejo que el Corazón del Cielo había regado sobre los sexos, vaho de espejo en el que el hombre y la mujer, en el mágico instante de dar la vida dejaban copia de sus imágenes confundidas en el nuevo ser, cuyo ombligo ofrecían a la comunidad, significando con ello que éste no iba a ser ajeno a la existencia de todos, sino parte de sus existencias que a la vez son parte de la existencia de los dioses!

—¡A más hombres, según el demonio, cristiano, más hombres para el infierno y de aquí que a él le interese la propagación de la especie que nosotros estamos empeñados en destruir! —concluyó Cashtoc, el Grande, el inmenso—. ¡Para *su* infierno que confunden con el fuego de los volcanes que mantiene encendido mi Gigante Cabracán; no nuestro Xibalbá, nuestro infierno, el de la tiniebla profunda que venda los ojos, el del olvido blanco que venda los oídos, el de la ausencia verde que venda los labios, y el de las plumas rojas y amarillas que venda la sensibilidad.

—¿Y por qué, Señor, no le echas tu gallo?... —osó interrogar Tucur, el búho mensajero de Xibalbá.

—Mi gallo, trece veces vencedor de las deidades más arteras, pestes, fiebres, sequías, hambres, cuyos espolones han servido para hacer lumbre cada vez que los dioses nos raptan el fuego; pedrería su plumaje, estandarte airoso su cresta y su pico, flauta que suelta el primer saludo al día... ¿cómo lo podría aventurar, ¡oh, Gigantes! ¡oh Tucures!, ante el gallo de un extranjero que ata a los espolones de su gallo navajas curvas que afeitarían el aire, si el aire tuviera barbas?

—¿Adónde iremos? —preguntó Tucur, búho de pluma borracha.

—¿Adónde irá el alacrán que no queme? —se le fue la lengua a la Huasanga, la boca sembrada de risitas.

—¡Hay que llevarse al cura! —propuso el Cadejo.

—¡Tarde piaste! —intervino el Siguapate.

—¡No es nuestro —insistió el Cadejo, levantando la voz gangosa—; pero ya lo tenemos domado y extrañará a los diablos brutales!

—¡Tarde piaste! —repitió el Siguapate, un fantasma hecho de arena y agua que añadió irónico—: ¡El Ángel de la Luz lo invitó a jugar a los naipes, entre copitas de anís y cigarros habanos!

—¡Sí —afirmó un duende buscavidas, patiabierto y con dientes de manatí—, ya el cura está de parte de el gallo. Se lo ganó devolviéndole las cabezas a los santos, y si no está, se hará de la vista gorda ante los métodos que el que fue Ángel de un Día, quiere emplear para la propagación de la especie humana!

La Siguamonta atizó:

—Nada de vagancia ni de sueño en los hechos de hombres y mujeres juntos... "¿Casados?", preguntará el cura, curándose en salud. "Casados por la Santa Madre Iglesia", le contestará aquél, con tal de adormecerlo, pues, lanzado todo el mundo a la lujuria, a la procreación con lujuria, nada importará lo del casamiento religioso, ya que de lo que se trata es de aumentar los posibles candidatos para el averno...

—¡Gigantes —atronó de nuevo la voz telúrica de Cashtoc, las casas la oían con sus cimientos, los árboles con sus raíces, el mar con sus profundidades—, adelante! ¡Que la columna lleve una granguardia de Gigantes! ¡Que se alce de su tumba el Gigantón que en el baile hiciera de Goliat! A las espaldas de estos cerros, que son nuestras espaldas de volcanes, abandonamos Tierrapaulita, despoblada y casi en escombros. ¡Otro vendrá que de tu casa te echará! Del brazo de un tal Avilantaro llega el demonio cristiano y con él ¡ay!, entristezcámonos, los que exigirán generaciones de hombres sin razón de ser, sin palabra mágica, desdichados en la nada y el vacío de su yo.

Giroma, la poderosa cuya infelicidad por el robo de su sexo no tenía límite, la joven madre umbilical de Tazolín, que en el reverso tenía a una anciana llamada Catalina Zabala, sostenida por el Gigantón que en el baile hacía de Goliat, y que no era otro que su marido Celestino Yumí, y por el eviterno Tazolín, uñas de gato, avanzaba como la única mujer del género humano en aquella caravana de peñascales que se hacían nubes, de tigres de sol que se tendían sobre las sábanas blancas de las salinas.

—¿Viene todo? —preguntó Cashtoc—. ¿Vienen los danzarines del Baile del Cux y del Iboy? ¿Viene la piedra que brama? ¿No olvidaron el achiote, el chile guaque, la calaguala, el copal, el mastuerzo, el jengibre, el tamarindo, la yerbabuena, la pimienta, el jaboncillo? ¡Si no los traemos hay que volver a buscarlos, antes que mi Gigante Huracán eche abajo la ceiba blanca!

Tucur, el búho de la pluma borracha, proclamó:

—Antes que fuera echada abajo la ceiba negra, huyeron de Tierrapaulita los huesos de los muertos...

—¡Y cayó la ceiba amarilla —terremoto era el vozarrón soterrado de Cabracán—, antes de salir, derribé con mis hachas de filo amarillo a ese inmenso árbol de arañas de sol!

—¡Solo les ha quedado la ceiba verde —anunció Cashtoc—, para que dé sombra a los nuestros y les recuerde que la única salida contra el dominador es el amotinamiento! ¡No son ceibas de paz, son ceibas de guerra!

La enana Huasanga, montada en el Cadejo, los Duendes, la Siguamonta, la Siguanaba, el Siguapate, el Sisimite, la Llora-llorallorona, todos los del cortejo se detenían a oír la lluvia de ángeles con cuernos que caía en Tierrapaulita. ¡Qué distintos demonios! Todos ángeles, todos hechos de cielo. Y con ellos, por tierra, avanzaban a la toma de la ciudad legiones de forjadores de tinieblas, endemoniados y desendemoniados, nigrománticos, astrólogos, alquimistas, magos dueños de espejos teúrgicos, horoscopistas de mirada errátil, quirománticos que cuando, además de las líneas de la mano, leían nervaduras de las hojas o manos de los árboles, se doblaban de botonománticos, sin faltar los que consultaban la suerte en los ombligos, ofalománticos que proclaman a Tazolín como su régulo, ni los sortiarios que adivinaban el porvenir con naipes o barajas, ni los lectores de espaldas o espatulománticos, ni los litománticos atentos a las piedras, ni los que en los excrementos leían el porvenir, ya fueran éstas heces, eses o serpientes enroscadas, sueltas o combinándose entre sí, como letras árabes.

Allá quedó Tierrapaulita, de la que, al salir Cashtoc con su cortejo, huyó también el cura, montado en una mula prieta de ojos rojos como rábanos. Y poco le parecía al Padrecito lo mucho que le diría al Señor Arzobispo, en la audiencia que le concedería, sobre su calvario en una población que, cuando él llegó a hacerse cargo del curato, estaba en poder de los demonios de tierra colorada, de hojas secas de maíz, de caña dulce, y de los más destructores gigantes.

Su Señoría Ilustrísima, el de la paciencia gastada, trenzaba las manos, torcía la boca, juntaba las cejas, fastidiado por la minuciosa relación que aquel viejo párroco reumático, deforme, con una pierna más larga que otra, le hacía de su lucha con las más primitivas formas del demonio en Tierrapaulita, la brujería más pestilente, el más enconado odio por Dios, las peores supersticiones, y una y otra restregó la espalda en el gastado respaldo del sillón que ocupaba, antes de gastar una sonrisa gastada para significar que la audiencia había concluido.

En la curia nadie dio oídos a los relatos del cura de Tierrapaulita. Chocheras de viejo, para los jóvenes seminaristas de servicio en la catedral. Alucinaciones de exorcista que se comió el mandado, según compañeros, flamantes, virtuosos y veteranos canónigos que le preguntaban si el infierno quedaba en Tierrapaulita, lo que, bromas aparte, dio lugar a que se volviera a discutir en serio dónde quedaba, si en el centro de la tierra, como lo declaró el Concilio de Trento, o en todas partes, como sostenían los más jesuitones, tratando de disolver el infierno de calabozos subterráneos en un concepto teológico moderno, tan moderno que les parecían ridículas las concepciones, ya avanzadas, de las almas de los réprobos encadenadas alrededor del globo terráqueo para hacerlo girar, o las que sostenían la influencia de ese fuego infernal que no consume en las alternativas climatéricas. Pero eso sí, por contemporizar con aquel sacerdote recién llegado a la capital, venido a menos como todo cura de pueblo, aceptaban a coro que una de las bocas del tenebrosísimo antro quedaba en Tierrapaulita, cuyo suelo agrietado dejaba escapar en las noches oscuras mudez de cielo y aullidos, en forma de llamas las lenguas de los condenados, en forma de tinieblas culebreantes sus cabellos, como retumbos sus quejas y sus estertores en el suplicio como sacudidas terráqueas...

—Todos estos clérigos que se alejan de la capital, vuelven de los pueblos soñantes o asustados... —comentó en alta voz uno de los camarlengos al oído de su Ilustrísima, que era sordo, pero que se estaba quedando más sordo, al par que perdía la vista, su vista de avispa, solo con ojos de avispa se puede ser buen obispo, y el olfato, ya para él no olía tan sabroso el chocolate, y el gusto, a tal punto que su gran debilidad, las torrejas, con los dientes postizos le sabían a mazamorra vieja—. ¡Qué curita! ¡Qué atraso!... —siguió el camarlengo al oído de su Señoría—, venir con la noticia de gigantes, como si estuviéramos en la época de Enoc, de enanos, culebrones, basiliscos y jabalíes-hombres... ¡ja! ¡ja! ¡ja! ¡jabalíes-hombres!... ¡Qué curita! ¡Considerar las fuerzas naturales, sismos y huracanes, obra del demonio, aunque en esto lo acompañe nada menos que Tomás de Aquino, dicho sin faltar el respeto a Santo Tomás, a quien yo pongo ante todos los filósofos y les digo: "¡No, aquí no! ¡Aquí sí!"... —Su señoría no pescó el calambur, y aquél agregó—: Y luego, en otro orden o desorden de ideas, esas mistificaciones absurdas de cocos con sexos de mujeres orinando y esa secta de adoradores del Mal Ladrón...

—El demonio no puede ser tan primitivo en nuestro tiempo —sustrajo otro de los curiales, los ojos, de la mirada de avispa de su Señoría que a través de los lentes gastados de sus anteojos, le dio su anuencia para que siguiera hablando.

Y el que hablaba continuó:

—Si el demonio fuera como lo pinta ese cura viejo, fácil sería reducirlo a la impotencia. Contra el demonio de los terremotos, el cemento armado, y contra los huracanes, la siembra de árboles de copa alta, para romper la violencia de los vientos.

—¿Y en qué termina todo? —apuntaló el camarlengo que había empezado a romper lanzas contra el anciano sacerdote que volvía más que deshecho de Tierrapaulita—, termina en que la clerecía desperdicia oportunidades para dar al traste con aquellas manifestaciones tan primitivas del Enemigo Malo.

—¡Lo que es difícil —suspiró al hablar el curial— es darle batalla al Ángel Portaluz que se ha mezclado con el progreso humano, adaptándose a maravilla con las costumbres modernas, como todos nosotros, por otra parte, porque, para mí, el demonio, por el pecado original, entra en la formación natural del hombre, en un sesenta o setenta por ciento, y me quedo corto!

—¿Cómo se llama el Padre? —preguntó el Arzobispo con su voz gastada, el sacerdote que acaba de hablar.

—Mateo Chimalpín —contestó aquél, sin extrañarse de que Monseñor no recordara su nombre, porque también tenía la memoria gastada.

—Puesss... —gastó su Señoría las "eses", mientras un sirviente se arrodillaba para poner en sus manos el menú, del que Monseñor celebraba con un quedo aplauso, en el que sólo golpeó las puntas de sus dedos, más fue el gesto, las albondiguillas: sobre canapé de arroz con azafrán—. Puesss... —repitió su Señoría— el Padre Chimalpín será designado cura párroco de Tierrapaulita, y espero que no vendrá a contarnos fábulas demoníacas...

Y no dijo más, porque la voz se le gastó y una silla de balancín algo gastada le esperaba en el jardín, donde almorzaría las albondiguillas, para no tenerse que levantar a gastar la siesta y quedar allí remeciéndose con un movimiento que se gastaba, que se gastaba, por lo que a su señoría, cabezazo aquí, cabezazo allá, no le gustaba darle mucho impulso, y también por temor a que se le gastara la zapatilla de hebilla de plata.

Y en la misma mula, la mula prieta en que escapó el cura de Tierrapaulita de los demonios de Cashtoc, coincidiendo con el cambio de guardia demonial, el momento en mil años del abandono de una ciudad por los diablos terráqueos al demonio cristiano, con los mismos indios acompañantes y siguiendo los mismos derroteros montañosos, tomó camino hacia aquellas regiones de tempestades negras de alta magia, el Presbítero Mateo Chimalpín, después de arrodillarse, recibir la bendición de su Ilustrísima y gastarle la esposa de amatista con un sonoro beso, que no fue el incendio de todo lo creado, tan exultante y animoso iba el misacantano a hacer sus primeras armas contra el demonio lejos de la capital, porque él mismo lo extinguió, ya que al besar, para que no se propague el fuego, los labios se ponen como apagavelas.

Las últimas palabras de su Señoría fueron las de San Juan Crisóstomo:

—Recuerde, Padre, que "los más de los sacerdotes se condenan"...

Llevaba como sacristán y secretario a un viejo estudiante de medicina fracasado, capaz de curanderear con alguna práctica y base científica mejor que muchos médicos, y en un maletón, sobre el lomo de un indio carguero, la artillería gruesa contra Satán: las obras completas de Santo Tomás de Aquino, una *Historia Eclesiástica Indiana* por Fray Diego de Mendieta, *El Criticón* de Baltasar Gracián, la *Apologética* del Obispo Las Casas, libro de predicadores, Bossuet a la cabeza, *Prontuario de Teología Moral* del padre Larraga y, a Mayor Gloria de Dios, libros sobre cataclismos, huracanes, predestinación, diabolismo, sin faltar el *Manual de Exorcistas* de Fray Luis de la Concepción, la *Santa Biblia* y, como libro de cabecera, el *Apocalipsis*.

BRUJOS Y ESPANTOS
REGRESAN A TIERRAPAULITA

Celestino Yumí y Catarina Zabala, que ya iban para grandes brujos, aún les faltaba sufrir otras transformaciones mágicas, creyeron que debían abandonar la caravana de los Gigantes Terrestres, portadores de platos verdes y los Gigantes Celestes, portadores de vasos azules, y, sin despedirse de Cashtoc, quien se despide del que está en todas partes, se le dice adiós al que se queda o se va, pero Cashtoc, el Grande, el Inmenso, seguía presente en todo lugar de hechicería, se apartaron acompañados de la Huasanga, enana cuasi araña, que para no pasar a mayores con aquellos que ya eran tan principales brujos y sintiéndose amenazada de tarantulismo, devolvió a Catarina Zabala, doble de la juvenil Giroma, el timbre femenino de la voz, ya hablaba ronco, al reintegrarle con el sexo, que le había arrebatado, su tono, su animalidad; acompañados de la Siguamonta, fantasma de mujer torneada en palo de naranjo, la cabellera en lluvia peinable de pedernales y su gran categoría de hembra de borrachos aulladores, a los que atraía con su sexo en forma de imán, convertidos en silenciosos, rígidos y ciegos muñecos de metal; acompañados de la Siguanaba, visión que se aparecía flotando, sin pies, sin piernas, sin más que el tórax, el vacío en que se juntan todas las tinieblas formándole el traje, mujer de tres cabezas, la que llevaba sobre los hombros y las dos de los redondos pechos, pararrayos que atraían al ebrio zigzagueante, lanzado contra ella sólo para caer en el vacío sexual de los barrancos; acompañados, además, del Cadejo, tatuado de círculos de mofa, cuatro veces cuadrúpedo, con sus dieciséis patas, cuatro de palo colorado, cuatro de sombra, cuatro de gente y cuatro de diablo, las pezuñas de peines de piedralumbre para enredarse en las crines de los caballos y en el pelo de las mujeres despeinadas; de la Llorallorallorona de los Cabellos de Agua, lluvia que llora por los hombres que mueren, que llora, mejor dicho, al mismo, al único, al eterno varón que se repite a través de los cadáveres que ella acompaña al camposanto, orgullosa de los agujones de sus lágrimas que mojan su cuerpo y confluyen hacia el vello mortuorio de su pubis de huérfana, de viuda, de mujer abandonada; y también acompañados del Duende Mayor de sonrisa fosfórica, ojos mongólicos, pelo de pluma de cuervo, dientes de yeso, divo, solterón y manflorita, y de duendes menores, chabacanos y exhibicionistas en parques y mercados.

Toda esta legión de espantos y espíritus malignos se apartó con Celestino Yumí y Catarina Zabala de la cola de corneta de agua y fuego que arrastraba Cashtoc hacia los altos montes poblados de cavernas, para volver a Tierrapaulita, seguidos del Sisimite, saltarín, cascabelero, pies en la luna, pies en sus pies que con sus mismos pies se multiplicaban y perdían, y del Siguapate, mono demoníaco que arroja tierra a los ojos de los viajeros, para robarles el corazón, por eso le nombran "Ingrato hacedor de ingratos", robarles la memoria hasta perderlos en la nada y bolsearles los órganos sagrados, para anular en germen las generaciones, como "Gran Concubino de la Muerte", a la que fornica por los agujeros de las cavidades ilíacas, dejándola como rama tronchada de flores siempremuertas, con sus ojos de calavera, imaginativamente cerrados y condenada por aquel amancebamiento a usar su guadaña sólo en la cosecha de los viejos, ya que el Siguapate diezmaba a los seres antes de ser engendrados, vivitos y coleando como están en el licor de vida de sus progenitores, y por eso ya no había niños, y ya no había jóvenes.

Un ligero chipichipi mojaba las casas de Tierrapaulita, las casas, las calles, los árboles, cuando volvieron los grandes brujos, Yumí y la Zabala y sus acompañantes, que al solo llegar a la ciudad se desbandaron, cada cual a su quehacer nocturno, después de saludarse con el Sombrerón, enano con la plaza como sombrero, metida hasta las orejas verdes de los árboles, casi tapándole los faroles del alumbrado público de sus ojos, boca de fuente sin agua, manos de atrio con gradas que semejaban dedos, sin rodillas ni piernas, sólo el tórax sentado sobre los pies de hule negro y por eso saltarín y bailador. También saludaron en Tierrapaulita a la Tatuana, caliza, sin facciones y, sin embargo, tan marinera, ojos de brújula, dedos con pulsación de segunderos de reloj.

Tazolín, hijo de Tazol y del ombligo de Catarina, cuando era la poderosa Giroma, los alcanzó llorando maíces y les pidió quedarse con ellos que eran sus padres, en Tierrapaulita, y no con su abuelo, Tazol, en el monte. Le gustaba tanto charlatanear y eso en el campo no se puede, todo es soledad y pájaros que no hablan. Mejor allí en Tierrapaulita jugando entre charlas y risas a que no le agarraba el dedo el guacamayo azul, esposo de la guacamaya roja, presente de los dos espejos del engaño, que Tazol hizo a Yumí y Catarina, tratando de perderlos.

—Muy bien —dijeron estos hechiceros, y encerraron en el último patio de su casa al nieto de Tazol en compañía de los guacamayos.

Tazolín, sin saber que lo estaban educando para engañador, se pasaba el tiempo entretenido en aquel que me picas que no me picas, entre los relámpagos azules de las alas del guacamayo, y los relámpagos rojos de las alas de la guacamaya.

De noche soñaba que todas las estrellas eran picos de guacamayos de oro que picoteaban tratando de herirle los deditos, sin conseguirlo, y por este sueño de diablito burlador del cielo, se le condenó a que lo despedazaran aquellas aves del incendio blanco.

Y así sucedió y el hijo de Tazol y el ombligo de la poderosa Giroma, despedazado a picotazos por arco iris y constelaciones, cayó a tierra como un niño con barbas de abuelo, barbas de mazorca, semilla de maíz silvestre.

Sin el nieto de Tazol, Celestino Yumí y Catarina Zabala se presentaron al demonio cristiano y fueron los primeros que en Tierrapaulita lo llamaron por su nombre: Candanga. Mantenía este mote o nombre oculto y sólo ellos y San Zacarías lograron adivinarlo, San Zacarías por el olfato que tenía para dar con el diablo, así se disfrazara de santo en los altares, y ellos porque ya iban para grandes brujos.

II

CANDANGA, DEMONIO CRISTIANO, EN TIERRA DE INFIELES

—¡Al engendroooo! ¡Al engendroooo hoy!... ¡Al engendroooo!...

Negregueante, huraña la alta noche de Tierrapaulita. Las calles húmedas, sombrías. Las casas dormidas como gallinas blancas, una pegada a la otra.

—¡Al engendroooohoy! ¡Al engendro! ¡Al engendroooohoy!

El que no hablaba, se movía en el lecho, al lado de su mujer, nervioso, y las mujeres, aparatadas de miedo, echaban a andar los ojos por la tiniebla, grifas, olorosas a sudor nocturno, o apretaban los párpados, pétalos de sombra que se iban haciendo grandes, inmensos, mientras afuera...

—¡Al engendroooo! ¡Al engendroooo hoy!... ¡Al engendroooo!...

Quería decir... quería decir... Las comadres, sin desatar el nudo con el estornudo matinal, se contentaban con persignarse y para qué más explicación.

—¡Al engendroooo hoy! ¡Al engendroooo! ¡Al engendroooo hoy!

Los casados, los amaridados, los que dormían con mujer, ya no solo se daban vuelta o media vuelta en la cama, al escuchar en sueños o despiertos aquel como bando del Enemigo Malo, sino remolineaban, encogíanse, estirábanse, invitando el manotazo a sus compañeras a responder al pregón con el amargo, pero dulce débito.

—¡Al... dro... ooohoy...!

No, ya ni le oían. El grito de lo que se contaba los mantenía pavorizados.

Se susurraba que entre los remisos, los que no respondían al grito en debida forma, metía el diablo su gallo y era el gallo el que varoneaba. Y por eso, al primer "¡Al...", ellas se destapaban con las manos ligeras que después ponían sobre sus senos, pues en esto de los hijos, lo mejor es que salgan del cuero las correas, que no era cosa de cornear al marido arrimándose al gallo del diablo que no pone cuernos, sino espolones. Sin que hubieran pasado gitanos, diz que ya algunas habían empezado a tener hijos color de brea, labios y lenguas rojos y dientes blancos. ¡Qué más gitano que Candanga, el diablo cristiano, que montaba su gallo sobre las hembras de su concubinato natural, las gallinas, gallinismo que alcanzaba a toda mujer que durmiera con hombre, aunque ya fuera para resina fósil, si no hacía que aquél cumpliera con el mandato de "al engendro"...

Candanga, cuyas rodillas pronunciadas le afeaban tanto, las disimulaba en dos rodilleras de piedras preciosas, explicaba que había encontrado aquella maravillosa comarca terriarbolada, casi sin gente, diezmados los habitantes de Tierrapaulita y sus pestañas. Terremotos, huracanes, hambres, pestes empleó Cashtoc, en una política de aniquilamiento, a fin de que Él, Diablo del Verdadero Dios, no encontrara alma viviente.

De ahí su política de repoblación como concesionario de aquel humano rebaño que había quedado, destruido, además, por las letíferas aguas del bautismo español, política que echó a andar a gritos, el púlpito del diablo son las calles, a gritos misteriosos, lascivos, tratando de dar el jaque antes de ver el juego, ya que el cura, nuevito como él en el pueblo, amenazaba con exorcismos y excomuniones a los energúmenos que cumplieran el mandato de aquel pregón bestial, de aquel entremetido verraco, vómito de perro, mulo cerrero, trompa de cerdo que hociquea en el excremento y come a dos mandíbulas, a dos narices, a dos ojos, porque todo él se empuerca hasta las orejas, gusano de cadáver, pus de pústula, tapalcúa, cangrejo de tinieblas...

Ya nadie tenía párpados para sus noches, en las noches interminables de Tierrapaulita. Ni párpados ni pupilas tenían los ojos de la gente pobre, la más crédula, ojos en forma de ajos trenzudos de lagrimones nacidos del agradecimiento de la carne en aquel decir y hacer de mía sobre tuya a que los obligaba el grito aullado que se golpeaba contra los portones de las herrerías y mesones, contra las puertas de madera de flauta de las nuevas residencias, ocupadas por gente de dinero, contra las puertas de esqueletos de naves de comerciantes y lenocinios, y contra las rejas hechas con maderos de cruces en los cuarteles, la iglesia, las cárceles y el cementerio antiguo.

—¡Al engendro! ¡Al engendro!...

Los pudientes de Tierrapaulita, menos crédulos, le escuchaban allá lejos, más despiertos que dormidos, y qué inmensas grietas en su sueño, en el sueño que se apelotonaba en sus cabezas, sobre sus almohadones y almohadas que formaban parte de sus cabezas, cabezas de sesos de lana, de sesos de paja, de sesos de pluma, de sesos de almohada, con el sueño apelotonado en la funda del cuero cabelludo y que al oír aquel grito tremendo, en plena noche, los abandonaba como un gato de sombra, siguiendo a los gatos que en fila india se desprendían de los techos de las casas con el pelo erizo cuajado de gotas de rocío que limpiábanse con sus lengüitas de tejido de toalla, al llegar a la cocina y acomodarse junto al fuego enterrado en el poyo, en la hornilla del rincón de la pared negra de hollín, espeluznada, escamosa.

—¡Al engendroooo... oooo... ooooo!

Los perros callejeros, los hocicos por el suelo y la cola entre las piernas, rascaban las puertas con sus patas delanteras en demanda de auxilio. De puerta en puerta, lloriqueantes, huesudos, con el pavor en los hocicos, los dientes fríos, mientras murciélagos cornalones transmitían el grito espantoso, la invitación al engendro, que también hacía enloquecer a los perros encerrados en los patios y traspatios ansiosos de dar caza al sonido, al eco de aquello que no era ni sonido ni eco, sino un maléfico audible, del que algunas, entre ellos el cura, nuevito en el lugar, sostenían que era la voz, de la *carona*, palabra anticuada que el Padrecito empleaba con la intención de referirse a la carne, encendida por la salacidad, y a la barca de Caronte.

Pero ¡ay! de los que lo oían con sus copas, que en un pueblo en donde no había otra diversión que embriagarse, no eran los menos. Se bañaban en carne de gallina, sudorosos, y atraían hacia ellos, borrachos hediondos a mingitorio, a sus esposas, bajo la amenaza de que si no accedían, el diablo les hacía el hijo...

—Si ya no se oye, si ya pasó... —se defendían ellas.

Pero, como si Candanga en persona hubiera estado esperando el momento, sobre el ya, atronaba:

—¡Al engendro! ¡Al engendro!...

El aúllo de coyote hambriento de almas, no de carne, quedaba como suspendido sobre sus cabezas, en espera de la respuesta que no podía ser otra que la que tenían a la mano en la intimidad de lo que ya no les parecía su alcoba, por mucho que la reconocieran con el tacto de sus ojos en la semioscuridad, por mucho que oyeran a los perros corretear en el patio, ladrantes, aullantes, sino un espacio que formaba un todo con la profundidad de la noche.

De la raíz del mismo grito, ahora pregonado con voz de bajo, arrancaba el pavor que los entullecía, que los acalambraba, que los hacía medir con su médula por vara el riesgo lindante con el misterio de la vida, de no cumplir la macabra invitación de engendrar, pues, tras mucho tiempo de estar juntos, ya con hijos grandes, hasta ahora volvían a ser juguete de sus naturalezas, él borrachón y ella con el licor del llanto que le bañaba las niñetas, a sabiendas que el demonio los convertía en substancias de propagación humana.

Desde el perfil de los cerros altísimos que rodean Tierrapaulita, todo esplendor, esplendor circuncidado, sin nubes, y de allí, de aquella erección sublime de picachos, hasta la comba más femenina de las serranías próximas, la música del cielo, y los litocálamos repitiendo en sus flautas de cañas fósiles los sonidos del viejo mar Caribe de blancos cabellos espumosos.

¡Y qué naturaleza tropical de ascuas con ojos, por esos ojos sabemos que la noche ve; de silencios con oídos, por esos aretes de oro pendientes de invisibles orejas sabemos que la noche oye; de ascuas de algún metal que se quemó en el cosmos y por cuya luz sonámbula sabemos que la noche está llena de ausentes!

EL PADRE CHIMALPÍN
RETA A CANDANGA

Hasta ahora empezaba a saberse en Tierrapaulita el nombre del nuevo párroco. Mateo Chimalpín.

De estudiante en el Seminario de Santiago, aprendió de memoria un célebre sermón que se ponía como ejemplo de oratoria sagrada, cuando se trataba de combatir al Ángel Impar. Y esta pieza inmortal le vino de perlas, perlas o gotas de sudor, mientras la iba memorizando en el púlpito de la iglesia colmada de gente, desde los ricos sentados en los reclinatorios, adelante, hasta los pobres sentados en el suelo.

Casi saliéndose del púlpito, gritó:

—"¡Temblad, monstruos eviternos que traéis el sexo al campo de batalla contra Dios! ¡Temblad, monstruos que con más furor que los Arrianos y Circunciliones, que los Priscikianistas y Donatistas, y que toda la turba antigua de langostas (para hacerlo comprensible dijo 'chapulines') y escorpiones, os habéis levantado del seno del olvido, de la perdición y de la muerte, para sitiar a Tierrapaulita (se permitía esta libertad, pues el sermón que memorizaba decía la Sión Santa)! ¡Es verdad que sois monstruos aun más feos y abominables, más temidos y atrevidos! ¡Es cierto que sois los verdaderos Trogloditas de la Etiopía, que describió Plinio, que no solo no respetaban ley alguna, sino que vivían como fieras, habitaban en las cavernas, se alimentaban de carne sanguinolenta y no reconocían vínculo alguno en la sociedad. Es verdad que Lametrie, Obbes, Tolando, Collins, Volston, Tindal, Diderot, Voltaire, Rousseau y qué sé yo cuántos otros discípulos suyos han querido acabar, unos con la revelación, otros con la luz natural y formar todos ellos aquella isla de Ateos, solo comparable con Tierrapaulita (se permitía este agregado ejemplificador), isla que el Cardenal de Bernis describió tan bien, isla que Dios redujo a cenizas, como lo hará con Tierrapaulita, si no se enmiendan y desoyen al demonio gritador. Acordaos, hijos míos, de lo que maquinó en Berlín Federico II, unido a Alambert y Voltaire, y de los ríos de sangre que sus proyectos, en parte realizados, han hecho correr..."

En otro sermón, más bien plática cuaresmal solo para varones, el Padre Chimalpín, dispuesto a enfrentarse con el Ángel Impar, ya fuera esa voz tiránica, invisible como la noche e impalpable como el viento, que invitaba al engendro, o el gallero llamado Candanga, de ojos azules, siempre con espuelas que daba rienda suelta a sus instintos de macho cabrío, sin engendrar, porque el demonio carece del licor que da la vida.

"El retorcido y engañante agitador —hizo notar a los hombres que le escuchaban, cabitiesos, barbas de mugre, condecorados algunos con medallas de distintas cofradías—, emplea en su diabólica cruzada en pro de la cópula mucha propaganda, ningún producto se impone ahora si carece de propaganda, y es lo que le hace falta a la Iglesia; mucha propaganda llamada a despertar los instintos de hombres y mujeres, los bajos instintos, al incitarlos al engendro, porque no dice a *engendrar*, equívoco tremendo, desconcertante y parte de su gran maleficio de Equivoquista".

"¡Ved, hermanos míos en Jesucristo, dónde está el equívoco, el lamparón inlimpiable, el cangro demoníaco que atumora el alma de los que caen en sus redes, de los que se dejan atrapar por el grito de su propaganda que no induce a la propagación de la especie por voluntad de los seres que se aman, sino por el miedo, por el pavor que siembran sus aullidos que vienen desde los tragaderos del infierno y que por eso se oye como que abrieran grietas iguales o más profundas que aquellas que abría el terrible diablo indígena Cashtoc, hoy retirado de aquí, pero haciendo de las suyas en otras poblaciones, durante la cuaresma, con el muñeco llamado Mashimoón!"

Ni la Semana Santa respetó el Impar. El Viernes Santo, después del Oficio de tinieblas, ¡ah, qué oportuno estuvo el curita al recordar aquella estrofa de Jerónimo de Cáncer:

Ya estaban en la María
los soñolientos ojazos
y ya de aquellas tinieblas
corría el último psalmo.

—Pues ni este día de silencio respetó Candanga, y eso obligó al Padre Chimalpín a predicar en el atrio, mientras dentro del templo ardía solitario un íngrimo cirio.

—¡Como he venido a Tierrapaulita a encadenar fieras y a combatir y no a otra cosa, saltó a la arena del circo dispuesto cual nuevo Ursus, todos los músculos del alma tensos, pues poco podría con mi cuerpo enjuto y mis pobres huesos, a defender a la Iglesia, y como del toro, es decir del Demonio, los cuernos, aquí me tenéis, con ayuda de Dios gritando contra el perverso profanador del Viernes Santo!

»¡Reto —continuó con gestos y ademanes de poseso— a los chimanes, a los brujos, a los hechiceros de Tierrapaulita, dicen que los hay grandes, y a Candanga, ese demonio mestizo, mezcla de español e indio en su encarnación humana! ¡Aquí me tienen dispuesto a darles batalla en cualquier terreno, a ese Maldito Ángel Enemistoso, a sus seguidores, y a los que aún ofician al servicio de Cashtoc, diablo que jamás habló, reverso de este parlante de feria, buhonero de la mercancía más fácil de vender, la mercancía sexual que anunciada en la envoltura del grito de pavor, se convierte en algo más excitante!...

Al terminar el reto, arrojó un guante morado de su Ilustrísima, que se había venido en uno de sus bolsillos, ¡ay de los descuidos de los camarlengos!, en espera de que apareciera y lo recogiera, Candanga o alguno de sus brujos.

Un indio picado de viruelas, poco versado en lances caballerescos, creyendo que aquel guante morado se le había caído al Padrecito, lo recogió y lo llevó a la sacristía.

Y allí mismo lo interrogó el sacristán:

—¿Sos brujo?

—¡No, señor, cómo voy a ser eso!

—¿Y por qué recogiste el guante?

—Por... ¡Me acomedí, pues! ¡Y queda entregado!

—¡No! ¡No! ¡No es cuestión de queda entregado!

—¿Y de qué va a ser, pues?

—El Padre te lo dirá...

—Aquí tantito lo voy a esperar entonces...

—¿Tantito? —acampanó la voz del sacristán, mientras se decía: Ay, Jerónimo, Jerónimo, para qué naciste el día de la Degollación de los Inocentes por Herodes, al tiempo de apretarse a los ojos las antiparras negras, desconcertado de estar en un pueblo tan lleno de encantamientos como escudero del Padre Chimalpín, el cual lo trajo de sacristán y no de Pancho Santo que es como debían llamarse los Sanchos Panza de curas batalladores.

—Tantito lo voy a esperar —repitió el indio.

—¡Nada de tantito! Esperarás hasta que él termine. Está cenando.

—Si al decir tantito digo que lo voy a esperar todo el tiempo que él se tarde, porque cuando uno como yo espera a persona tan principal, siempre es tantito tiempo el que espera, nunca es mucho, y hacé favor de agarrar el guante que debe ser de mano santa.

—Esperá que el Padre venga y se lo entregás a él...

—Está bueno como lo decís, entonces a él se lo voy a entregar...

—¿Y qué mayor desenfado que venir a la iglesia en Viernes Santo blasfemando con la bragueta abierta? ¡Y uno aquí de celestino!...

¿Se destanteó el indio con lo de celestino y la alusión a la bragueta abierta? ¿Habría descubierto el sacristán quién era? Nada menos que Celestino Yumí, el gran chimán en quien se introdujo Candanga al oír el reto que, arrojándole el guante a la cara, le lanzó, desde el atrio de la iglesia, el Padre Chimalpín. Oculto en ese emisario iba a responder al atrevido retador. Yumí, bajo una careta de regadera que en lugar de agujeritos tenía cicatrices de viruela, no se dio por entendido de lo de "celestino", habría sido permitir al sacristán que al conocer su nombre se apropiara de su persona, y apresuróse a enmendar la tropelía de su braguetón abierto, al tiempo de decir, como quien no dice:

—Por vos no importa, pues sos hombre... —y añadir entredientes—, y lo vas a disimular...

—¿Hombre?... —ensayó Jerónimo de la Degollación una risa escalofriante.

Se oyó venir de la casa conventual al Padre Chimalpín. Jerónimo tuvo tiempo de acercarse a mirar al indio, a la luz de un candil que ardía solo, porque esa noche Jesús estaba muerto, a espulgarle el tatuaje cabalístico de las cicatrices de viruela que le constelaban la cara.

Los pasos del sacerdote se deshicieron en la tiniebla, como si en lugar de acercarse hubiera ido alejándose. La verdad es que aproximóse de puntillas y se quedó escondido, en espera de que Jerónimo de la Degollación de los Niños Inocentes recibiera el guante, que el indio se empeñaba en entregarle, y aquél en no recibir.

El guante morado de su Ilustrísima, lanzado por el Padre Chimalpín desde el atrio, como un reto a Candanga, el del gallo, el de "¡al engendro!", iba también destinado al sacristán, como demonífugo, por tratarse de una prenda bendita que obligaría a Jerónimo de la Degollación a mostrarse en esa segunda naturaleza demoníaca que se había apoderado de él, a través de un espíritu maligno que andaba errante, una tal Mulata de Tal que se le metió en el cuerpo.

El guante que es la mano, pero la mano vacía, tenía un significado especial en el arte del exorcismo, y el Padre Chimalpín esperaba, ya se había puesto de rodillas, el rosario en la mano, Ave María tras Ave María, que el sacristán que, para él, estaba mal alumbrado por aquella mala hembra, lo tomara para deshacerse de la pestilencia o afeminamiento, pues, según los demonieros conocedores de íncubos y súcubos, cuando la mujer que el demonio mete, introduce, en la masa humana del varón es de carne, viene el encañamiento, y cuando no es carnal, sino un simple espíritu, viene el afeminamiento, justo lo que ocurría con Jerónimo de la Degollación.

¡Ah, si tomara el guante, en el que Monseñor dejó la forma de su mano, y expulsara de su cuerpo a la Mulata de Tal que se apoderó de él a través de la luz de la luna que alumbra, inmensa, casi redonda y ensangrentada, el santo tiempo de cuaresma!

Lejos estaba el aprendiz de exorcista que peinó con las pestañas tanto texto enredado sobre conjuros y que ahora se sentía algo así como el salamantino Padre Ciruelo o el canónigo Montearagán, lejos estaba de saber que se enfrentaban las dos más altas potestades infernales, Candanga y Cashtoc, ocultas, disimuladas en el indio agujereado de viruela fenecida y el sacristán con ojos y dientes de luna de alumbre y modales de señorita vieja.

La contradicción diabólica. El demonio del cielo en el indio energúmeno y el diablo de tierra colorada, convertido en la Mulata de Tal, en el sacristán mestizo.

—¡Al engendroooo!... ¡Al engendroooo!... —resonó el pregón del Tentador, a pesar de que aquella noche era Viernes Santo.

—¡Al engendro! —pujó el sacristán y, mientras brabosamente seguía el eco resonando fuera de la iglesia, agregó—: ¡Por la pluma se conoce al pájaro!, bien se advierte que ese tal Candanga es tan ordinario como la gente que maneja, putas, cabrones y matrimonios mixtos, de hombre y mujer, cuando lo mejor son los matrimonios puros, de hombre con hombre y mujer con mujer.

Y luego de una pausa preguntó al indio, agujereado, cómo se llamaba.

—Yo me voy a llamar José Quiquín, José mi nombre y de mi apellido, Quiquín...

—¡Qué lindo! ¡Qué sonoro, José Quiquín!... —se deshizo en zalemas el sacristán—. ¿Y qué has sido en tu vida? ¿Qué has sido? ¿Se puede saber?

—Fui leñatero...

—¡Ah, leñatero!

—Después fui muy rico...

—¡Ahora ya no lo eres!

—Y después fui enano

—¿Cómo es eso de fui enano?

—Sí, me achucuyé, me enjuté...

—¡Y qué hacías de gnomo? —se retorció Jerónimo, el endemoniado siente al espíritu que lo posee como un inmenso eructo, un aire que no expele ni por arriba ni por abajo.

—Bailaba...

—Pero qué preciosidad...

—Bailaba la "Danza de los Zancos", y me llamaban Chiltic...

—¡Chiltic! ¡Chiltic! ¡Sígueme contando! ¿Qué fuiste después de ser enano?

—¡Gigante!

—¡Gi... —a Jerónimo de la Degollación de Herodes se le fue la voz, todo él era la Mulata de Tal, y hasta al rato añadió— ...gante!

El indio creyó oír que le pedía el guante y le alargó aquella cáscara morada que conservaba el sudor y el movimiento de la mano de su Ilustrísima —el Padre Chimalpín, que seguía la escena, se dijo: ¡ahora es la mía, la de mi exorcismo a través de un objeto cargado de electricidad antidiabólica—, pero el sacristán buen cuidado tuvo de no recibirlo, de alejar las manos de cobrizo color lunar que Yumí solo le había visto a la Mulata de Tal...

El Padre hizo notar que se acercaba. Ruido de badajo el de sus piernas y sus pies, bajo la campana de la sotana.

—Le preguntaba al indio este —se adelantó a decir Jerónimo de la Degollación de Herodes, al surgir en la tiniebla la cara pálida del cura— que por qué se abalanzó a recoger el guante, lanzado, después de la muerte de Jesús, como un reto a Satanás...

—Bien malo, señor cura, lo que hice, pero creí que se te había caído —y alargó el guante morado que el Padre Chimalpín recibió—, pero yo cómo iba a saber que era por desafío que lo tiraste al suelo, como en los desafíos de las loas y que había que dejarlo allí botado, hasta que lo pepenara el Diablo de los Oncemil Cuernos...

—¡Once... oncemil cuernos... —repitió el Padrecito para sus adentros y sus afueras—, quiere decir que Usted, don Espuma, don Espuma que se sube como la leche puesta a hervir, debe darse cuenta que no es tan fácil, como al toro, tomar al diablo por los cuernos, pues son oncemil... oncemil...! ¡Ay, Dios Mío y Señor del universo visible e invisible, dadme fuerzas suficientes para tomar a Candanga, por los oncemil cuernos! Pero de dónde sacar oncemil brazos, oncemil manos...

—De tu cuerpo van a salir —díjole el de las viruelas, indio pelo de pescuezo de zopilote y Chimalpín, horrorizado, empezó a sentir brazos que le salían debajo y encima de los brazos, como a los Dudas, abanicos de brazos de distintos colores y manos de colores distintos que le formaron una inmensa cola de pavo real.

Pero no eran oncemil, aún no eran oncemil y tenían que ser oncemil si quería tomar a Candanga por los cuernos.

Y enloquecido sintió que le salían más brazos, ya no solo de cerca de sus brazos, de las axilas y los hombros, sino de las costillas. Un brazo, dos brazos, tres brazos de cada costilla. Y de los espacios intercostales. Y de la cintura.

Pero no eran oncemil, aún no eran oncemil y tenían que ser oncemil, si quería tomar a Candanga por los oncemil cuernos.

Y, como por encanto, le empezaron a salir brazos de las orejas, y cada uno de sus cabellos engrosó hasta convertirse en un brazo. De la tonsura sintió que le salía un chorro de brazos, un chorro de manos, un chorro de dedos.

Pero no eran oncemil, aún no eran oncemil y tenían que ser oncemil, si quería tomar a Candanga por los cuernos.

Y, mientras lo pensaba y decía, sus dientes se alargaron y de su boca abierta saltaron brazos con manos en forma de muelas, unos, otros como colmillos de elefante, otros como dientes de morsa, todos brazos, brazos de marfil brazos de huesos...

Pero no eran oncemil, aún no eran oncemil y tenían que ser oncemil, si quería tomar a Candanga por los oncemil cuernos...

Y sus pestañas se alargaron como brazos temblorosos, peluditos, negros, con manos de cristal, diríase lagrimones de arañas iluminadas, quedando sus ojos extrañamente rodeados de bracitos con irisadas manos de almendrones...

Extrajo un pañuelo con un montón de dedos que como pequeñas sierpes juguetonas peleaban por sacar aquella prenda de lino perfumada del fondo de la bolsa de su sotana que por todos lados tenía mangas, y más mangas, y más mangas, mangas de las que salían los brazos por cientos, igual que racimos de dedos en lugar de bananos.

Y al ir a secarse el sudor con un solo pañuelo llevado a sus sienes por casi cincuenta y cinco mil dedos, no todos alcanzaban a tocar el pañuelo, correspondientes a oncemil manos, echó a correr hacia el bautisterio en busca de agua bendita y, Dios Santo, sus piernas también eran brazos, brazos-patas, patas-brazos y más parecía una araña tonsurada que movía al moverse miles y miles de extremidades peludas.

LUCHA ENTRE DOS ALUMBRADOS
POR DEMONIOS CONTRARIOS

Ni el sacristán, Jerónimo de la Degollación de los Santos Inocentes, ni el indio que dijo llamarse José Quiquín, advirtieron lo ocurrido al joven sacerdote, cuando al recibir de las manos prietas de éste, el guante morado de su Ilustrísima que lucía al empeine, bordado en hilo de oro, una espiga de trigo, huyó hacia el bautisterio convertido en una araña con sotana de la que salían, igual que patas velludas, oncemil brazos. Huyó amparado por la tiniebla, mientras se tragaba su propio corazón, al darse cuenta que por querer arrebatar a Tierrapaulita de las garras de Lucifer, lanzándole a la cara, que la plaza pública, el guante del reto, y de recoveco, si lo recogía el sacristán conseguir su desendemoniamiento, el endemoniado era él, sonajeando, al andar, aquellos arrejaques de cinco puntas o dedos, en las que arrastraba la basura de todas las almas, basura con la que alimentaba las llamas del infierno. De desluzbelizador se convirtió en luzbelizado, y por eso iba en busca del agua bendita, oncemil brazos en movimiento, igual que patas de araña y su gran sotana negra.

—¿Dónde te quedás de noche? ¿Dónde vas a posar? —preguntó Jerónimo al indio de las oncemil cacarañas, menos de oncemil cicatrices no tenía en la cara, y ni éste por atender a la pregunta ni aquél por penetrar el misterio de aquel indio momificado, se dieron cuenta que el Padre había escapado hacia el bautisterio, no sobre dos pies, sino sobre cientos de patas.

—En Tierrapaulita me quedo donde me agarran la noche y el sueño...

—¿Cómo es eso? —dijo el sacristán, había como oído llorar al Padre.

—Vos vas andando y andando y si tenés sueño y no es de noche, no te podés echar a dormir, porque si te vas a dormir de día, corres riesgo que te caguen las moscas del sol que enferman los ojos de agua honda, y si es de noche y no tenés sueño, pues, para qué te vas a acostar, seguís andando y andando...

—¿Y cuando te agarran juntos el sueño y la noche en Tierrapaulita, dónde te quedás, dónde te dan posada?

—En el corredor del Cabildo me quedaba, pero una noche me fui tan hondo en el sueño que desperté metido en un tonel lleno de agua de cal con el que estaban pintando el edificio. El alcalde y otros amigotes borrachos me echaron allí, por divertirse, y cuando desperté me estaba ahogando en una neblina blanca...

—¿Neblina de luna —preguntó Jerónimo—, de espalda de luna?

—Así debe haber sido, neblina de nube que estaba de espaldas a la luna... —soltó el indio, José Quiquín, como quien no da importancia a lo que dice, con el presentimiento de que aquel Jerónimo de la Degollina no era otro que la Mulata de Tal insinuándole que se había ahogado en un vaso de luna del tamaño de una divina espalda de mujer.

—¡No es neblina peligrosa, la que no da la cara! —jugó todavía el sacristán.

—¡De momento no —suspiró Quiquín—, pero el peligro es después!...

—¿Después?

—Sí, después, porque uno se queda buscando ese rostro, y persiguiendo la imagen adorada, pierde el corazón y el sentido...

(...que es lo que me puede pasar a mí, se dijo la Mulata, y en eso hizo mal Cashtoc, que me perdone, al escogerme para enfrentarse a través de mi persona con el demonio del cielo, con Candanga, a sabiendas de que éste iba a estar enfundando en el cuerpo de Yumí, o la ignoraría... lo cierto es que sólo nos separan una máscara de viruelas secas y el pellejo sucio de este sacristantantán... talán tan repicador...)

—¿Y cuánto anduviste perdido en el agua de cal? —preguntó Jerónimo.

—No lo supe. Corrí a meter la cabeza, sentía que la cal me quemaba los ojos, a la pila pública, y las mujeres que allí estaban lavando salieron corriendo y dando de gritos: ¡El Muerto Blanco! ¡El Muerto Blanco!..., gritaban.

—¿Y reviviste al lavarte los ojos?

—Chapalié el agua. Cuando desperté, cuando abrí los ojos dentro del líquido limpio, transparente, la neblina ya no estaba.

Y pasada una pausa, en la que ambos espiritados se midieron, añadió el indio, que no era otro que Celestino Yumí, ya muy viejo, recontraviejo.

—Después, me pasé a dormir al zaguanón del mercado, sólo que allí consideré que se necesita que el sueño le pese a uno tanto que los párpados se le caigan, no sólo a ponerle su cáscara a las pepitas de los ojos que se sienten endurecidas de lágrimas por la tristeza, sino a cubrirlo todo hasta los pies...

—¿Por qué? ¿Por qué? ¡No entiendo!...

—Porque en ese zaguanón se mueven de aquí para allá y de allá para acá, como sombras muertas de hambre, mendigos, gatos y perros, que registran, aquéllos con las manos, y éstos con sus patas y hocicos, los restos de comida, los esqueletos de gallina, las hojas de los tamales...

—¡No sigas!

—¡Y entre tanta suciedad, un día descubrí un oso!

—¿Un oso? —interrogó, ya no el sacristán, sino la Mulata, si casi escuchó Celestino Yumí el timbre de su voz siempre airada.

—¡Sí! ¡Un oso blanco, limpio!

—¡Como si hubiera sido parte de la neblina!

—¡Exacto, como si hubiera sido propiedad de la neblina! Pero sólo había sido un sueño...

—¿Un sueño?

—Un sueño que el diablo que obligó al borracho aquel que se volvía de piedra, y cuando era piedra quería ser hombre, y cuando era hombre quería ser piedra, a hacer el camino de las nueve vueltas, se llevó pegado a la espalda. ¡Qué tiempos! ¡Mi mujer, la Jajajajaja... —hizo como que se reía de la Catarina Zabala, a los ojos de su antigua amante—, en ese entonces era enana, y tuvo una dueña que la vestía de muñeca, con un color de vestido, de zapatos y de todo para cada día...

El sacristán, más bien la mulata, por temor a resbalarse en lo sentimental y concluir confesando quién era, con lo que habría dado el triunfo a Candanga, y era mejor seguir en el juego infernal de quién quemaba a quien, le cortó:

—Pues de hoy en adelante, ¿cómo me dijiste que te llamabas?

—Blas Pirir me voy a llamar ahora. Me llamaba José Quiquín, pero ahora mi nombre es Blas Pirir.

—¡Qué hombre! —se atirabuzonó el sacristán, cintura de avispa, redondeces de hembra, flexibilidad de bejuco y, mientras alzaba los brazos, para que sus manos coloquearan sobre su cabeza, añadió—: ¡Qué hombre difícil! Ahora no es el que era, sino Blas Pirir...

—Sí. Blasito Pirir, otro de mis amigos que se llevó la viruela. Y tengo más nombres. Todos los de los compañeros que se fueron con la santa. Sólo yo quedé, cacarañado... —y se llevó las puntas de los dedos a las cicatrices redonditas de su cara, dispuestas en forma de cábala astral, como se las había dejado el copal de fuego.

—Pues, Blas Pirir, de hoy en adelante, fijáte bien de hoy en adelante, cuando bajes de tus montes, nada de ir a dormir a otra parte. Derechito a la casa conventual, donde te daremos posada siempre. ¡Es obra de caridad desvestir al desnudo! —rió de su equívoco que no era tal equívoco, ya que sobre el ya, él desvestiría al indio que iba materialmente desnudo cubierto de calzones y camisa haraposa. Y si tienes hambre, aquí comerás conmigo. ¡Qué obra de misericordia quitar la comida al hambriento! ¡Y sí, porque si no se acostumbra a comer!... —y volvió a reír, reía como la mulata con sus helados dientes de granizo—. Y te acostarás... ¿cómo es que te llamabas de último?

—Blas Pirir, pero ya no soy Blas Pirir, sino Domingo Tuy...

—¡Ay! ¡Ay! ¿Otro compañero tuyo muerto de viruela? Ellos finaron y el sobreviviente se quedó con la carga de los nombres...

—Y por eso, no son finados. Mientras yo viva y me llame como ellos se llamaban en la vida, no habrán muerto. Es una forma de magia lógica. Y no soy yo, mi buen señor sacristán, quien carga sus nombres. Son ellos, sus nombres, sílabas y sonidos, los que me cargan a mí y me devuelven a antes del santo kak o santo fuego, a tiempos más felices.

El indio picado de viruela se quedó mirando a Jerónimo de la Degollación con todos los ojitos de sus cicatrices ciegas.

Las mil miradas de la noche desde una cara de hombre, mil miradas que el sacristán devolvió con dos pupilas de tigre, los ojos de la Mulata de Tal que lo despreciaba por haberse prestado a servir al Gran Acrecentador de Hombres...

—¡Al engendro! ¡Al engendro!... —convocaban los gritos del pregón callejero de todas las noches, en las calles de Tierrapaulita, a las parejas, para que se juntaran a engendrar aquella noche de Viernes Santo.

—¡Al engendroooohoy! ¡Al engendroooohoy! ¡Al engendroooo!... —y el Hijo del Hombre estaba muerto...

¿Cómo tomar mujer para tener hijo, si Dios no estaba
vivo?

—¿Tu nombre verdadero cuál es? Pero tu verdadero
nombre, el que recibiste en la pila bautismal.

—Mi verdadero nombre es: El que nació con la flecha
de su espina de cactus...

—Pero eso no es un nombre...

—No será un nombre muy cristiano, pero es mi nombre...

Jerónimo de la Degollación de los Santos Inocentes por
Herodes Antipas, su verdadero nombre no era más corto que
el del indio, rostro de máscara agujereada por las viruelas, se
sentía cada vez más feminoide, más sodomita, la Mulata de
Tal alumbraba ya todas sus partes, y mientras en lugar de
sangre le circulaba por las venas venenoso pelo de mujer, le
preguntó con la lengua esponjada de gozo, si de chico no
había pecado contra natura, tratando de perderlo por el camino de los engendros monstruosos.

—Yo sí... —confesó Jerónimo, incitando al indio a la
confidencia—; según mi horóscopo, nací bajo el signo me-
dioeval de esos vomitadores de cielo negrísimo que coronan
las catedrales góticas, que no son machos ni hembras, ni animales ni hombres, ni ángeles ni diablos, con sus varonías sin
contenido, bolsones gárgolos...

Pero, de pronto recordó que él estaba allí de súcubo, y
que aquel discurrir era el de un valón que se volvió gárgola
al sentir vacías sus virilidades, gárgola que tan pronto se creía
león, león con alas, como demonio al que pesaba el pensamiento y tenía que ayudarse con las dos manos en la quijada
a sostener su cabeza, gárgola que en verano moría de sed, la
sed de la piedra, y en invierno se emborrachaba de agua
llovida.

Jerónimo volvió de sus degollaciones, que era como llamaba a sus pensamientos, y encontróse con los ojitos de

vampiro frío de aquel que no era otro que Celestino Yumí, cuyos dientes de murciélago no parecían reír, sino entreabrirse, para percibir, mientras vuela, el regreso de su respiración que para dirigirlo va chocando con los objetos que no ve.

La Mulata de Tal perdía terreno, por el descontrol del sacristán o porque Cashtoc no lo auxiliaba, y estuvo a punto de volverse al Supremo Equivoquista, al Demonio que comprende a todos los Demonios, y preguntarle ¿a qué se debía que Celestino Yumí, un indio, venía alumbrado por Candanga, el Tentador cristiano, y él, que era hombre de iglesia, jugaba a súcubo de diablo aborigen?

—Sí, Dios Chac te lo va a pagar —dijo el cara picada, con la voz muy lejana—, cada vez que baje de mis montes a Tierrapaulita vendré a posar a la casa conventual, si no estorbo. Me basta un rinconcito...

—¿Estorbar?... ¿Un rinconcito?...

No soportó más la Mulata de Tal que había en él y le tomó las manos a Yumí (éste sí era su verdadero nombre, pero no se lo había querido decir), y se las llevó a sus mejillas, para hacerlas espejo de caricias; pero las manos quietas, indiferentes, del fingido variolento, ordinarias, callosas, ni bajo el impulso de sus dedos mimosos, lograron modelar una caricia.

—Por allí, por el suelo me voy a quedar, cuando me des tu posada, Dios Chac te lo va a pagar —dijo el indio, mientras aquél le soltaba las manos, indignado, por su indiferencia de chimán dispuesto a ganarle la partida.

En contacto de las manos del sacristán que tenían el calor de las de la mulata, sintió Yumí perder el dominio sobre sus ríos de rubíes.

—Por allí por el suelo —iba a repetir el indio, pero le cortó el sacristán.

—Te daremos una cama...

—¡Mejor sólo un petate para el sueño del suelo que se va a dormir donde yo esté dormido!

—¿Un petate y en el suelo? ¡No puede ser eso... cómo es que te llamás?

—Genitivo Rancún...

—Pues, Genitivo Rancún...

—En el hospital, me vas a dejar que te cuente, me pusieron. en una cama, y ¡pon!, yo me bajaba al suelo, y las enfermeras decían: es la fiebre la que lo tira, en su delirio cree que el piso frío es agua de hielo; pero yo me tiraba, porque durmiendo en cama, más luego me iba a morir...

—Tienes dos hablas...

—No entiendo. Sólo una tengo. Ves mi lengua, sólo una es.

—Pero con dos maneras de hablar. Unas veces como campesino y otras como letrado. ¿Fuiste de alguna cofradía? ¡Para mí que sí!

—Eso no fui. ¿No soy pobre, pues? Para ser cofrade hay que ser bien rico.

—¿Y no fuiste rico?

—Sí, muy, muy rico, pero, te decía que me salvé de la muerte, porque ni en el hospital me subía a la cama, animal de cuatro patas que no anda, y por eso, porque es animal que no anda...

—También las mesas tienen cuatro patas —le aclaró, contradiciendo sus peregrinas teorías, el sacristán—, y comes en mesa...

—¡Tampoco! En el suelo como yo...

—Pero te sentás en silla...

—¡Tampoco! ¡Jamás! ¡En el suelo me siento yo! ¡La silla me recuerda la mesa, la mesa la cama y la cama, la viruela! ¡Por eso duermo, como y me siento en el suelo! Pero es en la noche que no hay que perder el yo de la tierra. De día aunque... De día a través de los pies, se tiene el yo de la tierra, pero de noche, los que duermen en cama, me vas a hacer favor de decir, cómo lo pueden tener... Y tener el yo de la tierra, es perder uno su yo, aliviarse de ése durante las horas nocturnas...

—¿Y cuando eras casado, cómo dormías? —atacó Jerónimo, casi escuchóse el timbre de la voz de la Mulata.

—¡Ah! ¡Ah!... Con mujer sí podés dormir en cama, pues si lo único verdadero y real es la tierra, la mujer es la camisa de sueños que la tierra se pone. Camisa de agua, si es mujer dulce y buena como la lluvia. Camisa de espejos si es mujer de sol, mujer bravía. Y camisa de olvido, camisa de borrar rostros, si es mujer lunar, mujer caracol de preciosos agujeros.

—¿Alguna te borró el rostro a ti? —la pregunta ya era muy directa y Celestino Yumí, encarnado en el indio taimado, todo cicatrices, contestó:

—Una tal por cual...

La mulata estuvo a punto de abandonar el cuerpo del sacristán. ¿Una tal por cual? ¿Ella... una tal por cual?... No lo hizo porque Jerónimo, con su voz de energúmeno, adelantóse a decir:

—También hay en el corredor una hamaca donde el Padre echa la siesta y donde puedes dormir...

—¿Colgado?... —reaccionó el indio— ¡nunca!... ¿Ser uno durante el sueño, aire, atmósfera, oscuridad o claridad de arriba, nube o lluvia? El que duerme colgado, tarde o temprano se extravía. ¡Ya bastante que no seamos verdad los hombres, para dormir colgados!

jajajá... —reía sin poder hablar—, le puso sexo de mujer y allí sí que fue la degollación de...

—¿Herodes? ¡Cuidadito con mi pariente, heroico degollador de niños!

—¡No, la degollación de San Juan!

—¡Ah, tiempos divinos! ¡Se degollaba! ¡Se degollaba!... —tomó al decir así el sacristán al indio por la avejentada cintura; no era ya la firme cintura del varón fuerte que ella (en el sacristán seguía encarnada la Mulata de Tal) conoció en sus buenos tiempos.

Por un pasadizo fueron a un patiecito cubierto por una enredadera de flores en forma de espuela. Espolines de perfume aguijoneaban la noche en aquel rincón lloroso de humedades dulces, impropio escenario al diabólico recuerdo que iba haciendo el indio de cara de chiribitas, santa rociada de pálidas lentejas.

—¡Sí, sacristán, sí, la viruela es fuego santo, y por eso entre nosotros la llamamos "fuego-bello-del-señor-Dios Cristo"! ¡Y perdido está el que no la llama santa! Eso me pasó a mí, que estaba bueno, con mi cara sin pecas hundidas. Pero, allí está, que fui a decir sólo "viruela", se me olvidó lo de "santa", y al ratito estaba trinando en calentura y al entrar la noche, en lo oscuro, me brotó. ¡Santa es, pero es horrible! ¡Que lo diga yo que vi a mis amigos, a mis compañeros de infancia, a los que crecieron conmigo, expirar podridos, quemados, porque la santa viruela no es fuego que purifica, sino que pudre todo, ojos, labios...

—¡Al engendro! ¡Al engendro!...

Pero ¿cómo tener hijos, si Dios estaba muerto?

Y, pasados los gritos del pregón, el indio con la voz de campana rota apagó los ojos al decir, como si él mismo se hablara a oscuras:

—Y, mientras se morían, bajo el santo piedrín de piedra de fuego, de piedra de rayo martajada, José Quiquín...

—¡Pero ése era tu nombre!

—¡Yo soy José Quiquín, soy su nombre! ¡Él murió, pero soy su nombre y por eso sigue vivo, así como también soy Blas Pirir, Genitivo Rancún, Evaristo Tupuc, Diego Zim, Santos Chac, Pancho Tojonabales, Chilano Canul...! Y, mientras ellos morían, tácitos, sin lenguas, ya escupidas en pedazos, el pus de las pústulas les resbalaba por encima de la cara, como si fuera llanto de árboles de leche, llanto de metal al fuego blanco que los tornaba negros, negros como tizones apagados... ceniza en lugar de lágrimas... ceniza en lugar de pus... ceniza en lugar de ojos... ceniza en lugar de sexo... ceniza... ceniza... piel y pelo... ceniza... ceniza... la zopilotera bailaba de rabia sobre los techos de metal de los pabellones, enloquecida por la pestilencia de vivos y muertos que antes de ser ceniza, agonizaban siendo pasto de las moscas postularias, esas moscas chiquitas, frenéticas que les arrebatan el tacto, para llevárselo en las patitas y las alas...

—¡Horroroso! ¡Horroroso!... —gritó Jerónimo de la Degollación, al abrir la puerta de su cuarto, una pieza amplia, altísima, retumbante, en cuyo umbral estuvo a punto de ser derrotado Cashtoc, en la persona de la Mulata de Tal metida en el cuerpo del sacristán, por aquella pintura de la última peste de viruela.

Pero un fósforo, una candela verde encendida y dos medios vasos de aguardiente, apurados de tesón, sin parpadear, sin respirar, calmaron a los contendientes internos y externos, al indio y al sacristán, a Candanga y a Cashtoc, el del collar de las mazorcas coloradas, color de sangre de mujer alunada.

—¡Al engendrooooo! ¡Al engendrooooo!...

Pero cómo dar la vida aquella noche, si Dios estaba muerto...

LOS BACINICARIOS
Y LA PELEA DE PUERCOESPÍN Y LA ARAÑA

Desde la sombra que no podaba el tijereteo de la llama de
sebo verde vio el indio venir al sacristán cubierto hasta los
hombros con una larguísima y amplísima capa negra, pesada,
mientras una caja de música se quitaba la cuerda con una
especie de danza a compás de tres por cuatro.

El encapuchado, además, traía un sombrero que le ocul-
taba la cara bajo el alón negro.

Al compás de la música, lenta, cadenciosa, a fin de moverse, sin interrumpir a las parejas que bailaban, llegóse hasta
donde estaba la palmatoria, abrió el fondo de su encapotada
oscuridad y preguntó al cirio si quería orinar luz, aproximán-
dole una bacinica de porcelana.

Todo quedó en la oscuridad, mientras el cirio, bajo la capa
del Bacinicario, orinaba luz de oro.

—¡Gracias, Visorrey —se oyó la voz del sacristán envuelto en aquella capa prieta—, habéis orinado áureo y espumoso
líquido de fiesta que servirá al más humilde de los Bacinicarios para mezclarlo con albahaca de hoja menuda, la más
perfumada, y en el chocolate de mañana darlo a beber a la
Visorreina pues cabe, ¡vive Dios!, que ha empezado a ver con
hambre de hembra a vuestro real cochero!

Luego llegó a un espejo, ya apartándose y cerrando su
capa en un clic-clac de doble latigazo.

—¡No, señora marquesa, si vos queréis hacer aguas, buscad al Bacinicario de señoras. Él se arrodillará a vuestras plantas y recibirá vuestras preciadas linfas.

Jerónimo de la Degollación hacía todos estos pasos de comedia cortesana y explicaba que en otras épocas, durante la vida colonial, en los bailes de la nobleza, a los que asistían cientos, miles de invitados, en palacios inmensos, de salones inacabables, el colmo de la cortesía era repartir entre la concurrencia un buen número de Bacinicarios, bajo cuyas amplias capas negras orinaban sin ruido damas de alcurnia y doncellas con sonoridad de mimbres, en lagos de cerveza.

—¿Has comprendido —dijo el sacristán, entre sus dientes una inútil risa de degollado—, cuál era el papel de los Bacinicarios, de los Perfectos Bacinicarios, aquellos que juraban sobre los Evangelios, en función solemne, guardar hasta la muerte el secreto profesional y se fueron a la tumba sin revelar lo que oían, olían y sabían, pues no faltaban herederos impacientes dispuestos a vaciar sus talegos de oro con tal de saber si el tío de quien iban a heredar a su muerte una gran fortuna orinaba de corrido o por gotas, plácida o dolorosamente y ya con el fétido olor, del riñón apuñalado por los cálculos nefríticos? Y más tentados por el oro, los Bacinicarios de Señoras, ya que en el ruido cabía, según cábalas normandas, conocer si la prometida era virgen o si la "goda" que se hacía pasar por noble, por la copiosidad de sus lluvias se conocía que era una advenediza, o si la conviviente de lejos con alguno de los Adelantados, por balbucencia, balbucencia nerviosa al satisfacerse, confesaba estar a caer en brazos de ese capitán de infanterías de quien se decía que llegó a nado de España, porque el bergantín que lo traía hizo aguas (otras aguas) frente a la costa de Hilueras, y este caballero y tres monjes franciscanos se salvaron a brazo.

El indio no se esperaba la que le tenía tanteada el sacristán. Éste continuó:

—Un fiscal del Santo Oficio en Tierra Firme, en Islas de Barlovento y Filipinas, se las pelaba por averiguar si la nieta del Alcalde Mayor, Conde de Tapia y Centeno y Audomaro, usaba cinturoncito de castidad. El susodicho llegó para Pascuas y su arribo fue celebrado con gran júbilo por el vecindario que elevó una carta de agradecimiento al Rey, en la que se leía que todos estaban contentos y felices de saber que ya había quien ahorcara, achicharrara y flagelara, penitenciara, excomulgara, desterrara, por quítame de allí estos dioses y ponme el otro dios. Pero ¡qué Pascuas para los infelices Bacinicarios!, aquellos mingitorios ambulantes de luenga y gruesa capa, pues el Fiscal dio y tomó en que éstos debían aclararle el misterio, revelarle si aquella doncella encarcelaba sus partes en el frío atavío, casi funeral, si no fuera porque, aun el hierro, en contacto con ellas, entibiábase y se tornaba dulce.

Chupeteando la pluma de ave con que acababa de firmar la sentencia del destonsuramiento con fuego de un sacerdote solicitante en el confesonario, debían abrirle un agujero en el cráneo, donde tenía la tonsura, hasta verle hervir los sesos, todo para asustar a los Bacinicarios, pensaba y repensaba el Fiscal del Santo Oficio en la nieta del Alcalde y Conde, con no muy sanos pensamientos, ni muy sanos ni muy santos, bien que él mismo se perdonara con la excusa de que desde la muerte de su esposa vivía en continencia, lo que si no era difícil en el clima frígido de Navarra, resultaba poco menos que imposible en el Trópico de Cáncer, entre hombres y especies enloquecidas por el furor de una tierra que se atrevía a calificar de horno uterino. Y de aquí que a pesar de su estricta continencia —siguió el sacristán—, como cada vez dominaba menos el contenido, a pesar de abluciones de agua fría y friegas de alcanfor, optó por solicitar al Conde Alcalde la mano de su nieta.

Veremos quién confunde a quién, se decía Jerónimo, sin soltar la palabra;

—Pero el Fiscal del Santo Oficio la había tomado contra los Bacinicarios, por no podérseles sacar, ni con sobornos ni amenazas de torturas, si la Condesita, a la que en más de un sarao vio él cuando el Bacinicario de Palacio le prestaba sus servicios, usaba el tal cinturón no porque el Bacinicario mirara, mientras la dama hacía uso de su taza, pues se mantenía hierático, la cabeza en alto y los brazos levantados, para cubrirla por completo, formándole una especie de tienda de campa, sino porque, como el Inquisidor decía, tienen más posibilidades de saberlo que los sangradores o los que aplican sinapismos. También inquiría el Inquisidor del Bacinicario de Palacio si en acto de tan poca cuantía, la Condesita se franqueaba con el cuesquito angelical o el cuesco cavernario y efímero, ya que por el disparo se conoce el calibre... se le iba la lengua al fiscal del Santo Oficio al hacer aquel interrogatorio al Bacinicario Mayor, ampliando su averiguación a otras señoronas, a fin de saber cuál entre ellas ingería licor de almendras, vino generoso, agua de canela, horchata o ponches embriagantes, pues el líquido que entra al cuerpo a la cara sale, ora la refresque, ora la altere, también sale en olor, color, substancia y oriundez en las aguas menores.

—El Bacinicaca —prosiguió el sacristán, jugando con las palabras como buen demonio— negóse a informarle, obligado como estaba por juramento prestado sobre los Santos Evangelios, a no revelar secretos de su profesión. El Fiscal de la Inquisición le dijo que tenía potestad para relevarlo de dicho juramento. Pero aquél adujo que además de su juramento estaba el honor de su profesión de Bacinicario digno. ¡Qué honor ni qué dignidad!, rugió el Inquisidor. ¿Honor y dignidad en la bacinilla? ¡Hablaréis en el tormento! ¡En la bacinilla no, en el hombre!, le replicó aquél. El fiscal apretó sus dedos seniles de cal pálida a la medalla de plata dorada, sobre la que lucía una cruz verde sobre esmalte, a la altura de su pecho. Y a esta señal apareció un grupo de hombres con túnica y capuchones sobre la cara. Apenas los agujeritos para los ojos y la húmeda mancha de la tela mojada a la altura de la boca. Tomaron al Bacinicario Mayor que fue sentenciado *Christi Nomine Invocato*, a ser quemado en la hoguera, adonde fue conducido, no con su capa solemnemente negra de Gran Bacinicario, sino con un sambenito azul por haber sostenido que la Tierra se aliviaba de aguas de preñada, en el mar que recibía sus ríos en su bacín de Bacinicario de capa turquesa con barbas de plata.

Demoníaco, delirante, alucinado, el sacristán, no otra que la mismísima Mulata de Tal, cortó el relato y abriéndose de capa se llegó impetuosamente hasta el indio en quien estaba encarnado Candanga, el diablo cristiano, tratando, con el pretexto de presentarle la bacinilla, de despojarlo de sus atributos varoniles; pero éste, en menos de lo que la capa parpadeó sobre su persona, soltó una espina por cada picadura de viruela trasformándose en un puercoespín feroz.

Jerónimo de la Degollación trataba de huir con la cara cubierta por la bacinica hedionda a casco militar y el cuerpo envuelto en la capa de Bacinicario, pero de nada le valió atacado por una nube envolvente de espinas que despedían chispas, humo, fuego y ceniza de carey quemado. Cuando el puercoespín lo dejó, y lo dejó por muerto, tendido en el suelo, de su capa quedaban jirones, hilachas, y de sus manos, de sus pobres manos, los dedos sangrantes peinados y repeinados de arañazos.

Una desesperada batalla se libraba en la iglesia. A medio incorporarse, todo oídos, se alzó Jerónimo ansioso de saber qué pasaba y auxiliar al Padre Chimalpín, atacado, sin duda, por aquel puercoespín del demonio, pero en la oscuridad no hallaba la puerta y corría, más que con los pies con las manos, ensangrentando las paredes, hasta que por fin encontró la salida y... se le fue el habla al asomar a la iglesia y con el habla la lengua y con la lengua el aliento y con el aliento lo que era, se le fue la Mulata de Tal y, reducido a simple sacristán, a la luz del Sagrario, de la lámpara del Sagrario, parpadeo rojizo, parpadeo de sangre salpicada por el aceite bermejo, contempló horrorizado el combate que libraban el puercoespín de erizadísimas púas con una araña gigante, ensotanada, de oncemil patas peludas. La araña movía sus patas, como dedos sobre un teclado, tratando de atrapar al cruel demonio espinudo que se le escapaba hecho un ovillo para desanudarse en seguida y volver al ataque con todas las cerdas de punta dirigidas a los ojos de la araña que brillaban como gotitas de agua de sueño en el caer y enderezarse de los andamios de sus extremidades...

Otra sombra aproximóse a contemplar la pelea. Gabriel Santana, el único devoto de San Maladrón, y aun cuando se le veía armado de una tranca, pronto a ponerse de parte del arácnido sotanudo, que él miraba simplemente como al Padre Chimalpín peleando con un puercoespín, no se decidía, temeroso de que en lo confuso de la lucha, el trancazo fuera para el cura y no para el animal.

La Mulata de Tal, invisible, se libertó del cuerpo del sacristán al saber que el que estaba peleando con el cura era Yumí, puso fin al combate, convertida en una niebla de ceguera que al punto se tornó nube y más luego piedra porosa, a fin de inmovilizar a los contendientes, y lo hizo en el momento en que la araña de los oncemil brazos tornaba al demonio de los oncemil cuernos hechos espinas en los pelos del indio puercoespín.

El de la Degollación, más hilachas que vestido y capa, más araños que cuero, trepó con el farmaceuta Santano que no desamparaba la tranca, a echar a vuelo las campanas, creyendo que era ya Domingo de Resurrección; pero en lo alto se le congelaron las manos, le crecieron los dedos, dedos huecos, y empezó a llamar a misa de muerto por las malditas almas de aquel maldito infierno tierrapaulitano, donde ya no sólo se oía gritar: ¡Al engendrooohoy! ¡Al engendrooohoy! ¡Al engendroooooooooo!, sino responder que cumplían con el mandato del diablo, aquella noche, de todas las oscuridades, en que Jesús había muerto...

—¡Al engendrooooohoy! ¡Al engendroooohoy! ¡Al engendrooooo!

—¡Estamos procurando! —voces campesinas salidas de sepulturas de cobijas.

—¡Al engendroooo! ¡Al engendrooooohoy! ¡Al engendrooohoy!

—¡Ejejé... —vez aguardentosa—, está buenazazo...!

—Pero, cómo tener hijos si Dios no estaba vivo...

La iglesia se llenó de brujos maldecidores. Asistían a una misa de muerto rezada por una araña revestida con casulla negra, de la que salían chorros de brazos que apoyaba en el altar, abría y cerraba frente a su pecho al volverse y decir "Dominus vobiscum", y levantaba hacia lo alto, cada vez que decía "Oremus". La araña de los oncemil brazos. Cinco mil quinientos dedos grandes signaron su frente, al Evangelio, y con oncemil manos y ciento diez mil dedos elevó la hostia muerta, la hostia sin consagrar, entre el ruido de cadenas de plata de los turibularios que alentaban el santísimo instante con el humo de sus incensarios, mientras escupían los brujos masticadores de ajo, los brujos masticadores de ruda, los brujos masticadores de tabaco, y los *chacs*, o hierberos masticadores de venenos rabiosos.

Adelante, en el centro, frente al altar mayor, en un reclinatorio oían aquella misa de réquiem, la Mulata de Tal, vestida de novia muerta, y Celestino Yumí, aquel ricachón con el que sólo se casó por lo civil, en la Feria de San Martín Chile Verde, y que ahora, de cuerpo presente de puercoespín, la tornaba como esposa y al grito de ¡Al engendrohoy! que resonaba en las calles vacías, le enterraba todas las púas del deleite en la carne prieta, en plena iglesia, durante la misa de esponsales que era funeral, punzadas a las que la mulata, bella como la espalda, de la luna, respondía con un pasear los ojos blancos por los rostros de los brujos masticadores de ajo, ruda, tabaco, chile, barbasco, asida a la bestia marital que no suavizaba sus cerdas, sino las endurecía más y más punzantes en el rifirrafe del juego amoroso, en que, para ella, de los huesos áureos de Yumí, salían las espinas luminosas... de qué sol tan interno... de qué luz tan profunda...

—¡Esta es mi hora de cielo —exclama ella, feliz—, mi extraña hora de cielo! —sin importarle la atmósfera quebrada por la proximidad del gusano eclipse. La perdió la presencia de Yumí. Nunca debió emplearla el Diablo del Cielo (¿por qué lo haría?) para enfrentarla (¿la luz aparatada, a medianoche el eclipse?), para enfrentarla con su ma... (deshizo la palabra) maldoblestar... eso era Yumí, su maldoblestar su doble para no estar bien... la castigarían... lo merecía... todo se había venido abajo y si Candanga la perdonaba, los Diablos de la Tierra, nunca, y ellos vengarían, riendo de lo mal que salió al diablo cristiano la aventura, el que ella, espíritu de ellos, espíritu de Tazol, se hubiera prestado al juego.

El sacristán, Jerónimo de la Degollación, mientras tanto, se ataba todos los cordeles de los badajos de las campanas a las muñecas, como si fuera a tirar mulas de la lengua, y tocaba a entredicho.

¡¡¡Tierrapaulita!!!!
¡¡¡Tierrapaulita, levántate!!!
¡¡¡Tierrapaulita, despierta!!!

Parecían decir y redecir las campanas. Pero nadie acudió. Todos temían encontrarse con el diablo en la noche, sólo la Catarina Zabala, al recordar que Yumí, su marido, andaba en la calle, despertó a la Huasanga, enana robasexos, robanexos, sólo el sexo es nexo, a quien conservaba a su servicio, a pesar de haber sido su rival, mujer de su marido cuando Yumí era enano, por lástima y porque en su memoria vivía el tiempo en que ella, cambiada por riquezas con Tazol, también fue enana, en casa de la Mulata de Tal. Pero entonces no eran grandes brujos. Ahora sí y prueba es que descolgó una estrella y se la puso de falda, luego cubrió su pecho con collares mágicos y ocultó bajo la camisa un collar de gusanos secos para que no la babosearan. La gente engaña con sus babas y labiosidades. Las soguillas visibles caían hasta sus senos colgantes, quebrantados por la edad, en sartales de arcoiris.

La luz de la Catalina Zabala, al llenar con su presencia la puerta mayor de la iglesia, quemó los ojos de los brujos maldecidores, visibles e invisibles, que por ella vieron, con los ojos quemados, lo que en verdad estaba ocurriendo: la entrega de la Luna al Demonio Cristiano, que no otro papel estaba jugando Yumí: representar a Candanga, vestido de puercoespín en su boda con la Mulata de Tal. Y si el Diablo Cristiano se apropiaba de la luna, ¿adónde irían los brujos, los chimanes, los hierberos, los hechiceros?

La araña monstruosa de los oncemil brazos, con una cabecita tonsurada que le salía del vientre, de por el ombligo, bajó el pecho, vistió la capa de coro funeral y empezó los latines del responso, ajeno a la lucha sostenida entre una muchedumbre de hombres y mujeres, vestidos de amarillo, con ramos de flores amarillas en las manos, a quienes habían despertado y convocado a la iglesia, no las campanas del entredicho, sino los potentes teponaguas o tambores de árboles ahuecados. Candanga y los suyos defendían el derecho de castigar a la Mulata de Tal, ya que al abandonar el cuerpo del endemoniado Jerónimo de la Degollación, en que estaba al servicio de arcanos designios, se había velado ella misma, al exponerse a la luz, como se vela una fotografía; pero los brujos masticadores no les dieron oídos, armados sus dientes de los más picantes ajíes, chiles colorados, chiles verdes, dispuestos a masticarlos y escupirles esa saliva quemante en los ojos a los diablos cristianos. Alzaban sus manos pintadas de amarillo como flores de muerto, derechamente hacia el Oeste, hacia los pueblos de memoria vegetal. Su venganza contra la mulata no tendría orillas. Mar negro sin playas, su venganza.

"¡Malcam!"... "¡Malcam!"... dando estas voces, secundados por millares de bocas que repetían, toda gente pintadas las manos de amarillo: "¡Malcam!" "¡Malcam!"... se alejaron con la mulata, prisionera. Debían desposeerla de la magia, de sus vestidos mágicos por los símbolos y colores, como los que llevaban todas las mujeres allí congregadas, y la más audaz le borraba de su ropa de mujer condenada a perder su magia el bordado verde del árbol cósmico, mientras otra le arrancaba violentamente del refajo las zigzagueantes líneas de la lluvia, y otra, las culebras de nubes de sangre y naranja trenzadas a su pelo, y otra más le rasgaba el círculo del signo lunar bordado a su espalda. Pero éstos eran solamente los signos externos de la magia que ampara a la mujer y aun cuando la Huasanga, robadora de sexos femeninos, ya le había arrebatado aquella trampa con agujeros de lagartija, con gran alegría y agradecimiento de la Zabala (se guardó el sexo de la mulata como una ocarina) "¡Malcam!" "¡Malcam!" "¡Malcam!"... a los gritos de "¡Malcam!" "¡Malcam!", la mulata, desposeída de todo, era arrastrada por los chimanes verdes, de carne de sebo verde, de pelo de moho verde, de ojos de agua represa y dientes verdes, a la Cueva de los pedernales, donde la obligaría a caminar descalza sobre piedras puntiagudas, el duelo en punta de los pedernales, y a dormir sobre espineros que recordarían a su carne de azúcar prieta, haber sido otra vez ella, en las espinas de aquel amor suyo que se disfrazó de puercoespín. En la Cueva de los Pedernales se escuchaba ya el desolado canto...

¡Dos ojos, no!

       ¡Que le quede un ojo!

¡Que le quede un ojo!

       ¡Que le quede un ojo!

¡Dos labios, no!

       ¡Que le quede un labio!

¡Que le quede un labio!

       ¡Que le quede un labio!

¡Dos manos, no!

       ¡Dos manos, no!

¡Dos manos, no!

¡Que le quede una mano!

¡Dos piernas, no!

¡Una pierna y un pie!

¡Dos orejas, no!

¡Dos tetas, no!

¡Que le quede una teta!

¡Que le quede un ojo!

¡Que le quede una pierna!

¡Que le quede un pie!

¡Que le quede una mano!

¡Que le quede una mano!

¡Que le quede una pierna!

¡Una pierna y un pie!

¡Que le quede una oreja!

¡Que le quede una teta!

¡Que le quede un brazo!

¡Que le quede una mano!

¡Que le quede una oreja!

LA MUJER, COMO LAS CULEBRAS, PARTIDA EN PEDAZOS, SIGUE ANDANDO

A la salida de la Cueva de los Pedernales, por tétricos barrancos gemía la mulata con solo un ojo, un solo labio, un solo brazo, una sola mano, un solo pecho, una sola pierna, un solo pie, de regreso a Tierrapaulita.

Lloraba y decía:

—¡Soy la mitad de lo que era! ¡La mitad de la Mulata de Tal! ¡Una de cualquier modo vive! ¿Quién me puso esta corona de espinas de puercoespín? ¡Qué más reina quieren! ¡Sea! ¡Me dejaron el corazón entero! ¡Seguiré metiendo al diablo y a Dios en las cosas! ¿Por qué me dejaron el corazón entero?

Al cuidado del espejo que fuma, un espejo de metales de colores, gran superficie agujereada, al que se abastecía por detrás con humo de plantas aromáticas, guardaba Catarina Zabala, otra vez en su papel de Giroma, la poderosa Giroma, en un estanque de agua que nutría con algas, flores, sangre de pajarillos, la mitad que le quitaron a la Mulata de Tal, y su sexo, y hasta allí llevaba a su marido paralítico, a Celestino Yumí, quien pudo separarse, salir de la forma de puercoespín, pero no de la inmovilidad de piedra que en forma de niebla le lanzó la Mulata, cuando tenía al Padre Chimalpín, araña de oncemil brazos, convertido en una regadera de sangre, para evitar que siguiera la horripilante pelea.

Y allí lo dejaba a que viera pasar, flotar en el agua, que un ojo, que un seno, que un labio o el sexo de aquel ser maravilloso, color bronceado de lucero, espalda lunar, cabellera negra, ombligo de girasol, muslos de sedosa piedra de cantera secreta, hombros de azucena, levantados al trepar por la curva del cuello y caídos al agarrar la torrentada de los brazos que bajaban a abrir en sus manos los ríos de sus dedos, esos ríos por los que ella entraba a todas las cosas...

—¡Ay! ¡Ay!... —plañía Celestino Yumí, paralítico, enamorado de aquellos fragmentos del cielo—, el consuelo es que el jade se quiebra, el oro se rompe, la pluma de quetzal se desgarra, no para siempre estamos en la tierra...

La Huasanga se mofaba de él:

—¡Me acuerdo cuando eras el enano Chiltic! ¡Me acuerdo que nos casamos! ¡Nos separamos cuando creciste y creciste y creciste, hasta alcanzar estatura de Gigante! ¡Tu tamaño en tus zancos!

—¡Mi corazón se irá —seguía Yumí, sin escuchar a la Huasanga— como las flores que fueron pereciendo! ¡Ojalá dure poco! ¡Ojalá dure poco!

—¡El cura —insistía en su habladera, la Huasanga—, quería sacarnos crianza! Aquel cura loco que se fue de Tierrapaulita ya cuando tenía cara de candado mohoso, aquel que hacía crianza de todo: de gallinas, de canarios, de patos, de ardillas... ¡ja! ¡ja!..., nos casó para tener crianza de enanos para los circos, las cortes y los harenes...

—¡Su ojo —suspiraba Yumí, al ver pasar la pupila redonda, desnuda, bellísima de la Mulata de Tal—, flota en el agua como el corazón del pájaro cascabel, y su labio, como el pétalo de la florida amapola, y su pecho redondo, como la mitad del mundo de su imperio!

—Pero no me preñaste ¿eh?... no me preñaste... y me prendí a tu pie de gigante, grita que te grita: "¡Yo quiero probar gigante!", por eso, porque quería que me preñaras, y todo terminó con que tu mujer, la desde entonces poderosa

Giroma, me arrojó a un resumidero, para que me devoraran los coches, pero de allí me extrajo el torcido del sacristán!

—¿Acaso son verdad los hombres? —murmuraba el paralítico que en el agua veía flotar la mitad de su amor—, ¿acaso son verdad las cosas?, ¿acaso es cierto lo que hacemos?...

—¡Y debes felicitarte que a ésta, Giroma no la echó al estercolero, sino la tiene en agua limpia, alimentada por los venenos que mantienen la vida sólo para el sufrimiento!

Luego, a saltitos de enana, aproximóse al paralítico y le dijo:

—¿Sabes? Los pedazos de la mulata que nadan en ese estanque azuloso, que un seno, que un pie, que una nalga, que un brazo, no son insensibles y a través de ellos podrías comunicarte con ella y aconsejarle que para volver a ser lo que era debe buscar la ayuda de...

La Huasanga se interrumpió. Venía la Catarina Zabala a buscar a Yumí y se lo llevó como un mueble que en vano volvió a la enana sus ojos de estatua.

—Te traje mazapán —dijo la Zabala—, mazapán del más rico, del que te gusta..., esqueleto de oro y no te alarmés que en el secreto de tu osamenta sólo estamos yo y esa fulana de tal de la mitad entera y la mitad descuartizada...

Pero Yumí no la oía...

¡Qué de humillaciones sufrió la mulata, tuerta, manca, coja, en casa de la bruja Giroma, Casasola, como llamaban a aquella mansión situada en las pestañas de la ciudad!

Se le hacía esperar en el patio de la casa, en uno de los últimos patios de la casa, entre las ropas colgadas en los lazos que chorreaban agua sucia sobre tendederos resbalosos de jabón, junto a los zopilotes que se disputaban gatos de vientres abiertos, más moscas que gatos, sacrificados por los brujos. Las tripas de gato blanco sofrenan la flatulencia vespertina y las patitas de gato negro, cortadas en luna mayor, son buenas para el mal, pues a las personas a quienes se les obsequian, para que todos les salga bien, todo les resulta al revés.

En el patio de la basura y los desperdicios esperaba la mulata que la recibiera la poderosa Giroma. ¡Qué humillación sin nombre! Ollas con brebajes en fermentación, colocadas sobre plumas de loros recibían el fuego verde que hace hervir los fecundativos en natas y sobrenatas temblorosas, los fecundativos que aseguran a las que están para casarse que sus hijos no serán mudos, sino hablantines como loros o periquitos. También hervían en otras ollas, ya no sobre fuego simbólico, sino sobre bracerío de leña de encino, el gran caldo de los fetiches trompudos: mapaches, pizotes, micoleones, taltuzas, ardillas, único contra la impotencia del varón, recomendable para la esterilidad femenina.

La mulata, era sólo un ojo, sólo un labio, sólo un brazo, sólo una mano, una sola oreja, una sola pierna y un solo pie, se escurrió por una puerta ratonera, al Patio de los Malenos.

Cientos, miles de muñecos de madera sin pintar, tallados a machete, largos de piernas, cortos de brazos, el cuello no muy distinto del tórax, casi una prolongación del pecho hacia la cabeza plana, cortada a la altura de las cejas, y en la negación del mentón, la boca, la nariz y los ojos juntos, como si gustaran, vieran y olieran al mismo tiempo.

—Yo, que vendí mi carne al sol de la riqueza... —gemía la mulata al considerar su situación actual de serpiente flaca, en su única mano de engarabatados dedos, uno de aquellos Malenos, muñecos de palo toscamente labrados, algunos ligeros como el aire, tallados en madera de balsa, y otros pesados como cruz, tallados en madera de horcón.

No continuó. ¿De qué le servía quejarse con estatuillas de madera, a modo de exvotos, si éstas tenían marcada en su cuerpo la señal de la parte enferma del paciente, para que, por encargo del brujo negro, lo curara? Pero a ella, paño de lágrimas de estrellas, ¿qué podían curarle los Malenos milagrosos, si le faltaba la mitad del cuerpo y la humedad del sexo?

La Mulata de Tal, tuerta, manca, desorejada, de boca leporina y coja escabullóse hasta el salón de donde colgaban las Máscaras de los Intérpretes y a la izquierda encontróse con la Máscara del Intérprete Temerario, el que todo lo tergiversa, creado para confundir, con sus ojos de reloj de números romanos, pero sin agujas. El tiempo acabará cuando todos los relojes se coman las agujas, este tiempo de reloj, que el otro, no terminará. El Intérprete Temerario vive fuera del tiempo, desde que faltan a sus ojos, sólo le quedaron las pupilas de redondas carátulas con números, las agujas. O acabará, cuando los relojes tengan manos y adelanten sus horas, minutos y segundos, pues, a juzgar por la prisa con que caminan tienen urgencia de llegar a donde, a donde llegan los relojes, si a una hora sigue otra, si a un minuto otro sigue, si a un segundo, en persecución interminable de su sangre de vacío mecánico, sigue otro segundo.

A la derecha colgaba la Máscara del Intérprete de los Esclavos. Los dientes, no apretados, encajados en el mordisco, junto a la Máscara del Intérprete de los Tartamudos, con la faz negra y las estrellas titilando en su frente abetunada de nije de tiniebla. Todo el tartamudeo de la Noche, la Madre Tartamuda y toda la tartamudez de las Estrellas. Tartamudos o tartajos hablaban por esta Máscara, sin el sufrimiento de tener que decir las cosas con gajos de palabras.

Al fondo, la Máscara del Intérprete de los Borrachos, temible, cambiante, encuentro de los desencuentros, enredo de los desenredos, encanto de los desencantos, y cerca de este mascarón festivo, la Máscara del Intérprete de los Mendigos. Boca redonda de olla de cocer hombres, como una inmensa cavidad que le agarraba la barba y apenas le dejaba lugar para los ojos. De mendigo, sus orejas sin lavar. De mendigo, el flequillo de pelo sin cortar. De mendigo, sus piojos...

—¡Humillación mayor, quién ha sufrido! —se repetía la mulata tuerta, manca, coja, de labio leporino, con una sola oreja como bacinica—; ¡ser recibida por muñecos! ¿Ella? ¡Ella que tuvo a sus plantas a Celestino Yumí! ¡Sí, sí, no le dolía, al contrario, se felicitaba de haberlo golpeado, arañado, y de no haberle dado jamás el frente, para su gozo amoroso, pues siempre le dio la espalda, como la luna al sol! ¡Tratarla así a ella, la Catarina Zabala que fue su enana, su diversión, su muñeca, día a día un vestido distinto, hasta que se cansó de ella, y apareció el oso! Pero ¡ay, mi copar de sangre!, esta malvada bruja, siendo mi enana preferida, el lunes la vestía de rojo y rubíes, el martes de verde y jadeítas, el miércoles de azul y turquesas, el jueves de blanco y diamantes, el viernes de amarillo y topacios... ¿sería así?... conoció mi debilidad por el esplendor, por la grandeza, por el deslumbramiento obtenidos inhalando las briznas de una planta de humo que convertía mi cuerpo en musgo aéreo, y se maravilló hasta las babas, cuando en lugar de oreja le puse una estrellita marina y no sólo oyó el mar, sino lo tuvo adentro, lloró perlas y escupió caracolillos rosados. No pensé que enana y todo amaba al que yo no sabía que era su marido, el entonces poderoso Yumí, magia de la riqueza, el tazol de sus maizales se convertía en oro, y eso me perdió. Sin haber muerto, el humo nos tendía puentes de hilos y por esos puentes de hilos más delgados que pestañas, llegamos a la cueva lunar que guarda el Pájaro Enojón, y allí me encerré con ella a conversar con una antigua colonia de nenúfares. Hablaba yo y la enana reía del concepto que aquellas flores tenían de los humanos. Les parecíamos tan feos. ¿Y por qué fumas esa planta diabólica?, me preguntó uno de los nenúfares. ¡Porque es lo único que me da fe!, le respondí en el acto. Y era así. La fumaba para tener fe y presente. Fuera de su musgo aéreo todo me parecía pasado e incierto. Y por eso, añadí, los que la fumamos terminamos como esos nadadores que apenas bracean, que apenas sacan la cara de las aguas, para respirar los últimos poquitos de aire, los que acaso les permiten alcanzar la orilla del presente-presente. Qué difícil de concebir, sin esta planta de humo, ese presente de que te hablo, tan presente, que el presente mismo parece pasado. Pero los nenúfares empezaron a borrarse y me vi rodeada de caras temblorosas. La enana, había huido. Con ayuda del Pájaro Enojón cerró la salida de la cueva con un cachete de cerro. No me alarmé. Tomé una nueva caña, le puse la divina planta, fuego había, y me tendí a fumar, hasta que llegó la Luna. La pulsación de un tiempo de regreso me sobresaltó. Estaba regresando. Mi sangre se volvía, daba marcha atrás. Me lamí los labios. Lengüetazos helados. Me lamí los párpados con mis ojos girando. Los oía girar. Era tremendo. Girar alrededor de la Luna. Toda su espalda y atrás la sombra de Yumí. No borracho, pero tampoco en su juicio. A medio palo, como lo conocí en la Feria de San Martín Chile Verde. Ahora volvimos a enfrentarnos, él encarnación de Candanga, en el cuerpo de un indio picado de viruelas, le debe haber dado viruela de munición, a juzgar por su cicatrices, y yo en el cuerpo de ese asqueroso sacristán, representando a Cashtoc, nada menos que a Cashtoc, el Grande, el Inmenso.

—Pero antes debo contar... —acercóse a la Máscara de los Copales, entre cuyos dientes de Salvajo, algo se movía, un pedazo de copal blanco, sin duda, miraba tan mal con sólo un ojo—. Pero antes debo contar, antes de este encuentro de ahora con Yumí, que para vengarme, encerrada en la cueva, desencadené el más pavoroso de los cataclismos. Terremotos, hundimientos de cerros y a marchas forzadas el desplazamiento de una torta de lava que cubrió todas las tierras ricas de aquel que, más pobre que en su época de leñador, sólo le quedó para ganarse la vida la enana y el oso, a quienes hacía bailar en las plazas públicas.

Pero se acercó más a la Máscara de los Copales y no era que masticara un pedazo de copal, sino que entre sus dientes inmóviles de jabalí, de Salvajo, la llamaba, vestida de blanco, la Huasanga.

El secreto de esta enana robadora de sexos no había podido confiar a la oreja de Yumí, el paralítico, lo depositó directamente en el oído de aquella infeliz mujer tuerta, manca, coja, mostrando los incisivos superiores como de boca leporina, y con un solo seno que le bailaba, en la camisa, como buscando al compañero.

—No hay que decir que es consejo mío, la poderosa Giroma no me lo perdonaría, y nada de Mulata de Tal, allí con ese Alcalde hay que ir con el nombre de Yapolí Icué, a cuyo paso, la llanura será breve, no muy insípidos los cerros y no muy hondos los ríos.

Juan Nojal, señor de magias, recibió la visita de aquella mitad de mujer, sentado en su silla de plumas negras, adornada con espejitos, rodeado de chiquillos que jugaban a darse la muerte con machetes cortos, desde que sus padres y abuelos los mandaron a buscar a Juan Nojal, para que éste les enseñara a combatir con el rayo. Los macheteritos encontraron a Juan Nojal, no en su silla de plumas negras, como Yapolí Icué lo acababa de encontrar, sino en su escaño azul y le dijeron con voces, menudas, con voces de niños: "Te traemos cinco piñas, cómelas, y tu cabeza se llenará de frescor. Eso te traemos, Juan Nojal, en pago de lo que nos has de enseñar. Queremos aprender contigo a combatir con los rayos de oro más acaramelado y refulgente". "¿Traen sus machetes?", les preguntó Juan Nojal, señor de magias, quien, vestido de chompipe azul, sus brazos cubiertos con alas azules, como armaduras de plumas, apenas se volvió al preguntarles si traían sus machetes. "Los traemos, Juan Nojal —le contestaron los chiquillos—, y antes de salir de nuestras casas, los afilamos en mollejones blancos, como barbas de abuelos". "Muy bien, criaturas", les contestó el gran pavo azul, así vestía Juan Nojal, señor de magias y añadió: "Yo era de vuestra edad cuando mi madre me maldijo, por contradecirla, mientras hacía un ojal en mi camisa. 'Ojal', decía ella; y yo le contestaba testarudo: 'No, madre, ojal, no'. Y entre 'ojal sí', ella, y 'ojal no' mi testarudez, se clavó la aguja, cuya punta, por los ríos veloces de la sangre fue a herir su corazón. En el estertor de la agonía, me maldijo, con el nombre de No...ojal. Y su maldición me ennegreció por dentro. Me hice amigo, en la soledad, del demonio de los matorrales, Malinalí, y Malinalí me indicó, apiadándose de mí, que hablara con Jel, el diablo distribuidor de reinos de brujería, pues algún territorio, donde faltase un mago, podían darme. '¿Llevas corona?', me preguntó Malinalí. 'No llevó nada, le contesté, mis pies llevo, mis manos llevo, mis ojos, mi cabeza llevo'. '¡Muy bien contestado —se regocijó mi consejero bondadoso— tienes la vida y no te enorgulleces, y por esa respuesta, Jel no tendrá inconveniente en darte un reino de magia'. Y me lo dio, aquí en esta cima, desde donde domino las agujas de fuego que se clavan en la carne de las nubes, en los árboles, en los animales, en las gentes, en todo lugar, como aquella maldita aguja que se clavó en la carne de mi madre, mientras me hacía un ojal. Eso soy, Guardián de las Agujas de la Tempestad, y por lo que oigo, hay niños con machetes cortos, afilados en las barbas blancas de los mollejones abuelos, que quieren combatir con el rayo. Sea. Y fue. Aquellos chiquillos no volvieron a sus casas. Se quedaron, como diestros macheteros, en escolta de Juan Nojal. Y sus padres y abuelos no los extrañan, porque los ven combatir con los rayos, cada vez que hay tempestad."

Y ante este señor de magia, llegó la Mulata de Tal, bajo el nombre de Yapolí Icué, vestida de Tipumalona, o sea con el vestido de la mujer del demonio Tipumal, a quien la mulata encontró cuando iba en busca del Guardián de las Agujas de la Tempestad.

Tipumal y Tipumalona se bañaban en unos pozos de vapor de agua, desnudos de sus cuerpos, desnudos de sus ojos, redonda la cabeza rapada de aquél y del mismo tamaño los senos de la mujer que flotaban, mantecosos, sobre el agua azufrada, hedionda a huevo podrido.

La mulata, a pesar de su tuertera, su falta de labio, su manquedad, su cojera, su desorejamiento, inquietó a Tipumal, diablo de lascivia corrosiva y pronta, acostumbrado a no quedarse sin satisfacerla, y con esa intención tomó a su mujer, la Tipumalona, por el cuello y le hundió la cabeza en el agua amarillosa de azufre, dispuesto a ahogarla. Los alguaciles encontrarían un cadáver flotando o sumergido. Pero la Mulata de Tal, adelantándose a las intenciones de aquel mal diablo sulfuroso, pestilente, al advertir que la infeliz Tipumalona se ahogaba, las últimas burbujas de su respiración se mezclaban al vapor de agua, se levantó las enaguas, desvergonzadamente, y mostró a Tipumal que además de tuerta, manca, coja, desorejada y con la boca sin labio superior, carecía de sus perfecciones, robadas en mala hora por la condenadísima de la Huasanga, aunque ahora tenía que agradecerle el consejo de haberla encaminado hacia Juan Nojal, señor de magias.

Advertir aquella grave mengua Tipumal, diablo de sangre de garañón, demonio siempre en brama que llora como hombre tras las mujeres, y soltar a la Tipumalona que salió del ámbito de la muerta a la superficie de la vida, y señalar a la mulata el vestido de aquélla, para que se lo pusiera, y huyese, todo pasó en instantes. Lo cierto es que Yapolí Icué se presentó ante Juan Nojal vestida de Tipumalona, que es el traje de las serranías cuando el sol va cayendo.

—¡Yapolí Icué! —habló Juan Nojal, remolineando el fondillo en su silla de plumas negras— qué incompleta te llegas a presencia de mi corazón pintado!

La mulata, aparentando ser aun más desgraciada de lo que era, emitió breves quejas, mostrando su único ojo su único pie, su teta solitaria, su oreja...

—¡No me refiero a eso, Yapolí Icué —dijo Juan Nojal, señor de magias—, sino a lo que no se ve! ¡A la preciosa garganta que es prenda de amor, a la caja de pedernales rojos, la luna los derrama mes a mes, a la virgen ofrenda, al rugoso caracol, a la estrella- serpiente, tragadora y sustentadora, la que ordena la vida labrada en ejes de esperanza, la gran carnicera, sueño colgado del cielo de la boca de los perversos, soga alrededor del cuello del señor que conduce la existencia, y mala y baldía como carne de moscas, para los que la toman de lugar de placer... de pasatiempo!...

El silencio compartido es el pan más sabroso. Así pensó Juan Nojal, al callar y sentir que callaba aquella mujer horrible, que era sólo la mitad, pero demasiado presente, demasiado vital en esa mitad de caricatura. Carroña sin mal olor, leprosa sin lepra, mitad cadáver, sombreada por las luces del atardecer que iban juntando más y más las ramas de los pinos, como cejas de pagodas cejijuntas.

—¡Mala industria la de esos grandes brujos! —dijo Juan Nojal al recobrar la palabra perdida entre las mariposas de sus pensamientos volanderos—. Pero Yumí ya no tiene poder. Es ella la poderosa. Déjame esta noche. Duerme junto a esas matas de maguey de aroma embriagante. Y vuelve mañana al reír el alba a este rincón en que tengo mi silla de plumas negras. Otro seré, porque cada día soy otro. Ninguno se acuesta ni amanece el mismo si ha pasado por el sueño. ¿Oyes, en lo hondo? No te inquietes, es la masa de un torrente que cae entre jazmines de espuma.

Posible, pero no fácil. Y posible hasta donde siguiera al pie de la palabra, sílaba por sílaba, el consejo de Juan Nojal. Una mujer más o menos de su estatura y algo flaca para que cupieran las dos en un solo vestido, mejor dicho, en la camisa y las enaguas de la Tipumalona, qué era con lo que ahora se cubría la Mulata de Tal. Pasó entre cazadores de venados, azulosos, lejanos, armados de sus arcos y sus flechas. Tan lejanos que aquellos no alcanzaron a verla. Parpadeó. Su ojo era tan potente que le acercaba todo. Y así le pareció cerca, pero, tuvo que andar leguas, para llegar al sitio en que una mujer leñosa, piel de estiércol de vaca seco, rapada del cráneo, se espantaba las moscas. Tuvo la intención de torcer el camino con tal de no pasar junto a aquella mujer devorada por quién sabe qué sal de lágrimas, qué espineros y qué sol con moscas. Se estremeció. Si en eso consistía, meterse en la misma ropa con aquel esqueleto humano, mejor se quedaba como estaba, tuerta, manca, coja, desorejada, mostrando los dientes en una risa interminable por la falta de su labio superior. Aún era tiempo. Aún estaba lejos. Pero, contra su voluntad, sus pasos la llevaban fatalmente. ¿Sabría esta mujer a lo que iba? ¿La esperaría o estaría siempre al borde del camino? ¿Alguien alguna vez pasaba por allí?

La esqueletada mujer, ajena a las intenciones de Yapolí Icué, con este nombre tenía que seguir actuando la Mulata de Tal, se echó las manos a la cara, risa y risa, sin poderse contener, feliz de encontrarse con otra más desgraciada que ella, con una mitad de mujer, y hasta creyó haber bebido licor de hongos, y se adelantó a palparla.

Yapolí Icué también hubiera querido reírse de ella, de su calavera, tal se le veía bajo el pellejo que no era sino una lámina de espejo móvil en el que se reflejaban los juegos de sus articulaciones, la mandíbula en los cóndilos, los brazos en los hombros, los codos, las rodillas y el perceptible movimiento de sus costillas al compás de su respiración. ¿Pero cómo devolverle el insulto de la risa, reírse de ella, si la falta del labio superior la hacía aparecer siempre riéndose?

Al ojo calculó Yapolí Icué si aquella mujer cabría con ella, las dos juntas, en la camisa y las enaguas de la Tipumalona.

Mas, ¿cómo le diría? ¿cómo le propondría aquel misterioso trato?

—El que tiene, allá arriba, cuidado de los rayos, me manda aquí. Es como todos los solitarios, dueño de su rostro y de su corazón. Debemos hermanarnos en una misma ropa. Juntas, muy juntas, igual que hermanas que hubieran nacido pegadas, así me completas el brazo que me falta, la pierna que no tengo, la oreja, el ojo, el labio. Tú sacarás tu cara, yo sacaré una pierna y un brazo y mi mano, que es todo lo que me queda.

—¿Y para qué? —se interesó la esquelética por tan rara

propuesta y por ser encargado del que tiene allá arriba el cuidado de los rayos.

—Para abrir una fortaleza, sin otra arma que una escoba...

—¿Una escoba?

—Una escoba de pelo de muerto...

—¿Y cómo barreremos? No es fácil. Es ciencia.

—Sí —reconoció Yapolí Icué—, no es así no más barrer, pero Juan Nojal me dijo cómo debíamos hacer. Las plumas de las gallinas se regresan, no les gusta que las barran. Se agarran al suelo las cáscaras de fruta madura. Tampoco les gusta que las barran. Y nada digamos si hay papeles escritos. Se revuelcan a cada escobazo con todas sus letras de punta. Y los espulgados de cebolla, repollo, zanahoria, rábanos, lechugas, papas, remolachas, juegan entre ellos, bajo el impulso de la escoba, a irse y volver pegados a la misma escoba.

—Sí, sí —adujo la esquelética, soplándose las manos frías como para calentárselas—, no es así no más que se barre. La escoba hace ruido de besos sobre la tierra, la escoba nueva, y eso es malo, malísimo, porque la escoba no llega a nada carnal, es de palo. No llega a nada carnal. Lo carnal es parte da la vida. Sólo se oyen sus besos cuando barre...

—Pero no hay que oír ese ruido, me recomendó Juan Nojal —dijo la mulata, que no era otra que Yapolí Icué—, porque si una lo oye, se juntan el ruido de la escoba con el aire bajo que siempre sopla cuando se barre, para qué quiso más.

—Por lo que dices —mandibuleó la esqueletada—, vamos a entrar en una fortaleza en que reinan la basura y el polvo. ¿Y cómo haremos para no separarnos, aunque vayamos metidas en el mismo vestido?

—Juan Nojal me dio esta cuerda de henequén. Nos ataremos, pero antes debes de decirme cuántos cueros de venado quieres por el favor que te pido. Ir, formando una sola persona conmigo, a barrer en esa casa de muy malos brujos maldicidores.

—Lo difícil será salir de aquí, no entrar en esa fortaleza...

—¿Por qué? —inquirió agoniosa Yapolí Icué.

—Tendremos que ser fuertes. Desoír las propuestas de los diablos, que por aquí hay mucho diablo ansioso de mujeres deformes. Se nos montarán a la espalda y nos ofrecerán dejarnos un embarazo de espalda. Las mujeres curcuchas son preñadas a las que el hijo de estos diablos se les fue a la joroba, y no tiene por donde salir. Y feas como estamos y con un embarazo de espalda, pero no me debo reír, pues risa de mujer es recogida por los diablillos arenarios...

—Saldremos —se mostró segura de sí misma la mulata—, yo en estos últimos tiempos me he visto en tales trapos de cucaracha, que ya nada me arredra...

Y evocó, mientras escapaban de aquellos montes altos, y Tierrapaulita empezaba a pintar al fondo del valle, la misa de muerto de su matrimonio con Celestino Yumí, rezada por una araña de once mil lluvias, sotana negra y alba también negra, tramando encaje de telarañas oscuras, el manípulo y la estola hechos de trenzas negras de mujer, y la casulla funeral con el chasquido de la hoja seca, de la hoja que almidona el otoño con su betún de dioses quebradizos...

"¡Al engendrooooo!", oyó que gritaban, mientras se casaba y sintió el deseo de tener un hijo de Yumí, de arrojarse por el suelo, allí mismo, en el templo, y rogar a Celestino que la hiciera madre ("¡Al engendro! ¡Al engendro!" seguían gritando fuera), allí mismo, dándole el frente de batalla, no la espalda como la Luna, y lo habría hecho a pedido de su ombligo que, como reloj de urticarias, de tic-tac-tac... tictaqueaba el vientre, indicándole que era la hora de atrapar la nebulosa de las progenies... Pero ya estaban frente a la mansión de los grandes brujos y había que atarse y vestir ambas la camisa y las enaguas de la Tipumalona. Por la escoba sabrían que se iba a ofrecer una barrendera. Y así fue. Ni la poderosa Giroma ni la Huasanga sospecharon que en aquella doble mujer iba escondida la Mulata de Tal.

EL DIABLO DEL CIELO
PROPONE ASEGURAR LA PAZ

Revoloteo de murciélagos, ruido de saqueo en la iglesia, goteo de sereno, qué gordas y claras gotas, paseo de algún gato, un como palabreo perdido, gangueo, tartajeo, gemiqueo, lloriqueo y pataleo de moribundo... aldabeo de puertas, apeo de jinetes, acarreo de cosas; castañeteo de dientes, todo en los oídos de Gabriel Santano, el farmacéutico devoto del Mal Ladrón, todo, menos el gorjeo del pájaro tan esperado por él, para darse cuenta que estaba en la tierra y no en el murmureo de la otra vida.

—¡Ay, pájaro pardo con plantín de vieja! —reclamaba Santano— ¡Ay, pájaro pardo! ¡Ay pájaro despertador, qué esperas para saltar a la azotea y saludar al sol! ¡Pronto! ¡Pronto, que amanece! ¡Pronto, antes que el chiquimolín cante y empiece el día con tan mal agüero! ¡Canta, pájaro pardo!, ¿no oyes el *co cotli... coco... co cotli coco... de las palomas y el cuitlacosh... cuitlacosh...* del pájaro ceniza, que tampoco es buen indicio?

Él, al final, y a pesar de la tranca, también tuvo que vérselas con el puercoespín, enfurecida bestia espinuda... vio verde... vio tunales... nubes de tunales erizados de espinas... alambre de púas vio... esas alambradas de los campos de batalla retorciéndose al fuego de la guerra... y, mientras reía como el Mal Ladrón, él, Gabriel Santano, vio la corona de espinas de Nuestro Señor, paseándose sobre su cuerpo, como una rueda de dientes que punzaban, que herían, sin ahondar mucho, y vio las ramas espinudas de rosales sin rosas... una pesadilla la de aquel puercoespín, endemoniado, bestia de cabeza grande y grandes cerdas arañadoras, hocicudo, hozante, ojitos de chino visibles a la luz de la claridad que salía de la punta de sus espinas, paquidermo que a relámpagos se electrizaba y que habría acabado con su humano bolsón de piel y huesos con olor a farmacia, si de pronto no se vuelve a reanudar la batalla con todo lo que podían sus espinas, contra el ensotanado, metido en la sotana como en un bolsón negro, que el sacristán insistía en decir (y ya Santano lo miraba así), que era una araña de oncemil brazos con la que sin medir su pequeñez de estrella de mar, el puercoespín, o cuerpoespín como lo llamaba Gabriel Santano, trabóse de nuevo en horrorosa batalla, convertido en una lluvia de crines de espino, de agujas corneadoras.

...la araña movía sus patas, sus miles de patas peludas por asir por los pelos y los cuernos al maligno, al oncemil veces cornudo, y él, Santano, con la tranca lista, sin poder intervenir, temeroso de golpear al Padrecito y no a la mala bestia, tan trenzados estaban en la lucha...

...aunque ¿era o no era el clérigo? ...¿de dónde podía sacar brazos y más brazos, muchos, incontables, así como era incontable el número de manos que pugnaban por atrapar a la bestiezuela espinuda que se le iba de sus miles de dedos en movimiento, dedos y manos (las patas de la araña), que el puercoespín punzaba, hería, rasguñaba, en tal forma que al final ya sangraban las oncemil extremidades de aquel arañón peludo de tiniebla, húmedo de sudor de muerto...

...era hasta cansarse la pelea, así parecía, y Santano se movía con la tranca de un lado a otro, resuelto a golpear al cuerpoespín, pero el temor de empeorar las cosas y darle un trancazo al Padre, lo detenía...

...y ninguno de los dos daba señales de cansancio en aquel batallar sin tregua de olas de espinas contra manos de arena, y así como a la arena, en la playa, escápansele las olas que ha creído atrapar, a los manotazos de aquella extraña arena ensotanada, se le iban como agua las espinas de aquel animal que de las manos le saltaba a la cara, chasquiditos de chubasco acompañados de un granear de gotas o picaduras de viruela que le quedaban al cura titilando en las mejillas, la frente, la nariz, el cuello, la barba...

...de pronto, Santano se palpó, en el duermevela del amanecer recordaba que se había adormecido, mientras la araña sin peso, no pesa el silencio, no pesa la tiniebla, subía como una araña de lana a refugiarse en el crucero de la iglesia, perseguida por el cuerpoespín...

Pero, ¿por qué no cantaba el pájaro pardo con plantín de vieja? —indagaba Gabriel Santano, temeroso de empezar el día con los recuerdos de la noche anterior, noche de Viernes Santo en que fue testigo, él sólo había entrado a la iglesia a visitar a San Maladrón, de la expulsión azufrosa de una hembra del cuerpo del sacristán poseso, en lo más amargo de la lucha que sostenía el cura-araña de oncemil patas y el cuerpoespín. La hembra aquélla, que no era otra que la Mulata de Tal, arrojó sobre el puercoespín enloquecido, el agua de la clepsidra que llevaba en su profunda eternidad, agua o neblina de luna que se endureció al punto como piedra...

...la iglesia se llenó de brujos maldicidores que parpadeaban como si puntuaran con comas de pestañas sus pensamientos, algunos enloquecidos por los ruidos parásitos de sus intestinos o sus instintos que son los intestinos del alma.

Santano se encontraba sobre sus pies, era tan real su recuerdo, trepando por la escalera de caracol que iba al campanario, contra viento y campana, el sacristán ya golpeaba las campanas con los enormes badajos, convertidos, con todo y su tranca, en metal de una honda calidad humana, en íntimo y fijo metal que se expandía en navegación infinita sobre los techos, hasta los montes, en demanda de auxilio... de auxilio... ¿quién contestaba a las campanas sus preguntas ondulantes?...

¿qué envolturas de cuerpos carnales, flotantes, en forma de nubes, soltaban amarras hacia la voz invisible, pero presente siempre en la sombra de la noche?...

...todo vibraba, todo se movía, inmensas mordidas de estrellas y astros que trataban de asir, dentro de la rueda eterna, las causas y los efectos del trizar de las golondrinas que al huir de los campanarios remataban en los cipreses cercanos sus vuelos triangulares; inmensas mordidas del silencio que servía para fijar en caliente, sobre láminas de tímpanos agujereados, como caracoles, las imágenes del ruido que producía la iglesia al saltar igual que una gigantesca araña ensotanada por la tiniebla nocturna, con oncemil torres, oncemil campanarios que se agitaban como trompas prensiles detrás de los cacahuetes del eco, que los cerros quebraban y comían, sin dejar más que las cáscaras vacías de sonido y sonando, empero, como suena el silencio después de la tempestad...

¡No, no, es peor que el infierno! ¡Esta certitud absoluta de que no hay nada, realmente nada... (había vuelto Gabriel Santano, en las idas y venidas al campanario, a detenerse frente al Maladrón)... nada de lo hablado... (iba a reír con risa de materialista, de positivista de aldea, sensación que fue de risadoble o doble risa en sus manos, al clavar, como dientes que reían, los dedos en la tranca, asida en desesperado agarrarse de algo, al enfrentar al mismísimo Candanga, vestido como la gente, pálido, mercurial, sin el gallo o con el gallo convertido en el guante morado de su Ilustrísima que en señal de reto le lanzó a la cara el Padre Chimalpín!...

—¡Qué no me dijo al retarme! —quejóse Candanga con Santano, fijando en la cara asustada del maneja-fármacos sus ojos azules de animal celeste—, ¡se desahogó!, ¡descargó sobre mi persona todos los insultos del exorcista! ¡Bah —alzó los hombros—, insultos antiguos, y tal era su furor, que no me gritaba *iconoclasta,* sino *iconoplasta,* término que más convenía a mi antecesor, a Cashtoc, el diablo de tierra colorada, aplastador de iglesias y santos!

Y, mientras aquél seguía en su falsiloquio, Santano se soltaba al oído: "¡No, no, lo mío es peor que el infierno... esta certitud absoluta de que al término de la vida, no hay nada, absolutamente nada!"...

—¿Y por qué sus insultos? —expresaba Candanga—, por mis pregones invitando a las parejas a engendrar, a deshacerse de tanto miedo a la carne, para no dejar de multiplicarla en millones de fotografías... Sólo los primeros padres fueron auténticos, todos los demás hombres y mujeres son fotografías tomadas de espasmo en espasmo en base a aquellas fotografías e imágenes paradisíacas, sin cambiar los procedimientos: cámara oscura, disparo, placa sensibilizada y la imagen del nuevo ser... Al final de su reto me invitó a recoger del mundo a los espíritus malignos... Este joven Chimalpín, ignorante como algunos curas, no sabe que ya los he recogido, y que he lanzado en cambio, los *robots*, mis actuales funcionarios...

Y sin vacilar añadió:

—Acabé con unos espíritus malignos, mugrienta y analfabeta burocracia, sustituidos por robots con calefacción propia a base de carnes incandescentes, radar como los murciélagos, polvo atómico para lavarse los dientes de fuego que consume todos los metales, hasta el titanio... ¡Ah, no, si ese pobre Padre Chimalpín está pensando con el tafanario, en lugar de emplear la cabeza! ¿Y qué, qué es la vida moderna, el progreso, la civilización, sino mi yo en polvo de palabras?

Santano sintió que el demonio se lo llevaba. Sin moverse de donde estaba, se lo llevaba. ¿Cómo explicárselo? Muy sencillo. Como cuando la luna entre las nubes parece correr y uno que la ve siente que va con ella. ¿Se lo llevaba al infierno?... ¡Jajajá...!, rió Santano del infierno. Pero era la nada, lo que después de la muerte esperaba a todos los que, como él, creían en el Maladrón. Sacudió la cabeza. Botarse los pensamientos. No pensar. Pero es imposible no pensar. Es la nada. Pero qué dulce sería no pensar. La nada. La nada dulce. En uno de sus bolsillos encontró el frasco de bromuro. Una buena dosis. Lo traía a la iglesia el Viernes Santo. A tantas mujeres les da patatús. Pero la pócima no alcanzó a cortar su estremecimiento. El ligero y profundo estremecimiento de la materia viva ante la nada, la negación absoluta que para los sofistas es sólo *flatus vocis*. ¿Cómo imaginar la nada? ¿Vaciándose de pensamiento el pensamiento? Solamente así era dable concebir en el no ser que espera al hombre después de la muerte, en su completa y total extinción. Y por eso reía Santano ahora que el Ángel de la Mala Luz, alias Candanga, se lo iba llevando al infierno que, comparado con la nada, sólo era una broma pesada, algo que no era serio, y porque iba en compañía de una de las grandes vanidades de Dios, el demonio, siempre comparsa más alegre, a pesar de ser verdugo de almas, que San Maladrón, el primer santo materialista, en cuya befa al cielo moría toda esperanza.

Pero se lo llevó al infierno...

El Presidente de la Compañía de Seguros atisba desde sus anteojos antediluvianos, de la época de las ojeras, quevedos con una cintilla negra que le cae a plomada sobre la mejilla y que a ratos se le enreda en la nariz ganchuda de ave de presa y de cuya tiranía molesta sólo se libra colocándosela detrás del pabellón de la oreja; atisba y trata de catalogar sobre el momento al nuevo cliente, a quien acompaña un farmacéutico que dice tener su negocio en Tierrapaulita, cliente que sin parpadear, en la forma más solemne, le dice que viene a asegurar el infierno... (¿La nada no se puede asegurar?, titubea para sí Santano).

El Presidente de la Compañía de Seguros se muerde la lengua y con la lengua la cintilla de seda negra que se le había desprendido de la oreja, pero ya lo ha dicho:

—¿Contra incendio?

—Al revés... —contestó el cliente, cada vez más serio.

El Presidente de la Compañía medita, antes de proceder, con la rapidez del que tiene todo preparado, cirugía relámpago del vendedor de seguros, a qué víscera dirigirse, qué víscera débil ha sugerido al cliente la idea de asegurar él y asegurar sus bienes. ¿En qué hacer consistir, preguntábase el asegurador, instrumental en mano, un seguro no contra incendio, sino contra el apaciguamiento del incendio? Y, de pronto, esa salida de gran vendedor...

Extrae un formulario de uno de los cajones del escritorio de madera tamaño imperio; el nuevo cliente, al que había tomado por hindú, le pidió por teléfono que lo recibiera en el despacho de su antiguo escritorio y no en el nuevo, por no conformarse con sus creencias tratar negocios junto a metales, bien que la verdad era otra: como demonio increado carecía de los aisladores de que ahora van dotados sus *robots* y corría el riesgo de que al estar frente al escritorio de metal, éste empezara a echar chispas, cómo electrizado.

El Presidente, que era hombre de tiempo de reloj, consultó su cronómetro de pulsera y algo horrible: la máquina suiza más perfecta, cuerda automática, melodía musical para despertarlo, calendario, instantero, numeración fluorescente, se había detenido, y tampoco funcionaban el intercomunicador ni el teléfono...

Aislado, totalmente aislado en aquella parte posterior del edificio de la Compañía de Seguros, donde tenía las viejas oficinas con escritorios de madera, enfrentaba a un cliente que venía a asegurarle sus bienes, no contra incendio, sino en previsión de que ese incendio que los consumía, se extinguiera.

Extrajo el formulario y le pidió al cliente que lo llenara, mientras consultaba con la casa matriz si podía asegurar contra cese de fuego. Sin querer había dado en el clavo.

—¡Eso, eso es lo que yo quiero —dijo el cliente, entusiasmado—, un seguro de que el incendio no se apagará una vez prendido! ¡Ni armisticio ni tratado de paz! ¡Aniquilación total del hombre y reaparecimiento sobre el haz del planeta de mis mejores épocas, las de la infancia humana que evoco con tristeza, cuando, a través de milenios, por un trozo de terreno que se enfriaba, surgía un desierto inacabable que ardía en llamas, por un pedazo de costra terráquea que se hundía hasta donde no hay mente que pueda imaginar ("Hasta la nada...", se decía Gabriel Santano, que lo oía), emergían las cordilleras! Y de esa época de la tierra enfriándose, enfriándose, me quedó el propósito de asegurar mis cosas contra cese de fuego...

Y con toda la voz:

—¿No es estúpido que sólo haya seguros contra incendio, cuando son más las cosas que se apagan causando peores desastres?

—Si me permite —cortó el Presidente de la Compañía, al tiempo de llevarse hacia el pabellón, de la oreja la cintilla negra que se le había enredado en las pestañas como una mosca—, si me permite, un seguro de vida nunca está de más, aparte de su seguro contra cese de fuego... —muy explicable, dijo para sí el Presidente—, ahora que están extrayendo el uranio de la tierra...

—Adivino su pensamiento —interrumpió el extraño cliente la rápida fuga de ideas en la cabeza del Presidente— ahora que están saqueando otra de las substancias terráqueas de mi propiedad, sin importarles que la tierra siga enfriándose, que los metales les muestren los ojos apagados, y que cese mi mano de imprimir a los mundos el movimiento de rotación. Otra idea. ¿No han pensado las compañías de seguros lanzar al mercado seguros contra dioses a punto de caer en desuso? Un dios cualquiera, aun cuando sepa que creen en él millones de hombres, puede quebrar en un momento dado, y debía asegurar su divinidad. Si Buda hubiera estado asegurado cuando irrumpió incontenible el brahamanismo en la India, la compañía aseguradora habría tenido que pagarle al Buda viviente la ruina de su negocio divino. Viene esto a que cuando caí del Paraíso Terrenal, yo no estaba asegurado, y si el Presidente tiene tiempo...

—En una compañía de seguros, el tiempo es eternidad...

—Le explicaré el por qué de mi caída. Todo lo que por allí se dice, o dicen Justino, Tertuliano, Atenágoras, Clemente, Cipriano, Irineo, Gregorio, Epifanio, León Magno, Petavio y Tomasito de Aquino, son minifundios que por doquier debo ir rectificando de palabra y en persona, pues la prensa, vendida al imperialismo del cielo, jamás permitiría que yo aclarara mi leyenda negra, porque más negros son los tipos de esa prensa y porque más de un *trust* religioso, no asegurado, el caso de Buda en la India, se desmoronaría espiritual y económicamente si yo hablara. Este servidor, a sabiendas que en un paraíso estático nos ahogaríamos, nada es más desesperante que la felicidad permanente, sugerí al Creador, en mi papel de Guardián de las Nebulosas y las Matemáticas; dieciséis mil años estuvo mi palabra caminando en su oído y dieciséis mil años tardó en llegarme su respuesta; que capturáramos las substancias cósmicas que fuera de su pequeña creación, su pequeña estación estratosférica con una atmósfera propia y luz ajena, giraban libres, caprichosas, sin rey ni amo. No aceptó mi propuesta. Aquellas substancias perturbarían su mundo estático. Insistí. Mis cálculos volvieron a recorrer, en su oído de caracol que da al fondo de los mares, en dieciséis mil años la distancia auditiva que nos separaba, y las cifras casi llegaron desvaídas a su cerebro electrónico. Y no supe cómo interpretar su respuesta. Decía: "N.::T.::A Arcángel Matemático. Indique término distancia (¡eh!, me dije, podré usar por primera vez la velocidad-luz, no la velocidad-sonido que hasta entonces usábamos), qué sistema de cálculo empleará. Insisto mi desinterés todo lo existente fuera mi estación planetaria". Contesté en el acto: "URGENTE. A Rumiante Divino... (Pero, por urgente que fuera mi mensaje, yo sabía que al entrar a la atmósfera inmóvil del Paraíso, donde todo lo que tenía vida era producto de una cuerda, como en los juguetes, y todos andaban siempre con el temor de que se le acabara la cuerda, sin tener a mano la llave para auto-acordarse, perder la cuerda es como perder la memoria, y aunque en el Edén, memoria no se necesitaba, para lo del movimiento sí, pues el que perdía la llave de darse cuerda, el que ya no se acordaba, corría el riesgo de quedarse inmóvil para siempre)". "URGENTE. A Rumiante Divino. Mientras preparábamos almácigas, descubrí planta... (¡Alma, no sigas, interpuse el NO, en medio de aquella palabra, por presentimiento evangélico. Alma NO sigas, pero seguí!). Mientras preparábamos almácigas, descubrí una planta que me dijo ser el único vegetal inteligente, con el secreto del movimiento de los planetas." Hasta allí escribí, porque el Rumiante Divino, masticando una nube de copal, más blanca que sus barbas, se dejó venir en persona, ordenándome que le señalara dónde estaba esa planta. "¡Un vegetal que piensa, un arbusto que piensa... —somataba sus sandalias de espuma sonora contra el piso de estrellas, debe ser arrancado de raíz!" Y manos divinas a la obra, la arrancó antes de hacerse invisible. La única actividad, la única diversión en aquel paraíso quieto era hacerse visible e invisible, cruzar y descruzar la transparente separación de la invisible y lo visible. Sufrí, con sufrimiento de arcángel, por la planta arrancada, cuyas hojas se tornaron amarillas, tostadas por el sol, allí siempre perpendicular, la noche la formamos corriendo sobre rieles de lluvia, nubarrones oscuros, pero aquel amarillo verdoso de las hojas de la planta, fue tornándose amarillo oro y más pronto café fuego. La pulvericé en el cuenco de mi mano y atraído por su perfume picante, me llevé el polvito a la nariz y una, dos, tres veces estornudé estrepitosamente. Pero, pasados los estornudos, el escándalo da los primeros estornudos que se oían en el Edén, no fue para menos, qué sensación de agrado, de bienestar eufórico. Otros colegas probaron aquellos polvos, absorbiéndolos directamente del cuenco de mi mano y aunque un ligero moquillo les resbaló de la nariz al labio, tuvieron la sensación inefable de sentirse más arcángeles. Y el Señor mismo probó, sin que le desagradara, satisfacción misteriosa que le hizo ordenar que aquella planta fuera quemada, pues no era bastante que la hubiera arrancado de raíz. El humo de las hojas que ardían aparatosamente y que inhalábamos al respirar, nos inundó de una delicia desconocida, de una más honda sensación paradisiaca, y hasta el hombre, animal de sueño negro, empezó a dormir como nosotros, con los ojos abiertos, en un sueño blanco de humo de rizadas volutas que a mí me servían para capturar las materias que andaban libres. Absorbía el humo a dos narices, quemado en un brasero, y lo soltaban por la boca en forma de anillos que al ir expandiéndose no perdían su contextura fluida y al mismo tiempo rígida. Y ésa fue mi culpa. Capturar planetas o girasoles que produjeron en torno a nuestro paraíso estático el parpadeo del universo en movimiento, sin faltar aquellos cuya gasificación no estaba completa, como esa bola de fuego alrededor de la que todavía se ve girando el anillo de humo. Y algo tal vez más trascendental. Logré con esas ruedecillas de humo dormido que salían de mi boca, capturar el tiempo que andaba suelto, rescatarlo de la eternidad, en la que ya no era tiempo, sino eternidad y volverlo al redil de los relojes.

Recapacité un momento, antes de continuar:

—El Señor me llamó a comparecer ante su trono. Sus pies brillaban blancos, como la leche recién ordeñada, y fijando sus pupilones dorados en mis ojos sin párpados, me ordenó precipitar al baratro las pocas semillas que yo guardaba de aquella planta de humo. En mi mente de arcángel flotaba, navegación de sueño, la visión de un quemadero de esmeraldas que empezaba a surgir de la tiniebla oceánica, y de la tentación a la desobediencia, aparté mi vuelo del abismo ígnito, y arrojé las semillas al mundo vegetal de aquel continente que surgía arrebatado. Y tras las semillas caí de cabeza con mis legiones angélicas, entre rayos, relámpagos, truenos, lluvias de centellas de metales derretidos que nos quemaron hasta cambiar nuestro color en el ámbar de la piel que nos viste, y ráfagas de polvos de cenizas atómicas, como se dice ahora, entonces las llamábamos cenizas del dragón. ¿Cuánto tardamos en llegar a la tierra? El cálculo es fácil. Lo que tarda la luz de la estrella más lejana, y nosotros veníamos de mucho más lejos, y no a la velocidad de la luz, sino de nuestro peso, ya que habíamos sido despojados de nuestra categoría luminosa de arcángeles y apenas sí alcancé, con los últimos destellos de mis dedos, mientras se apagaba mi cuerpo y se extinguía el fulgor de mis legiones, a imprimir las semillas de la planta de humo la velocidad de la luz, al lanzarlas hacia el quemadero de esmeraldas y jades, donde, mientras caía de la cabeza, mal herido, soñaba encontrarla y no la habría encontrado, por las lluvias de colores que siguieron, si no la salvan los pájaros moscas que lograron perforar estrellas marinas antes de endurecerse, y esconderla en sus palacios encantados, e inútil fue que para acabar con la planta misteriosa, la tierra permaneciera siglos sumergida en hielo negro, congelación de la tiniebla, dado que con las mismas semillitas se ocultaron colibríes que les mantuvieron con los motorcitos de sus alas en movimiento, bajo luz risada a temperatura de arcoiris.

Y la encontré en poder de unos Gigantes terribles, Cabracán, Huracán, Zipacnac, a quienes manejaba un tenebroso Cashtoc, secundado por una corte de brujos, chimanes y malignos, hechiceros y adivinos, hombres hechos de maíz, no como el nuestro, aquel infeliz muñeco de barro que salió expulsado del Edén por reclamar al Señor haberle dado compañera hecha de hueso y no del humo de aquella planta fabulosa. Una compañera de humo, a la que gobernaría con su aliento, como el céfiro a las velas; la guardaría en husos de hilo de humo, husos que ahora llaman cigarrillos; y la absorbería por boca y narices para llenarse con ella de una paz que cambiaría sus venosos pensamientos por la arterial alegría de la realidad hecha sueño.

Me acerqué a los Gigantes, Demonios y sacerdotes de aquel quemadero verde, a reclamarles la devolución de lo que consideraba mi planta o mis plantas, por algo mis pies deformes fueron hechos con dos de sus enormes hojas y a sabiendas de con quiénes me las veía busqué la forma ambigua al pluralizar y rogarles que me devolvieran mis plantas, ya que sin esas plantas yo no podía andar en la tierra, donde no era cosa de andar volando.

El Demonio no engaña. Deja que el que le escucha se engañe. Pero más jugadores de palabras que aquellos Gigantes y Diablos, no había.

—¿Quién anda con plantas? —sacudió el cráneo de un cerro, Cabracán, fingiéndose colérico, pero, en el fondo, complacíale el juego de palabras.

—Esa nube es la que anda con plantas de tempestad —señalé hacia el horizonte, una nube carbonosa.

La carcajada de todos ellos no se hizo esperar. Huracán, cojeando, vino a darme la mano. Cabracán movió un peñasco hasta mi diestra, un peñasco de larguísimos dedos. Y me invitaron a conversar sobre la planta de humo que ellos llamaban "tabaco".

Juré por la flor roja de cinco dedos, la flor de esa planta que ellos llamaban "tabaco", que era mía, que yo la había robado del Paraíso, y la había disparado hacia aquel quemadero de esmeraldas y jadeítas, a la velocidad de la luz, para que no se perdieran sus semillas en el espacio sideral y les expliqué mi tardanza en llegar, siglos después, por haber hecho el descenso con mis legiones a la velocidad de nuestro peso.

—¡Nos la viene a quitar! —se dieron entre ellos la voz de alarma.

—¡No, mis caros demonios, la quito y la dejo, la dejo y la quito! Hay que divulgar su uso entre los pobres hombres de barro, los míos, hijos de aquella pareja edénica expulsada del Jardín de las Delicias, y que se sienten como huérfanos sin la compañía del humo blanco de esa solanácea que, me gusta el nombre, yo también la llamaré "tabaco", pues, pobrecitos, después sólo les quedará por eternidades el humo negro, de la muerte.

—¡Imposible! —chocó su voz con la mía un sacerdote de mirada minera— ¡No se puede divulgar lo sagrado y esa planta es sagrada! ¡Echemos fuera a este impostor, llegado de otro planeta para robarnos el tabaco!

Me rodearon mis legiones esperando órdenes, ansiosas por rescatar la planta de humo, empapadas en silencios astrales, algunas de esas legiones en estado de nebulosas que perforarían cerros y montañas hasta acabar con Cabracán en sus guaridas subterráneas, otras como bolsas de inmensos vacíos en el espacio, bolsones que aprisionarían a Huracán hasta acabar con él. Efectivamente, procedíamos de mundos sumamente adelantados.

Calmé a mis legionarios. Los Gigantes no eran los de cuidado, sino los diablos menores, encabezados por Cashtoc, el Grande, el Inmenso. Mejor era ausentarme y volver.

Volví solo. Los Gigantes me miraban con sus ojos de niños hermosos. No estaban los demonios menores. Se marcharon a vigilar las zonas en que tenían sus siembras de tabaco.

Encaminé la conversación hacia las formas de gozar de la planta de humo. Ellos, como yo lo hacía al principio, encendían hogueras y al quedar la brasa, echaban al fuego las hojas de tabaco, absorbiendo por boca y narices el humo, hasta embriagarse.

Les hice notar que con aquel sistema, bastante primitivo, se perdía mucho y que yo había perfeccionado una forma de gozar del tabaco, tan directa y tan íntima, que no había nada mejor.

Curiosos, como todo gigante, trajeron unas hojas de buen largo, ni muy tostadas ni muy húmedas. Les quité las nervaduras y las dividí en tiras que pacientemente envolví, hasta formar un cilindro largo, como uno de sus dedos de gigantes.

Lo encendí por un extremo y el otro extremo me lo llevé a la boca.

Se echaron a reír con sus dientes de grandes espejos, dientes en los que por primera vez vi reproducida mi imagen, ya no de arcángel, sino de un hombre de cara de asfalto, en lugar de barbas trozos de pellejo en punta, simulando barbas hacia arriba, no peinadas hacia abajo. Pero ¿cuántas veces era yo en aquella multiplicación de mi figura en los dientes de los Gigantes que no dejaban de sonajear en sucesivas definiciones una risa incortable? Botaban los dientes de tanto reír, y les salían otros, y otros, y otros para la misma risa torrencial, limpios espejos de agua en los que mi imagen se multiplicaba envuelta en humo, como carbón que se apaga.

Pero, mejor que reír era probar. Cada Gigante tomó su envoltorio de tabaco, lo llamaron *puquiete*, lo encendió y se lo llevó a la boca. Y, allí fue la mía, la de mi poder, pues agotado un rápido ¡Ah! ¡Ah! ¡Ah! de satisfacción gustosa, se habían metido los puquietes al revés, el fuego dentro de la boca, y les lloraban los ojos, los mogotes de tierra ciega de Cabracán y los pupilones, antorchas al viento de Huracán. Paralicé sus quijadas para que no pudiesen escupir y detuve sus parpadeos y su llanto. Quería que me vieran reír de ellos, de su inmenso sufrimiento de Gigantes, y pataleando el uno, Cabracán, en demanda de auxilio a la tierra, y aleteando el otro, Huracán, en demanda de socorro al infinito, presencié su hundimiento. Sólo hundidos, sepultados, apagarían el fuego que les quemaba la boca, hasta quedar fuera únicamente sus sombreros de copa en forma de pirámide y cráteres por donde ahora escapa el humo de las materias ígneas que fuman y la baba negra del tabaco de lava que mastican.

Cashtoc, Tazol y otros demonios de piedra blanda, helados, desagradables, de cuidadosos peinados, atributos y vestimentas, tomaron asiento en derredor mío con aire indiferente.

Habiendo tanto diablo, medité, el negocio será muy difícil.

—¡El tabaco nos junta otra vez! —dije, al tiempo de saludar con la cabeza, brillaban mis altos cuernos dorados, y abrir tres de mis alas rojas sobre mi enjuta persona, pues empezaba a caer una llovizna verde, como si en lugar de nubes, aéreos pinos se deshojaran.

—¡Sabemos lo que se diabla —me contestaron—, propagar el uso de la planta de humo entre los hombres, a lo cual, Perilustre, Ambidextro y Manofacero Candanga, nos oponemos los demonios del mundo mágico, por el daño que causará a la especie humana! El tabaco debe reservarse para uso sagrado.

—No entiendo...

—¿Por qué te apropiaste de esa planta? ¿Adivinabas lo que escondía? ¡El que iba a ser el más divino vegetal, se convirtió en un veneno!

—¿Veneno? Por el contrario. El hombre sería el ser más desgraciado de la tierra sin esa planta que con su escoba de humo blanco barre sus preocupaciones. Y además, ¿qué escondía? ¿qué arcano se encerraba en ella?

—Si sabes lo de la costilla, tu Dios ya no halló de dónde sacar a la mujer, caes a la tierra con un hueso entre los dientes, como perro...

Me contuve, sin oír lo que decían:

—Si no intervienes tú, adelantándote a descubrir la planta de humo, en la que sabías que estaba la mujer —¿por qué dar al hombre lo que era bocado de los arcángeles? te dijiste—. Dios no recurre a la voluta de hueso que es lo que es una costilla...

Arrebatado por la cólera, lancé contra la cabezota de jadeíta de Cashtoc mi mano encendida al rojo blanco, pero detuve el golpe, ya para darle el manotazo reflexionando que no había venido a pelear con aquellas criaturas infernales, del infierno verde, sino a convencerlas que me devolvieran mi planta de humo...

—¿Por qué me coqueas a sabiendas que soy un toro? —grité.

Cashtoc mostró sobre su piel largas manchas amarillas, alternadas con manchas negras, y sobre los belfos de su boca crecida y terriblemente dentada, largos pelos de bigotes de gato gigante.

—Veo lo que eres. Un jaguar. ¿Qué saldrá de nuestra lucha?

—Por luchar sea...

—Pero a condición de que antes, y ya que en pelea uno de los dos será aniquilado, puedo ser yo o puedes ser tú, des orden de que devuelvan a mis legionarios la planta que robé del Paraíso, para que ellos la propaguen entre la gente blanca.

—Perdería su valor mágico de planta de encantamiento.

—¡Ah, Cashtoc, viejo jaguar amado, depón lo belicoso al pie de la palabra que es más garra, más colmillos, más temible que mis cuernos y tus manchas de fiera dorada, y hablemos! El tabaco es planta mágica para tus sacerdotes que en la embriaguez producida por el humo alcanzan lo sobrenatural, pero hay otra magia: la del que expele ese humo y lo convierte en amor, en amistad, en lazo de unión entre los seres, y mi propósito es que el humo del fumador que luego de gozarlo, expele, sea un lazo de verdadera paz entre los hombres.

Y tras una breve pausa.

—Pero, Señor, ahora recuerdo que estoy en el despacho del Presidente de una de las más fuertes compañías de seguros, dígame usted: ¿Podría su Compañía asegurar la paz? ¿Cuántos millones costaría asegurarla?... Pagado el seguro, ustedes se ocuparían de que no hubiera guerras, pues, caso de amenaza bélica, siendo que la compañía de seguros tendría que pagar una suma fabulosa, superior a las posibilidades de los guerreristas, la paz se salvaría siempre. Así se hacía en el planeta que habitábamos antes...

El Presidente de la Compañía parpadeó y en el rápido parpadeo, una de sus pestañas se trajo hacia atrás su nariz ganchuda la cintilla negra que como signo de suprema elegancia pendía de sus quevedos. Levantóse la cinta con el envés de la mano hacia el pabellón de la oreja, rascóse el mentón, igual que si le hiciera cosquillas al ir saliéndole la barba, y repitió:

—¿Asegurar la paz?... Nunca antes nos lo habían propuesto. Ni siquiera se había pensado en eso. Sería cuestión de ver. Planteado como negocio para una compañía de seguros, es posible. Pero no sólo nosotros, pues, aun cuando somos una de las compañías más fuertes del mundo, necesitaríamos el concurso de otra compañía para asegurar la paz. Los pueblos se cotizarían para pagar el seguro. Pero —el Presidente de la Compañía se quitó los quevedos y cargándose de espaldas, adujo—, no me ha dicho cómo hizo para que le devolvieran la planta de humo o sea el tabaco, los terribles diablos terrígenos.

—Hasta siglos después. Muchos siglos después. Cuando vine con navegantes, soldados y frailes españoles al Descubrimiento y a la Conquista, me devolvieron el tabaco a sabiendas que era su venganza con el hombre blanco que se pegaría a él como a la teta de una mujer de humo; el hombre blanco que ya no era aquella ligera flor de brisa que salió del Paraíso, sino un zancudo hinchado de sangre y ansioso de tóxico, sin importarle, por avisado que fuera, filosofante o sabio, que aquel veneno lo matara, si lo aliviaba del peso de la vida, falsas ilusiones que lo inducen a defenderlo como parte de su felicidad, al sentirse fuerte y sano, y al enfermar, desbabado, como lo único que puede acompañarlo hasta la muerte. ¡La locura! ¡El tabaco fue la locura, el complemento de las especies recién descubiertas y más de un rey hechizado, mascador de tabaco, perdióse en mis calderas, presa de vértigos y náuseas, con todo y su traje real, color amarillo de islote de arena, recamado de encajes de espuma! Un rey que terminó con la carne azulosa y el esqueleto de humo.

—¿Inglés?

—¡No! Ese infeliz del rey inglés le tomó odio de muñeco a la planta sagrada y puso de moda anatematizarla, todo porque después de fumarla vomitó varios días como mujer preñada. Sir Francis Drake habría hecho mejor en abrir el pecho a su rey, para que no expulsara juntos humo y vómito, y no al pirata al que le abrió la tráquea de una estocada, curioso de saber cómo subía el humo a la garganta. Pero no se trata del tabaco, sino de Tierrapaulita, donde los demonios del quemadero verde escondían las plantas de humo. Conservaron la ciudad en rehén y ahora que me la devuelven la encuentro despoblada y destruida. El Gigante de los Terremotos y el Gigante del Viento se entregaban al juego del amor para ellos y de la muerte para los humanos. El juego amoroso del Gigante de los Terremotos con la Tierra empezaba con un suave movimiento de hamaca, seguido, ya excitado el Gigante, de rápidos sacudones y cimbrones de arriba abajo y de abajo arriba, crepidación convulsa, supremo gozo para él y espasmo, y para los tierrapaulitanos escombros de terremoto, momento en que el Gigante del Viento se lanzaba a poseer la luz y la sombra al mismo tiempo, en el más turbador de los arrebatos al mezclar la noche con el día, los techos con las nubes, las piedras con los muebles, los árboles arrancados de cuajo con las ceibas que no se dejaban arrancar, entre nidos y colmenas que caían, miel y pichones cubiertos por hormigas, sabandijas ciegas, gusanos melenudos, serpientes lampiñas y seres espumosos, vegetales...

—¡Y tan despoblada encontré Tierrapaulita! —alzó la voz Candanga, sin dar oído a las carcajadas de los diablos telúricos...

Granizadas... carcajadas... Cashtoc reía como pato... ¡oac! ¡oac! ¡ja! ¡ja!... ¡oac! ¡oac! ¡ja! ¡ja!... y Tazol, en tono más alto, también con risa de ave acuática... ¡achi jiji chichic! ¡achi jiji

chichic!, antes de las risotadas del Siguapate y el Cadejo...
¡cuachiton-jo jojo! ¡Cuachiton-jo jojo! y las risitas de las Siguanas... ¡conix-ji! ¡conix-ji!...

—¡Tan despoblada... tan despoblada! —insistió a gritos
el Demonio del Cielo, para imponerse a los diablos infieles—,
que sin pérdida de tiempo comencé una campaña de repoblación, base esencial de todo lo que después intente emprender.
En esta campaña, sólo se hace de noche, se recuerda y exige
a las parejas que deben procrear con un lacónico: "¡Al engendrooooohoy mismo! ¡Al engendroooo!...", pues de no ser así,
amigo asegurador, ni aquí habría muchos a quienes asegurar
ni yo tendría a quienes conducir a mis opulentos hornos,
como condenados disfrazados de obreros. ¡Carne, hueso y
alma son necesarios para impulsar la máquina del mundo en
la guerra como en la paz... yo le quise asegurar las dos cosas,
el no cese de fuego y la paz, y me parece que es más hacedero
asegurar la paz...! ¡Aspiro a convertir esta Tierrapaulita en una
fábrica de hacer gentes, que es la mejor industria de las nacio-
nes, pero ahora déjeme volver allá con el amigo que me acompaña, Gabriel Santano, devoto de San Maladrón, el que acaso
venía a asegurarle la nada que es menos que la anti-materia
representada por una décima de milésima de millonésima de
segundo!...

En Tierrapaulita no amanece

¡Ah, no amanece, no amanecerá nunca! ¡Candanga no deja, dejará pasar la aurora, hasta estar satisfecho del engrudamiento de hombres y mujeres! ¡Se pegan con engrudo humano los nuevos seres! ¡No, no amanecerá, antes del canto del ave de mal agüero!... todo esto se decía el sacristán que, atormentado por las pesadillas, se fue con todo y catre contra la cama del Padre Chimalpín que despertó de golpe, sin osar abrir los ojos, seguro de que aquella ala de lona tensa era una de las alas del Ángel Malo. ¿Cómo verlo, sin quedar ciego del alma para siempre? Más valía sentir que lo aplastaba, que lo reducía a una estampilla de correos contra su crujiente cama de campaña. Se había dormido. El demonio no sorprende a los que velan. Pero, ¿cómo no iba a dormirse, si no pegaba los ojos desde que llegó a Tierrapaulita, atormentado por aquel grito maléfico que en la tiniebla exigía la propagación de la especie? ¿Demoníaco? ¡No, no podía ser del todo demoníaco, y aquí era donde se confundía el Padrecito! Demoníaco era lo otro, el uso y abuso de todos los medios inventados para quedarse con el placer carnal, sin el peligro de cumplir con el mandato divino de creced y multiplicaos. ¿Peligro? ¿El precepto divino, un peligro? ¿Entonces, por qué era satánico, aquel grito falaz?: "¡Al engendroooo!" "¡Al engendroooo!"... Mejor rectificar conceptos. No había pecado en recomendar que se aumentaran las familias, sino en el escándalo de aquella voz en la tiniebla que despertaba instintos de refocilamientos bestiales, y no el sencillo choque de virilidad por parte del varón y la estima cristiana por parte de la esposa, sin más participación que la de la pasiva durmiente en quien va a operarse el milagro de reproducir la vida. Lo de "¡Al engendroooo!", era despertar en la hembra instintos que la hacían sacudir al macho, y en el macho, voluptuosidades monstruosas hijas de la imaginación que es hija del Demonio, criadero de pensamientos ponzoñosos, en engusanadas caricias, de perturbados contactos, adhesión de los cuerpos a los cuerpos, sin pizca de alma, sin una mística, sin un creer, en un asirse a lo bestial. No se es cristiano porque sí, se es cristiano porque ello implica amar más, amar más es darse más, es abarcar, en la dádiva a cuanto nos rodea, plantel de dichas en que se cumple con todo, sin el grito diabólico de la exigencia despierta, de la llama carnal que no engendra sino cenizas. Hijos de ceniza son los que no nacen del amor, sino de una maquinaria en movimiento, y como cada vez son más éstos que aquéllos, la tierra se va cubriendo de cenizas, y de ahí que nos opongamos, no a la multiplicación de la especie humana en Tierrapaulita, sino a la industrialización de la especie bajo el mandato de aquel grito satánico...

¡Ah, no amanecerá nunca!, repetíase el sacristán, las orejas como pies helados, los pies como orejas distantes, separado de su ser de todos los días por torrentes de agua de vidrio raspados en arenales de lija que lo hacían escalofriarse, fruncir la dentera y no oír al Padre Chimalpín que sin hacer el menor movimiento se quejaba bajo la lona del catre que para él era el ala de Satán, el ala del Ángel Malo contra su sotana, su sotana contra su persona corporal, su persona corporal contra su alma, bien que ésta le resultara lo más impersonal, suelta como una persiana de tubitos de cristal que ondulaba al compás de su propio aliento. ¡Ah, el alma, el alma, y ay de los que en ella busquen apoyo, porque es como quererse recostar en la lluvia!

El Padre Chimalpín, bajo el ala diabólica, simplemente la lona rasposa del catre, sentía, por momentos, sus oncemil brazos de araña, su cara chata, sin mentón, recubierta de pelo de gusano, y el bonete igual que estrella negra en los cuernos...

No amanecía. Antes vendría el ave de mal agüero, el chiquimolín, a gargarizar su remota voz de chicharrón de fuego...

Rezar, rezar a "Sanseaca", santo que acaba con las pesadillas y saca de los malos pasos, pero esta vez, ¿qué podía "Sanseaca", si el infierno es sin comienzo ni fin, y qué valía "Sanseaca", si el que caía bajo el ala de Lucifer no tenía esperanza de que se acabara el castigo, por ser inacabable? ¿Y encomendarse al Demonio, a "Saninacabable"? Salir vivo del ala de lona que lo aplastaba materialmente, como salió vivo, allá lejos recordaba, de la misa de muerto que rezó convertido en araña de caballo, con los oncemil brazos y las oncemil manos y el mismísimo diablo, enredándose y desenredándose al tomar el cáliz, la santísima forma, el misal, son sus verdaderas manos, sus verdaderos dados, en lucha con los miles de manos y dedos restantes que se tragó como parte de un llanto enguantado de pellejo dormido...

No amanecía, pensaba el sacristán, desquiciado sobre el catre, sin valor para moverse, para cambiar de postura, temeroso de que al hacerlo Candanga se lo llevara más allá de la superficie en que yacía, sin tiempo, por mucho que a manera de minutos contara el *tero... tero... tero* de los teros, entre el cántico quejoso de las aves del misterio matinal que nadie ha visto, que nadie conoce, el colizumbar del aspaventoso pájaro de la madrugada que se columpia de las pestañas del silencio, cuando el firmamento cubre su negrura con los ornamentos aurorales...

¡Horror! Acolitaba la misa del Padre Chimalpín que se tostaba por delante en las llamas envolventes, enloquecedoras, en que perviven los que se quedan sin párpados, como él, que ya tampoco los sentía de tanto abrir los ojos para creer lo que miraba y oía despierto en el sueño o dormido en la realidad: volverse al Padre Chimalpín, volverse a los fieles, y decir: "¡Al engendrooooo!", y él contestar: "¡Ya estamos en él!"... ¡No, que no amaneciera! Por fortuna todos los gallos parecían haber muerto ese Viernes Santo, en la noche, en la peste de la engendradera. ¡Que no amaneciera! ¡Que no amaneciera! Si hace un momento, por cambiar de postura y saber de qué se quejaba el Padrecito —¡casi nada, bajo el ala de Satán quién no se queja, quién no llora como ratón en la trampa!—, hubiera querido que surgiera la realidad sonante en formas y colores, ahora, doloroso y quedo, pensaba que aunque se tullera totalmente, que aunque lo enterraran en postura de renacuajo, era mejor, era preferible a que volviese el día, pues con qué sombra de párpados por dentro vivos y por fuera muertos alcanzaría a cubrir, a borrar la pavorosa realidad que le esperaba...

Mejor la pesadilla. Pestilente y rocosa, la pesadilla explicaba en parte lo que la liviana claridad, colada por las rendijas de las puertas, contradecía a sus ojos de agua negra, a zancadas el respirar, la mente expuesta a lacónicos rayos de pensamiento, basco, con hipo y el estómago vacío. ¿Y los párpados? ¡Hay algo peor que el infierno, perder los párpados! ¿Con qué se cubriría para seguir soñando o fingiéndose que soñaba, que era una castigadora pesadilla lo que la luz le revelaba? El Padrecito, bajo el peso del catre caído, quizás ido de aguas, ¿a quién no le sucede con el ala de Satán encima?... ¡Que no amaneciera, sin que él se agarrara de su yo, él, el sacristán luchando para no pasar de la pesadilla a la locura, al sentir el catre pegado a la espalda de la gran araña peluda que disputó el dominio de la iglesia con un puercoespín de fuego!...

La luz se esponjaba, triste, sin pájaros madrugadores, sin el guirigay de los sanates o sean los satanes de los pájaros. Con las mismas letras, el nombre de esta ave lo dice. Por todo lo misterioso que hay encerrado en las palabras, no se debía hablar, sino con miedo.

Bajo la lona del catre, velamen desprendido del palo mayor, en la tempestad del sueño, movíase... glugluglu... una arañota de lana negra, defendiéndose del puercoespín, inmovilizada, tratando de cansarlo, o bien electrizada, igual que si fuera hecha de alambre, atacando con rápidas y mortales descargas, en medio de los bultos santos fantasmales cubiertos con trapos morados, en los altares, y de las abolladuras que causaba en los ojos de los testigos de respiración pulmonar —el farmacéutico Santano y él— cada relámpago de la vertiginosa lucha...

El Padre Chimalpín, con esas eternas infantes que son las manos, dedos en recreo, diez niños siempre serán los dedos, se palpaba con disimulado no querer hacerlo, los brazos de arriba abajo, y qué feliz, saber, sentir, que sólo tenía dos. Pronto, empero, desasosegóse. ¿Dónde dejó caer los oncemil brazos que le pidió al Señor Altísimo del Cielo, para luchar con Candanga, el diablo de los oncemil cuernos, que se le vino encima, convertido en un puercoespín de oncemil pelos, duros como cerdas, punzantes como espinas? Pero, qué haría, qué se harían sus brazos, que ahora le servían para rechazar el ala de Satán que lo oprimía, sin matarlo, la política del diablo, envenenar sosteniendo con el veneno, aplastar al humano, igual que cucaracha, sin despenarlo, para que blasfeme...

El puercoespín era Candanga... pensaba el sacristán, desesperado de no poder rechazar estas ideas macabras cuando intentaba sopesar su situación. Caído en Tierrapaulita, no por malamer unos pesos cuanto por esconderse de los que le sabían fracasado, sentía que la carne se le empezaba a hacer cecina, en víspera de convertirse en ceniza... cecina... ceniza... simple juego de palabras, casi las mismas letras... casi las mismas letras... Por todo lo misterioso que hay encerrado en las palabras, no debía hablarse, sino con miedo. Sí, sí, sí, el puercoespín era Candanga, el del gallo. Pero qué le importaba que fuera o no fuera, si lo que ambicionaba, sudoroso y helado, era no volver a vivir la pesadilla al recordarla... ahorrarse, ya despierto, que la memoria se le instalara en las anclas cerebrales a hacer la digestión de lo vivido o soñado, digestión que significa seguir viviendo, a base de jugos inolvidables, el tormento pasado...

El indio picado de viruelas que entró a la iglesia a devolver el guante lila de su Señoría, guante que el Padre Chimalpín arrojó desde el atrio para retar a Candanga. Y al dicho de aquel que habló del Diablo de los Oncemilcuernos, ver que le brotaban al cura brazos y más brazos por todas partes, hasta convertirse en una araña de miles de patas que huyó hacia el bautisterio, en busca de agua bendita, para bañarse y que desaparecieron aquellos brazos diabólicos. Y, mientras el cura se bañaba en agua bendita, agua sobre brasas, él, Jerónimo de la Degollación, se fue sintiendo femenino, sodomita risueño que al pretender, en papel de Bacinicario, que el indio aquel, que no era otro sino Candanga, vaciara el contenido de su vejiga diabólica de brujo, en su bacín, lo erizó en tal forma que de cada una de sus cicatrices de viruela salió una espina y fue la de San Puercoespín, primero contra él, ensartándole las espinas en la primera capa de sueño, sueño del que despertó dormido, defendiéndose como autómata, ya no mujer, la mujer que llevaba dentro huía, sino otra vez Jerónimo de la Degollación, al lado de Santano, el farmacéutico, dueño de una tranca, siguiendo el combate de una araña negra, ensotanada y aquel animal de espinas de fuego...

Recordaba despierto. No era tal pesadilla. De entre las patas del catre, apabullado por la lona, el Padre Chimalpín creía, con los ojos cerrados que era un ala del Ángel y el sacristán que lo veía con los ojos abiertos, cada vez más abiertos, no creía que aquél fuera el párroco. Y no se contuvo. Se puso de pie. Y, ¿sueño o realidad?... se precipitó a mirar de cerca lo que de lejos le parecía y... y... y... retrocedió en un temblor... era el indio picado de viruelas, pero también era el Padre Chimalpín.

Éste, al sentir que alguien andaba cerca, no tuvo duda de que los diablos venían a llevárselo, atrapado, como se sentía, bajo el ala del demonio, y apretó más los párpados, sacudido por un temblor de cuerpo que le hacía entrechocar los dientes... sí, sí... pero que se lo llevara, que se lo cargara el infierno, con todo y sotana, pero sin verlo...

—¡Padre Chimalpín... soy yo... Jerónimo! ¿Es usted?...

—¡Sí, soy yo!

Pero cómo podía ser el Padre Chimalpín, picado de viruelas. No podía ser él, aunque dijera...

—¡Padre! ¿es usted?

—¡Sí, hijo soy yo! ¿Dónde estamos?

—¡No puede ser usted, Padre!

—¡Dime dónde estamos y todo puede ser!

—¡Pálpese!

—¡No!

—¡Tóquese la cara!

—¡No! ¡Ya sé que estoy en el infierno!

—¡Lo que no sabe, Padre, es que le dio viruela!

—¿Viruela?

—¡Sí, tiene la cara cubierta de cicatrices secas!

Después de una pausa, el cura extrajo su mano diestra, el sacristán retiró el catre, y, sin abrir los ojos, no se atrevía, el demonio podía estar fingiendo la voz del sacristán, se pasó los dedos por las mejillas, la frente, el mentón, la nariz... luego la otra mano... ¡ah, si hubiera tenido las oncemil manos para apretar miles de dedos sobre lo que era su cara inexplicablemente agujereada!

—Pues sí, parece que me dio la santa viruela... —se confió al sacristán, tras frotarse y frotarse la cara, dudando de su tacto. La esperanza de no estar del todo despierto y que aquellas cicatrices fueran parte de su pesadilla.

—¿Por qué sacó a San Caralampio de la iglesia?

—¿Cómo, por qué?... porque no era santo...

—¡Es, horrible, Padre! ¡Es horrible verlo y recordar!...

—¿Recordar qué? ¿A San Caralampio?

—Al indio picado de viruelas que recogió el guante que tiró usted desde el atrio...

—¡Ah, sí, aquel campesino!

—Lo había picoteado la viruela con furia de gallina hambrienta, igual que a usted...

—No puede ser...

—Si más parece que se le metió en el pellejo...

—¿Ése?

—Lo picoteó con sus espinas —y tras una pausa, agregó el sacristán en voz baja, tratando de explicarse lo increíble—, fue viruela de puercoespín...

El cura saltó. Ojos abiertos, pelo con ojos, un ojo en cada punta del cabello, dedos con ojos, un ojo en cada uña, nariz con ojo destilándole mocos, a los lados de la boca, en las comisuras, dos ojos, en los lóbulos de las orejas, como aretes, dos ojos. Saltó hasta el pedazo de espejo que le servía para verse, mientras se rasuraba con un navajón de filo entero, y... no cabía duda... estaba materialmente cubierto de cicatrices redondas, hechas con sacabocado.

Sintió que el espejo se licuaba en sus mejillas y que le corría como llanto frío al contemplarse bajo aquella cáscara de mascarita...

—¡Ay, Jerónimo!... —masculló tragándose su imagen con el poco de saliva que le quedaba en la boca seca, era realmente su cara aquella máscara de momia agujereada—, si llamáramos al médico, no sea que por fuera me haya cicatrizado el veneno negro y por dentro lo tenga en frío purgatorio...

El sacristán, sombra proyectada por los haces solares que pasaban a través de los ojos de las cerraduras cogíase las pulgas, pulga atrapada tronaba entre sus pulgares manchándole las uñas de sangre; se hizo el que no oía, a pesar de las lamentaciones de Padrecito.

—¡Ay, ergástula, cárcel de las oncemil cicatrices, de los oncemil agujeros en que yacen presos de por vida los esclavos como yo, esclavos a los que bañó el pus escalibante! ¡Hay que llamar al médico, Jerónimo! Mi piel era impenetrable, pero ahora, ¿cómo podré guardar los secretos de confesión, si se verá mi interior, como el agua a través de los agujeros de una regadera? ¡Anda a traer al médico, dile que al Párroco de Tierrapaulita no lo picó la viruela, sino la polilla de la protohistoria! ¿No oyes? ¿No adviertes que con tu rascarte las pulgas, satisfacción de perro, aumentan mi zozobra, pues se me da que eres cómplice de los que me hicieron semejante daño y temo que de cada una de mis cicatrices salga un diente de peine, y qué será entonces este clérigo, sino la imagen del cerdo que se adorna con armadura de espinas?

—El médico no querrá venir...

—¿Temerá el contagio? Anda y dile que es viruela seca, quemada, de la que sólo queda ceniza sobre mi piel, ceniza con agujeritos como pringas de agua llovida.

—No es por temor que no vendrá. Es laico. Los laicos son menos temerosos del contagio que nosotros los creyentes. A mí se me hace, Padre, que el temor de Dios que nos inculcan de chiquillos nos hace temerosos de todo.

—Entonces, no tiene por qué no venir, si no teme al que amaneció con la viruela cicatrizada, vestido de agujeritos de silencio...

—¡No viene porque tema o no tema, qué va, sino, primero, porque le están creciendo las cejas, segundo, porque le están creciendo las cejas y tercero, porque le están creciendo las cejas...!

—¡Y cuarto... calla, por Dios, revoltijero, sunsurunero, calla, qué tiene que le crezcan las cejas!

—Cómo se conoce que el Padrecito no lo ha visto. ¡Pobre doctor! ¡Da lástima verlo con dos cortinones de pelos lacios, medio rubios, sucios, colgándole desde los ojos hasta las rodillas, igual que las ramas de un sauce llorón!

—¿Y por qué no se las corta? ¿No existen las tijeras?

—Porque le crecen más ligero, pues es como podar ramas de lluvia. Y además, el doctor que podría venir andando sobre los pelos de sus cejas, se negará a visitarnos y a recetarle, porque es ateo, anti-Dios, anti-nos, y la vez pasada, cuando me salió en el dedo meñique un panadizo y fui a pedirle remedio, alivio, me contestó que él no curaba gente de iglesia, pues si Nos, nos moríamos todos, mejor!

—¿Y qué te ha dado por hablar como obispo? Nos aquí, y nos allá... Si el médico no viene, falta al juramento de Hipócrates... nos lo decimos...

—Eso le echó en cara un caballero que estaba de palique con él cuando fui a lo de mi panadizo y contestó que en efecto había jurado curar a cualquier semoviente humano, menos a curas, frailes, monjas, sacristanes y gente de mengua. ¡Juré, dijo, con esta reserva mental, no ante Hipócrates, sino ante todos los hipócritas de mis maestros!

—¿Te niegas a ir a llamarlo? Pues iré yo...

—¡No Padre, no se exponga! ¡Mejor llamar al curandero!

—¿Al curandero?... ¡No soy indio, y quién sabe, Jerónimo de la Degollación de Infantes, si ese tu curandero no es el que le ha hecho crecer al médico las cejas en lluvia de pelo ardiente, ya que se excusa en que es librepensador para no visitarnos, cuando la verdad es que debe evitarlo, para que nos miremos sus cejas convertidas en orines de potrillo...

—Anoche...

—¡No hay tal anoche! ¡Anoche fue el infierno, estuve en el infierno, eso es todo!

—¿Aquí en la iglesia el infierno? —atrevió el sacristán.

—¿Qué es de extrañar, pecador de mí, si como el mar sale de sus profundidades, brotó del suelo el ojo del demonio, sin horizontes, combo, infinito?...

—¿Y el puercoespín?

—¡Qué puercoespín... puerco yo... pequé, Señor, pequé... mea culpa!

—¿Y estos araños? —mostró el sacristán al sacerdote las manos peinadas de cicatrices, como si hubiera caído en un espinero.

—¡No se lo diremos a nadie! —susurró el Padre Chimalpín—, yo también estoy todo arañado. ¡De lo del puercoespín y los araños, nada; se haría el escándalo en Tierrapaulita, y Candanga sería el victorioso!

—¿Y cómo ocultar su sotana hecha trizas?

—Me pondré la nueva...

—¿Y las cicatrices, Padre? Las cicatrices de la viruela...

El párroco no pudo articular palabra, contentándose con repasar con sus dedos los agujeritos secos, incontables de las mejillas a la frente, de la frente a la nariz, de la nariz al mentón...

—¡Anda, anda a llamar al curandero —dijo, por fin—, y no llames a misa!

—¿La misa? ¡Ay, Padre, si ya la dijo anoche! ¡Misa de gloria y esponsales en la que se casaron un puercoespín y una mulata!... ¡ah! ¡ah! ¡ah!... —empezó a bailar el sacristán, levantando los pies y dejándolos caer a plomo, como planchas, y a sacudirse las manos en las hilachas de sus pantalones— ¡ah! ¡ah! ¡ah!, la viruela para usted, Padrecito, y la delicia para ella, porque no me diga, mujer que escoge de marido a un puercoespín debe ser muy lasciva... Asistieron sombras de locos que salían de un manicomio en llamas, el pelo echando humo, y su paternidad no decía "¡Dominus vobiscum!", sino "¡Al engendroooo!"

—¡Calla, por Dios, calla, que a medida que hablas la viruela se me revive, me quema, me insufla su purulencia, y voy a enloquecer, o a torcerme como insultado!

—¡Una misa de arañota y brujos! ¡Unir en matrimonio a una mulata con un puercoespín, a una Mulata de Tal!... Pero no pasó a más. Vino un mujerón del tamaño de la puerta mayor de la iglesia, hubo que abrirla de par en par para que pasara, un mujerón que traía bajo el palio de sus enaguas bordadas de rocío de vidrio una enana que, de una tarascada, le arrebató el sexo a la Mulata de Tal, entre las risitas de los demonios del aire y la risa pastosa del agua enlodada, demonia de las vegas...

—¡Cállate ya —alcanzó a suplicar el sacerdote, la cara picada de viruelas, la sotana en flecos de barrilete de luto—, degollación de mis pecados, y anda por el curandero!

Jerónimo tomó una de las frazadas, se envolvió en ella, y chancletas para qué te quise, salió en busca del curandero, el sombrero echado sobre los ojos, la barba insufrible, puntuación que le picaba, como si hormigas le anduvieran por el cuello.

—¡Dios, Diosito —decía—, qué hacemos si no se le borran al Padre las cicatrices!

LA ESCOBA MÁGICA

La mitad de la Mulata de Tal, completada por la mujer esqueleto, seguía el barrido en la Mansión de los Grandes Brujos y levantaba tanto polvo con la escoba de pelo de muerto, polvo pardo, amarillo pegajoso, que parecía una diabla navegando en una nube de fuego, suelto el cabello, con el que peleaba sin lograr retenerlo detrás de su oreja propia y la oreja ajena, la falda de la camisa fuera de la faja que apenas sosteníale el nagüón de la Tipumalona, y con las sandalias que se le escapaban del pie propio y del pie ajeno. La desesperación. Había barrido los patios de la casa, de los que solo quedaban las piedras, igual que dientes.

—¡Tachito-u-i-á!... —oyó el canto del ave que acompaña a los caminantes, y tuvo la impresión de que aquel ¡u-i-á!... ¡u-i-á!... ponía distancia entre ella y la escoba, la escoba y el suelo del patio que barría o barrían, ella y la mujer flaca que la completaba.

—¡No, no, no... ave de los caminantes!, ¡Tachitooou!, ¡Tachitooou!, no me apartes, no me lleves en tu canto triste a los caminos, sin estar completa y sin mi gracia de mujer, mi nombre oculto, que sin él, sin sexo, soy innominada, no tengo gracia! ¡Déjame aquí, ave de los caminantes, que de recobrarlo tengo, porque me fue robado por una enana robasexos al servicio de Giroma, la Catarina Zabala, mientras me desposaba con Yumí, en una misa de muerto que rezaba un cura que tenía oncemil brazos! No, no me apartes, pájaro de caminantes solos, por caminos solos, yo voy acompañada por mi lucha, mi batalla me acompaña, la saltadora de mis sienes que siento como fárfaras, el soplo de mi corazón que ya sólo es estopa y sangraza, y todo lo que punge en mí, ¡ay!, desposeída de lo que da sabor de ser a la existencia. Defiendo mi presencia aquí y no dejaré que me alejen de los patios de la casa de los Grandes Brujos, Yumí y Giroma, los pájaros de los caminantes, gallinas de metal azul de agua de lago! ¡Entona, ave de caminantes, tu cuidado bordoncillo, música de copa de cristal de agua de lago, a la que los dedos del viento arrancan del afilado y finísimo borde, este sonido, ¡atotolín!... ¡atotolín!... ¡atotolín!, ¡el sonido de tu nombre!

—¡Mejor no sigo barriendo, no seguimos barriendo —decía la Mulata de Tal, a la mujer que la completaba—, nos exponemos a que pase, pulverizada a través de nosotros que formamos una sola barrendera, la cola de una escoba-cometa hecha de pelo de estrellas muertas! ¡Ah, pero si no barremos, los brujos no saldrán de su casa nocturna a contemplar a la que barre sus patios perforada por mil agujeritos!

—La Zabala —advertía la mulata a la mujer que la completaba— devuelve por la noche los movimientos a su marido paralítico y da rienda suelta a sus instintos, pero Yumí gozando lo que es mío, sin estar yo, cuela lo real del contacto amoroso al hacerse dulce su hierro viril en el hornillo que me robaron, braserío que más enciende cuando lo quiere apagar aquélla con sus soplidotes de celosa, al darse cuenta que aquél goza de mí en su persona, pensándome, creándome con su pensamiento, como parte de su memoria, por algo fui su esposa, y parte de su sueño, por algo era la amante imagen que se le metió por las fontanelas del alma, antes de osificársele con pasta de eternidad la cáscara del cráneo.

La mulata tomó aliento.

—Pero inútil querer apagar el fuego hechiceresco del sexo que me robaron, si no se lo traga la Zabala por consejo de la Huasanga. Solo tragándose la esposa el sexo de la amante, acaba con él. Y ése es el peligro. No poder impedir que la bruja de esa mujer que tuvo un hijo del diablo por el ombligo, se lo coma como una ostra viva, y se adueñe de mi atractivo sexual...

La mitad de la mulata completada por la mujer osamenta, barría el ruido de sus lamentaciones. Nada se oía cerca de la casa ni en el interior de los patios de los grandes brujos. Barría la luz. También barría la luz. Poco se miraba ya del caserón. Y barría la realidad. Todo perdía consistencia alrededor de su escoba, frente a su escoba, debajo de su escoba, atrás de su escoba. Le parecía seguir allí, pero en sueños. Barrer la realidad es temerario, pero barrer lo que de ella queda en el sueño, es la locura. La escoba, barrido lo real, barrida la luz, barrido el ruido, empezó a barrer el sueño, la sombra, el silencio, y en redor y dentro de la casa de los grandes brujos se hizo el vacío total, imposible de imaginar por mente humana. Ni rudo, ni silencio, ni luz, ni oscuridad, ni realidad, ni sueño...

Habló la mujer esqueletada que, para completar a la mulata, sacaba la cara, un brazo, la mano, la pierna y un pie:

—¿Si te devuelven el sexo (¡sangre de cacao su anuncio, sangre virginal su anuncio, el hijo de su sangre su anuncio!), si te lo devuelven envuelto en el suelo, te lo llevarás?

—Si me lo devuelven envuelto en el suelo, me lo llevaré —contestó la mulata—; en el suelo que es la piel de la tierra, lo enrollaré...

—¿Si te lo devuelven (¡Fuego es, serpiente es, es devorador de hombres!), si te lo devuelven en el camino de los esposos, te lo llevarás?

—Si me lo devuelven en el camino de los esposos, me lo llevaré. En el esposo, que es la piel de la esposa, lo enrollaré...

—¿Si te lo devuelven (¡poblar la tierra su oficio, crear creadores su oficio!), si te lo devuelven envuelto en agua, te lo llevarás?

—Si me lo devuelven envuelto en agua, me lo llevaré. ¡En el agua del pozo de mi alegría, lo saciaré!

—¿Si te lo devuelven (¡lascivia su empleo, perversidad su empleo, desvergüenza su empleo deshonesto!), si te lo devuelven envuelto en el hombre, te lo llevarás?

—Si me lo devuelven envuelto en el hombre, me lo llevaré. ¡En su piel, en su gozo, en su luz lo enrollaré!

—¿Si te lo devuelven (¿de quién es?... de Dios, no es... del Diablo, no es... tuyo no es), si te lo devuelven envuelto en el sueño, te lo llevarás?

—Si me lo devuelven envuelto en el sueño, me lo llevaré. En la pintura azul de mis pestañas, lo enrollaré.

—¿Si te lo devuelven convertido en uno de los anillos del juego de pelota, te lo llevarás?

—Si me lo devuelven convertido en uno de los anillos del juego de pelota, lo recibiré. Alguno de los jugadores lo perforará con su certero tiro.

—¿Si te lo devuelven empapado en sangre de colibrí, lo recibirás?

—¡Lo recibiré estremecida como mujer estéril que llora al sentirse herida por la sangre del colibrí!

—¿Y si te lo devuelven envuelto en palabras, lo recibirás?

—¡Sí, porque tantas son sus perfecciones que solo hablar le falta, y está dicho que hombre y mujer se entienden mejor cuando se hablan con sus partes!

—¿Si te lo devuelven (¡caracol de la tierra, ocarina del mar, ofrenda de todas las horas!), si te lo devuelven envuelto en lo efímero, te lo llevarás?

—Si me lo devuelven envuelto en lo efímero, me lo llevaré. Está en el sartal de sus días, secarse como rocío caliente. En la tiniebla del instante lo enrollaré...

—¿Si te lo devuelven envuelto en lo eterno, te lo llevarás?

—Si me lo devuelven envuelto en lo eterno, me lo llevaré, ¡ay dolor!, con él me enrollaré en la muerte...

—¿Si te lo devuelven envuelto en humo, te lo llevarás?

—¡Si me lo devuelven envuelto en humo, me lo llevaré perfumado como ídolo si es humo de estoraque, como señal de enamorado si es humo de canutillos de olor, preservado de todo mal si es humo de tabaco, llamado a prolongar el deleite si es humo de corazón a tueste de fuego lento; pero mejor esperaré el humo de los cocimientos, de las ollas de maíz y de frijol, el humo de la casa, el humo de todos los días, y en ese humo humilde lo enrollaré!

Pero, a gritos de escoba, de qué servía tanta artimaña, de qué... si después de barrer con todo, con el ruido y el silencio, la luz y la tiniebla, la realidad y el sueño y de estar la mansión de los grandes brujos (la mansión de los grandes brujos no estaba ni en el ruido ni el silencio, ni en la luz ni en la sombra, ni en lo real ni en lo irreal), nadie salía por las puertas de pedernal dormido, nadie asomaba por las ventanas de cristales despiertos, y apenas si un sapo verde saltaba de una alcantarilla y venía a que lo barriera, desafío misterioso que la hizo volver con el pensamiento hasta el cerro en que moraba Juan Nojal, consultarle sobre el aliento y volver a su persona, ya sabida de lo que tenía que hacer con el sapo: escupir los dientes, sus dientes que se aflojaron y saltaron (¡Ay, Mulata de Tal, quedarse sin dientes!), bien que tan pronto escupió incisivos y colmillos, le salieron otros que también escupió, a la espera de los que de nuevo le llenaban las encías que también escupió. Sus dientes formaron montoncitos de risa. El sapo abrió su inmensa boca en medialuna y probó aquel maíz de risa, grano por grano lo fue comiendo, para luego devolverlo en silencioso vómito. ¿Maíces?... ¡No! Calaveritas minúsculas de hueso. La mulata no esperó razón. En un santiamén, con la mano que era de ella, colocóse en las encías de nuevo sus dientes, calaveritas de hueso blanco con lustre de marfil, y en viendo al sapo alargarse y encogerse para seguir adelante, soltó su primera carcajada de calaveras, carcajada que abrió una de las puertas gigantes que daba sobre los grandes patios.

Cedieron las maderas hinchadas, húmedas, costrosas, sostenidas por goznes de tarugo, sobre zaguán de piso de astrágalos y arcos con mascarones que lloraban lágrimas de agua llovida que hormigas sedientas acarreaban en fila india hacia sus agujeros, sed que inmoviliza en sus cubiles, lujosos como joyeros, a las bravas víboras sin párpados. En un joyero de esmeraldas, una serpiente negra con pringas anaranjadas. En un joyero de rubíes, una culebra amarilla, la barbita hirsuta y verdosa. En un joyero de diamantes, una víbora verde, cuernitos de venado, ojos de baba azul, lengua negra como su veneno. En un joyero de arcoiris, una serpiente de agua, como turquesa enroscada. El sapo se detuvo y detrás la mulata que completaba la mujer esqueletada, y la escoba de pelo de corneta muerto. Avanzaban alacranes del tamaño de perros. Ladraban como perros. Sus tenazas, vencedoras de pedregales, sucias de crines de lodo de río, móviles imanes con arenillas de sueño, abrían y cerraban paréntesis de muerte. El sapo los inmovilizó con sus ojos de luna. Alacranes-perros y serpientes que la Mulata de Tal, sin soltar la escoba, tocó nueve veces, hasta poseer las nueve sanciones del tacto, y encontrarse con el cuerpo dormido debajo de su piel despierta, la mitad, lo que era ella, frente a frente del jaguar bermejo, sobre el quemado lomo de la obsidiana de una tortuga de miel de oro negro y ojos con pestañas. A través de la lente de su tacto, sólo su tacto despierto, ella dormida, la realidad del estanque en que la Zabala tenía sumergida la mitad de su cuerpo despedazado, se le presentó tan de repente. que toda ella quedó borrada. No supo qué se hizo. ¿Qué fue de su superficie táctil, ésa que se enfrentó despierta con aquel espejo de agua en que nadaban los pedazos de su cuerpo? ¿Qué fue de los restos de su cuerpo dormido que llevaba pegados a la mujer que la completaba? ¿Qué fue de ella? ¿Qué se hizo? ¿Dónde estaba?... ¡Ah, ya, el jaguar bermejo masticaba el aire, la transparencia del aire en que ella volvía del agua, ya completa, a la luz, diluida la mujer esqueleto en el estanque!

—¿Dónde estaban los grandes brujos?

Estarían al pie del árbol de cacao, borrachos de olor a chocolate, entre loros, pericas y guacamayas, los ombligos de terciopelo al cuidado de los horoscopistas, los dientes masudos de comer pan de maíz, y en las axilas peludas, enmascarados de tecolotes, los intérpretes de lenguas pintadas, verde la lengua del que hablaba quiché, añil la del zutuhil, roja la del cacchiquel, blanca la del quekchí, amarillas la de mame, morada la del pocomame, negra la del que hablaba poconchí.

Por encima de la mirada del gran brujo Yumí, paralítico, inmóvil, sosegada, brillante, las miradas oblicuas de la Zabala, gran bruja celosa que atisbaba en el mirar del señorón, si aquellos ojos, fondo de redondos canutos, se complacían en la visión de lo que no le fue dado como esposo, cuando se casó con la Mulata de Tal, sólo la tuvo de espaldas como el sol a la luna, y ahora se le ofrecía, sin el cuerpo de aquélla, aislado, poderoso, nocturno, prensil.

—¡Celestino —dijo la Zabala—, sal de tus complacencias! ¿Sabes que oigo hacer y deshacer en nuestra casa, sabes que oigo que barren nuestro ruido, nuestra luz, nuestra realidad, nuestro sueño?

—Es la lluvia... —entrecerró los ojos Yumí, sus ojos de afilado metal de hacha.

—¿La lluvia en este tiempo?

—Quién quita, en pleno verano, un remojón de espejos quebrados...

—¡Aún te quejas porque mandé quebrar tus espejos y enterrar los pedazos en la tierra más negra, más revuelta con tiniebla y oscuridad, para que no te vieras reflejado en los trece espejos, en que te veías cuando estuviste casado con ella, y tanto codiciabas! ¡Falso! ¡Ingrato! ¿Por qué no me miras? ¿Por qué aprietas el resuello? ¡Me ayudarán los astros! ¡Me ayudarán las moscas! ¡Caerás decapitado por un hacha invisible en la noche del vencimiento y te engusanarás! ¿Y yo, para qué robé lo que ahora me quema las manos? ¿Quién me indujo a llevar bajo mi ropa, entre mis piernas, escondida, a la gran Huasanga, robasexos, para arrebatárselo a la desposada en la misa de esponsales de muertos que decía aquella araña de miles de brazos, cuando si no se lo arranca, a la voz de "¡Al engendroooo!", habría engendrado, y en el parto, dejándome un Yumincito, habría muerto?... ¡Me cegaron los celos y ahora, cómo hacer desaparecer esa materia viva que se quema, separada del cuerpo que la hubo! ¿Enterrarlo? ¡No, enterrado seguiría viviendo su substancia de fruto y se alzaría igual que un árbol de frutos prohibidos y su multiplicación sería como la de los trece espejos en que tú te recreabas!

Catarina Zabala sin poder hablar, los labios con filo de celos no articulan bien, pasóse el revés de la mano por la frente, para subirse los cabellos que se le venían a los ojos, como hilos de anzuelos que quisiesen pescar sus primeras lágrimas, aquellas que había jurado no dejar salir y que ahora corrían incontables, acompañadas de sus sollozos...

Deshacer a Yumí, eso habría querido, pero volverlo a hacer limpio de aquella sombra, de aquella tiñosa presencia de la mulata, que no la dejaba verlo como antes, cuando era simple leñatero antes de que la cambiara por ordinarias riquezas con Tazol, o después, cuan amoroso cuando la rescató de su tamañito de pastora de barro.

—¿Dónde está?... ¿Dónde lo tiene escondido?... —preguntaba, mientras tanto, la Mulata de Tal, ya completa, al sapo que a saltos precedía sus agitados pasos, pues ¿de qué le servía haber recordado la mitad de su cuerpo que nadaba en el estanque, si seguía sin recobrar aquella perfección que no es pintada entre los muslos, sino esculpida bajo montes de negrura?

—No te aconsejo hablar con los brujos —se detuvo a decirle el sapo—, es mejor robarlo...

—Todo es posible con tu ayuda —habló desesperada, la mulata—, pero hay el peligro de que por consejo de la enana robasexos, se lo engulla, como una ostra, la Catarina Zabala, para adueñarse de todo mi misterio. Y por eso mandó quebrar los espejos. Al señorón no le bastaba la realidad. Lo quería multiplicado...

—¡Prostitución! —saltó el sapo, sofocado.

—¿Por qué, si no era más que yo?

—¡Ah, pero el perverso de Celestino Yumí se imaginaba que sí, que en los trece espejos, eras tú multiplicada por muchas otras, porque él te veía, o las veía enteras, alrededor de tu sexo, o de los sexos multiplicados en los espejos, miraba trece mujeres completas!

—Pero yo seguía siendo la única para su apetencia...

—Por eso —dio otro salto el sapo—, los celos no tienen razón de ser, porque aunque el hombre cubra a varias, logre cubrir a muchas, lo que pasa con nosotros los sapos y las sapas, siempre es a la mujer a la que él ve, a la que oye, a la que siente siempre es una, una que es siempre todas...

—¡Ah —exclamó la mulata—, opinas como un sapo helado! ¡Esa una es la que todas queremos ser!

La abertura de la boca del sapo parecía una rotura en un trapo viejo, mugroso. Una risita sin dientes, hueca...

—Pero ninguna es esa una... —sugirió.

—¿Llegaremos a tiempo? —inquirió la mulata.

—¿A tiempo de qué?

—De que la Zabala, la gran bruja, no se lo trague... ¿Cómo podría reclamar cuando ya forme parte de su persona? Ella sería la esposa y la amante...

—Apuro llevamos —dijo el sapo saltando más de prisa...

—¿Quieres que te cargue? —propuso la mulata—. Te cargo y tú con golpecitos de tus patas traseras indicas si vamos bien...

—Es una idea —aceptó el sapo.

La mulata lo levantó y éste con las patitas la iba guiando por el laberinto silencioso de corredores, patios, pasadizos, escaleras, aposentos.

Yumí, que había recobrado sus movimientos, sólo su ropa de paralítico quedó con la forma de su cuerpo, tomó una cerbatana, y la Zabala le ayudó a preparar el morral en que traería de regreso las presas habidas. La Huasanguita, arrastrando las faldas de una enagua que más parecía camisa, las mangas largas babeándole sobre los dedos de las manos, corrió detrás de Yumí. Era la espía, la correveidile y la que escribía los anónimos, con fingida letra de analfabeta, dictados por la Zabala, y que repartía durante las noches bajo las puertas de las casa de Tierrapaulita.

Era una cobardía sin nombre lo que se proponía. Una cobardía y una suciedad. Tragarse aquello... Pero era la única forma de acabar con el atractivo del sexo de la amante, tragándoselo...

Aprovechó que la había dejado a solas, Yumí y la enana de la Huasanga que la cuidaba con ojos de ratón verdulero. A su regreso, no lo encontrarían, lo buscarían en vano, ya ella lo tendría en la barriga...

Temió. Titubeó. Como estrella titilante se le sacudió el pensamiento, que alargóse en piquitos de sudor helado sobre su frente. Tazol la embarazó por el ombligo. Le dejó a Tazolito. Y Yumí no tuvo celos, porque el embarazo fue de ombligo. Y si ahora quedaba embarazada por la boca de embarazo de hembra y nacía... ¿qué podía nacer de dos hembras?...

Sacó los ojos por una de las ventanas al resplandor cegante del sol. Necesitaba cortarse los ojos en la claridad, que chayes de luz le hirieran las pupilas, para ir, ciega de ella, a tientas, hasta el sitio en que estaba... tanteó en el vacío con las puntas de los dedos en el recipiente de barro lleno de agua donde lo tenía, y sólo encontró el sapo, el sapo en lugar del sexo de la Mulata de Tal...

III

La extraña ciencia de curar

El sacristán, Jerónimo de la Degollación, volvió con el curandero y esta cantaleta: ¡Cura-cura-cura el que cura al cura! ¡Cura-cura-cura el que cura al cura!... cantaleta que, como le dijo el cura, ni gracia tenía... ¿Y qué gracia tiene la campanilla que acompaña al viático?, pensó el sacristán, sin parar su: ¡Cura-cura-cura el que cura al cura! ¡Juego de palabras que el mal descalabras, te cierres o te abras en abracadabras, que este guarda-cabras, en Tierrapaulita, ovejas son cabras, bote las macabras! ¡Juego de palabras que el destino labras, que al cura le queden mejillas y frente galabras! ¡Juego de palabras que males relabras, haz que el cura-cura le dé cura al cura, piel de rupicabras!

—¿Te vas a callar, hijo del Ascalonita, por nombre y porque desuellas en lugar de degollar? —escupió el cura, presa de cólera, y añadió— ¿Dónde está el curandero?

—¡Aquí lo traigo! —repuso el sacristán achicado por el regaño del Padre Chimalpín—. Es el más famoso de Tierrapaulita. Se llama Mucunuy Quim, vale decir, *Crecer con el Crepúsculo.*

Al entrar el curandero, pies envueltos en silencio, inclinóse, paladeó con las diez lenguas de sus manos el sabor de la tierra, al apoyar las yemas de sus dedos en el polvo del piso, y levantóse, sin poder recatar las pupilas, apenas tenía párpados, de la mirada del sacerdote, erguida su cabeza de pelo negro, negrísimo, en cerdas que recordaron al cura las espinas del puercoespín en que empezaron aquellas picaduras de viruela seca que lo vestían. Algunas palabras dijo el curandero en lengua indígena, cortando la hilación mágica de su silencio, silencio en el que se había llevado al cura muy lejos, tan lejos que éste sentía ahora volver a sus cicatrices, sumamente cansado.

—¡Ah, felonísimo Candanga, falsa bestia, ángel embustero, no creas que esta máscara de lluvia que agujerea mi cara atajará mi voz! Saldré por las noches, en lo oscuro todos son pardos, y gritaré contra tu grito insidioso, tu trampa de cuentero inverecundo, las palabras del Eclesiastés: "¡Ay, de los vientres que concibieron! ¡Ay de los senos que amamantaron!"...

Y así fue. Ahora que estaba el curandero frente a él, recordaba su corretear por Tierrapaulita, en lucha nocturna contra Candanga.

¡Qué aroma, qué aroma enloquecedor el de la tierra fecunda, el de los granados de frutos abiertos de los que caían rubíes, el de los manzanarrosas que empalagaba, el de los tamarindos emborrachados, el de los bananales custodiados por enjambres de luciérnagas de luz furtiva, perseguidas por mosquitos cheleros que al ver encenderse y apagarse aquellos ojos de oro, trataban de introducírseles dentro, para cegarlos; la fragancia, el reflejo de los florones de izote, palmatorias de cera untosa, blanca, ofuscante, rota contra el negror profundo de la noche, y el fuerte olor de los chiles, del chile de huerta, oro picante, del chile de chocolate, aún más picante, del chile verde, del chile pasa, del chile quemado, oscuro color de gallo, del chiltepe, del chile zambo, del chile uluté, bermejo e infernal, olor que causaba toses, ahogos y ahoguillos, no sólo al hombre, sino a las iguanas corronchosas!...

¡Ah, las noches de Tierrapaulita, turbadas por los borrascosos gritos —¡Al engendrooooohoy! ¡Al engendrooooo!—, al sordo se lo mandaban; noches de cielos que tupían de estrellas los pechos humanos, cuando las estrellas ya no cabían en el cielo y bajaban a anhelar, hasta casi asfixiar a hombres y mujeres, como avispas ahorcadoras!

—¡Al engendroooohoyhoyhoy, al engendroooo!

—¡No! ¡No!... —gritaba el Padre Chimalpín por las calles, a punto de caer, la sotana enredada en sus tobillos, las puntas de sus zapatos tropezando en las piedras—. ¡No! ¡No! ¡Hijos del infierno, no! ¡Abstenerse! ¡Abstenerse! ¡Hijos del infierno, no!... ¡Ay, de los vientres que concibieron! ¡Ay, de los senos que amamantaron!...

—¡Al engendroooo! ¡Al engendroooo!... —se desgañitaba el diablo dientudo, perseguido por la sombra del Padre Chimalpín, sabedor que el bien es siempre lucha, trabajo, superación, porque al mal con existir le basta, por eso son más los malos que los buenos, los diablos que los santos.

—¡No! ¡No!... —seguía gritando el cura, ansioso de agarrar al diablo y ponerle un buen tortol en la jeta, mientras sentía que por todos lados, la sombra soltaba garras rasguñadoras, pues sabido es que entre los diablos se ayudan, y a Candanga, el demonio ladino, lo ayudaba Mandinga, el demonio negro que estaba siempre de fiesta, sudoroso, con un mondadientes en la boca, o el puro, rodeado de chulísimas hembras de ébano, mimbreantes antes y después de sus deshonestidades, con no sé qué de pírico en los ojos, y artificio de fuego fatuo en los pezones y las caderas...

Pero a qué recordar todo aquello si tenía frente a frente al famoso curandero, señor de curanderos *Crecer con el Crepúsculo*, Zac Mucunuy o Mucunuy Quim, que era sólo ojos, ojos con escasos párpados, ojos en lago hacia las sienes, hacia la frente, hacia las mejillas, apenas divididos por el filo de la nariz, las orejas muy separadas y traslúcidas, color verdoso como hojas, los labios de boca de jarro quemado por la baba del tabaco, pómulos esmaltados con el brillo de una risa en medialuna ausente que asomaba borrada de la cara, como obedeciendo a su pensamiento.

El Padre Chimalpín no podía apartar su mirada de enfermo de cicatrices, el puercoespín le dejó la cara como si le hubieran disparado una escopeta cargada de sal, de aquel par de ojos lacustres.

Crecer con el Crepúsculo, mirándolo, mirándolo, se le fue metiendo dentro, para calmarlo, como buen aquietador de primates en las selvas, aquietador de las nubes primíparas, ésas del comienzo de la época de lluvias, negras y panzonas, aquietador de las flechas huérfanas del rayo que maneja Juan Nojal, en su montaña, aquietador de las garrapatas del ruido que hacen sangrar el alma, aquietador de los que se espantan de su sombra, sobrante que cargamos como expresión de nuestro misterio oculto...

Al cura le empezó a escocer aquella como inquietud quieta, de qué otra manera expresar la inexplicable cerrazón que se apoderaba de sus sentidos que percibía como en estado leñoso, quebradizo.

Música de sacrificadores de conejos, invocó el curandero, para atraer a las cuentacacao, arañas que sobre la piel del que duerme dejan una terrible erupción que pudre la carne. Prietas, mugrosas, ojos amarillos, retrocedieron ante la mirada enlodante del curandero.

—¿Para qué nos llamas, si nos atajas? —reclamó una de las cuentacacao, no con palabras, con hilos de telarañas, hilos con puntitos luminosos.

—¿Para qué he de quererlas —salivó *Crecer con el Crepúsculo*, hablaba a las arañas con hilos de saliva— mis atlántidas vírgenes de felpa fúnebre, sino para preguntarles cómo fue que llovió viruela viuda sobre el rostro calcinado del Padre Carmelo Chimalpín...?

—¡Carmelo, no —intervino el sacristán—, Mateo!

—Bueno, pues, Mateo...

—¡Llovió!... ¡Llovió!... —saltó a entelerañar hilitos con nuditos, una cuentacacao, creyendo que jugaban a dares y tomares.

Crecer con el Crepúsculo, Mucunuy Quim, el curandero, escupibabeó en seguida, atizando el juego de hilos de saliva que eran sus palabras, con su respiración alterada:

—¿Yo, vio? ¿Llovía o quién vio?

—Las dos cosas... —entelarañó la araña.

—¡Ah, las dos cosas...! —se dio un tiempo el curandero, qué difícil es juntar saliva para hilar este lenguaje—, quiere decir que llovía y que alguien vio!

—¡Caldero! ¡Caldero! ¡No sólo ésta vio! —entró en escena una cuentacacao que hilaba su idioma con hilos de saliva negra—. Yo también vi...

—¿Vas a calumniar? —terció otra araña.

—¡No hay necesidad! —salivó en negro la nueva testigo.

—¡Un puercoespín!...

—¡Calla, que no era tal puercoespín!

—¡Era un fósil, lo sé, lo sé...!

—¿Fósil? ¡Bachillera chaquetona! De fósil tenía lo que el ciempatas que al pasar quema con quemadura helada. A pesar de su fuego en puntas bravas, la carda convertida en espina, aquel puercoespín quemaba como la helada quema las plantas y repartía en la piel esa picadura menudita llamada viruela de esclavitos.

Intervino al instante el curandero, pescando al aire el juego de hilos de la telaraña:

—¿Viruela de esclavos?

Las arañas callaron y calló el curandero frente al cura inmovilizado bajo su mirada, en el primer círculo de su potencia mágica. Viruela de esclavos, repetíase aquél mentalmente, no de puntas de clavitos de un animal fósil. Faltaba saber si le habían agujereado el entendimiento. Si pensaba bien o se le salía el pensamiento por los agujeros, como líquido de regadera.

Agradeció a las cuentacacao su información y mordisqueó el silencio que junto a él era como de sesos dulces del venado.

La bestiezuela herida por los dientes de *Crecer con el Crepúsculo* huyó dejando en el camino sangre o sesos rojos, cuyas respuestas en caliente, antes de secarse, fueron estas costras o consejos:

—Nueve baños, nueve días, con cocimientos de cardo garañón... Tomas calientes de cañafístula con astillas de canela, pringas de anís, limón y miel bruja... Vestir de colorado y no exponerse mucho a la luz...

Agradeció sus consejos al venado. Nueve inclinaciones de cabeza, la carlanga de sus costillas de viejo sonaba a pedregal, mientras el animalito mal herido, sesos de silencio dulce, se alejaba.

Pero el venado se volvió. Enhiesto, cabeza de instantero de reloj, ojitos salidos de las órbitas, rascó la tierra con la pata, igual que si rehoyara para sembrar lo que iba a decir:

—Y si mis remedios no le borran las cicatrices, hay que hacerlo ceniza...

Mucunuy Quim, el curandero, frunció la boca y el entrecejo.

—¿Hacerlo ceniza? —atrevió dudando de lo que oía.

—Sí —cabeceó el venado—, hacerlo ceniza a fuego manso con sarmientos secos de huisquil espinudo, del más espinudo...

—¿Cómo es eso de hacerlo ceniza, garganta preciosa?

Y sí que era preciosa la garganta del venado que parpadeó, dos, tres aletazos amarillos sobre los pepitones negros, brillantes, de sus saltadas pupilas:

—Hacerlo ceniza a fuego manso —explicó—, es quemarlo en la canícula al sol de la mañana, después de azotarlo con trenzas de sarmiento de huisquil espinudo...

—¿Y si eso no da efecto, si no se le va de la cara esa mostacilla, no tan abalorio que algunas cicatrices son lentejas, qué otro remedio me aconsejas, venadito de piedra fina? ¡Dilo, habla, venadito peinado por el cosmético de las distancias, ojos de agua de zanahoria, nariz húmeda de galenos que soplan norteando!

—Si fuera pereza de poros... —reflexionó el venado—, pero no es...

—No, no es pereza de poros —interrumpió *Crecer con el Crepúsculo*, el Padre Chimalpín siempre inmóvil bajo su mirada, y Jerónimo de la Degollación todo oídos, temeroso de que le fueran a dar al cura algo que lo trastornara de verdad, que ya bastante mal lo tenía lo de "¡Al engendroooohoy!", "¡Al engendrooo!", que el demonio gritaba a lo largo de las noches interminables de Tierrapaulita, como se le empezaba a llamar, ahora que se modernizaba.

—¡Y quién sabe... quién sabe si no es pereza de poros —retuvo las palabras, el venado, en nerviosas sacudidas de su belfo charolado, aventando las orejitas hacia adelante y hacia atrás, como si escuchara algún ruido peligroso—, salvo que la campánula de la lujuria se le hubiera recostado en el corazón y de esa desaguada pasión carnal le hubieran quedado los poros al revés, como picaduras de viruela, y entonces sería bien bueno un unto de sangre de calandria muerta mientras canta!...

Cuando el curandero atinó, ya el venado no estaba. Desapareció a la velocidad del viento y un salpicar de goterones musicales adelantóse al palio de la lluvia que tupió sus hilos, hasta formar una tela en la que el soplo del viento bordó una figura espejeante, una codorniz de agua, no más grande que una paloma con un espejito redondo en medio de la cabeza, espaldas y pecho azul, alas y cola azul, toda ella como una brasa resplandeciente.

—¡Divina codorniz del agua! —apresuróse a saludar *Crecer con el Crepúsculo*, la mano derecha sobre el corazón—. ¿Qué consejo da tu espejito redondo para curar al Padre Carmelo...

—¡Y dale con el Carmelo —intervino el sacristán—, su nombre es Mateo!

—...Mateo Chimalpín —siguió el curandero— de ese su rocío de cicatrices de viruela, menuditas como munición, que le disparó a quemacara algún embustidor? ¡La Cuadrada-deidad del Día nos sea favorable a fin de poder catar la respuesta de tu espejito redondo!

—El remedio sería —contestó aquella ave resplandeciente bajo la lluvia que formaba burbujitas de viruela de cristal—, lavarle la cara con agua de roca expuesta al sereno siete noches seguidas...

—¿Sólo eso? —preguntó el curandero sonriendo.

—¡No sólo eso, deja que te explique! —aleteó la codorniz, molesta por la risita desconfiada de Mucunuy Quim—. En el fondo del recipiente de barro en que serenen el agua de roca, hay que poner un espejito, el espejito de mi cabeza, un reflejo de sol capturado al atardecer, a fin de que en él, como en oro, quede engastado el brillo de las estrellas, y este brillo, al lavarse la cara, le borre las picaduras!

La lluvia escampó y al ralear sus hilos, borróse la azulada visión de la codorniz de agua.

—¡Varón Umil, te llama en su auxilio *Crecer con el Crepúsculo* en esta hora en movimiento situada en algún punto de los sietemildoscientos días de nuestras vidas! ¡Aconseja con qué clase de copal, copal blanco de perfumar a los dioses o copal negro del que hacen las redondas y elásticas balas del juego de pelota, debe hacerse la máscara que colocada húmeda sobre el rostro de este hombre, le borre los agujeritos que le dejó la espina de puercoespín!

El Varón Umil, siempre invisible, sintieron que se acercaba al llamado del curandero por sus pasos que se oían como tragos bebidos por el gran saboreador del andar de los hombres, el pellejón de la tierra.

Su voz se oyó cercana y distante.

—¡No es tan sencillo, *Crecer con el Crepúsculo*, no es tan sencillo! De copal blanco de quemar y masticar y copal negro de pelota de jugar, hay que hacer la máscara que colocarás en la faz del picado de viruela de espina de puercoespín, en capas sobrepuestas, y empezarás por una capa negra del lado izquierdo y blanca del lado derecho, sólo esta primera capa pegada a la piel, será de noche y de día, luego vendrá una capa de copal blanco, que simulará la luz, la claridad, el sol, luego una capa de copal negro, de hulí, que simulará la noche, la tiniebla, el no-camino, y en sucesivas capas contarás siete blancas y siete negras, y las dejarás sobre su cara hasta que estén secas, para entonces arrancarlas de un tirón, y que en ellas se peguen los agujeros y su cara quede limpia!

—¡Todo se ensayará! —exclamo Mucunuy Quim, con voz humilde—, pero si este remedio de la sopa de capas de copales diurnos y nocturnos no diera resultado, ¿qué otra cosa aconsejarías, Varón Umil, el siempre invisible?

—¡Ah! ¡Ah! ¡Ah!... —exclamó éste—, aconsejaría un remedio que desgraciadamente con todo y ser el más eficaz, no podría hacérsele a este enfermo, por ser sacerdote. Aconsejaría que se acostara con una doncella con salpullido, a fin de que en el zangoloteo del amor, se le cayeran las picaduras a él, y a ella se le fuera el salpullido en sangre.

El sacristán se contuvo ante tamaña falta de respeto, el Padre Chimalpín, pobrecito, seguía inmóvil bajo los ojos del curandero, no sólo porque era invisible aquel vanistorio, sino porque ya hablaba, haciéndose presente, un personaje sólido.

El que acababa de entrar era un Sacrificador.

Jerónimo de la Degollación se destempló y estuvo a punto de aclarar que él solo el nombre tenía de degollador.

—El recién llegado vestía una túnica de pedazos de piel humana, en el pecho un corazón pintado con sangre, un corazón color ladrillo. En sus dedos cientos de corazones palpitaban agónicos, como pájaros heridos.

—¡Doble mío —habló el curandero— sé que tomabas tu chilate, mas nadie mejor que tú, el de las manos picoteadas por el corazón de la víctima al saltar del pecho viril, arrancado por tus dedos, puede aconsejar con más sabiduría, como astrólogo y hechicero mayor, qué es bueno para borrar las cicatrices de viruela de espina! ¡Habla con tu trompeta de caracol! ¡Hágase tu voz de esmeralda!

—Tiro seguro —contestó el sacrificador—, montarlo en la Mula Carnívora, una noche oscura, y que se lo lleve. Al volver, con el trote de ese animal misterioso, habrá botado las semillitas secas de su cara, si nació afortunado.

—¡Doble mío!, por la piel del desollado que te cubre, por todos los sacrificios que consumaste, por todos los corazones que aletearon en tus manos, otro tiene que ser tu consejo, porque ¿cómo podríamos montar en la Mula Carnívora a un sacerdote como tú, que bebe sangre todos los días en su cáliz sin exponerlo a que esa mala bestia lo matara o desapareciera con él en lo más negro de la noche?

—Peor sería montarlo en el Cadejo...

—¡Imposible, sacrificador, imposible! ¡Se lo lleva y qué hacemos!

—Sólo que lo montaran en la Mula o en el Cadejo y se taparan las cuatro esquinas de la plaza de Tierrapaulita, como cuando hay toros de varas.

—Solamente así, pero no... Va resultando peor el remedio que la enfermedad...

—¡Y si lo montaras en el Sisimite!

—¡Cashtoc sea con nosotros! ¡Lo descascara, es verdad, pero lo deja tembleque!

—No queda más que la mula...

—¡Qué ingratitud!

—¡O, se me ocurre... por ahí anda la Mulata de Tal con un escobón de pelo de muerto barriendo la casa de los grandes brujos... quitarle el pelo de muerto y montarlo en ese escobón de lujuria!

—¡Palo sin pelo, pelo del palo, pelo! —apuróse a decir el curandero para agradar, con un juego de palabras, al Gran Sacrificador, pero luego, con los ojos en blanco, como desollado, añadió—: Montarlo en el palo de la escoba de la Mulata de Tal, no sería peligroso pero es que la viruela que le había dado al Padrecito parecía la lujuria...

Rió *Crecer con el Crepúsculo* con sus dientes pintados de azul los de arriba y rojos los de abajo. Un reír interminable que sacudió frío en el lomo del sacristán y en el cuerpo del Padre Chimalpín, paralizado por los ojos del curandero igual que un maniquí de zibaque.

—¡Padre!... ¡Padre!... —acercóse a hablarle el sacristán a pedido del curandero, convenía que oyera una voz conocida, sin obtener respuesta.

Poco a poco, a los llamados de Jerónimo de la Degollación, fue volviendo en sí y contó que se había ido muy lejos a mirarse en muchísimos espejos y como si trajera en los ojos gotas de espejo, se soltaron de las orillas de sus párpados grandes y tristes lagrimones.

—Bueno, ¿tu curandero qué dice? —inquirió el clérigo al despertar.

—Dice que...

—¡Dice que dice que estoy disecado!

Intervino *Crecer con el Crepúsculo*:

—Digo que emplearemos dos clases de remedios, señor Padre. Los naturales y los ocultos o del envoltorio. Principiaremos por los naturales.

El cura se paladeó la boca seca a la espera de que aquél hablara.

—Un purgante; primero... borrar las huellas del Fuego-del-bello Señor.

—Traiga dos tomas —indicó el eclesiástico—. Una para éste y otra para mí... —y se quedó rumiando qué sería lo del Fuego-del-bello Señor...

—¡Padre, si yo no estoy picado...! —exclamó el sacristán.

—¡Por haber ido a buscar a este indio tu compañero que ahora me va a hacer tragar quién sabe qué menjurje!

—¡Si es así, pobre de mí! —se dijo el sacristán temblando de pensar que también fuera a querer que lo montaran con él en la Mula Carnívora, si se decidían por ese remedio heroico, en el Cadejo, en el Sisimite, o en el palo de escoba de la Mulata de Tal.

—Después del purgante, dejaremos pasar tres días y si no se descascara, si no se han borrado las picaduras, prepararemos un temascal...

—¿Y eso qué es? —inquirió el cura afligido.

—Padre, no es nada malo —intervino Jerónimo—, es un baño de vapor.

—Sobre una cama de piedra porosa —agregó Mucunuy Quim, el curandero—, el vapor de agua, pero la cama debe ser de piedra porosa, porque el remedio está en la absorción, por los poros de las piedras, de las picaduras secas...

—Y si no se borran, si no se me borran con esos baños... —desesperaba el sacerdote. A medida que pasaban las horas, a medida que se miraba y miraba en el espejo, se sentía más desgraciado.

—Entonces —enronqueció la voz Mucunuy Quim, *Crecer con el Crepúsculo*— echaremos mano de los remedios del envoltorio. Echaremos mano de una estrella para que se la coma...

—¡Pero, cómo me voy a comer una estrella! —alzó la voz sulfurado el cura, ya bastante sufría con la cara como colador para estar oyendo disparates.

—Si el mal te lo hizo algún brujo con el cuerpo vestido de espina de estrella —explicó el curandero, sin inmutarse por la rabieta del enfermo— hay que contrarrestarlo comiéndose una estrella, dos, o tres, hasta nueve se pueden comer...

—¡Pero este hombre está loco! —reclamó el cura, los ojos fijos en Jerónimo de la Degollación.

—Paciencia, Padre... —suplicó éste, sopesando que lo de engullir estrellas, por feas que fueran, como comer pescado crudo con ojos y espinas de oro, era menos que jinetear la Mula Carnívora.

—Cerraremos un poquito la puerta —dijo el curandero y al entornarla añadió—, la prueba está a la vista...

Y en realidad, al quedar los tres en la penumbra, de cada puntito perforado como cicatriz de viruela, en la piel del clérigo, salía una luz dorada, entre verdosa y amarilla, azulenca y rojiza, como si una estrella lo iluminara por dentro, parpadeando y al parpadear cambiando el color de su brillo.

—¿Y cómo me la tragaré?... —basqueó el Padrecito, de pensarlo, de pensar en la gran estrella atragantada en su galillo, sin reparar en que todo él parecía una estrella negra, una estrella que se hubiera apagado, con la sotana en picos; desgarrada, hecha tiras, tiras que parecían brazos o dedos... se estremeció como si de nuevo le fueran a salir los oncemil brazos...

—Que cómo se la tragará —intervino el sacristán—, de una vez, Padre, de una vez... —tal vez así le daba ánimos.

—¡De una vez, no! ¡De una vez, no!... —se encogió el cura—. Qué hago si se me queda atorada en la garganta, y ni me la puedo tragar ni escupir, porque ya no me sale por la boca... ¿ahogarme?... prefiero las cicatrices...

—¡La muerde, Padre!

—¡Pero no es fácil morder una estrella viva!

—Y tampoco podría escupirla —intervino Mucunuy Quim, el curandero—; el que con una estrella se logra enjaguar y escupirla, jaguar escupe; los brujos mayores multiplican los jaguares, enjaguándose con estrellas.

—Pero, curandero, ¿a qué hablar de remedios sobrenaturales, si con el purgante y el baño de vapor sobre cama de piedra porosa, el Padre se limpiará de esa máscara de picaduras que le dejó el puercoespín? —atajó el sacristán en tono de pregunta, temeroso de que aquél fuera a decir lo de la Mula Carnívora.

—¡No, Jerónimo, déjalo que hable! ¡En qué abominación andamos, Dios mío! ¡En que zurdés! ¡En qué chamarascas infernales! ¡Abran, abran esa puerta que si doy luz, es luz de averno, luz de gusano!

—¡Ah! ¡Ah! ¡Ah!... —abrió tamaña boca el curandero—, es una estrella de gusanos luminosos la que tiene que comerse...

—¿De qué? ¿De gusanos?... —reaccionó el clérigo—. ¡Más luz infame dentro de mí, que ya doy luz de muerto!

—La luz húmeda de los gusanos expulsará de tu cuerpo —dijo *Crecer con el Crepúsculo*—, la luz seca que con sus espinas te inyectó el puercoespín...

—Un clavo saca otro clavo, Padre... —acolitó el sacristán, siguiendo el curandero que salía con pies de silencio, después de hacer una breve reverencia ante el enfermo, cuya sola obsesión era mirarse al espejo, palparse las mejillas, rascarse las cicatrices, como si con las uñas fueran despegables.

—¿Va por el purgante, señor curandero? —indagó Jerónimo.

—Sí...

—¡Qué bueno que no le dijo al Padre lo de la Mula Carnívora —farfulló aquél, para dar paso a lo que su voz entretelada de intenciones le sopló al oído— ni lo de recostarse con una doncella con salpullido, para que a ella se le pasara el salpu... pu... pu!... ¡pero qué buen remedio!, y a él el salpicón... y entiendo que todo eso es un decir, porque dónde se va a encontrar una doncella con salpullido, ni para remedio...

—Donde la Tintorera hay de todo...

—¿En Tierrapaulita?

—¿No lo sabía?

—No...

—Extraño, porque la Tintorera es famosa...

—¿Muy lejos?

—Aquí no más. Si se viene conmigo, le enseño...

—Por conocer. Los pueblos tienen sus secretos y uno como gente de iglesia no puede frecuentar ciertos sitios.

—Es allí... —señaló el curandero—, esa casita de techo bajo, pintada de blanco...

—Jerónimo no perdió detalle de la casa ni del sitio en que se encontraba. Frente a una pila pública con lavaderos ocupados por mujeres que lavaban volcanes de ropa blanca. Olor a jabón negro ordinario que se mezclaba con el hedor a leche y estiércol de vaca de una lechería cercana, y más adelante con el tufo a hueso quemado de los cascos de las bestias que herraban en una herrería próxima.

Mucunuy Quim se despidió del sacristán.

—Voy en busca de las hierbas, tantito más tarde tengo que volver con el purgante...

La doncella con salpullido

¿A quién se lo fue a decir el curandero? Que al cura le hiciera el purgante toda la noche —su buena candela, su buen excusado y su papel periódico a pliegos— que él, Jerónimo de la más absoluta Degollación, se iba de doncella con salpullido donde la Tintorera. No oscurecía y ya pataleaba por salirse a la calle. Se botó las barbas al tanteo. Todos los espejos estaban de servicio en el cuarto del Padre Chimalpín, hasta aquel que por ser de aumento le mostraba las cicatrices de la viruela como los agujeros de la luna. Se bañó a la orilla de una pila a guacalazos de agua, rápidamente, no fuera a encontrarlo desnudo una de las viejas que llegaban a preguntar por la salud del párroco. Peinóse, encendió un cigarrillo y hasta tuvo la tentación de ponerse una flor en la solapa. ¡Tierrapaula! ¡Tierrapaula!, se decía, y alargaba los brazos como si fuera a ser suya, en la que le esperaba, una doncella con salpullido, toda la población, todas sus mujeres... ¡Tierrabendita, bendita eres y bendito el fruto!... Se mordió la lengua. No ocurrírsele otra cosa. ¿Y si al Padre no le hace el purgante?... Casi lo canturrea, tan feliz se sentía: ¡baños de vapor sobre cama de piedra porosa! Y si con los baños no se le iba la gran agujereada que le dio el puercoespín, el remedio, ya se sabe, es una virgen con salpullido. Pero a eso voy yo en lugar del Padre, y como debe ser tan salubérrimo, algo le alcanzará a su sacristán sibarita y a su cleriguecía quedará, como último recurso, un paseíto en la Mula Carnívora. Por lo visto, un trote es lo que necesita. Trote de hembra o de mula para botar esas escaras. Y el de la hembra me lo doy yo. Por mí y su salud. Y el de la mula, pues quién otro sino el mismo interesado...

Por poco se quema los dedos y los labios. Lo que fumaba era una brasa. Dos cofrades que esperaban acuclillados a la puerta de la casa conventual, se pararon, como espantos blancos, al verlo salir, y lo saludaron con un salto de sombrero.

—Pasen adelante, si quieren. Yo voy a hacer un mandadito. Así no se queda tan solo el señor cura...

—¿Está malo?

—Bien malo. ¡Sea por Dios, muchachos, sea por Dios!

Y mientras los pasos de los cofrades, guarachudos, se colaban por el silencio y la oscuridad hacia el interior del convento, Jerónimo de la Degollación echó a andar por las calles de Tierrapaula, el nombre modernizado de Tierrapaulita, a paso de conquistador que se gasta su oropel en la sombra de la noche. Al llegar a una esquina, creyó entrever una figura femenina, rostro envuelto en gasas que le sonreía. Salió de una pared blanca. Alcanzarla. Saber quién era. ¿Sería la doncella con salpullido?...

Apuró el tranco, pero la distancia que los separaba, siempre era la misma o un poquito menos, lo necesario para incitarlo a ir más ligero. Iba más ligero, más y más ligero. Casi corría. Corría y se precipitaba a un barranco profundísimo, si un telón de sudor frío, materialización de sauces llorones, no lo detiene.

Otra mujer lo esperaba. Amarilla. Grandes ojos de gitana. Senos abultados bajo la mata de pelo. Al acercarme empezará a alejarse, díjose el sacristán, pero no fue así. Él era el que se alejaba; el que no llegaba hasta ella, a quien veía a distancia de su voz. El viento al agitar sus ropas, dejaba ver sus piernas color vinagre. Pero, por qué no ganaba el trecho que lo separaba de ella, de un salto. Saltar, pero para qué. Era ponerse en ridículo. Estaba allí, allí, al alcance de su mano. Algo lo salvó cuando resuelto a todo, cerró los ojos, para lanzarse sobre ella. Un aullido inacabable. El aullido de un perro larguísimo, que empezaba allí, en esa esquina, y terminaba en la otra. Le sacó el engaño de la distancia de los oídos y a velocidad de piedra lanzada con honda, retrocedió hasta el lugar en que realmente estaba con relación a aquella hermosísima gitana, más que mujer, estrella amarilla, luminosa. El rebuzno de una jumenta que amamantaba a un potrillo acabó de orientarlo. Andaba entre potreros cerrados con alambre de púa, y debía buscar la calle. Pero, cómo pudo llegar hasta allí, sin rasgarse la ropa en las alambradas, si ahora, para volver, ya en sus cinco sentidos, debía hacerlo con tanto tiento y peligro del pellejo.

—¡Nada de visiones... carne! —se dijo, al salir a la calle, empapado en sudor de sereno y jabón de luna.

La pila pública con los lavaderos. Nadie y, sin embargo, se oía en el silencio de la noche, el ruido de los guacales —chipuchi... chipuchi...—, el parlotear de las lavanderas y su jadeo silbante.

—¡Carne!... —se repetía Jerónimo—, ¡nada de visiones!... ¡carne!... ¡carne!...

Escupió saliva enjaguada. De esa amarillenta saliva de tabaco negro que escupen los brujos cuando crean jaguares. Sentía que por el pecado carnal, el espinazo se le alargaba hasta los talones, como rabo diabólico. Pateó esta idea, rebelándose contra su remordiente temor religioso que lo privaría del gozo total de la mujer, de revolcarse como turco con la doncella con salpullido... ¡Ah, si dejara de ser creyente y se volviera ateo, infiel, pagano!... Golpeó con los nudos de los dedos la puerta de la casa de la Tintorera, toquidito que repitió más fuerte, sin obtener respuesta. Extraño, porque se sentía que había gente. Redondeó la pupila al tamaño de la cerradura pensando en la luna que se va redondeando como un ojo para poder espiar por el agujerito de la llave del cielo.

Había gente. Se oían cuchicheos. Lo que ansiaba Jerónimo era encontrar mujeres desnudas... ¡carne!... ¡carne!... ¡carne!... se repetía, pastosa la boca, titilantes los sobacos sudorosos, de fuego la entrepierna... ¡carne!... ¡carne!, que aquí ya no son visiones...

¿Y qué sorprendió?

Un hombrón arrodillado junto a una culebra. Deletreaba enigmas. La cara azadoneada de sombras, más bien manchas léperas, cárdenas, y un mechón de pelo sobre la frente.

—¿Le prestarás —preguntaba la Tintorera a la culebra de ojos de par en par abiertos, sin párpados, náufragos en la claridad doliente de la candela—, le prestarás —repetía la Tintorera parada al lado del hombrazo de rodillas con una candela en la mano—, le prestarás tu apoyo a Suerto Rodríguez? Te lo está pidiendo de rodillas con sus ojos en tus ojos, preciosa dueña de las piedrezuelas de la suerte. Y al pedírtelo, te dice Suerto Rodríguez que no vive a gusto en el mundo salobre de las lágrimas, donde cada mañana se deshuesa el mar profundo sobre la arena y el mar de los hombres sobre la vida. Me dice que él quiere ir a vivir contigo. Hacerse cuidador de tu silencio.

La culebra se revolcaba al conjuro de la voz de la Tintorera, una mujer blanca, mantecosa, pelo colorado, ralo, ojos verdes, como si comprendiera sus palabras.

—Son esmeraldas —le decía—, son esmeraldas estas preciosidades que te trae Suerto Rodríguez...

Con la cabeza afirmaba el hombrón aquel que eran esmeraldas, la llama de la candela agitada por su aliento y ya con olor a chamuscado el mechón de pelo negro que le colgaba en la frente.

—Preciosidades legítimas —insistía la Tintorera, acuclillada, acercando su cara blanca, sus ojos verdes, su pelo de caramelo, al triángulo facial de la culebra—, esmeraldas del tamaño de la uña de mi dedo meñique, y nos va a dejar bastantitas, las que tú quieras, las que necesites para cubrirte la faz...

En este instante la mujer se percató que les espiaban, fue instintivo, y Jerónimo, al sentirse descubierto, quiso escabullir el bulto, pero atraído, hipnotizado, paralizado por la visión de la culebra, perdió tiempo y... se lo tragó la tierra, no, la puerta abierta tan de repente, que se fue de boca trastabillando... pie tras pie tras pie tras pie tras pie y al final, de la culebra, humo jabonoso, de Suerto Rodríguez un galope de caballo en las piedras de la calle y de la Tintorera, los reclamos:

—¿Para qué espiaba? ¿Quién le mandó espiar? ¡Costumbre tan refea!

—Mucunuy Quim, *Crecer con el Crepúsculo*... —articuló Jerónimo.

—¡Ah, ése!...

—Pero no a espiar...

—¿Y a qué?...

—Por remedio...

—¿Remedio?

—Por la doncellita con salpullido...

—¿Por la "chula"? —dijo la Tintorera, más blanda—, pero voy a encender luz, mejor con dulce —agregó al tiempo de rascar un fósforo, la llama saltó milagrosa, y encender un candil—, mejor con dulce, porque la luz es dulce, es miel, es azúcar y las cosas y la gente, en la luz se ven azucaradas, aunque sean amargas...

—Mucunuy Quim... —atrevió el sacristán.

—¡Muy buen curandero, pero le hallo que tiene un defeuto: partidario de los remedios heroicos, y por ahí receta, como me recetó a mí, para el reuma que me paralizaba una pierna, meterla en un hormiguero... Lo hice... qué iba a hacer... y por la gran puta; me encajé las uñas en las palmas de las manos, los dientes en los labios, me mié y un fuego rojizo, como ver erisipela de la peor, me subió por la canilla enferma. Verdad es que me curé, pero después el farmacéutico Santano me explicó que eso era ácido fórnico... ¡Me zafo, puyo y entro a barrer!, le contesté al vegetariano ese, devoto de San Maladrón, porque sabiendo lo de mi negocio con muchachas que no le hacen feo al tormento, creí que me decía lo de fórnico por lo de fornicadera, pero no, sí existe el tal ácido fórnico...

—Y algo heroico, como usted dice, recetó por ahí, y por eso vengo a preguntarle si es cierto lo de la doncella con salpullido, para venir con el interesado...

—El interesadote debe ser usted, déjese de cuentos.

—Soy vieja en este negocio. Se habla de un tercero cuando no se tiene confianza. Puesta está a tu disposición, la tengo viviendo conmigo, de día se le limpia la piel y de noche le da al salpullido.

Acercóse a pasarle la mano por la espalda al visitante.

—Se la puedo preparar. Desnúdese. Al cuarto de esa criatura no se puede entrar vestido. Desnudo y en la oscuridad. La voy a despertar y a que se pase a la cama matrimonial...

"Hice bien en venir, alivió sus remordimientos el sacristán, porque así, caso que el Padrecito no bote los cascabillos de la viruela con el purgante y el baño de temascal, antes de montarse en la Mula Carnívora, puede venir aquí. Unos buenos bigototes postizos para despistar a la Tintorera que, después quién va a saber que es él el que en la oscuridad está funcionando con la doncellita con salpullido para borrarse las picaduras del Fuego-del-bello-Señor..."

"¿Cama matrimonial?..." —se llenó Jerónimo de gusto congojoso... él, que no se casó, entrar de pronto al tálamo y encontrar allí acurrucadita en una noche de bodas maravillosa, a una virgencita con el salpullido del amor, picazón de ronchas que se rascaría contra su cuerpo varonil en busca de alivio, hasta pasar del salpullido, en el trasudor y trasiegue de las sensaciones, a la entrega amorosa, en ese instante en que los párpados, parte de la noche cósmica, aplastan la realidad y lo irreal nace.

—El vestido, los zapatos... todo hay que quitarse... —volvió afanosa la Tintorera—, y los zapatos me los das a mí, yo se lo guardo y así cuando se vaya a ir, me da la limosna por haber estado con la "chula" y se los devuelvo. No es desconfianza, no, pero no quiero que vaya a suceder lo que el otro día pasó con alguien. Se le desaparecieron los zapatos. ¿Dónde no los buscamos? ¿Dónde no? Pero fue como misterio y se tuvo que ir descalzo. Solo un espanto, pues la casa estaba a tranca y llave. Se tuvo que ir descalzo... ni siquiera en media, pues si se va en medias hubieran dicho los vecinos que atisban detrás de las ventanas que estaba engasado de tanto beber, y si se pone unos zapatos míos, de tacón alto, hubieran dicho que era de... los otros...

—Un misterio... —trató de acortar Jerónimo, cada vez más ansioso por encontrarse en el lecho con la doncella.

—Misterio que no era tal Misterio, pues después se aclaró. El tipo debía los zapatos, donde don Chon, el zapatero de por la plaza, y parece ser que el don Chon lo seguía por todas partes y al saber que estaba aquí, se coló y recogió su mercancía, mientras el otro amaba. Por eso, cómo es que me dijo que se llamaba...

—Jerónimo de la Degollación...

—¡Me cachis!... —giró los ojos verdes la Tintorera, levantando la mano de filo, con el ademán de la cuchilla en el cogote.

Aquél se quitó los zapatos, qué fría sensación la de las medias calientes y mielosas pegadas al suelo de ladrillos helados.

De las santas limosnas, y esto lo ahogaba, no le dejaba gusto, extrajo con ayuda de un gancho dinero para la limosna, como llamaba la celestina aquella a lo que se daba por lo que no se debía de pagar, y menos él que para descargo de su conciencia de enflaquecedor de alcancías venía a probar con la salpulli... pulli y pulli y pulli y si era bueno o malo, al menos recomendable, el remedio para el Padrecito, porque eso de que lo montaran en la Mula Carnívora, ¡jamás!, ¡no podía ser! ¡él se opondría! Mejor que se quedara con la cara picada de viruelas, pues un animal diabólico como ése, se lo podía llevar al infierno con la sotana nueva y la tonsura con pelos.

La Tintorera desapareció con los zapatos, mientras el sacristán en cueros se sacudía sin saber si de frío o de apetito carnal.

—Fui a hacerle sus chongos a la "chula" y a dejársela acostada, por eso me entretuve...

—¿Y por dónde es?... —preguntó Jerónimo de la Degollación, con la voz cortada, anhelante, ayudándose a respirar con la boca, no le alcanzaba la nariz y se bebía, se mascaba el aire, la cabeza insegura que sentía, como si colgara de su pelo, falsa en sus hombros que corrían como hombres por sus brazos ansiosos de estrechar el cuerpo virginal...

¡Carne! ¡Carne! ¡Nada de visiones! ¡Nada de Llorona! ¡Qué Siguamonta y qué Siguanaba! ¡Carne! ¡Carne!...

—Otra cosa le quería decir —parpadeó la vieja pestañas de humo— le voy a dejar en la casa, solo, como que fuera el dueño. Voy a tener que ir de urgencia a darle una manita a una mujer que está en un gran, gran entredicho. Una mi conocida. La Mulata de Tal, la habrá oído mentar, es tan mentada... —desapareció momentáneamente en la campana de la falda almidonada que se metió por la cabeza, mientras la enagua de estarse en la casa caía a sus pies, al tiempo de decir con la voz ahogada por los trapos—, pues sí, está en el apuro de que le devolvieron la mitad del cuerpo que le habían quitado por castigo, pero no su poder, su hechicería, su magia, y va desposeída, sin apoyos invisibles, expuesta a que se la coman la luz o la sombra... Y todo esto le vino, no todo lo que viene tiene su conviene, de resultas de haber sido casada por lo civil con el brujo Yumí, solo por lo civil, porque el Yumí ese ya era casado como manda Dios con la Catarina Zabala, a quien el muy ingrato no tuvo empachó en vendérsela al Diablo de Hojas de Maíz... Por riquezas lo hizo...

Extrajo de un cofre un pañolón oscuro de barbas largas, para echárselo en los hombros. Los flecos simularon llovizna. Y continuó:

—¡Ingratitud de hombre!... Lo cierto es que la Zabala perdonó y recobró a su marido después de encerrar a la mulata en una cueva. Pero sobrevino un gran temblor de tierra y la gran vomitadera de lava de un volcán y adiós mi Dios... dejó los terrenos de Yumí sin un animal, sin un árbol, sin un sembrado, era como ver la comba de una concha de tortuga negra que se perdía en el horizonte. A los enviones la tierra y a los soloncontrones los cerros, la mulata escapó de la cueva, dormida como la luna y se quedó por ahí vagandiosa, porque es vaga y es diosa, hasta que la vida la puso otra vez ante Yumí, según dicen en una misa de muerto que una arañota con sotana y oncemil patas y brazos rezó a medianoche, el Viernes Santo, misa de muerto que la mulata y Yumí, ya casados por lo civil, aprovecharon para casarse de réquiem. Negro el vestido de la novia mulata color limón, negras las arras, negros los anillos. El que es casado por la iglesia en misa viva, es sabido que se ruede casar de nuevo, también por la iglesia, en misa muerta, en misa de fenecidos...

El sacristán que en paños menores esperaba poseer a la doncella, de la que le separaban algunos pasos y el umbral de una puerta tímida, por aquello de darse oropeles, confió a la Tintorera que él conocía mucho al "alumbrado" en quien endiabló, no encarnó (el diablo endiabla, no encarna) la Mulata de Tal para colarse a la iglesia.

—¡Pues, m'hijito, yo a ese fulano le tendría mucho miedo!... —acotó la Tintorera, después de hundir y sacar y volver a hundir los peinetones dientudos en su pelo de fuego, y siguió hablando:

»Y allí empezó este último enredo, en la misa de fenecidos. La Zabala, gran bruja, dormitaba, mejor dicho cabeceaba, mariposeaba con el sueño, como todos los viejos, como todas las noches, en espera de Yumí, cuando por debajo de la puerta vio entrar, igual que una culebrita, un zarcillo de planta trepadora, subírsele a la cama y chismearle al oído que su "costillo", el chimán magnífico, se estaba matrimoniando a lo muerto... "¿A lo muerto?", se incorporó la Zabala, preguntando y haciendo, pues sabía que eso quería decir que su marido y la Mulata de Tal se casaban para más allá de la vida.

El de la Degollación, cada vez más libidinoso a causa de la espera, trabucaba los ojos, juntando y separando las pupilas, igual que cangrejo, la carne de la espalda en tiritas de calofrío, la boca seca y los oídos, por momentos vacíos, atentos a la alcoba en que lo esperaba la doncella con salpullido en ese instante y para ese instante... lo demás, las verdades eternas...

Se iba o no se iba la Tintorera, ya lista para salir, el pañolón puesto, los botines chirri-chirri y las llaves en la mano, se iba y no se iba, urgida por correr a auxiliar a la mulata y frenada por el prurito de chismearle a Jerónimo, lo que a éste, lujurioso con doncella a la vista, no sólo no le importaba en ese instante, sino que, desesperación de desesperaciones, tenía que oírselo a la vieja aquella, cuando él lo sabía mejor, porque lo había vivido, él, él, Él... que jugando al bacinicario provocó el desdoblamiento de Yumí en puercoespín... qué, qué podía contarle la Tintorera a quien aún sentía en la piel las agudas agujas de aquella bestia punzante que le enloquecieron de dolor, mientras adentro, la consubstancia que le había dejado la mulata (amputado un miembro se sigue sintiendo... qué decir de cuando es un ser entero), se retorcía de placer desde la bóveda palatina hasta las uñas de los pies, en la más feroz de las cohabitaciones, la posesión amorosa múltiple por la penetración de espinas erectas en los poros pasivos de la piel femenina y, si mal no recuerda, la oyó exclamar: "¡Ésta es mi hora de cielo... mi extraña hora de cielo!..."

—Pues como te iba contando —prosiguió la Tintorera, ya en los pasitos de antes de abrir la puerta para marcharse—, a la Zabala no se lo dijeron dos veces. De la cama a la calle, acompañada de la Huasanga, la enana robasexos. ¿Misa de muerto?... Le olía mal, quién se estaría haciendo el muerto... ¿Su marido casándose?... Peor le olía la difunta... ¿Boda de réquiem?... Se plantificó en la iglesia con la enana robasexos escondida bajo las enaguas, dispuesta a oponerse al enlace de dos seres que no tendría fin, que se casaban para toda la muerte y no solo pudo evitarlo, sino consiguió que los Brujos Maldicidores, los Amarillos Brujos del Malcam, condenaron a la mulata a perder la mitad del cuerpo en la Cueva de los Pedernales, la mitad de su cuerpo lunar, no por lo de su boda tenebrosa, su enigmático desposorio con responso... ¡eso allá que lo juzgaran los jueces negros en los descansaderos de la muerte!... La condenaren por algo que no tiene perdón: ¡abandono de energúmeno... que es como decir abandono de domicilio!... ¡Abandonó a su energúmeno, se da cuenta! ¡Dejó al poseso que la poseía en lo mejor de la más diabólica de las fornicaciones... (¡a MÍ... y por eso aquí me tiene, estuvo a punto de gritar como degollado el de la Degollación, turbio, bizco, bascoso, sin poder domeñar más sus bien armadas y, según él, inmejorables virilidades); dejó a medias a su poseso, faltando al pacto que tenía con el demonio de Dios, el demonio cristiano, el extranjero, el bueno, y a quien representaba en un desafío con el diablo verde de los indios, encarnado en Yumí... —bajó la voz y plegó párpados, igual que velas sobre los mares verdes de sus pupilas, y añadió—: Aquí entre nos, los demonios pelearon para perder al Padrecito... ese nuevo que vino hace poco... y que retó a Candanga.

—Fue su perdición, qué le vamos a hacer... —suspiró la Tintorera después de una pausa—, develar el enigma, los poderes ocultos, la consistencia de la tela invisible... ¡Pobre mulata! Entró en descomposición. Se engusanó por dentro, como se engusana el cielo cuando hay eclipse y también por fuera se llagó su cuerpo de miel al ir en auxilio de Yumí que, convertido en puercoespín de fuego combatía contra una araña de lluvia negra, una araña sonora de patas formadas por caireles de vidrio de tiniebla y azabaches.

Y, después de una pausa, la mano ya para abrir la puerta:

—El tal Yumí ese, no era ajeno a las hechicerías a base de espinas. Sus primeros maestros-brujos fueron los jabalíes. Hasta se llamó Jayumijajá. Lo cierto es que la mulata, al no poder nada por Yumí, combatiente de espinas de fuego bajo la lluvia negra con ojos de araña, con cuerpo de araña, los paralizó con su tiniebla blanca, lunar, neblina que si ella quiere se vuelve piedra, piedra porosa que si ella quiere se vuelve mármol, y al revés tiene el poder de volver la neblina piedra o mármol, es decir, tenía, porque ahora ha sido desposeída de su magia, y debo ir y ayudarla a que no se la coman la luz o la sombra, el silencio o el ruido, esos invisibles que nos rodean y que hay que neutralizar combinándolos, pues de otra suerte nos destruyen...

Y se fue runruneando:

—¡Salga el que me tiene! ¡De mi cuerpo salga! ¡Si me baila enfrente le escupo la cara! ¡Si me baila atrás, le suelto un gran viento con melena rubia! ¡Tósigo del bocio! ¡Hocico del mico! ¡Matate del "tate" y labio janano del sexo del "nano"! ¡Nací bocabajo y cuando me muera será bocarriba! ¡Murciélago ampárame! ¡Estrella preciosa! ¡Montaña de estrellas! ¡Sea mi palabra sonido y real maña! ¡Deidad verdadera sea mi palabra frente a las palabras de los revoltosos y maldicidores! ¡Ándeme adelante la que anda conmigo! ¡Ándeme a la espalda la que anda conmigo! ¡Vaya a mis costados la pluma de piedra, el alacrán macho y el dardo bastardo... yo misma... yo otra... yo todas... yo siempre!...

Salir la Tintorera, piel de sebo de luna y ojos de vidrio de botella verde, el puertazo hizo retemblar la casa, muebles y trastos se sacudieron en la tiniebla herrumbrada por la claridad del candil, y trasponer el sacristán, el umbral de la alcoba en que se oía a la doncella respirar como si se rascara el salpullido con la respiración, tardó lo que el cura tardaría en decir, en el Evangelio de uno de esos domingos venideros, *Quast modo geniti infantes...*

Desnudo saltó a la cama y no supo de él, como el que se arroja al agua de cabeza, hasta que sintió flotar su cuerpo en una líquida ausencia de todo, vuelto al revés, tal su pavor, todos sus órganos de fuera, de los pulmones y el corazón al serpentario intestinal, y él adentro, con su piel lúcida, percibiendo el amor de sus intestinos, interminables serpientes, gruesas y delgadas, con la culebra agujereada de la noche que lo envolvía. Toda su carnicería interior, sangre, sanguaza, humo res, bofes, músculos, tendones, venas, arterias, membranas, linfas en contacto directo con la doncella del salpullido de oro...

—¡Al engendrooooohoy...! ¡Al engendrooooo!... —oyóse gritar fuera, en la desmemoria de la tiniebla...

Agarrarse... asirse de algo... de alguien que no fuera la serpiente agujereada de reflejos, fluida, móvil, andante en piececitos de sembrados acuáticos... asirse de él mismo al irse acercando a la eternidad sin orillas, pero cómo tomarse de su cuerpo que no existía...

—¡Al engendrooooo hoy...! ¡Al engendrooooo!...

¿Volver a ser él en medio de aquel hormiguero de gestaciones que rebasaban los bordes de la noche infinita? ¿Él? ¿Cómo? Por el camino de la culebra que yacía con él (por el camino de estirarse, de estirarse, sin saber hasta dónde estirarse, dar de sí), perezosa, mansa, no más grande que una mujer pequeña y en la tempestad carnal ondulante, arrebatada, envolvedora (estirarse, estirarse, estirarse, estirarse), tumultuosa, torrencial (no podía ser de agua y era de agua), espumosa, espumoso fuego blanco (no podía ser de fuego y era de fuego), vellida, turquesada (no podía ser el aire y era el aire)...

—¡Al engendrooooohoy! ¡Al engendrooooo!

...y era de aire), dentada de burbujas, comedora de tierra mojada, aluvión petrificado en los alterones de los cerros, profunda, amontonada, ciega de noches ciegas, edificadoras de andamios-telarañas para atrapar astros...

...el salpullido niquelado.

Pero cómo asirse de su cuerpo que no existía y que se sentía feliz de no existir...

temor... ...el único temor, todo lo que pudiera volver lo material, un punto, una línea, una voz, un sonido, un calambre... ¡Oponerse! ¡Oponerse antes que sea tarde! Acelerar fibras y sentidos y no soltar, no soltarse de la doncella del salpullido frío, de ojos de fósforo dulce y aliento de tierra de la que se ha arrancado una planta de flores amargas... no perder contacto con el chapoteo de sus escamas líquidas, oceánicas, con su piel lustrosa de mapamundi con lo desconocido pintado con vellosidades de sueño... no extraviarse en sus sinuosidades aceitadas de engranaje que va penetrando en el vacío, vertedero del que no se vuelve o se regresa... (...quién despedaza a quién... qué furiosa lucha.. qué despedazarse de sus pensamientos)... a palpar la realidad... qué horror, qué flagelante... y qué peligroso no poder volver al sueño con la doncella pulsátil, sustituida por la sierpe verdadera (la pierna de la doncella no terminaba, él iba alargando el pie para alcanzar con la punta de sus dedos el empeine de aquel piececito), sí, qué peligroso no poder volver atrás y sentir (la culebra lo veía con mirada de mujer desnuda) los senos de la doncella, menos de ella a medida que él se los besaba (piel de metal, piel de reptil, él piel de reptil, piel resbalosa) —la mujer a la que se le besan los senos, los deja y se va, se ausenta hacia donde él penetraba (era evidente que no encontraría) braceando con manos de nadador perdido en la noche de aguas profundas. Era vertiginosa la culebreante oscuridad que se volvía y revolvía para no dejarlo acercarse al maniquí (doncella con salpullido), hecha de madera sin peso y agujereada con una aguja de mujer en cinta con puntitos, como cicatrices, talismán que se colocaba junto al enfermo de viruela, para que la peste no le dejara marcas en la cara. Pero... no será alucinación... él estaba acostado con una... con ésa... a la que Suerto Rodríguez rezaba de rodillas... la misma... sintió el espeluzno de la sangre-sudor... sabor a aliento cortado en la boca... paralizado por aquel asqueroso reptil hogareño que comía ratas, arañas, el sexto sentido de la casa, sonámbula, ambulante, que se paseaba del comedor a la cocina, y de la cocina a los dormitorios, aparte de los patios y los techos, con ojos de criada.

¿Qué entendió? ¿Qué entendió la Tintorera por la "doncella con salpullido"?...

¿Y ahora? ¿Encerrado allí qué hacía? ¿Qué hacía allí desnudo, sin zapatos y con la puerta bloqueada por el reptil manso, cortés, aburrido, paciente, educado y, sin embargo, pronto a cerrarle el paso, pues cada vez que se acercaba emitía un gruñido silbante?

Se salió. Desentejó. Se salió por las estrellas y envuelto en las sábanas que le sirvieron para descolgarse del techo, huyó por las calles, temeroso de encontrarse con la mula carnívora, esa furiosa mula que se alimenta de carne y anda por las calles, en las madrugadas antes que canten los gallos, pateando puertas y mordiendo a los que no cumplían con el mandato de engendrar...

—¡Al engendroooohoy! ¡Al engendroooo!...

—¡Ya estamos en lo mejor!...

—¡Al... endro... hoy...!

—¡Hoy y mañana y todos los días... soy recién casado!

De todas las puertas y ventanas de las casas de Tierrapaulita salían voces varoniles de esposos o amantes entregados con su pareja a la procreación. Y en la casa en que no respondían, habitada por hombre y mujer en capacidad de engendrar, la tempestad de patadas de la mula carnívora no se hacía esperar.

Pero esa noche no andaba la mula carnívora. Le empezaron a flaquear las piernas. El señuelo sexual. Doncellita con salpullido. Trampa. Trampa de brujos. La luna borrosa entre nubes saludadoras. ¿Y cuánto tiempo estuvo dormido? ¿A quién se lo preguntaba, a los gatos? Un perro aulló frente a un árbol. Aullaba porque al husmo sabía que la madera de aquel tronco serviría para féretro. ¡Ata uuuuuud!... se alargaban los aullidos ¡ata uuuuud!... Y el árbol lloraba hojas... Se le metió la sábana entre las nalgas que apretaba de miedo, la sábana que le cubría la espalda, que en la otra, al avanzar a pasos largos, cada vez más largos, iba tropezando a falta de caer... No se sabía... quién iba a saber... hasta que llegara a la casa parroquial... esta calle, y a la otra, y la otra, y la otra, nunca creyó que fuera tan lejos la plaza central... alguien... alguna luz... el silencio... el sereno... estaban bamboleándose... las casas estaban bamboleándose... temblaba... el castigo... el castigo... no... no... no era Santiago en su caballo... era el Padre Chimalpín montado, jineteando la mula carnívora... ¿adónde lo llevaba?... ¿adónde no lo llevaba?... que por aquí... que por allá... lo que el bestial animal aquel quería era sacudírselo... corría... corcoveaba... metía la cabeza entre sus manos... lanzaba las patas a lo alto... se pandeaba... daba vueltas y vueltas y vueltas igual que un trompo y como aire que sale de remolino arrastrando nubes de polvo desapareció con el cura encima, la sotana arremangada, el bonete hasta las orejas, tan pálida la cara que más parecía una calavera...

Está temblando en la luna

...entre casas derrumbadas... algunas de dos pisos... casas de dos pisos que se sentaban, se quedaban de un piso, avanzaba, le parecía que avanzaba, pero más bien retrocedía, Jerónimo, bamboleándose al compás de los edificios que se separaban de ellos mismos, se iban, se iban de su centro de gravedad, y de golpe regresaban... los mejores plumeros... los mejores plumeros, las palmeras... de la mano del temblor sacudían las paredes para que cayeran limpiecitas... pero ¡ay! ¡ay!... una estuvo a punto de serrucharle un brazo... le arrancó la sábana... ras-ras-ras al derribarlo... lo mismo deba ir gateando... no les dio tiempo a salir... pocos se salvaron... los comedores de sueño, empero, se quedaron dormidos bajo el peso de sus techos y paredes... hilos de sangre que la cal sedienta de los enjalbegados secaba en el instante... eran siglos sorbiendo sangre... temblaba... las vigas madres caían a enterrarse de punta, entre costillares abarquillados de maderámenes lamidos, antes de caer, por las lengüitas rojas de las tejas... el agua de las pilas bañándose... ella misma... ella sola se bañaba al hamaquearse la tierra salpicando, chapaleando, derramándose... tan distinta del líquido que salía de los caños rotos y que por un momento mantenía la forma de culebra líquida... alguien lo detuvo... una masa ensangrentada que se agarró de él antes de caer... otros salieron... huían... el suelo se bamboleaba... ¡la mula carnívora!... ¡la mula carnívora!... ¿quién lo dijo?... él lo dijo, de pie, se había conseguido parar... ¡Santano! ¡Santano!... se precipitó... muerto... muerto en su camisón de dormir... las ratas se paseaban entre los venenos... largas colas... boquitas rosadas... ojititos de luz espiando a través del cristal las substancias amarillas, azules, verdosas, blanquizcas... más allá de la muerte, la nada... ¡la nada, Santano, San Maladrón en camiseta de marinero a rayas negras, bajo el camisón y la farmacia encima!... los aceites... los alcoholes... las esencias... ¡la nada, Santano, la nada... y el repugnante olor a jarabe!... exactos... los relojes exactos, exactísimos, parados a las... no se veía... temblaba... seguía temblando... a decir, la ruina hacía profunda la ciudad... penetrarla... desde la superficie de lo cotidiano de la vida... el zaguán con gente, los cornisamientos con palomas, el remendón rodeado de zapatos viejos en racimos, las flores de las ventanas aplastadas bajo los pedazos de las macetas, las rejas y la tierra que las mantenía volcada y aún húmeda de regadera... de agujeritos... de regadera... anoche antes de acostarse (para siempre)... aquella muchachona... ahora yace hundida con el resorte de la cama, costillas y fuelles revueltos, pelo fresco, joven y lana vieja de colchón... no hay afuera ni adentro... no hay casas ni calles... todo es afuera y adentro... todo es casa y calle... se detuvo... apenas se podía estar en pie con el bamboleo de la tierra... se detuvo a envolverse mejor en las sábanas que la Tintorera había puesto en la cama matrimonial... boda... connubio... epitalamio... ¡joder!... se sacó unas astillitas de risa de entre los incisivos y tragó pelo, que es lo que se traga cuando uno está rabioso... doncellita con salpullido... qué tal si el curandero se la receta y el cura va... allí mismo se muere del susto... la mujer mala se volvió serpiente... orientarse... llegar... llegar pronto a la iglesia... pero ¿orientarse sin calles?... se... se... se quedó en el aire... agarrarse... pero de qué si todo se caía... no había ya donde poner los pies... no había suelo estable... el piso estaba y no estaba... no estaba y estaba... se echó a tierra...

frío... mareo... ensordecido y no porque fuera fuerte el retumbar subterráneo... no... no... prueba que oía el piar de las golondrinas que escapaban... ensordecía y eso es todo el despeñarse de lo profundo en lo profundo... el muro... el muro de enfrente... se arrastró como pudo... una nube de polvo igual que una inmensa sábana... desnudo... no... no... jaló su sábana... dos... no... una... bueno... no se puede entrar a la cama de la doncella vestido... no temblaba en la tierra... temblaba en la luna... tenían razón los que decían... destrucción en la luna que se miraba como la palma de la mano de tan cerca de aquella soledad inmensa... rápido... más rápido que ahora sí... venía formando eses... a gatas... ¿a quién?... ¿cómo, a quién?... a gatas para escaparse... de la "chula" que levantaba la cabeza como buscando... como buscándolo... se armó de un palo... tan inmaterial bajo la luna es un palo que le parecía que apretaba un haz de rayos húmedos... pero no se detuvo, siguió camino entre corderos con tanta luna encima que más parecían de plata, jabalíes de más de dos metros que proyectaban inmensas sombras, venados raudos que se materializaban ya borrándose... a la que buscaba era a la Tintorera, igual que un perro que ha perdido a su amo... el perro era él... iba, sin poderse levantar, trasero arriba, sobre sus pies y sus manos... la gravitación... qué cosa atroz... nadie sabe... el cimborrio de la iglesia... lo alcanzó a ver... el cimbrón... las nubes de polvo... desquebrajarse todo y subir de las estructuras, hasta hace un momento sólidas, aquellos nubarrones naranjas, grises, opacos, sin coyunturas a ocultar los árboles sacudidos, no por el viento, por las raíces, por un viento subterráneo en las raíces, sacudimiento de hervor... de hervor de frío... saltamontes... saltos de batracios... multiplicaciones extrañas de agujeros de alimañas ciegas que buscaban la luna... recogió lo que le quedaba de la sábana empolvada, lodosa, ensangrentada y con la sábana, telarañas viejísimas, pesadas, negras de tinieblas y hollín húmedo... telarañas bañadas de orines de loco, curan la locura... Otra atmósfera... horror... no era fantasía... los árboles en pisos de raíces altísimas que se habían ido saliendo de la tierra bamboleante, mojada de sudor de parturienta bajo la luna que de tan próxima todos veían que se les venía encima... qué aflicción... qué acoquinamiento... no... no... que no pierda la tierra su última luna... igual cayeron otras lunas despedazadas... la mula carnívora no se detuvo... qué le importaba a la bestia infernal que se viniera abajo la luna... que crecieran los árboles, como sombras verdes sobre raíces de varios pisos hacia los cielos, si llevaba montado en su lomo al Padre Chimalpín... pero no solo corcoveaba la mula, sino la tierra entera... serranías y valles en ondulaciones jabonosas resistidas a contrapelo por ondulantes sismos serpentarios que confluían por caminos arrancados como pedazos de cuero cabelludo, a reventones de agua aborbollante que corría a esconderse de la luna... "¡Tan, tan, tan, tan... sacristán, las campanas dónde están!... ¡Sacristán, dónde están... dónde están... las campanas dónde están!...", eso iba gritando el Padrecito al tiempo que la mula saltaba y en el aire se golpeaba los cascos de las manos con los cascos de las patas produciendo un tan, tan, tan... que ella también parecía preguntarle... "¡Sacristán... sacristán!... las campanas, ¿dónde están?... y lo alcanzaba a oír, porque a todo lo que daban sus piernas, seguía a la malabestia carnívora que no avanzaba a las volandas, desbocada, sino se detenía a sus cabriolas diabólicas, voltereta a la derecha, voltereta a la izquierda como tratando de desatornillarse todos sus berrinches de mula, sin importarle mucho el jinete que llevaba encima con la sotana arremangada, el bonete sembrado hasta las orejas, pálido, desencajado, dientudo, una calavera, ya iba muerto o por morir, sin silla ni galápago, pegado a los propios pelos de la bestia con quién sabe qué substancia de encantamiento... al fin, *tan, tan, tan*, se quedó atrás, que no alcanzaba resuello, la sábana empapada en sudor, *tan, tan, tan*, como ahora le hacía gracia llamarse él mismo... ahora que ya no estaban las campanas... caídas... pegadas como ventosas a una espalda de bóveda descoyuntada del ábside... Alzó los ojos al cielo... ni una nube... añil... totalmente añil... ni estrellas... apenas visibles a la poderosa luz próxima de la luna que estaba para caer y donde, a juzgar por las sacudidas de la tierra, seguía temblando... peor si la mula carnívora se lo llevaba a la luna... un salto de esa bestia... era capaz... ya tan cerca se miraba el inmenso disco... seguiría corcoveando... era parte de la tierra encaprichada en sacudirse de todo lo que le habían puesto encima... iglesia... edificios... casas... rodó las pupilas por todas las alturas que encerraban, como en un agujero sin salida, a Tierrapaulita, en un indagar anheloso por dónde andaría la mula con el Padre... ojos que no ven..., no lo dijo... habría querido que el pensamiento tuviera lengua para mordérselo... Chimalpín, más que un superior, era un antiguo compañero de escuela de primeras letras... y en la que se metió... ¡ay!, por no dar oídos y hacer burlas a aquel párroco viejo que hablaba como gallo ronco, cuando volvió de estos andurriales contando todo lo que los diablos le habían hecho... ¡qué curita!... ¡qué atrasado!... ¡considerar las fuerzas naturales, sismos y huracanes, obra del demonio... y hablar de gigantes, como si estuviéramos en la época de Enoc!... todo esto se dijo y qué de burlas celebrando entre fingidos sustos y discretas carcajadas, fuera de miradas cargadas de intención, cuando contó lo de los cocos con sexos de mujeres orinando... y qué era todo aquello, qué era, juego de niños, embustería de diablos primitivos, comparado con lo que les pasaba a ellos desde que Chimalpín retó a Candanga, aquel Viernes Santo... ¡no, no... nada de ojos que no ven... aunque no lo vea, me duele!... ¡ah, curandero mal hombre!... que lo desnuque es lo de menos... lo va a despeñar... mejor se hubiera quedado con las cicatrices de viruela... feas... sí, muy feas... como cicatrices de viruela, grande, gorda, negra... sería bueno que buscara ropa... pero dónde, si el convento estaba en el suelo y por el suelo estaría también la casa de la Tintorera, donde se desnudó, y a donde no volvería por no encontrarse con la doncellita con salpullido... mejor seguir con su sábana sucia, asquerosa, de no poderse tocar... lo va a enloquecer... lo puede enloquecer... claro que se puede enloquecer... la bestia corcoveando y la tierra corcoveando cerrera... y en la medida en que aquél hablaba en latín a la mula que daba vueltas y vueltas y vueltas, sí estaba loco, loco, como el de Asís con el lobo... y vamos a ver, qué le proponía, qué le proponía... era carnívora... carne... carne... bestia de la carne en la que iba montado... sí, sólo la locura hace posible el milagro, el comienzo del milagro... la locura de hablar por hablar, por no quejarse... callar... enmudecer... la fascinación final del silencio de la muerte sucesiva... no solo de la primera... no solamente de la primera muerte... después de esa primera muerte hay otras muertes... el que entre la miel, y en este caso el infiel, anda... algo se le pega... era carnívora... carne... carne... intolerable... debía destruir (¿él?)... destruir... aniquilar... incendiar... (¿él?)... la bestia... la bestia carnívora... la que se alimenta de carne... sin macho tú, sin hembra yo, dijo y golpeó a mano abierta el pescuezo, serrucho con dientes de cerda, del animal, y prodigio de los prodigios, le obedecía... la mula le obedecía... la bestia le obedecía y debía ordenarle que dejara de corcovear... la tierra y la mula... la mula y la tierra... demonios y animales de pelo largo y corto se amansan hablándoles... idioma raro... mular... incontables arrugas de sombras de bosque colgadas en el vacío sobre el disco de la luna..., la visión invertida, de la tierra al cielo en pliegues de batracios gigantes, cíclopes titanes enmudecidos... quién hablaba a quién... ya la mula también hablaba... cuerda... se había vuelto cuerda... ahora el que le exigía que corcoveara era él... más que la tierra y el cielo que se bebía, azul, sin una nube con frior de pizarra licuada... arenales... espinos blancos... desembarcaderos de estrellas lacustres... qué colosal hormiga, ésta... y aquella otra... finas catedrales obreras en el alijo de las luciérnagas estelares que entraban navegando... por qué no corcoveaba... adónde se iba acercando tan mansita... porque había dejado de temblar en la luna... en el hueco cuenco de la mano sin dedos... querer, sin dedos, agarrar las cosas... las cosas nubes... las cosas pájaros... las cosas sueños... el silencio que no pesa... el viento... el aire... el milagro... la locura ligera... adónde lo llevaba... árboles de piojos... se estremeció o fue la sacudida subterránea... la calistenia de la tierra que seguía... no eran piojos... así los llamaban, árboles de piojos, pero se acercó y vio... árboles de ojos que hacían pío... pío... como pollitos que fueran sólo ojos... ojos como huevos sin cáscara... ¡Pío... pío... pío... ojos! ... ¡Pío... pío... pío... ojo!... se queda repitiendo, si la mula de un trompicón no le hace saltar los pliegues del vientre y lo deja casi en vilo, nalgueando el suelo... pero con qué le pegarían al animal aquel... solo que por lo carnívoro fueran una sola persona... porque él también, salvados los días de vigilia, era una bestia carnívora... muy racional, pero muy carnívoro... ¿otro país?... no, el mismo, pero bajo la luna parecía otro mundo... hosco... greñudo... latigoso de vientos contrarios... el andar sin ruido de los que andaban dormidos... los que se comen el sueño se vuelven tierra... tierra de hormigueros... y por allí se iba... no podía ser... un cartel... un cartel anunciándolo con todas sus letras... "Fábrica de muchachitos"... es la mía... es la mía.. es la mía... se repetía sin parar... ¡aaa... já... aquí tiene el maligno su fábrica clandestina de hacer muchachitos!... recordó a todos sus exorcistas... lo insultaría... lo insultaría... solo insultándolo se da por vencido... el vituperio... la befa... la afrenta... la injuria canallesca... el agravio teológico sobre todo... lo ponían fuera de sí, y el demonio fuera de sí pierde todo y es presa fácil de agarrar... lo agarraría y que fuera a poner su fábrica de hacer muchachitos a la luna... a lágrimas heladas, tanta era su emoción, lloraba de agradecimiento y se hubiera inclinado a besar a la mula, si hubiera sido besable aquella bestia que, como para que él no leyera el letrero, giraba velozmente de derecha a izquierda y de pronto se detenía y lo hacía al revés... marearlo... eso quería pero ya estaban dentro de la fábrica... la gran caracola... la gran caracola sacaba la cabeza con cuernitos... parecía buscar la luna a ciegas... de vidrio el aire... de vidrio el sueño... el sueño del vidrio es el aire... las caracolas más pequeñas se movían con conducta de rocío... y otras más pequeñotas... y unas casi invisibles... las quiebras del terreno los obligaban a moverse con pasmosa lentitud por el silencio quebradizo que rompían sus toqueteos musicales estrambóticos, percutientes, silábicos... descabalgar no podía, pegado a los pelos de la mula, al intentar levantarse, ésta dio un respingo de respiradero volcánico... patadas en lugar de piedras... polvareda en cambio de vapores sulfurosos... aunque algo de azufre hubo, porque se pedorreó, pedos de carne cocida, y no se detiene más, si el jinete no le habla, no le explica que la quiso aliviar de su peso, lo que bastó para que aquella se echara poco a poco, como autorizándolo a bajar. Lo hizo rápidamente y se armó del primer leño que tuvo a mano... insultarlo con todas las de los exorcistas y si se le venía encima, leño... leño y el nombre de Jesús... una claridad subyacente, rosicler y rosas, que no tenía que ver con la luna fulgurante que encima apretaba su plateado fulgor lo empapó de puntitos luminosos y en un instante se sintió preso de un rosal de rosas de miniatura, pero las rosas desaparecieron y en lugar de rosas se le pegaron a la piel caracoles que le hablaban... turutric... turutric... turutric... y babosas que lo cubrían con una capa pegajosa... turutric... turutric... se empezó a rascar... aquéllas sí que eran viruelas... inmensas viruelas pegadas a su piel... imposible arrancárselas... se desollaba vivo y apenas caído lo que parecía una costra... otro caracol se le montaba... turutric turutric... rututurotric... rututurotric... querernos nacer... queremos nacer... cerró los ojos para oír mejor... rututurotric... rututurotric... queremos nacer... querernos nacer... somos... qué somos... los que somos... pero queremos ser... queremos ser... y Useñoría se opone... por qué se opone... por qué él ya está en la vida y no quiere dejar entrar a otros... por qué se opone al engendro... dio un respingo peor que el de la mula y empezó a dar golpes con el leño alrededor suyo, como si en verdad aporreara a alguien y tan enceguecido estaba que fue a dar tamaño bastonazo a la mula que le aprontó un manotazo y ya se le venía encima a morderlo cuando un golpe de viento la detuvo, la torció, paralizada, tiempo suficiente para que todos los árboles se cubrieran de caracoles y moluscos de babas largas y cortas, las babas eran como sus barbas, chorreando... ¡queremos nacer!... ¡queremos nacer!... ¡somos criaturas de la vida y nadie nos la da!... ¿por qué van a dejarnos aquí en los árboles y en la tierra y bajo la tierra, sobre las piedras y bajo las piedras, en el agua y en la arena, dónde hay humedad y lombrices, suciedad y estancamiento de agua? ¿cómo es que hay un ingrato que se opone?... ¡somos criaturas, no somos babosas ni caracolas... criaturitas humanas!... ¿pero quién nos dará forma humana, mientras el padre Chimalpín se oponga...? No oyó más... era monstruoso, árboles, sin pájaros, con caracoles que se movían como ojitos de niños húmedos de esperanza... la mula rencorosa se alejaba cada vez que se aproximaba... si no era el diablo que lo ayudara y si era el diablo, también... debía volver lo antes posible a Tierrapaulita... ¡tutututurotric!... tutututurotric!... ¡queremos nacer!... ¡queremos nacer!..., mientras viviera jamás olvidaría aquellas que no eran voces... una música... una música... qué dulce exigencia querer nacer... qué justa... qué divina... entrar a la vida... le habló nuevamente a su compañera carnívora, y ésta desmontó su cólera en parpadeos seguidos, seguidos, mientras Chimalpín volvía a su espinazo... ¡tuturutric!... ¡tuturutric!... ya iba lejos y aún escuchaba la relojería lejana de los caracoles estelares, esos en que la vida está latente, hialina... espectral... sin estribos... sin riendas descendía bañado por el fulgor niquelado de la luna la sotana arremangada, el bonete hasta las orejas, desencajado, ya sin las cicatrices de viruela... se pasaba y se pasaba la mano por las mejillas, la frente, la nariz, las orejas, el mentón, apoyando nerviosamente las yemas de todos sus dedos, para eso disponía de las dos manos, a fin de cerciorarse si era cierto que el corcovear de la mula carnívora le había quitado las picaduras que le dejó el maldito puercoespín... telepatía de racional a irracional... comunicación del pensamiento... la mula se detuvo a beber agua en un regato y desde allí, entre las ondas y burbujas que hacía el agua, al absorberla el animal, más la absorbía y burbujas que hacía el agua al lengüetearla el animal, resoplando en el líquido, mientras paseaba la cabeza, a dos narices, se contempló con el rostro limpio de cacarañas... no, el temblor no lo sacude, son dos mujeres, una sargentona, de momento no reconoce Jerónimo, y una escuálida a la que alguna vez vio... cara conocida... claro que los retumbos... no los retumbos... los corcoveos de la bestia ésa lo van a enloquecer... pero él... él quiso seguirlo... lo siguió sin alcanzarlo y allí estaba con su desnudez y su sabanita, sin zapatos, sin medias, al descampado, huyendo del peligro de todo lo que fuera pared o techo, los ojos hormigosos de sueño, de sueño que no se duerme, de sueño despierto... ha dejado de temblar... lo sacuden aquéllas... le dicen que se pare... pero él no les da oídos, sigue por tierra... ¿pararse para qué?... para que corcovee de nuevo el piso y sentirse como borracho y tener que hociquear la cal vieja de alguna pared... mejor sentado como estaba en los escombros calientes... se vivía calientito dentro de las casas... las paredes caídas conservan el calor... "¡Eh, Sábana!"..., le habla una de aquéllas... "¡Sábana!"... la vieja era la que hablaba... no lo reconocía..., llamarlo Sábana... llamarlo así la Tintorera, como que no le supiera su nombre, Jerónimo de la Degollación, Santo Panza del Quijote Chimalpín... pero qué Santo Panza... se había quedado, mientras aquél iba en la carnívora sin destino... "¡Eh, Sábana"..., lo sacudió la otra, la más joven y escuálida... vasija encenizada para cocer... Y como él no contestó a lo de Sábana, se alejaron... los astros lucían su bondad sobre las ruinas... se volatilizaban los sueños y no quedaba nada... allá a lo lejos... vaciados los oídos... a lo lejos... la Tintorera hablando corto y caliente... "No me has dicho, mulata, ese secreto..." Olía la noche a pajonales mojados de rocío. "¿El secreto?", dudó aquella infeliz. No podía, no podía ser la mulata, tan jovencita. La luna brillaba cada vez más fuerte... "¡Sí, el secreto!...", insistió la Tintorera. "Apuntaré con el dedo y en esa dirección encontrarás una casa que a esta hora debe estar visible, la casa de los grandes brujos, una casa muy grande... entra, sin tocar la puerta y..." ...al darse cuenta que Sábana se acercaba, la mulata bajó la voz y apenas si se alcanzó a oír... "Está muy viejo, no puede defenderse, es paralítico, y tiene los huesos de oro..." "Por suerte dejó de temblar...", comprobó al acercarse Sábana a las dos mujeres, pero hay montones de muertos... "Y todo esto es tan cierto como un sueño...", respondió la mulata, que no podía ser ella, tan jovencita, pero se parecía tanto, sólo que fuera su hija... ¿su hija?... pero si la mulata... "¿Por dónde es, dijiste?... intervino la Tintorera... La mulata levantó la mano y señaló con su índice ...y la Tintorera desapareció... Sábana se encogió todo... detrás de la Tintorera se deslizaba la culebra que la seguía como un perro... Sábana..., oyó que le hablaba la descocida, no cocida vasija (las mujeres se cuecen como las vasijas), pero él también bajo aquella inmunda sábana sin costuras, era descosido y por eso dicen que nunca falta un descosido para una descosida... "Sábana, yo lo conozco mucho..." "Y yo a usted, al menos a su... no sé... es su hija, es hija de la que yo conocí..." "Sí, soy la hija de ella... de ella que soy yo... soy hija mía... mi madre soy yo..." (Lo va a enloquecer... si ésta que anda con los pies en la tierra, es verdad que corcoveadora), ya está chiflis, cómo andará mi Padrecito, en la más abominable de las bestias, en la mula carnívora. "Ah, sí, sí, sí —repuso Sábana—, usted es hija de usted misma, su madre es usted y usted es su hija..." Rieron los dos por no morderse, tan cerca estaban de nuevo, nunca como antes, en el tiempo en que la que tuvo con él, dentro de él, como un veneno que lo mantenía... No, pero no podía ser ésta... imposible que fuera la misma... "¿Y qué le pasó a su madre?", atrevió Sábana, espantándose una nube de moscas negras, pegajosas de luna. "¿No supo?, la despedazaron los coyotes". "Pero quedó usted...", apicaró la voz Sábana, en tono casi amoroso. "Pero cómo quedé... desposeída de todo..." "Desposeídos de todo están todos...", y Sábana volvió los ojos a las ruinas de la que fue Tierrapaulita. "¿Usted no perdió nada?", le preguntó ella. "Poco..." "¡Ah, yo perdí mi magia... mis poderes ocultos... mi poder de encantamiento..." "No se diría...", insinuó Sábana... pero ella no se dio por aludida del piropo encubierto de aquél... ahora me tiene afuera, pensaba la mulata, una mulata de barro sin quemar, pero como cuando me tenía adentro, porque estamos en el mismo temblor... Habían callado... bajo sus pies... tuvieron que agarrarse para no caer... agarrarse... abrazarse... y el temblor seguía afuera y adentro... la tierra y sus cuerpos... "Huyamos...", propuso ella... él se estremeció de pensarlo... cómo huir de Tierrapaula sin saber en qué había parado el Padre y *su* mula... ya *su* mula... "Huyamos... mi signo es la luna... tu signo (ya lo tuteaba), es agua de dientes"... "Huyamos..., debo vivir..., me deshicieron y me hicieron de nuevo, pero de qué sirve que me hayan hecho joven... doncella... (otra culebra, pensó Sábana, curado de espantos), si me quitaron, si no me dejaron ni un pedacito de misterio, por haber salido en defensa de la Cuadrada Deidad, el Jefe de los Cuatro Rincones, encarnado, triste es mi historia, en uno de los más formidables chimanes de Tierrapaulita, Celestino Yumí, pero Celestino Yumí, convertido en un puercoespín, no peleaba con ningún diablo, sino con una araña de lluvia negra..." "¡Ah, ah, ah!", exclamó Sábana. Lo que ignoraba era que Candanga, el Demonio de Dios, el Demonio del Cielo, el Cristiano, que yo representaba, al mismo tiempo que estaba en mí, y yo en un sacristán poseso, escondíase en el cuerpo de la araña que era el cura y que también estaba endemoniado ¿me entiende, Sábana, me entiende?... Mi papel era luchar contra el espíritu maligno alojado en el cuerpo de Yumí, que era el Príncipe Infernal Cristiano, y contra éste me batí a fondo, trató de perderme con la historia sucia de sus viruelas, pero yo le opuse el fantaseoso como histórico relato de los Bacinicarios, y allí estábamos... Sábana" andaba de lejos de lo que refería aquella vieja vuelta joven, aquella madre de ella misma, desubstanciada como progenitora y vuelta a formar como hija, por pensar en la mula carnívora, enfurecida bestia que andaba botándole las charamuscas de la viruela al que mejor hubiera seguido de araña de las oncemil patas, con todo y el diablo adentro, pues el diablo adentro es garantía, garantía después de todo, por cuidarse él lo cuida, a uno, y afuera siempre enemigo y amenaza... "¡Ah, sí... sí...", parpadeó Sábana y se mordió los labios y en los labios lo que iba a decir, a contradecir más bien, pues en boca de ésta que se decía hija de aquella otra, y que era la misma Mulata de Tal, sólo que sin su magia, había embustería, taimería, zurdez... primero lo atacó a él, ya convertida en puercoespín y después se precipitó a la iglesia a pelear con la araña tonsurada de la sotana negra y las oncemil patas, pero calló... "Sábana, hay que huir", insistió aquélla, "hay que escapar de aquí antes que sea tarde..., destrucción en la luna y en Tierrapaulita ni casas ni calles..." No podía, Sábana no podía, le era imposible, el Padre se había ido a hacer una confesión muy lejos y debía volver de un momento a otro, si volvía... le faltó la voz... la bestia que le trajeron los familiares del moribundo para que fuera hasta donde aquél quería vomitar sus pecados, era una mala bestia... carnívora, siguió con el pensamiento..., contento de su mentira..., de su gran mentira "¡Gracioso!", le contestó aquélla, los labios sin sangre, los ojos sin brillo, qué va la carne de aquellos labios, y el espejo de aquellos ojos cuando no la habían privado de su poder de medianera entre lo real y lo irreal... Sábana pujó por lo bajo al oírla decir así, mientras se recogía el pelo lacio, negro, aunque ahora rubio por el polvo... "¡Gracioso!", pues de gracioso no tenía nada..., estúpida, ni en la verdad ni en la mentira, jineteando la mula carnívora por ingratitud del curandero, o montado en una

bestia cerrera..., el aire..., el aire..., el aire no se mueve, dijo
él, pensó ella... no se mueve el aire... no se mueve el aire...
dijo ella, pensó él... todo en suspenso las hojas... las hojas...
no ver moverse las hojas... despiertas, porque estaban despiertas, se miraban despiertas, como las piedras, como las
legumbres en las huertas, como las frutas de los naranjales,
como los perros, como los gatos, las aves, los pájaros, las gallinas, los gallos, los chompipes, los pijijes que no dormían,
despiertos, suspendidos de hilos de luz de luna, visibles, y de
los hilos invisibles de lo que se esperaba que sucediera... qué...
qué... qué iba a suceder que no hubiera acaecido ya en aquella
población de gente canosa de polvo de ruinas, blanca de polvo, con adobes de moco y polvo en las narices, y las comisuras
secas de los labios, como rajaduras de tierra seca... el rotundo
paso de la Tintorera se oyó a lo lejos... pero adelante, mucho
antes que ella apareciera, siguiendo la geometría caprichosa
de caos y delirio de paredes y murallones derrumbados, se
adelantó la culebra verdelago, untuosa, los ojos muy separa-
dos, casi caídos a los costados de su cara hachada y levantó
el cuello, como para ver si estaban, entendida como un perro,
aunque, ya más cerca, sus movimientos eran pesados, se ras-
paba al reptar, por el peso que traía encima... un atadijo de
osamentas doradas que fulguraban con brillo fatuo a la luz
de la luna... Sábana se alarmó a punto de faltarle el resuello,
no le gustaba ver culebras, le cortaba el cuerpo, y menos a la
infeliz aquélla, convertida a menos sin sus dientes venenosos,
sin sus bolsitas de veneno, convertida en ramera y sirvienta,
aquella que le recordaba a Suerto Rodríguez, el hombrón
arrodillado que vio por el agujero de la llave, y lo peor, que
le untaba por la cara, crueldad de lo irrisorio, su aventura con
la fantástica doncellita con salpullido, haciéndole más pesada
la sabanita con que se envolvía, y por la que ahora, hasta su
nombre había perdido, le llamaban Sábana, su nombre de
guerra, no... su nombre de catástrofe... pensó en los vasos
sagrados... en los cálices... en el copón... en la custodia... pero

allí mismo, costara lo que costara los recobraría él... la Tintorera era capaz de todo, si fueron capaces... no... mejor no pensar en el Padre... se le enfriaba el pellejo... Impasible siguió la desposeída mulata, ¡ah, cómo le hacía falta su esplendor mágico para celebrar dignamente el deshuesamiento del esqueleto de oro de Yumí, el meticuloso reptar de la embajadora que le traía como presente la osambre encantadora, luminosa del joven potentado que ella conoció en aquella feria, al lado del compadre Timoteo Teo Timoteo, montado en un caballo entero, con arneses y montura de tropezones de plata repujada, y al chimán magnífico que se casó con ella, en una misa de réquiem, para toda, toda la muerte... la Tintorera no aparecía... qué le ocurrirá... Sábana, qué le ocurrirá... ¿la aplastaría algún peñasco?... tantas paredes hay paradas, pero a punto de caer, que se desploman y ni restos del que va pasando... Pero se le oía andar, aproximarse, pesada, rotunda... era para enloquecer que anduviera hacia ellos... que se fuera acercando... acercando... y no llegara... se quedaría andando después de muerta... las orejas... platillos rugosos de balanzas verticales, auditivas, pesadoras del silencio de las profundidades... que misterio... qué misterio el de aquellos pasos que avanzaban hacia ellos... La culebra, echada bajo la luna, esperaba que le quitaran de encima el atadijo de huesos de oro rojizo, carnoso "¡Sábana, por qué no se asoma por allí a ver si viene!"... lo volvía a tratar de usted, el usted es solemne y aquel momento lo era, por el camino de la serpiente, recibía los huesos de Yumí... "¿No oye sus pasos, Sábana? ¿No oye sus pasos?"... Sábana movió la cabeza, al menos a ella le pareció que afirmativamente... "¿Quién acolitó la misa aquella noche en que me casé con Yumí para toda la muerte?", preguntó inesperadamente, al ver a Sábana seguir en su sitio, sin moverse, no obstante que ella le pedía que fuera a ver por dónde venía la Tintorera... seguían los pasos... seguían los pasos si todos los que fueron sepultados por los escombros de Tierrapaulita se van a echar a andar... si todos los

muertos empezaran a caminar... la tierra está llena de pasos...
"¡Mueve al hombre, parece muerto!"... y lo movió y Sábana
estaba muerto, hacía poco, hacía mucho, no tenía importancia, después de la muerte ya el primer minuto es eternidad...
los ojos abiertos... sí... eso la engañó... "¡Perdone!", quiso
balbucir... estaba húmedo, frío, pegajoso, enjuto, cano de
polvo de terremoto... bien apretados los dientes mordiendo
el vacío... Sin perder tiempo, se alejaban los pasos, desató de
sobre la culebra los huesos de oro de Yumí, de espaldas a la
luna, para cubrir el robo con su sombra, pero en luminoso
reguero de fulgores, en tormentas de luz, los rayos lunares
pasaron a través de su cuerpo transparente y la incendiaron
inclinada sobre la culebra, desatando el atadijo...

De entre las ruinas asomó la poderosa Niniloj, la bruja
madre. Bajo la máscara de polvo le corría el llanto por Yumí.
Murió al caerse la casa. Su cabeza tenía aplastada. Todo su
demás cuerpo, bueno. Pero alguien lo descuartizó, alguien
que sin duda sabía que tenía su esqueleto de oro macizo. Y
no era así. Pura leyenda. Blancos eran sus huesos, esponjas
de cal y otras substancias. Que tenga buen camino. Toda la
noche es sólo ojos. Que le sirvan para ver dónde pone los
pies del otro lado. Sólo su cabeza aplastada. Su demás cuerpo,
bueno. Así se fue. La luz de la luna sabe a leche de mujer. Su
piel, su cabeza y sus huesos, todo junto lo enterraré en cuanto
amanezca. Pronto pintará el día. Hora ya es, pero el sol tiene
miedo de asomarse a mirar lo que hizo el lunón que salió
anoche. Tan cerca temblaba de la tierra que la atmósfera quieta de Tierrapaulita también empezó a temblar y abajo la ciudad. ¿Mutilada? Mutilada la iglesia y uno que otro edificio. Lo
demás en el suelo; como cuando una gente cae con ataque.
Y adentro sus moradores. Pocos se salvaron. Como ver cayucos se hundían los ranchos en los cerros, en la tierra que se
movía, como agua, abriéndose y cerrándose en oleaje enfurecido. Su cabeza aplastada. Su cuerpo bueno. Alguna vez, alguna vez tenía que ser, Yumí, pero no así, así fue como a

traición, muy feo así y peor la zanganada de descuartizar tu cadáver que estaba bueno, como el de este pobre que está aquí botado... No le dio tiempo... Una sabanita sacó... ¡Ay, Dios, los muertos, se les seca la mirada en el altar de los aguaceros! Estar muerto es como cuando empieza a llover y a llover, y uno se acuesta a ver llover y llover los días y las noches. Más vale me persigno... no levantó la mano y si la levantó fue sólo para chicotearse la frente con la señal de la cruz, al caerle encima una lluvia de tierra fina, más gruesa, más gruesa, piedras, terrones... alforzó la cara de vieja en la oscuridad de la luna cubierta por un enorme... no vio qué... para cerrar los ojos... y se quejó... el peso... el peso de todo lo que le estaba cayendo encima... no se iba a poder mover... en donde comenzaba ella, sus piernas, sus pies, sus nalgas chupadas como huisquiles viejos... sus tetas como papas, sólo cáscara y empezaba eso que en su redor se iba amontonando y que no podía remover... sacó los brazos... algo era estar... tener las manos libres... para oponerlas a las masas de los cerros que se desprendían sobre Tierrapaulita...

Al pintar el día asomó el Padre Chimalpín en la mula que tanteaba por aquí y tanteaba por allá y no se decidía a bajar por ninguna parte, pues por ningún lado encontraba el camino que de lo alto, al llegar al plan, descendía a la población...

—¡Al engendrooooohoy!... ¡Al engendroooo! —venía gritando como el diablo, en el camino, dispuesto a entrar gritando así a Tierrapaulita, para que no hubiera más criaturitas reducidas a moluscos por falta de procreadores, de engendradores...

Pero dónde gritar, a quién gritar...

—¡Al engendroooo! ¡Al engendrooohoy!... —si ya no había nada, si de Tierrapaula, como la llamaban los vecinos amigos de modernizar los nombres, no quedaba nada, cubierta por montañas que se deslizaron como nubes, al chocar el disco de la luna, tan próximo a la tierra ese verano, con los picos más altos de la Sierra Madre, parte de la cordillera andina, deslizamiento seguido de un alud, no de nieve, de luz blanca, fuego de la familia de la lava, "fuego blanco" que peor que la lava volcánica, que es fuego negro, consumía, evaporaba, disolvía y al que los chimanes y agoreros llamaban *lo que nos sobrepasa*, y del que la gente de antes decía, sin soltar mucho la lengua, los ojos como moscas pequeñas entre la telaraña de las arrugas, que era un fuego tan terrible que acabó con otras ciudades allí con ellos, a fecha fija, según estaba escrito en los jeroglíficos de la *mesa de las astronomías*.

Mudez total. No sólo de lo que es comunicación, lengua, idioma, habla, canto, ruido... El silencio, el silencio también callaba entre los cielos y la tierra, mientras iba pintando el día cubierto de plumas de fuego inmensas, sobre las que en estrías aún más luminosas corrían regueros de plumitas de colores que se amontonaban, empujadas por quién sabe qué viento, hacia el sitio en que estuvo Tierrapaulita, y está, sólo que soterrada, y del que el Padre Chimalpín no quitaba los ojos, como si a fuerza de mirar en medio de aquel mar de cerros removidos, de mirar y mirar el mismo punto, fijamente, fueran sus ojos a penetrar al fondo, hasta encontrarla. De pronto se palpó la sotana... tuvo la sensación de que había perdido algo... de que algo le faltaba... se volvió a un lado y a otro indagando... buscando... y volvió a palparse... No le dio importancia... No le dio importancia, pero la mula carnívora no estaba... ¿Era eso lo que buscaba?... No quiso confesárselo... y prefirió santiguarse, pero al levantar el brazo, la mano se le perdió en el aire, no llegó a su frente, se le deshizo, no estaba, como tampoco la mula que no dejó huella...

Se detuvo de... quién... veía poco y apenas si un hilito de ruido le perforaba el oído... No los reconoció hasta que estuvo en la ambulancia. No parecían camilleros, sino gentes de otro planeta, por la vestimenta, por sus movimientos...

Un día más sin diagnóstico...

Los dientes, sí, sus dientes, qué cosa rara, le crecían... las orejas también... y los dedos... y la nariz...

Sí, era ese tipo de lepra, pero... (rió bajo las sábanas al salir los médicos), no se volvería elefante... si les contara lo de la araña de las oncemil patas... estuvo picado de viruelas, sin que le hubiera dado viruela... eso sí debía comunicárselo al médico de guardia... era un antecedente... lo llamó... cada vez quedaba más pequeña la perilla del timbre en su crecida mano de paquidermo... el médico le escuchó... ahora iba para elefante, pero ya había sido araña... araña de oncemil patas para combatir con el diablo de los oncemil cuernos que se le presentó en forma de un puercoespín de fuego que le espinó la cara de cicatrices de viruela...

Otra semana sin diagnóstico y cada vez más consumido y con la piel más gruesa, flotando, navegando en una lágrima... (la recogía con la lengua al pasar cerca de su boca, no se le fuera a ir al cuello, era suya, salita y agua), navegando, flotando en los pasos y en las voces lejanas, y aunque viera poco, casi no veía, su oído mejoraba y se podía dar el gusto de perderse en las catedrales de sus tímpanos, gótico florido puro, mientras los médicos barajaban radiografías y consultaban análisis, y oír el coro de niños y niñas que había preparado para la primera comunión, en Tierrapaulita...

¡Yo soy feliz,
yo nada, nada espero,
porqueeee el azul
del cielo, es ya mi casa!

FIN

Shangri-lá (Isla Blanca)
Río Sarmiento-Tigre
10 de marzo de 1962

ÍNDICE

I

Mulata de Tal de Miguel Ángel Asturias, número 5 de la colección "Biblioteca Miguel Ángel Asturias", primera edición, se terminó de imprimir en abril de 2013, año del centenario del nacimiento de Manuel Galich y Jacobo Arbenz Guzmán, al cumplirse 50 años de su primera edición. F&G Editores, 31 avenida "C" 5-54 zona 7, Colonia Centro América, 01007. Guatemala, Guatemala, C. A. Telefax: (502) 2439 8358 Tel.: (502) 5406 0909 informacion@fygeditores.com www.fygeditores.com